小说眼·看中国

山河多娇

王春林 / 编

沈念　杨遥　曾剑

————著————

山西出版传媒集团　北岳文艺出版社

·太原·

图书在版编目（CIP）数据

山河多娇 / 沈念，杨遥，曾剑著；王春林编.—太原：
北岳文艺出版社，2022.3
ISBN 978-7-5378-6513-5

Ⅰ. ①山… Ⅱ. ①沈… ②杨… ③曾… ④王… Ⅲ.
①中篇小说—小说集—中国—当代 ②短篇小说—小说集—
中国—当代 Ⅳ. ①I247.7

中国版本图书馆CIP数据核字(2021)第275528号

山河多娇

王春林 / 编　　沈念　杨遥　曾剑 / 著

//

出 品 人_郭文礼

选题策划_刘文飞

责任编辑_刘文飞

　　　　　康　瑜

　　　　　张　昊

装帧设计_张永文

印装监制_郭　勇

出版发行：山西出版传媒集团·北岳文艺出版社
地址：山西省太原市并州南路57号　邮编：030012
电话：0351-5628696（发行部）　0351-5628688（总编室）
传真：0351-5628680
经销商：新华书店
印刷装订：山西人民印刷有限责任公司

开本：787mm×1092mm 1/32
字数：335千字
印张：12.5
版次：2022年3月第1版
印次：2022年3月山西第1次印刷
书号：ISBN 978-7-5378-6513-5
定价：58.00元

序

王春林

  回望刚刚过去的 2021 年，是党和政府带领广大人民取得脱贫攻坚战伟大胜利的一年，也是全面推进乡村振兴战略，加快农业农村现代化建设步伐的一年。在这个新时代农村社会转型的重要转折点上，《山河多娇》生动展现了这场正在如火如荼地开展并取得瞩目成就的伟大社会变革中，那些奋战在一线的县乡基层干部以及脱贫攻坚、乡村振兴过程中普通平凡的劳动者、知识者所经受的考验，并由此所获得的新生，其意义就显得尤为突出了。

  书中作品入选作家从 60 后到 90 后，来自山西、安徽、湖北、湖南、云南等广大脱贫攻坚重点地域，这样以迭代呈现的写作群体风貌，代表了中国作家队伍始终与人民同心、与时代同行，着眼变局、扎根乡土来雕刻具体形象的初心迢递、薪火传承。而且一些作家本人就同时是脱贫攻坚和乡村振兴的亲历者、参与者和书写者，例如山西作家杨遥作为一位来自农村、执念乡土的作家，在城乡之间切换观察视角，将这几年在山西农村挂职、驻村、采访都转化成了文学经验。在这些作家的笔下，城市文化人的意识和挂职履历中的新鲜经验，或者作为返乡服务者的乡土情结，常常交织在他们的文本中，融为切肤的体验和深刻的思考。这些作品都展现出，中国当代的乡土作家如何不只是在遵照一个时代的宏大命题而制文，更是将自己的生命雕刻进了这片土地，创造出与时代同构的"新人形象"，并重塑着自己的写作理念和内在使命。他们的写作不是基于一种想象，而是根性经验在他们身上的重现，既深刻凝重又热切诚恳，令人肃然起敬。

书中涉及脱贫攻坚、乡村振兴政策的多个方面：有农民通过"互联网+"等最新信息技术手段致富的故事（《父亲和我的时代》），有易地搬迁中对留守老人的进城子女之命运的人性关怀（《空山》），有精准扶贫过程中帮扶对象在基层干部关怀下的生命复苏（《整个世界都在下雪》），有通过引进新工艺、新技术或者修路、修桥，改变落后交通帮助乡村改变落后面貌的题材（《主动失踪》《找呀找呀找幸福》），有通过引进建档立卡母猪种帮助农民脱贫致富（《猪嗷嗷叫》），有在文化扶贫、群众文艺路线下乡村特色民俗非物质文化传承与复兴（《长鼓王》），在题材上涵盖了我国脱贫攻坚战役中从政策到措施，从物质扶贫到精神扶贫的主干部分。

这些题材并非按照一种线性的社会现代化逻辑写出，而是更多着眼于农村变革中具体的人的情感世界的纠葛和精神面貌的更新。告别贫困不仅仅是物质上的脱贫，更是乡村新人精神世界的还原复苏、丰富润泽，与大时代脉搏的声息融通。《空山》通过劝说农村空巢老人易地搬迁，牵出老人心中执念的进城子女命运塞途的往事；《暗香》通过留守女人给死去的基层干部芭蕉扔镰刀的风俗仪式，透露了一群留守女人在长年留守村落中与芭蕉生前日夜拼搏、厮守过程中，所熬过的遍及心理、生理，在生活实际与情感需求上面临的巨大伦理考验。

面对在脱贫攻坚工程中问题累积、人情交叠的复杂乡土社会，要展现它在这场时代变革中浴火重生的重大课题，就不可避免地要涉及传统百姓生活主体、现代知识主体、政策执行主体、国家权力与政策导向主体等多个方面。涉及多方面的如此重大的题材要以短篇小说的体裁出之，则必然要涉及选择何种见微知著的叙述角度来叙述的问题。而《山河多娇》所展示的最鲜明的特点之一恐怕在于，其中的作品几乎都是采取在农村群众和县乡党政领导机关之间的基层干部叙述视角。这一叙述视角是国家政策导向、各级行政指令的具体贯彻执行的终端，同时最能够贴近扶贫攻坚的对象，是政策与实际发生碰撞中最激烈的反应主体；同时，他们身为干部，往往来自乡土、移居城市，或者长在城市、挂职于乡土，他们接受过比较完整的国民教育和现代意识的启蒙，无疑最能够站在一个现代知识干部的角度来反观这些扶贫对象，脱贫攻坚对他们而言，是情感上融入对象与知性上启蒙对象的双重过程。如女干部蓝焰面对扶贫农户教导他们贫穷的真正来源："真正的鬼是穷鬼。"蓝焰说，"穷鬼不是单一的一个鬼、一种鬼，它们是一个群体，它们身边还有懒鬼、病鬼、饿鬼、嫉妒鬼、霸道鬼等"；又如《空山》中回村挂职锻炼时的"我"所说，"我们的故乡"不仅仅是一个从城市视角有待发展变革的对象，而且它"永远是游子的身体心灵可以停驻的地方，重树信心再出发的地方，是中国社会的巨大投影，从中可以看到生活最基本的伦理秩序情感与精神"。对于这些基层干部，书中没有采取国家政策执行者或者知识启蒙者的机械单一或者高人一等角度去展现，而是尽可能展现这些干部在基层任职或挂职锻炼过程中复杂真实的命运遭遇和情感心理样貌。基层干部在基层工作中既有思想深度又接得住农村地气的生动丰富的语言描写也是小说集一大特色，凸显出新时代普通知识分子与劳动大众结合这一延安文艺优良传统的当代传承。

可以说，《山河多娇》展示我们的作家感受到了时代磅礴和发展大势中广大农村的"旧貌变新颜"，在多种合力中，通过打造一批基层干部的形象和叙述视点，成功写就了一批叙写脱贫攻坚战的佳作，展示新时代社会主义现实主义创作主流所涌现的最新优秀成果，展现出今日中国城市远景之外的广大乡土山河，是因谁的可爱、可敬而显得妖娆多娇！

2022 年 3 月 6 日

目　录

父亲和我的时代

杨遥

一

清明节过后十多天，气温没有像想象的那样一路走高，而是一连热了几天，寒流来了。人们放进衣橱的厚衣服被翻出来，还有些准备洗的衣服又穿上；许多花开了一半，被冻掉了。

下了班，天色已暗，昏黄的路灯像发蔫的花朵，照在行走匆忙的行人身上，使他们忙碌了一整天的脸显得更加疲惫。我往地铁站走，情绪极度低落。每隔一段时间，毫无规律的，我的情绪就会低落几天，整个人陷入虚无感，觉得干什么都没有意思。这次又陷入情绪低落期，但和以前不一样的是，这次不是虚无，而是失望，就是你感觉到某种东西的价值了，而且恐怕这个世界上只有你感觉到了，可是抓不住，这比虚无更让人绝望。

那是半年前，和几位朋友吃完饭回家的路上，我忽然意识到，我、我的这些朋友、大街上每个人、每个家庭，都有些问题，这些问题有的别人一眼能看出来，有的看不出来，但当事人自己都意识不到，有时还把它当成优点，我把它称作隐疾。我为自己的发现兴奋，当时就和身边的朋友说："我要写个小说，叫《隐疾》，要是能把它写好，绝对是个突破。"

用了一个多月时间，我写完这篇小说，可是觉得没有想得那么好，便又断断续续修改了几次，可还是达不到自己想表达的那种效果，尤其是最近这次，修改时兴致勃勃，认为完全能把握好了，可是改完之后还是感觉有些地方不对劲，我对自己越来越失望。

这时父亲打来电话，我已经快进地铁站口了，他的电话像是给我的"隐疾"做注释。

我的情绪更低落了。

父亲一般情况下从来不主动给我打电话，除非喝多了酒，只有一次例外。

那是前年阴历三月十八。那天晚上八点多，我在学校门口接女儿，父亲打来电话，我以为他要责怪我三月十八没回去。

三月十八是我们镇上每年一次的大集，为了纪念春秋时期的晋国大夫羊舌氏遗留下来的。每年这个时候，镇上挤满了方圆几十里来赶集的人，卖东西的从镇子西头的羊舌寺到东头的奶奶庙，一家挨一家，挤得满满的，到处都是圆滚滚的人头和卖东西的吆喝声。

这是父亲以前最忙的日子之一，因为大集，镇上几乎每家人家都有亲戚朋友来，家家户户都要提前收拾屋子，父亲作为镇上最好的裱匠，自然忙。

那时，谁家里要是来了城里的亲戚或朋友，会被邻居们羡慕好久。

我去了城里后，开始每年三月十八都回去。那时，母亲还健在，每次回去，父亲都会一早出门去买刚出锅的猪头肉，挑他认为最好吃的猪嘴唇，订好二瞎子的碗托和刘桐的豆腐。中午和晚上，他都会提前一会儿收工，路上逢熟人就和人家开玩笑，不等人家问，就高兴地说："西西回来了。"回了家，脱下干活儿的衣服，倒上半盆水，洗头发和脸。为了省钱，他总是用洗衣粉，说洗衣粉洗得干净。洗完涮一次，就急匆匆地坐到炕上叫我吃饭，头上未冲干净的泡沫在阳光下五彩斑斓。

二〇〇二年母亲检查出得了癌症，父亲收拾东西，第二天就要去内蒙古打工。我说父亲疯了，不去医院陪母亲，跑内蒙古干什么？父亲说内蒙古挣得工钱多。母亲住了三个多月院，父亲一次也没有来过医院，但是每次医院发来催款单，父亲很快就把钱搞来了，凭父亲打工肯定不行，谁也不知道父亲从哪儿弄来的这些钱。

几个月后，看到实在没希望了，母亲闹着不再住院，我们便顺着她出了院，带上药物，回到老家县城让门诊的护士化疗。父亲也从内蒙古返了回来，给母亲煎药，收拾家里，还要干活儿，每天忙得晕头转向。但父亲还是很爱干净，每次带着母亲去县城化疗时，换上走亲戚时穿的衣服，胡子刮得干干净净，头上飘着洗衣粉的香味儿。

一年之后母亲去世，父亲刚五十出头，顿时变得像被海浪冲到沙滩上的泡沫，他不再用洗衣粉洗头发了，衣服脏了也不再换洗，人变得非常邋遢；也不再和人到处开玩笑了，与人在一起半天不说一句话，整个人黑乎乎脏兮兮的，看上去比六十岁的人都老。

我劝父亲和我一起到城里，城里到处搞建筑，凭父亲的手艺，找点儿活儿不成问题，可父亲坚决不肯来。他继续待在村里干着裱匠营生，拼命攒钱，每次我回家，父亲总要有意无意地唠叨自己攒下多少钱了。有次我听着不耐烦，便说："你一个人攒啥钱，吃得好点儿，穿得好点儿，就相当于攒下钱了。"父亲听了脸色一变道："现在这世界，没钱哪里行？你妈要不是没钱……"确实，母亲的病我们认真带她看了，还是去的省城三甲医院，但我后来才知道，看病和看病不一样，三甲和三甲也不一样，在北京301这样的大医院，有更先进的治疗办法。母亲得的是贲门癌，我们虽然去的是省城的三甲医院，但为了省钱，我们转弯抹角通过亲戚认识了一位泌尿科的大夫，是他帮着母亲化疗、放疗的，后来还提前出了院……

父亲一直独自待在村里。

我结婚时，朋友一半村里的，一半城里的，在城里办时父亲没有来。

我有了孩子，父亲没有来城里看过一次。虽然每次回了老家，父亲总要对孩子说："你想要啥，爷爷给你买。"孩子因为和父亲打交道少，总是摇头说："啥也不要。"

好多次，我和妻子担心父亲的身体，劝他搬到城里和我一起住，父亲总是说，住在村里好好的，去城里干什么。

我租了多年屋子，终于买下楼房，搬家的时候，按照当地风俗，要请老人先在里面住几天压房。给父亲打电话，父亲说："我这几天正忙，走了没人看门。"

父亲用这个借口一直搪塞我，至今不知道我城里的家在哪里。

渐渐地，三月十八我回去得少了，因为有时三月十八不是星期天，我不想为了赶集请假；有时即使是星期天，忙得也回不去；关键是和父亲待在一起太闷，他的状态也让我不舒服。但是每年这时候父亲仍然希望我回去，一到时间就给我打电话。

那次我琢磨该怎样和父亲解释时，父亲说："我用的那台小收音机坏了，你给我买个新的吧。"说完就挂了电话。

父亲打电话总是这样，从来不寒暄，有啥说啥，说完就挂电话。我站在马路牙子上，一下有些反应不过来。在此之前，父亲从来没有问我要过东西，即使每次回家我主动给他带点儿烟酒食品，衣服或钱，父亲不仅拒绝，还经常数落。

我回想父亲口中坏了的小收音机模样，想了半天，一点儿印象也没有。一群一群的学生从我面前走过，沙沙的脚步声像风吹动树叶在飘，我没有想到这是放学了。

忽然有个声音飘过来，说："爸爸。"

我一看，女儿已经站在了我面前。

我愣了愣说："你爷爷让给他买台小收音机。"

"小收音机！为啥不给爷爷买台电视机呢？"女儿好奇地问。

"为啥不给爷爷买台电视机呢？"我心中重复了一下这句话，叹了口气。

关于给父亲买电视机的事情，我和妻子提过好多回，父亲总是拒绝，他说怕干活不在时被贼偷了。我不知道父亲是真的怕被偷了，还是心疼钱。与妻子商量，她也拿不准。

有一次，我们回到老家，父亲正好不在。妻子说："咱们给爸把电视买下吧，先装上，爸回来看见装好了还能不要？"我觉得妻子说得有道理，我们便打了出租车专门跑到县城，挑了台电视机让人家送回来安装好。父亲以前只要看见我们回来了，不管事先干什么，见到我们总是满脸堆上笑容。这次一回家，笑容堆起了一半，看到电视机，马上笑容收敛，脸就黑了。他说："我说过不要这玩意儿，你们买来干啥，给我招贼啊！装下你们用吧！"说完就要走。我拉住他问他要去哪儿，父亲哆嗦着说："你们不听我的话，我去哪儿不用你们管。"妻子气哭了，说："不值钱个东西，偷就被偷了去。"父亲看见妻子哭，有些慌，口气软下来，他说："给人家退了吧。咱们后院那家人家经常没人在，锅还被人偷了，弄个电视不是把我拴在家里了，怎样做营生？"父亲这样说，我们只好把电视机退了，来回打车钱，差不多一百块，父亲不算这个账。

女儿看见我叹气，说："那咱们给爷爷买台好收音机，前几天我在文具店看到一种小收音机，特别漂亮。"

那天晚上，女儿和我一起在网上帮父亲挑选收音机。女儿说的那种收音机原来是最新潮的猫王收音机，它的外壳是塑料加木头，还有手动旋转按钮，看上去有老款收音机的味道，却都是最新的科技，信号接收、音量、音质都是一流，不到三十厘米长，却完全克服了以前小箱体收音机的硬伤。我觉得很适合父亲，听从女儿的建议，选了款绿色的。

挑好后，女儿蹦蹦跳跳写作业去了，我还在想父亲原来收音机的样子，忽然觉得就是父亲现在这个样子，灰突突的，有的地方油漆碰掉了，有的地方摸得油腻腻的，拧开开关，刺拉拉地响半天，啥也听不清。

那一刻，我忽然意识到父亲老了。这么多年来，我像钉钉子一样拼命把自己往城市里钉，结婚、生孩子，给孩子找好点儿的学校，买房、还房贷，一件事接着一件事，慢慢地竟忽略了父亲，偶尔想到他，觉得他像村子里到处可见的老树，不管天旱雨涝，到了春天总可以发芽、抽条，从来没想到他会老。

几天之后，父亲打来电话，高兴地说收音机收到了，他正在和刘桐听。旁边传来刘桐的大嗓门："这家伙真不赖，收的台多，声音还又高又清楚。"

刘桐的豆腐真好吃，那时每次回家，父亲总要订刘桐的一块豆腐，迟了就卖完了。可是刘桐老婆癌症去世后，唉，村里得癌症的人真多！刘桐的腰突然就直不起来了，他做不成豆腐了，简单打点儿零工。母亲去世后，父亲便经常和他在一起。

听到刘桐的声音，我想，待在村子里也可以，毕竟到处是熟人，但挂了电话，还是有些不放心，便抽时间回了趟老家。

见到父亲的一刹那，事先想见他时的热情少了一半。父亲还是那副老样子，褪了色的衣服脏兮兮的，都快夏天了，还穿着领口磨得油光发亮的厚毛衣，外面套着厚厚的中山装，胡子许多天没有刮，头发更少了，露出一大截黑乎乎的光脑门，像发霉的葫芦瓢，我怀疑父亲日常脸也不洗。

父亲看到我，咧嘴一笑，露出歪歪扭扭的又黄又黑的牙齿。

我有些心酸，连问了两句："那么多衣服，为啥不换个干净点儿的？春天了还穿这么厚的毛衣，不热？"父亲继续嘿嘿笑着回答："不热。

过几天不忙时就换。每天不是去地里，就是刷家，穿不上个好。"然后他又说："以后千万别给我买新衣裳，以前买下的还都在柜子里放着，你妈那会儿给我做的一套中山服还新新的没怎样穿哩！"

和父亲每次见面，几乎都以类似的对话开始，我简直失望透顶，要不是我的父亲，这样的人在街上看见，我不会多瞧一眼。

进了老屋，黑乎乎的，大白天父亲连窗帘也不摘，到处是土，挨着邻居家的那道墙还裂了条缝子，糊着一道长长的纸条。

我说："这房怎么住？已经裂开了缝。"父亲满不在乎地笑着说："能有啥事？裂缝是李大家的房子审过来的，我已经糊好了，没事儿。"我哭笑不得："缝都能看见，怎么能没事？用纸能糊好？"我伸手摸了一下那条缝，墙皮簌簌往下掉。我说："爸，你岁数大了，别给人们裱家了，跟我住到城里，门口就是一个大公园，里面有很多老人。"父亲说："我可不跟你到城里住，能把人憋死。"说着他把一个大的空纸箱放在那道裂缝前，说："现在一般人叫我裱家我也不去，但有的人耐不过，人家用了我几十年，老关系，叫我哪能不去？"

然后父亲笑了，他说："你看，你一回来，家里就有耗子了。"我问："哪有？"一回头，一只耗子嗖地蹿进了柜子底下，同时窸窸窣窣的声音在几个地方响起。我问："以前没有？""没，没这么多吧！"父亲犹疑不决地回答，"它们闻到了你带回来的东西的香味儿。""要不你养只猫吧？"我想起女儿常常嚷嚷想养一只猫，有只猫做伴也不错。"要猫干啥！"父亲断然拒绝。

那天吃饭时，陪父亲喝了些酒。父亲很爱喝酒，小时候经常见他喝醉，母亲病故后，父亲除了给别人裱家时喝东家的酒，自己酒也不买了。父亲见了我高兴，喝了两大杯还要喝，我劝不住，喝完第三杯，他喝多了，控制不住自己说："要是你妈现在活着多好，帮你们看看孩子，我种点儿地，她没福气……"说着就落泪了。

我说："你找个做伴的吧，我妈走了这么多年了。"

父亲的眼泪更多了，鼻涕也流出来，粘在胡子上亮晶晶的。

我撕了块儿卫生纸递给他。

他胡乱擦了擦，无力地说："不找了……"

耗子在屋子里乱蹿，开始还只是在柜子底下、顶棚里，后来胆子越来越大，竟然跑了出来，有一只还大胆地用爪子扒我带回来的放食物的盒子。父亲看见，拿起来把它架到柜子顶上。我一看，上面炫耀似的一溜儿摆着几个盒子，都是我带回来的。

我说："给你带回来的东西趁新鲜赶紧吃，放到那儿管啥用？耗子也不怕高。"

父亲大着舌头说："都能吃完，一会儿把刘桐叫过来让他尝尝。"

回城前，我给父亲留了点儿钱，告诉他一定要把屋子修好，父亲坚持不要，他说他有钱。告别之后，父亲一回屋子，我就清晰地听到里面传来收音机的声音：13号台风可能于明天登陆或擦过海南岛。

二

我在地铁口停下，风像剔骨刀刮着人身上不多的热气，这次电话里父亲的声音被风扯得时断时续，躲进附近的便利店，让父亲大声重复说一下，才听清楚他的话。

父亲好像变了，他第一句话是问："西西，你忙不？"

我说："刚下班，回家路上，爸爸你有啥事？"

父亲说："西西，你给爸爸买个智能手机吧，不用买贵的，能上网，能发微信，能拍照，能录音就行。"不知道父亲在哪儿打电话，声音皱巴巴的，好像冻得在哆嗦。

"爸，你干啥用？"

"不用买贵的,能上网,能发微信……"父亲重复着自己的话。

4G 网刚开通时,我提出给父亲买部智能手机,父亲不要,以为他怕我花钱,我把退下的智能手机给他,他也不要,他说就打个电话,要智能手机干啥?现在主动打电话要!

我捉摸不透父亲要手机干什么,但手机比收音机好玩得多,想父亲是不是真的有啥想法,便赶忙去最近的手机店挑选。天色更暗了,路灯比刚才亮了,街上的行人还是急匆匆的,但在疲惫的面色中,多了些画着精致妆容、大概去赶饭局的女孩,也有些衣着正式、衬衫领子和袖口露在外面的很干净的男人。我想到父亲,摇了摇头。

选好手机,让销售人员在上面安装了微信、QQ 与一些视频和游戏软件。

过了三天,父亲打来电话说手机收到了,然后又扭扭捏捏地问:"西西,你以前不是说有退下来不用的手机吗,这会儿在不在了?"

我好奇父亲问这个干啥,回答说:"在啊,有好几个。"

父亲说:"你给我寄一个吧,刘桐用。"

刘桐的声音在旁边说:"还不知道能不能弄成?"

没有等我再说话,父亲匆匆挂了电话。我不知道父亲和刘桐在弄什么,把自己不用的好几部手机都给他寄了回去。

父亲收到智能手机之后,我通过手机联系人加过他的微信,没有找到,以为他不玩这个,时间一过便忘记了这回事,继续沉浸在关于自己的"隐疾"中。

有一天,父亲突然打来电话,让我加他的微信,帮他在微信朋友圈里转发一下视频。我欣喜父亲终于有变化了,赶忙加上他的微信,打开发来的视频。

父亲在施肥,他穿着脏兮兮的蓝色中山装,头上脸上都是土,不多的头发被风扬起,上面沾着碎草屑。他施的肥黑乎乎的,父亲捧着一把，用我们老家的方言说："这是纯天然的羊粪，我们的农产品不用化肥，不打农药，是真正的绿色食品。"视频中的父亲样子很认真，像背课文的小学生。因为他的认真，方言听起来特别生硬、难听。

原来父亲让我转发这样的内容，看架势，他要卖啥农产品了。

小时候有段时间，父亲在家里嘀咕要开店，因为他有位朋友总说孩子们大了很费钱，趁现在小，应该多挣点儿钱，而几乎每位来找父亲裱家的人都要问哪儿的麻纸好，哪儿的立德粉好。开个卖五金杂货的小店，生意肯定错不了。在朋友的怂恿下，父亲终于把老屋隔出一间门店，要与朋友一起投资开，两人商量好了小店的名字，那位朋友把营业执照办下来后，父亲突然改变主意，他说自己的性格不适合经商。

现在父亲竟要做微商了，我不知道是好事还是坏事。想起微信圈里被我屏蔽掉的那些卖东西的朋友，做微商一定很难，怎样能让别人信任你，买你的东西？我们镇坐落在山西北中部，就是抗日战争史上夜袭阳明堡飞机场和雁门关伏击战发生的地方，一半盆地，一半山丘。人们在盆地种些玉米、高粱等大田作物，山坡上种谷子、荞麦、胡麦、豆类等小杂粮，没啥特别的东西，谁买呢？而且想到父亲邋遢的样子，如果被朋友们看到……我便没有帮他转发，想过段时间，父亲或许会知难而退，他不适合干这个。

没想到到了晚上，父亲在微信里问我："怎么没有看到你转发的视频？"

我不知道该怎样回答父亲，便索性装作没看见他的信息，侥幸地想，父亲刚用微信，大概不太熟悉它的功能，能糊弄过去，或者，他能猜测到我的想法，不再问。

但是第二天一早，刚打开手机，就蹿出父亲的微信，他还是问怎么没有看到我转发的视频。

没办法搪塞了，想到父亲的执拗，便不情愿地转发了。

很快，下面跟了些回复。

待在村里的那些同学最活跃，他们平时根本不理会我发的关于文学的内容，对父亲的视频却很感兴趣，回复五花八门：

"你爸爸老了。"

"有空多回村里看看。"

"美不美，家乡水。"

……

这些人根本不可能买父亲的任何东西，因为大家种的都一样。

有几个文学圈的朋友，点了赞，我怀疑他们连视频都没看。只有一位说："粒粒皆辛苦！"他肯定不知道这是我的父亲。

几个亲戚都用关心的语气问候父亲的身体，一位妗子语重心长地劝我别让父亲种地了，让我把他接到城里。

我后悔转发这条视频，一条都没有回复。

到了傍晚，父亲的微信又来了，这么多年，我们从来没有这么频繁地联系过。这次他是批评我的，他说朋友圈要互动，你不回复别人的留言，人家就不会给你点赞、留言了。

给父亲买手机，居然带来这么多麻烦。我好奇父亲怎么知道我没有给别人回复，打开微信，老家的那些同学和亲戚们居然都是父亲的微信好友，而且他们每个人都转发了父亲的视频，父亲在每一个人转的视频下都点了赞，还说谢谢。看着父亲邋里邋遢的样子出现在一个又一个熟人的微信朋友圈上，我脸有些发烫。

父亲做微商首先肯定是想挣点儿钱。作为我们这一带最好的裱匠，记忆中找父亲裱家的人得排队，需要提前半个月或一个月来预约。父亲每年过了正月初五开工，一天接一天，干到大年三十还干不完。因为忙，父亲顾不上管家里，每到过年的时候，别人家的屋子请父亲裱刷得白白的，我家的屋子黑乎乎的，而且父亲每年都顾不上，屋子越来越黑，进去就令人沮丧。家里其它活儿父亲也顾不上管，年货都是母亲一个人备，因为这，母亲一急就和他吵架，别人家过年快快乐乐的，我们家过年总是很紧张。近几年，找父亲裱家的人家越来越少，村里的好多人搬到县城住楼房去了，尤其是那些年轻的、刚结婚的；还有些在村里的喜欢上现浇房，住中式结构房子的人越来越少，以前和父亲这样裱家的人纷纷改行去做装潢。但只为了挣钱，父亲这样的性格好像有点儿说不过去。

尤其是听说父亲为了用手机发信息，竟然买了拼音挂图挂家里认真学拼音，更加让我不可思议。记忆中父亲读过几年小学，年轻时还做过大队的会计，挺爱读书，现在老了再去学拼音？

过了几天，父亲又给我打来电话，很认真地说需要帮他一个忙。我对父亲的电话已经有些头疼了，我情愿他问我要一些东西，哪怕贵些也不怕，现在他这样认真和我说话，我预感不大好。

果然，父亲说："你在外面工作，认识的人多，拉我进你的几个微信朋友群，那里面肯定有许多人需要绿色食品。"

我一听头大了，怎么能把父亲拉进我的微信朋友群呢，便回绝道："拉不进来，进这些群都要群主审核。"

父亲不死心地问："你和他们说一下不行吗？"

我说："人家都是搞文艺的。"

父亲叹口气，挂了电话。

拒绝了父亲，我心里有些不安，想父亲这样着急是不是缺钱，便给他微信转账发去个大红包。父亲打都没有往开打，他回复说他不缺钱，这些年挣得钱连他死后打发也够用了，只是想让我多帮他做宣传，多帮他加一些微信好友。

父亲走火入魔的样子让我担忧，我便给村里的几个同学打电话，询问父亲的情况。他们都说父亲现在像变了个人，以前见了人不怎么爱说话，现在见个人就想加人家的微信，每天想方设法增加微信好友。他们这样一说，我想到地铁、公交车、广场、商场，那些手里拿支鲜花或棒棒糖，觍着笑脸挨个求人们扫他们微信的业务员。父亲以前特别不爱求人，现在怎么变这样了？

我又问他们父亲还在学拼音？好几个人说父亲不仅学，还学得挺好，培训班的学员拼音比他好的现在估计不多，县里来的老师和村里的第一书记经常表扬他！

他们这样说，我心里一凛。

我带着好奇的口气问他们父亲裱不裱家了。他们说裱，父亲建了个微信群，把那些叫他裱家的人都拉了进来，还让人家帮他宣传。想到父亲灰头土脸的形象像漫山遍野的野草，出现在越来越多人的手机上，我心里怪怪的。

晚上，梦见父亲。他来我家了，带了好多煮熟的玉米，每天早上，他拿着玉米到公园门口，见人就迎上去，送人家一个玉米，对对方讲，加一下我的微信吧。每天早上他都带着好多玉米出去，晚上兴致勃勃回来，午饭也不回来吃。

芒种过后十多天，父亲又发来他的视频。他在锄草。这次他脱下长衫了，却换了件穿过很多年的湖蓝色半袖衫，当初那鲜亮的湖蓝早已褪去，变得发灰，像湖水被大面积污染了。父亲满脸的胡子和头发连在一起，像从草里长出来的一棵最高的草。

我气愤给父亲买了那么多件新衣服，他不穿，总是让我转发他邋里邋遢的视频，便索性关掉朋友圈，告诉父亲最近加紧写个东西。父亲这次没有多说，给我发了一个竖起的大拇指。

三

关了朋友圈开始不习惯，总觉得会错过什么，隔段时间就想摸出手机来瞧瞧。但是确实让自己安静了一些，而且时间好像突然长出来了。我想怎样能让父亲摆脱当前这种状态，想了半天，也没有个好办法，就像父亲以前那种状态我没办法一样。

我便想自己，假如我是个成功的人，父亲还会这样吗？不用别的，我要是很有钱，父亲肯定不用像现在这样辛苦种地，更不用考虑怎样去卖东西，他也许会安心地把自己收拾得干干净净，搬到城里，像周围那些老年人一样，去公园里下下棋，听听戏，打打太极拳，隔段时间报个团出去转悠一下。即使他自己不爱收拾，也可以雇人为他收拾，理发刮胡子洗衣服算个啥事情，再说，他不干活儿了，人就干净了，我们见过的有钱人里，哪个邋遢？

这样一想，原因竟然在自己身上，我忽然觉得这几年过得虽说辛苦，实际上却还算安逸，并没有狠下功夫去打拼。正想着，女儿放学回来，一进门就喊："累死了！"却习惯性地打开书包，往出取作业。她每天都这样，早上六点四十从家里出发去学校，晚上八点四十左右才能回来，中午在小饭桌吃点儿饭，休息时还得写作业，晚上回来还得再写两个多小时作业。

望着女儿尖瘦的下巴，我拿起手机把起床闹钟往前调了一小时，调到早上五点钟。

第二天闹钟响了，起床时妻子迷迷糊糊问："干啥？"我说："写东西。""几点了？""五点。"妻子翻个身继续睡觉。我坐在书房电脑前，有些犯困，进入不了状态，便想起父亲。这辈子，他几乎一直在干活儿，人们用老黄牛形容勤快的老百姓，父亲就是，他一刷子一刷子裱家，把我供养大，上了大学，给母亲看了病，攒下自己老了的钱，还要种地，做微商……

女儿吃完饭，上学走了之后，我收拾完家里去单位，心想以后每天早上都五点起床，写一小时小说，晚上也要写东西，最起码写到女儿睡觉时。

晚上下了班，一回家就直接坐到电脑前。女儿放学回来看见我在写东西，打招呼说："爸爸我回来了。"吃完饭，女儿写作业，我继续在电脑前写东西，直到累得不行了，才关了电脑，看书。快十一点钟的时候，听到女儿扣上笔袋儿，洗漱完上了床，我才去睡觉。

第二天女儿上学前，说老师让她们买几本课外参考书。去了书店，给女儿买好书后，我忽然看到了拼音挂图，想起父亲用拼音挂图练打字，我想自己普通话不好，与别人交流总受影响，为啥不像父亲那样，认真去练，把普通话学好。

女儿放学后，看到书房里挂了张拼音挂图，奇怪地问："爸爸你买这个干啥？"然后她大声向妻子说："爸爸返老孩童了，在书房里挂了张拼音图。"

我说："你爷爷用拼音图学拼音。"

女儿问："你想爷爷了？"

我说："我用拼音图学普通话。"

女儿笑了，她说："老爸你太搞笑了，用拼音挂图学普通话？想学我教你。"

我让她赶紧写作业去。

我打开电脑，搜索"学习普通话"，一下出来好多网页。选了一个众多网友推荐的视频，跟着学了二十分钟。

学完之后，舌头好像长了，又好像短了，吃饭时还咬了几次。女儿和妻子都笑我。

第二天，我又跟着视频学了二十分钟。

只有两天时间，发觉以前有些咬不准的字能说清楚了，也许是心理作用，我决定坚持下去。

慢慢地，妻子和女儿习惯了我对着电脑练习普通话，有时女儿有字不会念了，还问我。

一段时间后，妻子好奇地问："你最近怎么不出去和人吃饭了？"

我反问："这样不好？"

妻子回答："好呀！喝上酒臭烘烘的，对身体也不好。"

心一静，关于"隐疾"突然来了灵感，我推倒以前的开始重写。

沉浸在创作中，父亲的事情我不太多想了，反正想也帮不上多大忙。

转眼间到了九月份，天气渐渐凉下来，早晚已经得穿长袖衫。中宣部在浙江大学办了个培训班，我们单位有个名额，安排我去了。

课后大家经常聊天，培训班快结业时，有次聊起各自的家乡，我讲到雁门关、滹沱河、抗战，忽然有位同学问："你们那儿的小米是不是不错？"

我说："是，我们那儿好多人在坡地种小米，熬上稀饭特别香，小时候我们每天早上喝小米饭，就咸菜，现在我早上最爱喝的还是小米饭，人的胃有记忆。"

马上，另一位同学接着说："小米加步枪，小米很有营养。"

我说："是啊，小米很有营养，价钱还不贵，我们那儿女人坐月子，每天喝小米粥。"

几位同学听了，都想买点儿小米，让我推荐。我犯了愁，小米这东西，老家到处都有卖的，但好喝的和不好喝的差别很大，有的熬上特别恋锅，颜色金黄，最上面还有一层米油；有的寡淡寡淡，颜色发白，也不好喝。我平时都是去超市买，虽然大多时候还不错，但万一给同学们买上不好的……

忽然想到有次父亲好像谈到在种什么"羊粪小米"，给他打电话。父亲的手机意外地占线，等了好长时间，才把电话打进去。我问父亲能不能买下好小米。父亲大概没有想到我会问小米，有些意外，马上回答："新米刚下来，今年咱家种的是羊粪小米，完全没污染，口感特别好。"

我找到父亲的微信朋友圈，让同学们看视频，但没有告诉他们这是我的父亲。学习时，为了方便，我又开了朋友圈。

耕地。施肥。播种。禾苗长出来了，绿油油的，刚开始只是尖尖的一个头，然后一天一个变化。父亲记日记一样，在朋友圈里记录着谷子成长的过程。几天过去，已经冒出一截儿。然后父亲锄草、施肥，施的是羊粪肥。长出谷穗了，刚开始手指头肚那么大，慢慢变成狗尾巴那么大。突然长出虫子了，父亲对着镜头说："我们不打农药。"他每天用小刷子蘸着烟蒂泡的水刷谷穗，好半天才刷完一枝。刷谷穗的时候，父亲的脸拼命往上凑。我知道他眼花，看不清那些小虫子。他抬起头来的时候，脸上粘着黑一道、绿一道植物的汁液，谷子地一眼望不到尽头。

同学们没有把视频看完，就敲定了买父亲的小米，五斤、十斤下了订单，那天帮父亲卖了五十斤小米。

第二天父亲告诉我已经发货了，他说："西西，你认识的人不一样，以后有机会多给我介绍啊！"

培训班结业后没几天，一位西藏的同学给我打来电话。我有些诧异，他这么快就和我联系。没想到他开口就说："西西，你介绍的米贵，熬上不好喝。"

我心里咯噔一下，赶忙说给他问一下。

我给父亲打电话，父亲听完后说："西西，放心，我还能让你丢脸？"

几天后，西藏的朋友又打来电话，他说："我错怪你介绍的那位卖米的大爷了，是我们这儿的水有问题，以后我就吃他家的小米。"

我不清楚父亲怎样处理的，忙去问。

父亲说："咱的米能有啥问题，我自己种的还不知道？肯定是他的水出了问题。我给他又寄了三斤小米，同时寄了三瓶矿泉水。我告他说你熬的米不好喝，可能是水的问题，这次你用矿泉水熬上，不要拿你们的水，要是不好喝就是我的米有问题。"父亲笑了一下说："一个地方是一个地方的水土，他们那儿和咱们的水土不一样，一用矿泉水熬上他就告诉我好喝。"

我心里叹服父亲能想到这么个点子，说以后有朋友要小米，我就给介绍。

父亲说："我不光卖小米，还有核桃、蜂蜜、酸枣、荞麦、胡油、土鸡蛋，需要啥有啥，质量绝对没问题。"

四

中秋节和国庆节挨着，连在一起放假。关于《隐疾》又完成了一次修改，成了五万多字的中篇，却还不是很理想，哪个地方差点儿什么。想到有段时间没见父亲了，便带着稿子回了老家。

一进院子，看到辆破旧的宗申 125 摩托车，以为是谁放到我们家的。

见到父亲，发现他居然变了，还是穿着旧衣服，但没有那么多土和污渍了；胡子刮过不久，露着整齐的花白的胡子茬；头发好像刚洗过，飘着久违的洗衣粉的味道。看到父亲这样子，我心情顿时和前几次都不一样，高兴地说："这样穿得干干净净多好，不用别人看，自己就感觉舒服吧？"

父亲有些不好意思地解释："今年地里的活儿干完了，裱家的营生也少。"紧接着问："喝水不？刚坐开。"又说："我今天还得发几笔货。"

听着父亲前言不搭后语的话，我心里有些暗暗好笑，前几年进了十一月、十二月，地里没有任何活儿了，父亲也不愿意换洗衣服。但我没有继续这个话题，而是随着父亲进了屋子说："这次带了盒双合成的月饼，还有几只螃蟹，你尝尝。"

屋子里明显比以前亮堂了，最显眼的是墙上挂着的拼音图，大小和我家里的差不多，但上面密密麻麻有许多铅笔画的道道和对勾。墙不久前刷了，白得耀眼。紧贴着墙摆着一排小货架，上面整整齐齐地摆着小米、玉米面、高粱面、核桃、蜂蜜、酸枣、荞麦、胡油、土鸡蛋……阳光斜斜地照在这些东西上面，暖乎乎的。循着光线望去，以前那黑乎乎的窗帘不见了，玻璃也擦过，没擦干净，上面有些道子，但比以前干净许多。

又觉得屋子明显比以前宽敞了，想了想，原来是以前堆着的烂胶皮、废纸箱、玉米棒子不见了。

父亲坐到桌子前埋头填单子。我走到他身边问："哪儿的订单？我帮你填吧。"父亲说："好，那你来吧，你的字好看。"北京十斤小米，广东五斤核桃，西藏二斤蜂蜜、五斤小米，太原十斤胡油……父亲的订单真是五花八门，哪儿的都有。他的这些土特产哪儿来的？家里没这些东西，正准备问，忽然有张订单引起我的注意，非洲多哥二十斤小米。

我惊讶地说："这儿有个非洲的！"父亲却不在乎地说："多哥，西非的国家。买米的是中国人，援建非洲，上次他家里的人推荐买了我十斤小米，感觉好喝，这次要二十斤。"父亲竟然把小米卖到非洲了，还是我从来没有听说过的多哥，我惊讶地问："非洲一斤卖多少钱呢？""二十块。怎样也是出口吧！"父亲有些自豪。父亲这样淡定让我惊讶。我想象这二十斤小米漂洋过海，寄到西非的中国人手中的情境，觉得父亲有些神。

填完订单，我望着拼音挂图问父亲："你怎么就想起做微商的？以前你不是说你的性格不适合经商吗？"父亲干咳了一声，说："本来也没想过做这个，村里第一书记组织培训，没人去。人家就说去一天给五十块钱，还管饭。人们谁也不信这是真的，刘桐拉我去看，去了听了几节课，觉得人家讲得有道理，想试试吧，一试还行，反正现在裱家的也少。"

听了父亲的话，我有些好奇，问："去了真一天给五十？"父亲把订单用夹子夹好说："只给贫困户。""哪儿来的钱？"父亲翻了翻订单说："人家上头专门拨的。这会儿当个贫困户好处可多哩，娃娃们上学不用花钱，看病大部分给报销，房子破了花钱给修，你妈那会儿要是碰上精准扶贫，说不定……"听到父亲又要往伤心事上扯，我忙打住问："啥条件能当贫困户？"父亲说："西西，咱不用想，你有工作，爸爸评不上贫苦户，人家一笔笔给算收入哩！"知道父亲领会错我的意思了，我说："爸爸，我不是叫你当贫困户，我是说咱们村不是贫困村吧？有贫困户？""咱们村？是，不是，大概不是，但有贫困户，刘桐就是。"

我叹口气，打开月饼盒，取出一块月饼递给父亲说："爸爸，你尝尝，双合成的，可酥了！"父亲接住月饼，撕开包装，用两个手捧着，咬了一口说："酥！真酥！"

这时门外有个女人的声音喊："李师傅，李师傅在吗？""在，在。"父亲放下月饼，把手里的月饼渣子倒进嘴里，迎出去。是镇上以前的赤脚医生月仙，她拎着个篮子说："李师傅，家里有人？""月仙，进来吃个双合成月饼，西西回来了。"

月仙进来了，这么多年没见，月仙也老了，人特别瘦，脖子上的青筋很明显，放篮子的时候，袖子缩回去，胳膊细得麻秸秆似的，上面也是一条条青筋。父亲递给她一个月饼。"双合成！我还没吃过双合成呢，在李师傅这儿尝尝鲜。"月仙接住月饼，却没有当面对着我们吃，她说："又有了蜂蜜了。"父亲说："今天卖了二斤，前几天还卖了点儿。""好赖有了个微信，要不是咋卖这些东西呢？"

月仙走了之后，我指着货架问："爸爸，这些东西不都是咱家的？""咱家哪有这么多东西？除了小米和胡油，别的都是给人代卖的。"说到这里，父亲忽然神秘地问："你知道我现在有多少微信好友？""五百！"我大着胆子猜，觉得自己有些开玩笑。父亲摇头道："再猜！"我意识到自己说少了，狠狠心，说："八百。"父亲得意地笑了，说："两千，我现在有两千个微信好友！"我有些纳闷，父亲待在村里，每天见来见去的就这么几个人，怎么会加上这么多微信好友。

这时，对面卖猪肉的牛二家媳妇过来了，她说："西西回来了。"然后说："李师傅，你给我打个字，这个字不知道咋念，怎样也打不出来。"父亲看了看，嘀咕了一句，很快在她手机上打出来。有人喊买肉，牛二媳妇赶紧跑出去了。

我说："爸爸，你真用拼音图学打字？"

父亲用手挠挠后脑勺，拿起刚才吃剩下的月饼，继续用两只手捧着说："不想求人嘛！刚上微商课的时候，老师在上面讲，我们在下边练，我想写几句话，经常被不会拼的字卡住，打不出来，就问和我挨的人，这个拼音是怎么写？人家帮我打出来。但总麻烦别人不合适，我想自己一定得学会，便开始学。咱毕竟老了，念上几遍也记不住，看到人家现在小娃娃们学拼音都用挂图，觉得这个东西一定管用，便买了一张挂家里，每天看着念，慢慢就记住了，会拼了，现在大部分字用拼音都能打出来，有的打不出来，赶紧手写一个。"

那天，不知不觉和父亲聊了很多话，这么多年来，我们第一次说了这么多的话。我决定，第二天与父亲一起去县城寄快递，看看他怎样发货。

第二天早上，飘着些细雨。我说："打个车去县城吧？"父亲说："一斤米能挣多少钱，还打车？你怕雨就别去了。"我忙说："我是怕你淋了雨感冒，拿这么多东西坐公交不好弄吧？"父亲说："咱们骑摩托车去！我那儿有摩托。"父亲指了指院子里。"谁的摩托车？"我问道。"我买的，二手货，还不到一千块，骑这个东西方便。"我越来越搞不清父亲了。十几年前，父亲坐摩托车摔了一跤，扭了腿，从那儿之后认为摩托车不安全，再不敢坐了，现在居然买了辆摩托车！

货真不少，光米就装了两大袋子，还有十斤胡油，包里还放着些核桃、蜂蜜。父亲把它们绑到摩托上，苫住。我和父亲抢着开摩托车，争执了半天，决定由我开。

出发的时候，雨不大，我们俩穿了雨衣，想半路雨可能就停了。

摩托车行驶在公路上，漆黑的柏油路面淋了雨，冒着缕缕白气，路边的树叶半黄了，随着雨滴沙沙往下掉，田野里昆虫的鸣叫声高一下低一下，好像要把这阴云撕开。我和父亲有一搭没一搭地说着话。

没想到还没走一半路，雨毫无征兆地突然大起来，雨点噼里啪啦地打在路面上，溅起一朵朵水花，像白色的棉桃纷纷在坠落。气温骤然间降低了。雨水顺着冰冷的雨衣往下流。

我说："咱们找个地方避避雨吧。"父亲说："万一雨一时停不了呢，咱等到啥时候？"我没话说，只好继续往前开。雨水打得眼睛睁不开，怕出了事儿，不敢往快开。车子扭了几下，差点儿摔倒。我扭回头喊："搂紧我！"车子又扭了几下，父亲犹犹豫豫地把手放在了我的腰上。我说："搂紧！"父亲抓住了我的衣服。我感觉父亲的雨衣比我的软。

四周灰蒙蒙的，雨像棍子那样一截儿一截儿接连不断掉下来，打在身上，然后断掉，耳边到处都是唰唰的雨水声和公路上哗哗的水流声，偶尔汽车驶过，溅起高高的水柱，不知道多少年没有这样在雨中走过了。

好不容易进了县城，天更黑了。父亲指引我到了寄快递那儿。一停车，坐在后座上的父亲像从水里捞出来的，全身都湿透了。原来他怕把货淋湿，脱下雨衣包了货。

我责怪父亲傻，这些货卖完挣的钱都不够看场病，赶紧找了块毛巾让把他脸上的雨水擦干，又让他把外面的衣服脱下来拧干，然后把我的雨衣脱下来让他两件套一起穿上，这样总会暖和点儿。

快递营业员和父亲很熟，开玩笑说："你们就不能迟上一天？"父亲嗑着牙齿说："不行，一迟就失了信用了，我不想等，接下单就想发货。"我不知道说父亲什么好。

因为下雨，快递公司只有我们一笔业务。营业员上来就打真空包装，装箱子，称重。他的动作很娴熟，但我还是感觉慢，隔一会儿看看父亲，父亲像一只被雨淋湿的老鸟，缩着身子不停地哆嗦，衣服上不时往下掉几滴水。我暗骂自己糊涂，父亲让冒雨赶路，我为什么要听他的，万一他生病了怎么办。

好不容易发完货，已经一点多，雨一直下。

我说："吃火锅去吧，太冷了。"

父亲不去，他说："火锅那么贵，有啥吃头，吃碗面就可以了。"

我坚持要去，我以为我一坚持，父亲就会妥协。没想到我出了门，父亲不仅没有跟上，反而朝另一个方向走了。我叹息一声，父亲根本没有变，还是那个执拗的父亲。我只好随着他，一起去吃面。

吃面时，点了个什锦砂锅，要了二两白酒。装满白菜、豆腐、粉条、黄花菜、木耳、土豆、烧肉、丸子、粉条的砂锅热气腾腾地端上来后，父亲问："很贵吧？"我说："不贵，基本是素菜，没几片肉。"父亲夹了一筷子放嘴里，马上吐着舌头说："真烫！"然后说："好吃，为啥你妈在的时候没让她尝尝？"我回答不上来。那个时候，我也没有吃过砂锅。

吃饭中间，父亲不停地看手机。我说："好好吃饭吧，吃完饭雨停了回家。"父亲不听我的话，吃几口就看几眼。

从小到现在，这是唯一一次和父亲在饭店里吃饭，我不想被手机破坏掉这难得的时刻，而且父亲刚淋了雨，想让他多吃点儿热饭，便不断说他。父亲终于不耐烦了，他说："你吃你的就行了，我不给人家回复不礼貌。"说完这句话，父亲大概意识到口气有些硬，解释道："我们做微商，对的都是零散客户、家庭用户，人家现在问你，你不回答，可能就定别人的货了，所以得及时回信息。"

看着父亲一本正经地解释，我想起小时候吃饭时我爱看书，父亲催我快点吃，我不耐烦了便怼他，父亲从来没有发过火，而是放慢速度等我。母亲不耐烦了便说我们两个，埋怨父亲起了坏的带头作用，父亲总是呵呵一笑，抓抓他那时浓密的头发。我不催他了，耐心地等他回复人家。

父亲的表情很认真，有时打字的时候还一个字母一个字母把拼音念出来。

这顿饭吃了很长时间，火锅吃得一干二净，汤也被父亲喝得干干净净。他边喝边说好喝，喝完汤，父亲舒展了一下身子说："不冷了。"

雨已经停了，天空亮了起来。

到出发时，父亲又接了两单生意，都是小米。我说："你这微商做得不错啊！单子还不少。"父亲说："微商关键是做信誉，做回头客，不像电商走得量大，微商走得量小，一次几斤、十几斤，多也多不过二十斤。客户一般都是老客户，吃得好还能给介绍给别人，不敢不理人家。"父亲似乎还在为刚才的事情解释。

我赶忙岔开问："是不是买小米的人多？""是，今年种对了。咱们这儿是革命老区，镇上瞄准小米加步枪宣传，人们买账。现在有钱人都吃健康食品，越是有钱人越爱惜身体，人们生活水平普遍提高了，好多人不会在乎多花几块钱买点儿健康食品，有人还专挑贵的买。关键是怎样让人家相信你的产品没问题。"

"那咋弄呢？"

"村里第一书记联系的与'雁门沃土'合作，人家提供种子、羊粪、有机肥，地里还上着监控，不让上化肥，不让打农药，保证绿色健康。"

父亲把袋子和雨衣卷起来，我去发动摩托车。

父亲跟在后面说："像刘桐，老脑筋，怕种多谷子卖不了，还是种玉米。种玉米还是老办法，上化肥，洒农药，根本卖不上个价钱。九亩玉米我和他一起卖的，卖了九千块，除去开销三千五，挂了一吨炭两千，只剩下三千五，一年的光景怎样过？以前给铁矿上看门，还能挣点儿钱。现在查环保，铁矿停产整改，村里想办法帮他，让他看井房，刘桐后悔没种谷子。"

城内街道上路还是湿的，出了县城，公路已经干了。天蓝得接近透明，似乎天空上面还有个天空。路两边地里传来蟋蟀的叫声，嗓子被雨水润过，一点儿也不像秋后的蚂蚱，清脆嘹亮像夏季稻田里的青蛙。

我想起手机里父亲刷虫子的视频，问他："羊粪小米的产量怎样？"

父亲回答："不如以前用上化肥产量高，今年谷子长了虫子，我们说打点儿农药吧，人家说不能打。结果虫子把谷穗头吃了，减产了。但人家也说了，刚开始不用化肥产量低，坚持上几年，地就养过来了，产量会提高。而且有虫子也不怕，只要坚持不打农药，慢慢地里会长出虫子的天敌。"

我想起《寂静的春天》。

父亲在摩托车上扭了扭身子说："关键是这种小米好卖，现在上化肥的小米，一斤顶多卖上五块钱，还不大好卖。我们的羊粪小米一斤卖十八块，假如要得多的话，能便宜些，也卖十五块。"

"十八块不错，能顶半箱伊利牛奶了。"

"可不。城里人喝奶的时候咱们喝米，现在他们爱喝米了，村里的人们喝奶，现在好多人家给小孩订奶，但我还是爱喝小米。"父亲说着打了个嗝，脖子上暖烘烘的。

我问："地是不是得隔离，你不用农药，别人打农药会影响吧，而且农药的影响不会一下消失。"

父亲说："人家隔离了，不打农药不施化肥的地集中到了一起。只要坚持不用农药，地里残留的危害物三年就可以消除。"

"那你们现在也不是完全的无公害？"

"这个没办法，"摩托车扭了扭，父亲说，"但我们的总比别人的公害少，而且只要三年就没了。"

回到家里，我对父亲说："热点水洗个澡吧，别感冒。"要是以前，父亲肯定说："哪能感冒了，没事。"现在点了点头，任我去热水。

父亲洗完澡，居然穿了套新衣服出来。说新，其实是前年我给买的，但一直没见他穿过。父亲穿上它，人立马精神了许多。

　　一出来，父亲就看手机，马上欢呼起来："有人要十斤家鸡蛋，我去刘桐家看看。"我问："咱家不养鸡，每次卖的鸡蛋都是别人家的？""一个村的，给别人帮帮忙嘛，刘桐可怜的。"

　　我说："我去吧。"父亲说："要是多，你一起拿过来吧！"

　　巷子里几个工人正在挖排水沟，村里要改旱厕。刘桐家的门虚掩着，我敲了几声，听到有响动走进去。刘桐从屋里走出来，他看上去比父亲老，整个人腰塌了下来，上半身几乎与地面平行着走路，看我时，头费力地抬了起来，露出掉了门牙的嘴。

　　我忙快步走上去说："刘桐叔，我爸问你有没有鸡蛋，有人要十斤。有的话，让我一起拿上。"刘桐说："西西，鸡蛋有，让你爸过来喝酒啊！你一回来，他都叫不出来了。"

　　刘桐返回去取鸡蛋时，几只母鸡被公鸡追赶着在院子里乱跑，湿地上都是鸡爪子印、玉米粒、鸡屎和五颜六色的鸡毛。

　　刘桐拿着一篮子鸡蛋出来。我问："多少斤啊？"刘桐说："让你爸称吧，叫他过来喝酒。"看着刘桐扬起的脑袋，我感觉别扭，赶忙告别。

　　回到家里，爸爸称出十斤，还剩下几个，他说："咱们晚上炒着吃。"我打趣问："不卖了？""卖个啥？咱买了，以前不知道家鸡蛋好吃。"父亲说。

　　小时候家里养着几只鸡，下蛋后母亲和父亲从来舍不得吃。每天早上，母亲用炭铲给我在灶火里煎一颗，其它的攒起来，够了一斤就卖给一位退休后从城里回来的老人，母亲还非常感激人家买我们的鸡蛋。卖了鸡蛋的钱，我们买猪肉和方便面。

五

　　这次回来，感觉比以前好许多，父亲的样子变得让我欣慰，而且他没我想的那么孤寂。几天时间，不断有人来找他，有的让他帮忙卖东西，有的问他手机上的一些事情，有的向他问询小米的价钱，有的叫他去喝酒。光月仙就来过好几回，我想起小时候她给我们屁股上打针，酒精擦上去凉凉的，像有雨点坠落下来，她的人走近也凉凉的，不像村里一般女人总有浑浊的气味儿。牛二家媳妇一天能问父亲好几回字，这女人读书时比我高几级，觉得她挺好看，现在也不年轻了。

每次这些人来找他，父亲眼里总是冒着光，没有一次不耐烦。我带回的月饼，父亲大多给来找他帮忙的人吃掉了。甚至，有一次有人买小米，我看见父亲没有卖自己的，把月仙的先给卖了。我意识到父亲非常享受这种被人需要的感觉，甚至能让他找回以前的快乐。

我这样想的时候，有人来找父亲裱家了。父亲正在看手机，马上就答应了，说第二天去。那人走后，我对父亲说："你现在做微商不是挺好？把自己种的东西卖出去，赚点儿钱，还能帮邻居卖东西。裱家那么高的屋顶，不停地爬上去爬下来，年轻人也累，你这么大年龄！"

父亲放下手机说："做微商和裱家怎么能一样，微商谁不能做？裱家是咱们家的祖传手艺，你爷爷传到我手里几十年了，总不能让它断了吧。"父亲说着，情绪渐渐低落下去，人也顿时好像黯淡了。

父亲原来还是愿意裱家。

我担心父亲的身体，便想索性和他好好谈谈，让他打消再去裱家的念头。我说："爸爸，裱家好是好，但你总不能裱一辈子吧。岁数大了，做做微商挺好的，不愿意做了，跟我住到城里。"

父亲拿起手机回复了一条信息说："趁现在能干动的时候再干干，再老了，那会儿想干也干不了了。"父亲笑了一下，笑容有些萧瑟，接着说："那会儿恐怕也没人裱家了！"

我心里一阵难受，本来想好好劝劝父亲，他这样一说，我啥都不能说了。

第二天一早，父亲换上以前干活儿穿的旧衣服，又变成灰扑扑的样子。

他背上东西，出门的时候望了望我说："你帮我处理一下订单吧。"我虽然不愿意父亲去裱家，但还是赶忙点头。父亲把手机给我留下，说："隔会儿就看看，咱回得不及时，人家可能就买别人的了。"我说："我啥也不干，就盯着这个。"父亲说："也不用老盯着，隔会儿看看就行。别担心，我知道自己的身体没问题，自从做开这微商，感觉记性变好了，以前当天说的事，转身就忘，现在谁买了我的东西，买了多少斤，过去好长时间我还一笔笔记得清清楚楚，身体也比以前精神了。"

父亲走了之后，我隔会儿看看他的手机，奇怪，一个单子也没有。是不是人们都在度假，不买东西？但前几天父亲在家的时候也是假期呀，每天都有订单。倒是有人进来找他，都是和微商有关的。

晚上父亲裱家回来的时候，我看见他走路有些拐，忙问怎么了。父亲轻描淡写地说："从凳子上滑脱了。"我让他掀起裤腿，看看摔伤没有。父亲不让看，他说："睡觉前煮点儿艾条水泡一泡就好，以前腿疼的时候一泡就好。"我不知道父亲腿疼过，忙问："你以前什么时候腿疼，为啥不和我说？"父亲知道自己说漏了嘴，忙回答："疼得不厉害，一泡就好。"我一边自责，一边望父亲，父亲衣服也没换，就拿起他的手机看起来。

今天真是奇怪，问询的客户也很少。我不好意思地解释说："我一直在盯着，一次也没错过，但……"父亲失望地问："一个订单也没有？""没。"望着父亲头上和脸上的土，我更加不好意思了，仿佛这是我故意搞的。父亲见我不好意思，说："正常，我也碰过没单子的时候。"父亲这样说，我心里好受了点儿，但还是觉得自己没本事，便和自己的几位朋友联系，让他们从父亲的微店里买点儿东西。

很快，父亲就说："咦，有个订单。"刚处理完，又出现一个。我说："还是你在订单多。"父亲呵呵笑着说："都一样，可能人家晚上闲下来了，才有时间买东西。"

睡觉之前，我烧了一大锅水，把艾条泡进去，很快艾条那清苦的味道弥漫到整个屋子里。父亲卷起裤腿，飞快地把脚泡进盆里，大概怕我看见他的伤，但我还是瞥见他脚踝那儿擦破了，而且有些发青。

我说："明天别去了，去医院拍个片子。"父亲说："没事，泡泡就好了，不能给人家扔下半拉子营生。"我说："情况特殊嘛，先去检查吧！""我的脚我知道。"父亲不理我了，埋着头边泡脚边看手机。我摇了摇头，知道说不动父亲。水快凉的时候，我又加了点儿热水，出去买了些红花水和云南白药膏药。

第二天吃早饭的时候，父亲还是边吃饭边看手机，但速度比前几天快得多。吃完饭，把七八张单子放在桌子上说："这是今天要发的货，我去裱家了。"说完他拖着有点儿瘸的腿出了门。望着父亲的背影，我把单子看了看，这些订单只有一张是陌生人的。

帮父亲发完货，边看他的手机，边想我的小说，想法很多，但乱糟糟的，便买了两瓶酒去找刘桐。巷子里的工人们已经把排水沟挖好，在装水泥管。

一进门仍然是看到满院子的鸡。进了屋子，发现刘桐正在家里看直播，怪不得我进门时他没有听见。刘桐看见我，把手机搁在桌子上，瞟了瞟我手里的东西。我忙说："爸说你爱喝酒。""你爸才爱喝。"刘桐反说了一句，听不出他什么意思。我把酒放桌子上，看见刘桐手机里正播放着采摘葡萄的视频，采葡萄的是个年轻女孩子，很像电视镜头里经常出现的那种农民，人漂亮不说，衣着还整齐干净，精神头十足，动作也如行云流水，看着很舒服。

刘桐看到我注意他的手机，呵呵一笑说："看人家这女人，干活儿都这么漂亮！"我笑了笑说："确实漂亮！"刘桐从我的笑容里大概解读出了不同的意思，他说："大概人上了镜头就好看，你爸的人们也爱看。""我爸？"我想起他让我转发的那些灰扑扑的视频。

刘桐看我有些怀疑，大声说："以为你是你爸的粉丝呢，你看看你爸有多少粉丝！"刘桐说着寻找父亲的视频。"你们这是哪个网站？"我不由自主地问。"抖音。"刘桐回答。抖音我从来没玩过，一直以为年轻人在玩，没想到父亲他们这个年龄的人也玩。我问："你们玩抖音多长时间了？"刘桐说："几个月了吧，刚开始做微商时老师就教我们在各种平台上宣传自己。""各种平台？"我计算时间，比父亲让我转发微信上的视频稍微晚一些。

"是啊，微信、抖音、快手、哔哩哔哩……都是我们的平台。"说话间，刘桐打开了父亲在抖音上的视频，许多是我在微信里看到的父亲的视频，只是抖音上拍的时间更长，更连续。视频下面跟着许多回复，没想到几乎都是理解和赞美父亲的：

"农民真伟大！"

"我想吃你种的谷子！"

"我一定买你的小米！"

"大爷，你太美了！"

……

我一个个浏览下去，抖音上有父亲种谷子的全部过程，这些视频应该都没经过什么加工。春天，父亲站在未播种的土地上，风吹拂着他乱糟糟的头发，像地上不起眼的一颗土坷垃。夏末他刷一个一个谷穗上的虫子，脸上花花绿绿。秋天捧着被虫子咬掉头的谷穗，满脸沉重。所有的镜头中，父亲都灰溜溜的，满脸皱纹，完全是个老农民形象，是我熟悉的那个邋遢的父亲，但又如此陌生，我发现这些镜头里的父亲没我以前看的那么难看，反倒是有些说不上来的美。

刘桐看见我发呆，大声问："你爸玩得怎样？"我声音有些不自然地回答："很好！"离开他的屋子。

出了刘桐家巷子，挖水沟的工人们歇下来了，坐在地上抽烟。有个人脱了鞋用一只脚抓另一只脚，脚底板的袜子破了，长着老茧的脚底板黄澄澄的，像几只铜板。

下午，我到镇上最大的便利店买了一条鲈鱼、一只三黄鸡，还买了一瓶父亲平时根本舍不得喝的二十年老白汾，回到家里，炒好菜，炖上鱼，等父亲。

晚上，父亲干完活儿回到家里，端起我给他沏好的茶咕咚喝了几口说："脚不疼了，我说艾条水泡管用，你还不信？"望着父亲灰头土脸的样子，我忽然想给他把外套脱下来。刚一伸出手摸到他的衣服，父亲吃了一惊，扭了一下身子问："干啥？"我说："爸爸，我给你把外套脱下来。"父亲抖了抖肩膀，甩脱我的手说："西西，我自己来。"说着麻利地把衣服脱下来。我接过父亲脱下来的衣服，闻到一股刺鼻的汗腥味儿，拎在手里又重又硬像盔甲。趁父亲不注意，我掏出衣服口袋里的东西，把衣服泡进脸盆里。

父亲看见衣服被泡到脸盆里，大声说："明天还穿呢！"我说："也不是没衣服，换一件吧，我把这件给你洗洗。"父亲说："西西，不用你洗，我自己来。"我给盆里边倒洗衣液边说："爸爸，洗把脸，先吃饭吧。"

端上菜和酒，我问父亲玩抖音的事情。我说："爸爸，你经常玩抖音？""是啊，"父亲回答，"老师说做微商要努力借助所有平台。抖音、快手、哔哩哔哩我们都经常用。"父亲说这些时漫不经心，就像我小时候玩玻璃球、香烟盒。我忙端起酒杯和父亲喝酒。

我们快把一瓶酒喝完时，父亲有了几分酒意，他说："要是你妈现在活着多好，帮你们看看孩子……唉，裱家的营生也越来越少了。"

我给父亲倒了杯热水，想岔开话题，想起父亲的视频，问："爸爸，你直播过裱家吗？"

父亲一下愣住了。

我说："爸爸，既然你害怕这门手艺失传，为啥不多宣传宣传？说不定人们看了视频，会感觉裱家比装潢更好，又时兴起裱家呢！"

父亲倒了一杯酒，独自喝了一口问："人们爱看吗？"

我说："这和种谷子不是一样？农民们觉得平常，城里人可能就看着稀罕。裱家大多数人没有见过，中式房冬暖夏凉住着舒服，裱家用的材料成本低，还环保，现在装修一套房子多费钱，用的材料还不安全，不是老听说有人装修完房子得了白血病。"

父亲陷入沉思，连着喝了两口酒。我怕他喝多，给他夹了条鸡腿，让他趁热赶紧吃。父亲啃着鸡腿，嘴上都是油，蹭到脸上，灰暗的脸多了光泽。

喝完酒，给父亲热了水，让他用艾条泡脚，我拿出小说翻起来。父亲带着酒劲儿问："西西，你看啥呢？""我写的东西。""写的啥，能给我讲讲吗？"

我给父亲讲起《隐疾》。父亲的两只脚泡在盆里一动不动，像盆里泡着两块石头。水凉了，我加了点儿热水，继续讲下去。以前只是自己弄，发表以前很少像这样给别人讲，讲着讲着，我突然意识到了问题，停下来。父亲用脚在盆里划了一下问："接下来呢？"我说："我得再改改，改完给你讲。"

六

第二天，父亲出门时，带上了自拍杆。我说："爸爸，我和你一起去吧。"父亲有点儿羞涩地摇摇头说："西西，我自己能行。"

我其实见过父亲裱家，还跟上他裱过两天，那时根本没觉得他的技术有多么了不起。那是高考后，等待分数的那段日子闲得没事儿干，父亲说和他一起裱家去吧，我就去了。那时村里人对考大学没现在这样执着，我也一样，想的是考上就有非农业户口和工作了，考不上，跟着父亲裱家。当时干了点儿什么，完全记不起来了。只记得中午在东家家里吃饭时，我夹了一大筷子咸菜，一吃，味道特别怪，扔掉又不好意思。父亲发现了我的窘迫，他说："西西，你咸菜是不是夹多了，给我点儿吧！"我赶忙把剩下的都给他。看着父亲津津有味儿地吃着，我纳闷父亲为啥不嫌它的味道古怪，又试着夹了一根，差点儿没吐掉。晚上回到家里，父亲对我说："以后去了别人家里吃咸菜，千万要先夹一根尝尝，有的人家的咸菜腌得很臭。"

父亲走后，我去找刘桐，让他帮着找父亲直播的视频。

还是在抖音。

父亲从熬糨糊开始直播。他的腿看起来还有些拐，他端着半锅白面在炉子上费力地搅。熬糨糊看起来容易，每年贴春联的时候许多人自己熬，但父亲讲过，糨糊的稠稀生熟关系到纸能不能粘牢，这个度是个技术活儿。父亲把糨糊熬好了，黏糊糊的一锅，像白色的果冻，看不出来有什么特别。

顶棚架子前两天已经搭好，而且已经裱了一部分，今天父亲主要是裱剩下的部分。父亲先是把糨糊抹在旧报纸上，然后拿着浸透了糨糊的报纸爬上高凳，往顶棚架子上贴。父亲爬上高凳的一刹那，脚奇怪地不拐了，一步一步爬得很有力。报纸贴好后，父亲用刷子在下面均匀地刷几下，报纸粘住了。父亲又下来拿另一张报纸。父亲不断地重复这个动作，中间还不停地挪凳子。

接下来，父亲又用同样的方法在这层报纸上粘了一层报纸，糊两层报纸是为了顶棚牢固耐用。我以为这次会快些，没想到和上次一样，花了足足有一小时。中间父亲休息了一次，喝了一罐头瓶茶水，抽了两根烟。

底子打好，接下来糊麻纸，父亲还是老办法，又是一小时。

两层报纸、一层麻纸，不光牢固耐用，还节省费用，据说是父亲发明的。以前人们三层都用麻纸。现在有的有钱人家还是三层都用麻纸，但麻纸比报纸贵多了，村里人用的报纸都是从学校、储蓄所、供销社、乡政府等一些公家单位讨来的旧报纸，根本不用花钱。

糊这三层纸看起来简单，其实很需要技术，要使三张纸牢牢粘成一体，糊不好，三层纸三张皮，一干就崩起来了；有时弄不好，整个顶棚会一起掉下来。村里其他几位裱匠，就出过各种各样的问题，但父亲裱的家，敢保证十年不会坏。

糊好纸之后，父亲又喝了一茶缸水，抽了两根烟，开始刷立德粉，这时他已经干了三小时活儿了。以前刷干涂，有了立德粉后，刷上屋子更白，就不用干涂了。

刷立德粉之前得先把立德粉调好，调立德粉又是一个技术活儿，浓度大小和后期效果密切相关，而浓度又必须和纸结合考虑。

父亲把调好的立德粉倒进一个小盆里，端着小盆踏上高凳，一只手端着盆，一只手拿着刷子，一刷子一刷子把立德粉刷在麻纸上。凳子够不着了，他把盆子放在上面，下来挪一下凳子，再爬上去继续刷。父亲刷的动作很熟练，一张麻纸刷几刷子，几分钟刷完，都好像有节奏，我想到刘桐手机里那位摘葡萄的女人。

一间屋子刷完了，工作暂时告一段落。父亲下来抽烟、喝茶。刚刷完的顶棚发暗，看不出效果来，需要干了，再刷一次，干掉，效果才明显。

父亲有意识地把镜头在屋子里扫了几圈，没有一滴浆糊和立德粉滴下。这也是父亲高人一筹、被津津乐道的地方。大部分裱匠刷家，汤汤水水，东西滴得到处都是，刷完后人们得擦洗好长时间。父亲刷家，家里东西几乎不需要挪动，刷完之后，原来是啥样，还是啥样。

我突然灵感来了，给父亲拍个纪录片，从撕旧顶棚开始，把父亲裱家的全过程完整地拍下来。便给一位熟悉的姓禹的年轻导演打电话，说想请他帮我拍个纪录片。导演问："什么纪录片？"我说："关于我父亲的，他是我们这一带最好的裱匠，从前每年从大年初五一直忙到年三十，每天有活儿干，现在年纪大了，裱家的人也少了，他担心技艺失传，我想把它拍下来。"导演说："匠人，我感兴趣！"

刘桐在旁边听到我的电话，羡慕地说："你爸生了个好儿子。"我脸红了，以前听这种话总是很自豪，现在却觉得怪怪的。

回城前一天，和父亲约定再有裱家的营生告我一下，我带导演来拍个片子，把裱家的过程记录下来。父亲很高兴。他送我出门的时候，问我家的地址，详细到哪个小区哪个单元哪层楼几号。我想父亲是不是想来我家了，又一想觉得不大可能，他现在除了裱家还要做微商，哪里能走得开？

我把详细地址发到父亲手机上，对他说："爸爸，我给你买了个泡脚盆。"父亲说："你又乱花钱，洗个脚，要啥泡脚盆？"

回到家里，很快收到父亲寄来的一大堆东西，小米、核桃、红枣、蜂蜜、胡油等，父亲告诉我，这些东西都是绿色食品，没有任何问题，可以放心吃，如果哪位朋友需要，帮他推荐一下。

我开始集中精力再次修改《隐疾》，父亲的视频不时地出现在我的脑海中。

我没再关掉微信朋友圈，但不发东西，也不看其他人的，只每天悄悄看父亲发的内容。父亲的朋友圈居然不光发视频了，他还发一些配着文字的图片。这些图片和视频不一样，拍得极其漂亮，文字也很煽情。我想不是我们那儿政府请专业人员设计的，就是"雁门沃土"弄的，父亲他们没这个水平。

比如，一堆黑花生上面摆几颗外皮鲜红的花生米，黄澄澄的小米装在白色的大铝盆里，色彩诱人。下面配着文字：

过十五吃得再好，我也离不开这两样，黑花生是最好的干果，小米是养生最好之一。羊粪小米又叫月子小米，它比一般小米营养丰富。

……

每天几乎还有这样的内容：今天开始发货了，不多，一共两单；今天的货很多，十二单……父亲的微信成了影响着我心情的天气预报，父亲却看起来每天都很快活。

我下载了抖音、快手、B 站……工作和写作累了，就寻找父亲在各个平台上的视频，还时不时地匿名去赞美他、鼓励他。父亲不知道是我发的，总是认真地感谢我。有时，从父亲视频的链接上蹿到别人的视频上，看到许多和以前不一样的东西，觉得自己以前的圈子太小了。

<h2 style="text-align:center">七</h2>

以为父亲那头很快就会传来有人请他去裱家的消息，毕竟记忆中找他裱家的人那么多。可是过了半个多月，才接到父亲的电话，有人找他裱三间家。

禹导演按照约定时间和我一起回老家，路上让我告诉父亲提前准备好，去了直接就拍摄。

已经十月底，马上要立冬了，天空不像前段时间那样蓝得耀眼，而是铺满一大块一大块的阴云，却又不下雨。树上的叶子稀疏了，好多铺到了地上，一刮风，树上的叶子往下飘，地上的叶子往上飞，搅和到一起，风过后，树上的叶子就更少了。

父亲远远地在门口迎我们，和他在一起的还有刘桐。父亲穿着件黑皮夹克，崭新的皮面散发着油光，隐隐还能闻到皮革的腥膻味儿。这是有年过春节时我给父亲买的新衣服，觉得他不爱洗衣服，穿皮夹克省事。他从来没有穿过，现在竟翻出来了。刘桐穿着件红色的冲锋衣，他的背依旧驼着，头扬起，像只火烈鸟，这原来是我给父亲的一件旧衣服，大概他给了刘桐。

禹导演看到这兴致勃勃的两个人，咧开嘴看着我笑。我感觉父亲他们的衣服怪怪的，但来不及多想，只能先介绍人认识，请禹导演先进屋子里喝杯水。

喝水时，禹导演问："什么时候能拍？"没等父亲回答，刘桐说："早准备好了，就等你们来。"禹导演看了看他们两个，问父亲："李师傅，您平时干活儿穿这衣服？"父亲低声回答："旧衣服有点儿脏。"我心里偷偷乐，父亲终于感觉到他以前那样穿衣服有问题了。禹导演说："李师傅，咱们拍纪录片不是为好看，是要拍出生活真实的样子，您原来干活儿穿啥样子还是穿成啥样子吧。"

父亲看了我一眼，我点点头，父亲拿出平时干活儿穿的衣服换上。一穿上这件旧衣服，父亲好像马上就回到了干活儿时的状态，我也感觉他穿上现在这身衣服比刚才的皮夹克合适。禹导演打量了他一眼，满意地点点头说："好，就要这个样子，这才是干活儿的样子。"

刘桐指着父亲问："我不用换了吧，拍他裱家。"禹导演笑着说："你可以不换。"刘桐有些神气地望着父亲，掸了掸衣服。

出发前，父亲问："你们真要进屋子里去拍？"我看导演。禹导演说："当然啊，但您该怎样干就怎样干，就当我们不在。"父亲说："那你们俩也换件衣服吧，撕旧顶棚时，特别荡！"

禹导演愣了一下说："好，我们也换上工作服。"他打开车门，拿出备用的衣服。父亲看了我一眼说："得穿旧衣服，尘土太大了！"我和禹导演面面相觑。父亲小心地说："要不我给你们找几件衣服换上，我没穿的旧衣服很多。"禹导演挥挥手说："咱们快去拍吧。"

到了父亲要裱的屋子，是三间旧瓦房，露在外面的木头门窗和柱子颜色已经泛黄，裂开许多人脸上那样的皱纹。屋顶上有几棵发黄的瓦松，在风中摇晃。

父亲干活儿前，笑呵呵地再次说："真的很荡啊！"禹导演摆摆手问："这个顶棚多少年了？"旁边的东家回答："十二年了，当年就是请李师傅裱的，当时我家孩子刚上小学，现在已经读大学了。"

父亲踩上高凳，开始撕旧顶棚。十二年前，母亲去世没几年，父亲腿脚还利索。没想到那么小的灰尘，十二年能在顶棚上积这么多！现在随着父亲的动作瀑布一样流下来。我们三人在屋子里，居然彼此看不清对方。我嗓子里进了土，咳嗽起来。禹导演也咳嗽起来，还打喷嚏。父亲在灰尘中喊："太荡了，西西你们出去吧！"

禹导演说："李师傅，您继续！"但坚持了几分钟，我们就退了出来。真是太荡了！大团大团灰尘不停地落下，灌进眼睛里、鼻子里、口腔里，我们根本出不上气来。镜头也模糊了，啥也拍不清。

等父亲从高凳上下来时，我好像看到煤矿工人从矿井里上来。以前见过父亲搭架子、裱纸、刷顶棚，从来没见过撕顶棚。总以为这个很简单，把那些旧纸撕下来就行了，力气都不用花太多，没想到这么荡！

父亲挪了下凳子，再次上去。不在屋子里，反而对里面看得更清楚了些。父亲仰着头手脚麻利地大块大块撕着旧顶棚，那些纸兜了太多的灰尘，沉甸甸的，一撕就像一包土砸在父亲脸上，然后才继续往下落。想想刚才我们的不舒服，父亲离得这么近，几十年就是这么过来的，父亲连口罩也没有戴过！

撕完一间顶棚，父亲从屋子里出来，身上的土足有几厘米厚，眼睫毛粗了很多，像发黄的松针。我给他递了块湿巾。刘桐帮着把凳子搬进另一间屋子。

与我们聊了几句，父亲又进去了。

父亲撕完顶棚已经中午一点多，简单清洗之后，开始吃饭。农村请匠人，照例有酒有肉，东家请我们一起吃。想全面了解父亲情况，禹导演没有推辞。

父亲看起来有些疲惫，爬上爬下一上午，又这么荡！

奇怪的是，父亲喝了几杯酒后，马上焕发了精神，眉眼间的疲惫没有了，变得红光满面。

东家从来没见过导演拍东西，趁这机会左一个李师傅，右一个李师傅，不停地夸奖父亲。父亲陶醉了。不用禹导演问，就开始滔滔不绝地讲自己的经历。

"我十三岁跟着我爸爸学手艺，十六岁就能单干，二十岁人们就说我比我爸爸营生做得好，从那儿开始，每年从年头忙到年尾足足有三十年。生产队的时候，大家出工挣工分，我出门给人裱家，工钱大队结算，干一天能挣别人一天半的工分。三中全会后允许单干，我全家不到十亩地，裱家就把一家人供养过来了。"

父亲说到从前忙碌的岁月，充满自豪。

东家接着他的话对导演说："方圆几十里，至少也有十来位裱匠，最好的就是李师傅，别的裱匠三天两头闲得没活儿干，李师傅却每天忙，以前想找他裱家，最起码得提前半个月排队，请来还得好酒好饭款待上。"

父亲忽然腼腆了，说："咱不讲究吃喝，关键是给人家把营生做好。反过来说，你把营生做好了，人家也愿意给你好好安顿。"

东家端起酒杯敬大家，喝完之后对大家说："李师傅手艺好，还人性好，营生做得快，钱算得少，找他裱一次家，起码十年不用麻烦。你看我这家，裱了十二年了，每年刷一刷就和新的一样。"

"来，禹导演，咱们喝一杯。"东家说，"李师傅刷家也省事，不用我们搬东西，糨糊、立德粉啥的一滴也落不下来，不像别的人，一塌糊涂。"

禹导演端起酒杯，恭恭敬敬地敬了父亲一杯酒问："李师傅您真神，怎样做到的？"

父亲兴高采烈地回答："不难，主要是各个环节都得掌握好火候，把握住诀窍，比如搭架子，秆秆儿一定要干透，这样才不会变形。"

"那为啥您能控制住东西不往下掉？"禹导演感觉没父亲说得这么简单。

"用心试呗！试得多了，就品住多少最合适。糨糊和立德粉一样，多一下就稠，少一下就稀，都不行；刷子蘸多少也得讲究，不能为了偷懒想一次就蘸够，要控制好。"

"对，李师傅您说得太对了！"我再敬您一杯，禹导演说。

父亲喝完酒，说："而且一定要刷两次，一次干透了再刷一次，不能少刷，刷少了不白；也不能多刷，刷多了，纸上粘得东西太多，容易掉下来。"

父亲这些话，有的我是第一次听，有的已经听了没有一百遍，也有五十遍，有些话以前反复听烦，现在却觉得格外有道理。

一伙儿人正在喝着酒，忽然外面有人喊："李师傅在吗？"

"谁？进来！"

"是月仙，喝杯酒吧。"

"李师傅，我接到个米的订单，国外的，人们说你往国外卖过米，教教我怎样填单子。"

"哪个国家？"

"南非。"

"南非好，我是卖到多哥的，非洲的国家应该一样，要是美国估计就不一样了。"

"南非哪个国家？"刘桐问。

"南非！"

"我知道南非，南非哪个国家？"刘桐继续问。

"刘桐叔，南非就是个国家。"我怕他一直问下去，帮着月仙回答。

"唉，我老糊涂了，听人家南非、南非叫，一直以为南非是非洲南部，就像当年听人讲深圳，以为是深镇，和咱阳明堡差不多的镇子。"刘桐边说边自己喝了一杯酒。

月仙走后，父亲更兴奋了，从裱家谈到微店，后来竟转移到喝酒的话题上。东家附和着说父亲好酒量，从来没见他醉过。父亲大着舌头讲，有一次有人仗着年轻和他较劲儿，一般人喝酒最多干三杯，那个人非要和他干五杯，父亲说干一瓶，自己先拿起一整瓶干了，那个人没办法也干了，父亲说再来一瓶，又拿起一瓶往嘴里灌，那个人马上尿了……

父亲讲这些的时候，人完全变了个样，老实、腼腆的样子不见了，眉毛竖起来，眼睛里放着光。我想起小时候，父亲喝醉一次次被人送回家。

渐渐地父亲不停地嘿嘿笑，开始说车轱辘话，我知道父亲喝多了，便想怎样阻止他，让他回家睡一觉。这时，东家的孩子要去上学。父亲一问，已经两点多。父亲说："我得睡一觉，下午还得搭架子。"我忙说："喝了不少，好好歇歇，下午别干了。"父亲斜了我一眼说："西西，你以为爸爸喝多了？我没事。"东家说："西厢房有盘炕，你们一起去歇歇吧。"我问禹导演："去我家歇会儿，还是就在这儿迷糊一会儿？"禹导演兴奋地说："就在这儿休息，我要跟踪拍摄。"

刘桐告辞，说要回家睡觉。我和禹导演喝了杯茶，去了西厢房，父亲已经躺在炕上呼呼睡着了，呼噜打得山响。禹导演拍了几个镜头，躺下很快也睡着了。

下午三点半，父亲醒过来，身上带着浓烈的酒味儿。他喝了杯浓茶，就要去干活儿。我问："能行吗？"父亲摇摇头说："没问题，我知道没喝多。"

父亲搭架子前，走路还摇晃，一拿起葵花杆，酒意一点点不见了。

以前父亲用细高粱杆或葵花杆做架子，细高粱产量太低，这几年种的人少了，便都用葵花杆。父亲撕顶棚的时候，禹导演已经看到了上面的葵花杆，现在亲眼看到父亲用葵花杆做架子，还是惊讶。他问："这个结实吗？"父亲嘿嘿笑着说："结实，用十年没问题。"

父亲把葵花杆的头和根切掉，刮掉上面的皮，穿了孔，用铁丝串起来。禹导演问："为什么要刮上面的皮？"父亲回答："留着皮容易发霉。"

整个下午，禹导演一直跟着父亲拍摄。收工时，已经快八点多，我在饭店里订了一桌饭。月亮还没升高，路灯亮了，月亮像挂在路灯杆子上，照得街道很亮。

父亲说："刘桐大概还没有吃饭，把他叫上吧？"我说："叫上吧，你给他打电话。"父亲走在前面，电话打通了，他问："刘桐，吃了吗？"刘桐说："吃了个馒头。"父亲说："出来喝点儿吧，我刚收工。"

遇到的人们纷纷和父亲打招呼："李师傅吃了没？"父亲回答："刚收工，西西给在饭店里订好了。"禹导演说："村里人们对你父亲挺尊敬的！"我说："他就是个匠人，忙了一辈子。""这样的匠人不多啊！"禹导演说："这次来收获很大。"

我们到了饭店之后，刘桐很快也到了，他还是穿着那件早上看到的大红色的冲锋衣，很高兴。

我说："喝点儿红酒吧？"父亲说："红酒有啥喝头，要喝就喝白酒。"刘桐附和说："红酒没喝头。"我只好要了一瓶白酒。禹导演又采访父亲。父亲说："你们也采访采访刘桐，他的故事可多呢！"

父亲和刘桐边喝酒边聊起对方，他们从刚出生解放那会儿，一直讲到现在的脱贫攻坚。

吃完饭十点多了，我们一结账，饭店就开始打烊。

　　父亲这次没有喝多，但很开心，在路上居然唱起歌来。他一唱，刘桐也跟着唱。从来没有听过父亲唱歌，我忽然想，应该领上父亲到城里的 KTV 好好唱一唱，他应该没有在那儿唱过。

　　晚上睡觉前，我进入父亲的微信朋友圈。一看乐了，父亲今天发的居然是导演拍摄他视频的视频。父亲对着镜头说："我这个卖米的人其实是个裱匠，裱了几十年家，这几天导演给我拍电影，假如不能及时回复大家的消息，请原谅，请朋友们放心下单，会及时发货。"打开抖音一看，也是这内容。

　　导演一连拍了几天，除了裱家，还拍了父亲喝酒，做微商。

　　回城前一天，我对父亲说："爸爸，片子拍完了，明天我们就回去，晚上找个 KTV 一起唱唱歌，庆贺一下。"父亲问："能不能找个地方，让我看看禹导演拍的我是啥样？"我说："应该没问题，我问问导演。"父亲说："把刘桐叫上吧，其实他才爱歌唱，和我一样没在个专门的地方唱过歌。"

　　问了禹导演后，找了个有投影的 KTV，我们先看片子。禹导演说："这片子没有剪辑过，回去还得加工。"父亲和刘桐已经在旁边迫不及待。

　　不能不说禹导演拍得很用心，父亲和刘桐一看到自己出现在镜头中，两个人就哈哈大笑，父亲的牙齿又黑又黄，刘桐张开缺了牙齿的嘴。为了节省时间，有些地方禹导演用了快进，一个多小时，父亲和刘桐两人一路笑了下来，还不停地指点着屏幕议论。我看着这些镜头，有些心酸和感动，仿佛看到了父亲的一生。

　　看完片子，父亲敬禹导演酒，禹导演说："剪辑完了给你看，这片子有意义！"

　　我也敬导演，敬完后说："禹导演，拍得真是好，不过，我爸爸他们也拍了你的视频。"

"真的？"禹导演大是意外，嚷嚷着要看。

父亲嘴上说"我们拍得不好"，但还是大方地拿出手机点开视频。禹导演看到自己的镜头，呵呵直笑，像刚才父亲和刘桐看到自己的镜头。他说："李师傅，你们真了不起。"

刘桐说："我们拍不好，你的才是专业水平。"

禹导演真诚地说："你们真的拍得挺好，里面想表达的能看出来。"

父亲说："我们知道自己的水平，只是想宣传自己，好卖东西。"父亲直截了当地把目的说出来，我忽然觉得这样光明磊落挺好。父亲接着说："我知道你的圈子都是导演、演员、文化人，也不求你在朋友圈转发我的东西，但你的朋友谁想要好的土特产，你可以推荐给他们。"

父亲的话让我有些羞愧。禹导演说："一定，一定，我好多朋友想买这些东西呢，到时让他们直接和您联系。咱们加个微信。"

禹导演和父亲互加了微信后，我说："咱们唱歌吧！"父亲和刘桐都是第一次，有些拘谨，不敢唱。我陪他们喝啤酒，让禹导演先唱。禹导演唱了几首流行歌之后，让我唱。我想应该先唱个老歌，引起父亲他们的共鸣，便选了《我的中国心》和《南泥湾》。

唱《我的中国心》的时候，父亲、刘桐和导演喝酒。唱《南泥湾》，唱到"往年的南泥湾/处处呀是荒山没呀人烟"时，刘桐忽然伴着哼了几声，禹导演把另一只话筒递给他。刘桐接过话筒唱起来，凑得离嘴太近，话筒蜂鸣起来，吓得他赶忙把话筒往禹导演手里递，另一只手摆着说："不会唱。"禹导演示意他看我，把话筒拿得离嘴稍远一些。刘桐低声试了试，话筒没问题了，他的声音渐渐大起来。唱到"陕北的好江南"时，父亲也哼起来，我把话筒递给他。父亲和刘桐慢慢进入状态，他们把话筒握得紧紧的，仿佛一不小心就会掉了。

一首歌唱完，我和禹导演鼓起掌来。

父亲说："我们唱得不好。"

刘桐说："我们瞎唱呢！"

他们谦虚中，投影上又开始放《南泥湾》了，大概是我选歌时多选了一次。父亲和刘桐赶忙又唱了起来。他们握着话筒像握着枪，嗓子有些生涩，有些节奏把握不准，不是拖拍子就是抢拍子，但二人唱得深情而且投入，真能让人感受到当年开荒种地时那种热火朝天的感觉。

唱完这次，他们放松了，两人对望了一眼，举起杯子来和我们喝酒。我说："爸爸，刘桐叔，你们唱吧，想唱啥歌，我来点。"刘桐说："有没有《沙漠骆驼》？"我愣了一下，问："是《梦驼铃》吧？"禹导演呵呵笑着说："你out了，《梦驼铃》是八十年代费玉清的一首老歌，《沙漠骆驼》是现在的新歌。"我又愣了一下，一查，真有《沙漠骆驼》。

父亲和刘桐开始唱了："我要穿越这片沙漠／找寻真的自我／身边只有一匹骆驼陪我……"果然和《梦驼铃》没有什么关系，我打开手机搜索，这原来是二〇一八年很火的歌，我竟然没有听过。父亲和刘桐唱到"我穿上大头皮鞋／跨过凛冽荒野"时，我不由又想起老歌《大头皮鞋》，赶紧甩甩脑袋。

那天晚上，后来基本是父亲他们唱歌，有旧歌，但大多是新歌，我许多没有听过。听着他们的歌声，我觉得以前的视野太狭隘了，而父亲他们，我认为远远落后于这个时代的人们，竟然跟着时代奔跑，我忽然想起我的小说《隐疾》。

空 山

沈念

一

易地扶贫搬迁动员会是在乡政府食堂召开的。

很多人是第一次参加这样边吃边开的会。到会的扶贫队长、村支书和村民代表坐了六满桌，脸上笑嘻嘻的，跟过节似的。厨灶间热气腾腾，陈劭东站在餐桌前讲话，声音洪亮，每个字都像是刚扒出火灰堆的山芋，烫手。

"安置点装修在扫尾，下月上旬，最好是本月底，山上的贫困户都搬新家！"他反复强调时间表，只能提前不能推后，这事他比谁都急，还有两个月，省里就要来考核验收，眼下脱贫攻坚是全县中心工作的中心，陈劭东这位乡党委书记，码市乡第一责任人，绝不允许关键节点掉链子。

陆续传菜上菜，原先的鸦雀无声开始松动，有人咽口水打饿嗝，或者小声点评菜品菜色。食堂的厨师是全乡办红白喜事的老厨子师傅，到县里最豪华的酒店当过大掌勺。他们很久没尝过他的手艺了。这两年提倡移风易俗，年轻人外出务工，很多的酒宴不办了，老师傅就被请进了食堂。一日三餐，平时吃工作餐的乡干部冲破顶就摆两桌，老师傅好不容易逮住这个大显身手的机会，忙乎了一通宵。

饭点儿到了，该动筷子但没人动，在等请客的人把话讲完，这是礼貌也是礼节。陈劭东在问："各位还有什么特殊的困难吗？"

无人回应，他又问了一次，石喊坪的黄旺生站起来道："陈书记呀，两个问题，碰到搬不动的钉子户怎么办？"说完他就坐下了，陈劭东盯着他，等他的第二个问题。

"没有了。"他又站起来，大家哄堂大笑。

按理说，易地搬迁是精准扶贫的好政策，按人头二十五平方米建房，面积有大有小，每户都只出一万元，一般是搬到集镇附近的安置点新居。此前县里花了大量人力摸底排查，搬迁对象也有好几项明确要求，现居地是深山石山边远高寒荒漠地区，交通水利电力教育医疗卫生服务薄弱，用一句通俗易懂的话说，就是"一方水土养不起一方人"地区的贫困户。

石喊坪村人多地少，多数散居山上，前年修了条公路上去，豆腐盘了肉价钱，出行看似便捷了点，但资源捆绑手脚，集体经济上不来，村民生活难有大改善。外人眼中，政府安置，从山上搬下来是件好事，求之不得，何况事先还有繁杂的资格审查、逐层评议等各项程序，入了名单也都是本人签字承诺过，黄旺生说的钉子户应该是不存在的。

有人交头接耳问到底是回什么事，少数几个干部明白缘故的，知道黄旺生是踢皮球，给自己留后手。

手机响了，我走到食堂廊道上接电话，回头看了一眼陈劭东，憋着张寡沉的脸，之前的兴奋不见了，游离着憔悴和躁动。

电话是山上的彭老招打来的，齉声齉气，我使劲把手机贴在耳孔。他问我："有没有彭小亮的消息？"我说："老爹，已经在找了，等一等不慌急。"彭老招没有像以前那样发脾气,而是低沉哀求地说:"田乡长,快帮我找到彭小亮吧,我要死了,死了也闭不上眼啊。"我说:"老爹,是不是身体不舒服?让村医去看看你吧,万一不行,就接到乡卫生院来。"他继续说着找儿子的事,最后用赌气的口吻威胁道:"我不下山,不搬家,哪里的医院也治不好,就死在老屋里好了。"

山上的通信基站说全覆盖,信号其实差得很,电话蹿进咝咝嘈杂后就哑了。我再打过去,始终接不通。彭老招就是黄旺生说的钉子户,女儿死了,儿子失踪了,病痛缠身,靠点儿养老金、山林补贴生活。我决定,下午亲自去一趟彭老招家当面安抚。

走回食堂,听到陈劭东陡然提高八度,做最后的总结:"易地搬迁是全县脱贫摘帽的头号工程,没搬好,就是脱贫帮扶不到位,就是我们党的承诺没兑现。在座每个人都是党员干部,是县委县政府、乡党委政府的代言人,不仅要按时间搬迁到位,还要确保安全。安全底线谁都不能破,真正确保贫困户开开心心,到时我再请诸位吃庆功宴。"话音落下,掌声稀拉,大家迫不及待地举箸夹菜。

吃饭不喝酒,饭就吃得快。下午大家要各自回村落实具体工作,有的三嚼五吞嘴巴油一抹屁股一拍吃完就走人。我瞅着邻桌黄旺生放下筷子,就踅到陈劭东耳边说了彭老招打电话的事。他站起身,把黄旺生叫到一边,说:"老黄,我们商量个事。"

听我复述完彭老招的电话内容,黄旺生指了指自己脑袋说:"彭老倌这里有问题,犟得很!村里拿他没办法,还是要请你们多做做思想工作。"

陈劭东垮下脸道:"什么事都依靠我们,那要你们村干部摆造型呀。"

黄旺生不示弱:"他满世界找儿子,我有什么办法?还不是要靠县里乡上出面。"

我插嘴道:"不是没找,我正催着公安那边。跑了几年没点儿音讯,不是喊找就找得到的。"

陈劭东突然像吃了枪药，说："一句话，他的思想工作做不通，真要出了问题，谁都吃不了兜着走！"

"陈书记，话不要讲太硬，谁不想把好事办好？我一个小萝卜头，今天喊不干，明天就走了人。"这个退伍老兵受不了委屈，也火气冲冲的。

"我们别误解了陈书记的意思，彭老招本身有实际困难，心结打不开可以理解，我们多做做工作。"我看到气氛不对，出来打圆场，"人心都是肉长的，别的方面多关心，他真感动了，也就不会犟了。"

"省里来的干部到底水平高，会说话，不像我们这些大老粗张嘴就不会拐弯，硬邦邦的。"黄旺生自嘲，然后迈出食堂，向大坪停车处走去。陈劭东摇头苦笑，继续回桌上扒拉他那碗刚吃了一半的饭。我跟在后面追出去，想跟黄旺生再聊几句。他当没看见，头也不回，发动摩托，加油门上坡，排气管冒出一股刺鼻的油烟，扭身就杀出了乡政府大院。

二

一个月前，我回到家乡永城县，挂了码市副乡长的虚职。有的地方离开后就再没打算回去的，奈何上天突然拎你出来，又遣回那个来处重新走一遭。省报的田记者摇身变成了田乡长。有人在背后亲热巴巴地打招呼。田乡长！起初我没适应过来，当作喊的别人，头都不回，意识到喊的自己时，人家转身走老远了。人生又多了一个误会。

宣传系统选派省直新闻单位编辑记者挂职锻炼，搞过好几届了，每次选一个县蹲点儿，为期三个月。报社领导找我谈话，说："这次去你的家乡，有没有想法？"

照我的想法，从山里出来的，更愿意去一个湖区或是经济发达的地方，又要回去，心中并不乐意，但我刚在《新闻战线》杂志上发表了一篇文章，一个核心观点就是说新闻记者增强脚力眼力脑力笔力，就要像"爬山虎"，既不断向上攀登，也要亲近脚下土地，多下基层走转改。文章给我戴了顶高帽子，让我颇有些骑墙难下。我心里更清楚领导的脾性，名义上征求意见，实际上就已是不容推托。去年新班子调整后，人事改革刚完成，萝卜和坑都配好了，年纪大的老资历要坐镇版面也不愿折腾，年轻记者一线任务重，加之有的刚成家，拖儿带女也走不开，我这种年过不惑，工作经历够资格，又是不受重用的文化版记者就成了首要的人选。

事实上我也没那么不情愿，甚至觉得能脱离报社三个月未尝不是件好事。我十五岁从永城考到市里读师范，后来保送师大到了省城，出来后就很少回去了，在县城中学当老师的父母退休后跟着我住到省城，老家亲戚原本不多，也悉数离开到了市里或是南方。去看看家乡的变化，采写几篇鲜活生动的扶贫稿子，这是领导的期许，也是党报记者的职业使命，不失为一件有意义的事。但我骨子里，这些年偶尔返回，以及听闻农村种种变化，沉寂与衰落，"回不去的故乡"像个紧箍咒，翻来覆去就有了怯意。

有次从北上广回来几个朋友在省城相聚，各有成就，衣冠楚楚，席间说起农村种种现象，有人对农民劣根性大加鞭挞，有人感慨时代造化，贫富悬殊拉开新一轮城乡差距，也有人叹惋教育资源的不平衡，贫困地区的农家子弟如今考上名牌高校几乎比登天还难。一场聚会变成了反思，几杯酒下去，以大城市人自居的语气傲慢者被人讥讽揶揄，你们往上数三代，哪位不是从农村出来的？城市文明若不能反哺乡村，这样的畸形发展于一个国家又有何益处可谈？众人醉言互怼，吵得斯文扫地，闹得不欢而散。

在永城停了一夜，晚饭后离见面会还有时间，我就去老街二十三号院走了走。离得不远，出宾馆步行十分钟，我在二十三号院出生、长大，考学出去后，家也搬离这里去了城东新区。院里有五幢六层小楼，原是教育供销系统的家属房，当年算建得早的小区，独门独户，名声在外，现在是灰墙破路，窄道狭梯，明日黄花，残年衰落。

　　和院子隔条大马路的南门市场，是县城最繁华的大市场，也最嘈杂混乱。百货南杂批发一条长街，没有买不到的东西。前几年建了新市场，但人们仍喜欢来这里，几经整饬，街面比过去整洁，店铺门头也收拾得美观多了。县第三小学就藏在街里面，多年一直说搬却没搬，入读的多是政府公务员和商贩子弟。到了这个点儿，校门就被流动摊贩挤占，只剩一条窄窄的过道。我站在铁栅门外张望，教学楼格局依旧，教师旧宿舍翻盖了新楼，扎眼的是修了条绛红色塑胶跑道。门卫老头手持长扫帚走过来，用疑窦的目光问我，是找人吗？我心头一凛，找人？我曾经认识的人已经不在这里了。我摇摇头说，随便看看。他嘟囔一句，有什么好看的，然后掉身走了，画大字般地继续清扫着门口的草坪。

　　县里高度重视这次挂职锻炼，四大家主要领导都出席了见面会。走进会场，我就看到了曾经的初中语文老师王海平，印象中他古文功底好，《离骚》《论语》出口成诵，鲁迅的经典辞章也是信手拈来，我们好多同学选读文科，与他的言传身教不无关系。他为人处世严谨务实，也懂得内外方圆，没听说有什么背景，送完我们这一届，就调到了教育局办公室，后来又到县委办写材料，转到乡镇干了几年又回到教育局任职，现在是管文教卫的副县长。我们联系虽少，但有这个渊源，比常人要亲近许多。他紧紧握住了我的手，热络地说："欢迎大记者回家啊，多为家乡发展献计出策、添砖加瓦！"

　　见面会有个议程是挂职代表发言，原先定的领队和最年轻的省电视台记者。带队的宣传部新闻处干部说话刻板，重申的是老一套，即每位编辑记者下乡的工作职责，对所在乡镇的每个村走访一遍，做好一次接访工作，联系一户困难户，组织或参加一次集中采访，撰写一篇体会文章，也要列席乡镇有关工作会议，协助做好当地突发事件的新闻应急和信息专报工作。省台记者是学播音的，字正腔圆，表态铿锵有力："向基层干部取经，吃苦耐劳，身体力行，帮助群众解难题、支实招、见成效。"整个会议室都被她的表态声波震得嗡嗡响。

会议原本可以终了，主持会议的王海平说，再请省报来的田自力同志说几句。理由有二：我是他教过的永城学生中的佼佼者，又是全省党报的资深记者，见多识广，对家乡这些年的变迁发展，必然深有感触。

临时发言，推托不得，我也不习惯场面上那套话语，脑子里一紧张，仿佛一片空洞，脱口而出的却是鲁迅《故乡》的开头："我冒了严寒，回到相隔二千余里，别了二十余年的故乡去。"我说，许多走出去的人，都会怀有鲁迅这般对故乡、对乡村的审视和剔骨见血般的热爱，因为故乡是我们的出生之地，是母亲流血之地，也是埋葬祖先之地，无论何时何地，受挫困苦，我们的故乡，我们的乡村，永远是游子的身体、心灵可以停驻的地方，也是重树信心再出发的地方。我说到乡村的当下处境，乡村一直是中国社会的一个巨大投影，我们可以看到生活最基本的伦理、秩序、情感和精神，如何回望、建设乡村，归根到底不能只站在一个维度之上，而要深层次地掘进。

天啦，我怎么了，由着个人的认知，慌不择言，居然还说出"掘进"这样的词。我把那些赞誉家乡变化的溢美之词，把要为脱贫攻坚挖掘典型浓墨重彩书写中国梦永城故事的话全忘在了脑后。话说完，掌声雷动，这让我颇感意外，心跳得更乱了，却觉得这次下乡也许真是有意义的。

散会后，王海平走过来和我告别，讲了几句"工作生活有困难他来解决"的客气话，我突然发现他两鬓发白，眼角皱纹折叠。时光从不饶过任何人啊！他说："这次安排你去码市，有些偏远，生活上会艰苦些，所幸时间不长，克服一下。你的学长陈劭东点名要的你，这样也好，你们有个照应，一起干点儿实事。"我问："劭东在下面干得还好不？"他说："挺好的，就是有些耽搁了。三年前调整，本来可以到城关镇接位，在县城，接天线更近，很多基层干部求之不得，是他自己主动请缨去全县最贫困最偏僻的码市乡。开始有人称赞他是深谋远虑，镀镀金转一圈就回来了，现在对贫困地区主职干部的人事一律冻结，不脱贫摘帽不调整提拔，有人就笑陈劭东打错了算盘走错了棋。"我们边说边往外走，他要上车了，笑着拍了拍我肩膀说："不管怎样，都是未来砥柱啊！"我赔笑心想，人各有志吧，劭东从来都是有想法的人，我还蛮期待码市在他手上翻新变样。

三

次日上午，来接我的是乡宣传干事小姚。陈劭东周末在县委党校参加为期两天的脱贫攻坚乡镇书记的辅导班学习，小姚说了缘由，就目视前方开车上路了。陈劭东派遣这个小伙子到省城给我送过土特产拜节，初次交道就看得出他是那种谨言慎行的人，但后来听说他喜欢玩机车，挺出乎我的意料。路上，我问乡上一些事，问一句他答一句，很多地方不是说不清楚，就是答非所问。我失了兴致，就看着窗外的山景，倾听风中偶尔能捕捉到的几声鸟语。

环绕码市的是一座山，又是两座。这么说吧，山虽相连，又各有其名，一曰古婆山，一曰兜盘山。我把手机地图上的标示指给小姚看。他说，这边都习惯叫东边大岭西边大岭。去码市要在东西大岭间的山路上转上两个多小时。二十世纪九十年代，经码市的水路荒废，硬化拉通了一条低等级的公路，坑坑洼洼跑了好多年，跑一趟是颠簸得头昏脑涨。虽然修护呼声甚高，但苦于没资金来源，直到前两年借扶贫的交通项目实施，山路扩宽，平整如新。我隔着车窗拿手机拍山峦叠嶂，从视野开阔的地方看天空，太阳被裹在厚厚的云层里，像是有雨要来，转上几个弯，又看到云开雾散，光芒万丈。

我打了个盹，迷迷糊糊感觉快要到了。小姚刚好接完电话，见我醒了，说："陈书记来电话，刚接通知，明天王县长看码市的安置点，顺便走访几个贫困户，九点开完例会从乡政府出发，请您也参加。"

我说："扶贫工作事无巨细，乡干部都要亲力亲为，迎陪走送，很忙吧？"

"有人说扶贫工作像个百宝箱，拿一件少一件，总也拿不尽。"小姚望着我咧嘴一笑，说，"乡镇干部压力山大，个个上了发条，不在扶贫现场，就在去扶贫的路上。"

"注意安全！"车道急转弯，吓我一跳。小姚放缓速度，爬上陡坡，我的视线被一排粗壮的大樟树遮挡，待缓行一段再看到葱郁山岭，脑子里没了方向感，对东西大岭又失去了判断。

到了乡政府大院，小姚引我走进他们那栋二十世纪九十年代末建起的办公楼。楼层护栏外悬挂着醒目的红色黑体字标语，宣传的是核心价值观和美好生活的奋斗目标，院西墙的宣传栏张贴着林林总总与扶贫有关的政策文件，东侧是农村商业银行、邮政的房子，连同文化服务站、政务服务大厅，挤挤挨挨，院子陋旧狭小，但不失紧凑整洁。

码市乡拢共三十二名干部，借调到扶贫办和县直部门后，在岗的也就剩二十来位。办公楼上下四层，一二楼办公，四楼闲置成了储藏间，小姚给我收拣好了三楼靠西第二间，陈劭东住在最东边。房间不小，布置简单，床铺书桌衣柜和两把漆面脱落的木椅，像个空空荡荡的"家"。

小姚帮我把简单的行李搬进屋，抱歉地说："将就将就，生活用品差什么，到时说一声再添上。"我笑着说："没那么讲究，你们能住，我也没问题。"陈劭东像是掐准了我刚安顿下来，打来电话慰问我的一路辛劳，说下午学习班结束，约了县直几家部门负责人商议安置点生活配套工程的事，晚上才回得来。"我争取早点儿回呀，我们借着月光喝一杯，给你接风洗尘！"他声音中的爽朗劲多少年也没变。

跟小姚去食堂吃午饭，因为是周日，有的"走读干部"还没回来。老师傅的柴火灶烧菜很香，胃口大增，饭后我决定独自到集镇上走一走消食。出政府大院上坡左拐步行五分钟，一条五六米宽、八九百米长的街道，刚好容两辆小车通过，既是集市也是公路，全乡的经济活动集中地。逢农历一四七的日子赶闹子（赶集），山里村民蜂拥而至，估计交通会瞬间瘫痪。街两边不留缝隙地砌着房子，一楼清一色店铺，有的是木脚楼，有的后来改建成水泥两层房，屋里光线灰暗，像码放的两排黑匣子。两个挂牌的村卫生室相邻不到五十米，十米之外一个岔路口是乡卫生院，这样的布局让我觉得可笑。我去过一些大乡镇，道路又宽又阔，横平竖直，宾馆门窗装饰超市养生馆汽修家居，街边店面门头和县城没什么差异。眼下的这条码市老街，十来分钟就踏勘结束。没人在意午后出现在这里的一张新面孔。也许这几年下来扶贫检查的外人多了，人们也不在意那些路过的陌生者了。

毫无生机的乡镇。即将到来的三个月我将如何度过，只有等陈劭东亲口告诉我了。我坐在街角一块青麻石上，阳光穿过几面屋脊的三角地带，在眼前来回晃动。我眯眼打量身后的老街，二十年前到过此地的一幕若隐若现。那是我此前唯一的码市记忆，也是心底的一块隐痛。

那次是坐一辆客运班车过来的，路途摇晃，无比漫长。来的原因，是参加师范女同学彭余燕的葬礼。同龄人意外离去，十来位同学相约奔丧至此，忧郁的心情让行程变得沉闷滞重。二十世纪八九十年代，国家重视中专教育，师范工商财农林水医卫等专业的录取分很高，能考入的都是尖子生，很多家庭冲着工作包分配走上这条求学路，农村学子还可转为城镇户口，就更是将之视为跳龙门的绝佳机会。

我和彭余燕是同一年考入，同班，她是码市学校考上的独苗，学习优异，长相素朴纯净，寡言少语，有点儿像那个年代日本殿堂级的女演员山口百惠。陈劭东是学长，高我们两届。刚入学不久的晚自习上，一个戴眼镜的高个子男生站在教室门口把我和彭余燕叫出去，定定地望着我们笑。素不相识，我有些纳闷，他自我介绍说了一大串头衔身份，最终目的是邀约我们参加文学社活动。他问我："知道为什么找你们吗？"我摇头。他说："我们是老乡，都是永城的。"彭余燕从头至尾脸颊红扑扑的，没有说一句话。打过几次交道后，他是学生会副主席，经常抛头露面，就主动带我们参加一些社团活动。文学书法绘画篮球，他都能露几手。我们常在广播里听到朗诵他的诗歌作品，在书法美术比赛获奖名单里找到他的名字，还有每学期的校篮球联赛上看到他精准的三分篮远投。他走起路虎虎生风，回头率很高，我后来觉得他对彭余燕颇有好感，不过每次都会把我叫上，好像有我这个够亮的电灯泡才更安全。

陈劭东毕业那年，留市名额非常少，据说一个市干部子女占了他的指标，他赌气回了距永城不远的一所乡镇中学。现在回想，这对一个内心骄傲的人打击该有多大。分配失意，他因此和我们的书信联系很少。到了两年后我们毕业，师大有继续深造的保送生指标，我和彭余燕入围，成了竞争对手，很多活动获奖的加分项，得益于陈劭东当年把我们引入社团参加竞赛打下的基础。后来彭余燕竟然主动退出，理由是家里条件差，父亲身体不好，弟弟年幼，她想早些参加工作。我没有悬念地被保送了，却很长一段时间开心不起来，就是因为彭余燕的放弃。学校给了她全市优秀毕业生的荣誉，还给永城县教育局出函推荐，她运气不错，进了县三小当老师。一个从山沟里考出来的女孩，留在县城教书，将来嫁在县城，这些都是按部就班要发生的，理所当然会是一种很不错的人生归宿。

那时的通信虽有寻呼机、长途公用电话，但又贵又不方便，我和外界的联系方式主要是书信。师大期间我和彭余燕的书信往来并不密切，每学期两三封吧，逢年过节互寄写着祝福的明信片，彼此内心都隔着一道防护带。她在信里说得最多的是工作生活近况，当班主任，教语文，一周有十五节课，还带了写作兴趣班；住在学校宿舍里，宿舍前有一排又高又直的水杉，房子老旧，冬夜风吹得过道呜呜响，像有人穿着拖鞋跑来跑去；多数同事都是县城的，上完课就回家了，几个年轻同事开始恋爱约会；她正在参加高等教育自学考试，一个人待在宿舍偶尔会感到害怕。她片言只语未提过陈劭东，但我知道我的收信地址是他透露的。陈劭东写信只有一件事，让我帮着购买邮寄书籍和自考复习资料，他刻苦好学，说要以一个自学考上研究生的民办教师为榜样，早日离开那所偏居一隅的乡镇中学。我旁敲侧击，要他主动联系照顾好她，想象过他们坐在空旷无人的校园角落或宿舍里埋头苦读的温馨场景。当彭余燕说起幽深夜晚一个女孩子的害怕虽再正常不过，但我不解的是，陈劭东这时在哪里呢？有一次信末"顺颂安好"时，她不经意地提了一句，她在犹豫，做一个艰难的抉择，想回到码市学校当老师，那样离家近，能更好地照顾父母弟弟。我给她寄了一本战胜困境成为人生赢家的美国女作家海伦·凯勒的传记和自考论文复习资料，回信中语气坚决地劝她打消回乡的念头。我想也许只是她一时冲动，身边是不会有人赞成这样做的。

那时的懵懂和远离，慢慢会将任何虽美好但不在同一经纬度上的情感撕扯掉消磨光。后来我更是体悟到，于情感而言，时间是灭火器也是过滤器。各自安好尚且无事，突然听到彭余燕死去的消息，那一刻除了震惊诧异，也充满了拳打脚踢般的伤感和锥心刺骨般的遗憾。

彭余燕自缢身亡，消息是另一个县城教书的同学传来的。那时我面临毕业，联系了几家单位准备面试。我站在校园一家报刊亭旁，给陈劭东打了十几个传呼留言，焦急地等待，他却直到第二天才把电话打到我们楼栋宿管那里，丢下一句留言：余燕离世，节哀顺变。当时他若是站在我面前，我想一定会狠揍他一顿。

消息像挤牙膏似的传来，自杀事件概括成一句话：彭余燕深夜在学校宿舍用长丝袜勒死了自己，次日上课无人进教室，才被同事破门发现。我说我不相信，同学说我们都不相信，好端端地活着或者说一个正常人，是要遇到什么样的事才如此决绝赴死，进一步说，以双手之力勒死自己怎么做得到。

县公安局最后下的定论还是自杀。封锁现场、排查问话、尸检化验，该履行的程序都走过了，找到的人证物证并不能证明死于他杀。我们那时分散各地，涉世不深，也没什么社会关系，对人情世态、办案破案都不谙其道，也没想到要组织起来去讨个明白的说法。"相信公安会把事实查清楚的。"一句互相安慰的话，等来的是不愿相信也得相信的结论。听说她的父母倒是去县公安、教育局找过几次，但也只是安静地等在领导办公室门外，没有亲戚朋友帮着打横幅拦车鸣冤，也没有胡搅蛮缠讨要巨额经济赔偿。碰到这种事，单位都愿花钱速战速决，怕扩散影响。县教育局和学校工会找来家属当面答应给一笔丧葬费之外的赔偿，她父亲说人没了，钱也不要了。教育局领导说这是正常补偿，是你们应该拿的，在结案书上签完字，保证今后不闹事，拿钱就可以走了。她父母清理了女儿的遗物，在乡干部的帮助下，把女儿遗体拉回去下葬。那已经是彭余燕死去半个多月后的事了。

出殡前一天，一帮同学相约从四面八方赶到码市。说是一帮，也不过十来位。我大清早从省城坐火车到市里，又赶到永城与同学会合。我用车站公用电话联系了陈劭东，他的声音听起来也很沮丧，说人已经死了，没有新证据，就只能依了公安的定论。我问他要不要去送彭余燕最后一程。他说正在等参加县委办的选调复试通知，第二天可能要去面试。

这也是人生大事，我没有责怪他。他赶来车站，拿了一个信封，里面有一千块钱，差不多是他三个月的工资，让我亲手交到彭余燕家人手上。我手里捏着信封，看他匆匆转身离去，这算是对一段美好关系结束的祭奠吧。一位同学悄悄告诉我，他谈了个女朋友，她的父亲是一位县领导。我冷笑一声，没有丝毫惊讶，也未做任何评判。

车在山路上慢慢颠簸转悠，同学们起初还说说话，后来整个车厢的人都昏昏欲睡。天空弥漫着蒙蒙细雾，山和树木模糊游移，我有着前所未有的麻木，希望车永远在模糊的视野中行进，不要停下来。

天擦黑的时候，终于到了石喊坪，热心的村民把我们迎进彭余燕家。房子破旧，堂屋窄小，棺材摆在中间，像停泊着一艘黑色巨轮。尸体在医院太平间停放了半个月，面貌早走形变样，我们进去完成祭拜仪式，赶在棺木钉死前看到那张变得陌生的脸。四年前，我们在校园里，生龙活虎，无比热爱生活，向往美好未来，但突然以死亡的方式分别，从此阴阳相隔，心情复杂，比到码市的山路还要曲折幽深。

没想到的是，陈劭东深夜赶来了。冗长的道场仪式刚结束，停放棺材的堂屋里烛火摇动，墙上黑影碾压，他久久凝视着照片上被火光映亮的半张脸，眼泪无声掉落。

后半夜家属守灵，主事的要我们到附近村民家中休息，待天亮后送逝者上山下葬。我们把女生安顿好，几位男同学决定彻夜不眠。夜里有些寒凉，有人提议烧堆火，大家潜入黑暗中搜拣回一堆树枝，有人索性拖来一棵砍倒在山沟里的小树，我们在离彭家不远的空地上点燃了火。几个女生睡不着又回来了，火堆前顿时热闹起来。围着火，大家回忆往事，说起一次集体野炊的火是彭余燕燃起来的，有人说把火烧旺些，照亮她上路，让她以后走过的道路都有光亮和温暖。我心中的哀伤被火烘烤得硬邦邦的。记不得谁先说，看月亮升起来了。黑黢黢的山岭，清辉洒下，蒙上一层雾状的微光，山体也变得通透。

火光跃动，视线恍惚，山路上忽然看到有人影经过，女生胆小，喊大家去证实那个人影的真伪。有男同学举起火把往山路上探照，却发现什么也没有。一个女生哭泣起来，说那是彭余燕的魂魄吧，让她靠近我们吧，让她坐在我们中间吧，像往昔默默地倾听，而不是独自离去。夜色也被这个女生的哀悲感染了，所有人沉默着，抬头凝望月色溶溶的夜空，四面阒寂，只有树枝燃烧发出噼噼啪啪的声响。

陈劭东坐着不吭声，手中的烟一支接一支，我记得他以前是不抽烟的。后来他变魔术般地从随行包里掏出两瓶白酒，把瓶盖打开往夜空里一扔，男生轮流对着瓶口喝着辣舌割喉的祭奠之酒。那是一个对着青山赊月色的夜晚，是一段扼腕生命脆弱的青春时光。我们把酒无言，坐到晨光熹微，我醉眼迷离，好几次朝山路上张望，空空荡荡，奔赴另一个世界的身影再没有出现。

那个夜晚过得格外缓慢，仿佛时间已经凝滞，连同火焰、呼吸与回忆。我知道，以后再也不会遇到这么漫长的夜晚了。

四

陈劭东从县里返回已是夜里十点了，他比我两年前看到的样子要略显发福，肚腹微微隆起。我暗中一笑，中年男人都逃不脱的命运呀，何况是在酒桌上摸爬滚打的乡镇干部。他开心地喊着我的名字，热情拥抱比他身材小一号的我。

"听说了你在见面会上的发言，说得好，故乡是回不去的，因为时间本身是回不去的。"

我不理他的夸赞，假装生气地说："听说是你把我要到这穷乡僻壤，来看你施展抱负？"

"是你那位王老师泄密的吧？"他哈哈一笑，"大记者，就是要到这里来，才叫真正接地气。精准扶贫在这里发生的点滴变化，都应该写进历史的教科书。"

我不去接他的大道理，讥讽地说："当初选这里，你可没想到回不去的吧？"

"既来之，则安之，我没考虑那么多。"

"那说说你考虑的是什么？"

他把话题岔开，说："走，去我房间喝两杯。"

"算啦，我戒酒了，现在也不是青春年少伤春悲秋了。"

"破戒！不破不立。"他才不管我拒绝的理由，抓起我的手就走。

他的宿舍布局也很简单，比我的多一个书架、一个储物柜。他摆桌子拿酒开熟食，我就到书架前巡视。我想看看当年被我当作偶像的学长还剩下多少精神追求。对他架子上的百来本藏书，我并不以为然，最上一排是党员干部必读的理论书籍，但下面的三排书籍把我镇住了。都是与乡村建设和中国农村百年变革有关的民国大咖著作和西方译著。梁漱溟、晏阳初、董时进、李景汉、傅葆琛、陶行知，二十世纪二三十年代的一批有理想的乡建之子，也有美国明恩溥何天爵、英国麦高温约·罗伯茨等中国文化研究者。我抽出几本，摩挲发旧，批注详细，看来都是反复读过的。

他把酒食摆好，拿出一瓶洋河大曲梦之蓝。

"人生是灰色的，梦是蓝色的。"他扬了扬酒瓶，斟满两个小玻璃杯，"晚上请饭请酒，两条通村公路扩建三个安置点饮水工程，立项的扶贫项目，进度缓慢，像催债，人家欠你的，你还要低三下四去讨。"

"他们不履职，到时板子打他们身上。"

"没你说得这么简单，现在的考核都是一把手约谈，在你管辖的地盘上，老百姓的吃喝拉撒生老病死，哪一件都不是儿戏。"他端杯示意走一个。

"帝王将相，戏非儿戏，是这个理吧？"

"来，大记者，码市欢迎你！"杯中酒他一饮而尽。

我久不沾酒，两杯下去，头有些晕乎。他酒量虽大，但脸上堆积着酒后的浮肿和奔波的疲累。他和我絮叨起乡镇的现状和症结、扶贫脱贫的艰辛，有一些现象与我平日所闻完全是颠覆性的。勤的干，懒的站，不三不四瞎捣蛋。我知道基层工作复杂干部辛苦，但没想到有的艰难无异于徒手攀爬一面面陡岩峭壁。

我轻叹："你到码市，说说你的抱负。"他说："你待一段后再做评议吧。"我直言午后感受，让人无可惊喜。他说："你看到的是过去与现在，我们更多的是要去看未来。"我爽言直语："没有现在谈什么未来，况且你所说的未来是在这穷山瘦水，没有资源没有财力物力所能走到的未来，是你书架上那些失败的实践和理想的空中楼阁？"

他抬头看了一眼书架，仿佛那里藏着一个突然会跳出来的怪物。他说："这几年，我在琢磨'乡村建设'这四个字，它不简单是建设乡村，让乡村有个光鲜的外表，它是整个中国社会建设不可分割的有机组成，乡村走出贫困的根本是在建设而不只是一味输血。扶不起的阿斗，关键是阿斗要自己立起来。"他取下几本书，说到它们带给他的启示，民国时期有数百上千的团体机构实验区都致力于乡村建设，"除了我们熟悉的黄炎培的徐公桥实验、陶行知的晓庄模式，连阎锡山这位我们以为的'刽子手'军阀，也有很多改革乡村的设想，他的用民政治就是要'启民德、长民智、立民财'。还有外号叫'中国船王'的卢作孚，毛泽东曾说过的中国民族工业'四个不能忘'中的运输航运业的那位大亨，就率先提出过乡村现代化的口号，你知道他的愿景是什么吗？是愿人人皆为园艺家，将世界造成花园一样"。

"我们难道只把这当作幼稚和失败？"他苦笑。

我看着眼前这位仿佛又回到师范生活年代的学长，激情四溢，在社团活动现场慷慨激昂，但台下坐着的已经不是当年逐梦理想的我。我没有反驳或是说打击他，那个他所说的自己立起来，在码市这个地方，有立得起的支撑和底座吗？我说："时间不早了，今晚到此为止吧。"

酒已喝完，话却并没说尽。这个夜猫子，我不坚决打断，也许他能滔滔不绝地借着酒兴说到天亮。他的房门洞开，我起身迎风，能看到对面隐约的山岚，我们没有回忆多年前那个喝酒送别彭余燕的月夜，也没有只言片语去怀念共同的故人。我突然看到桌上还摆着第三只酒杯，空杯见底，杯壁沾湿，地上有一片浅浅水渍，像一张模糊但似曾相识的面孔。

他跟跄着送我出门，我让他留步，赶紧洗漱休息。他的舌头打着卷："你来了，就是最好的支持。明天一起陪你的老师，看看山村的未来。"

五

下半夜落了场雨，把山林浇个湿透。清早起来，黑色屋瓦洗涤过似的，油光发亮，几只长尾巴鸟檐间雀跃，发出悦耳的欢鸣。空气润朗，沁人心脾，这感觉是在城市所无法经历的，我深深呼吸，恨不能将身体装上个压缩机，把体内浊湿之气排空，把新鲜之气储存起来。日上山峦，浮光耀金，两面青山也如同梳洗过，墨绿、黛绿、葱绿、碧绿、水绿、豆绿、亮绿、嫩绿，我所能想到的描述绿色的词，似乎都能在山野间找到它的所在。我想起师大同学有一位毕业去了西藏支教，给当地牧民学校当义务老师，每天清早，眺望蓝天白云、草原雪山，看着孩子们的高原红，迎来第一缕曙光。乡野之所，大概这就是最美好的念想吧。

城乃防御，市乃开放，码市之名，从前因开放而得。过去这一带在人们嘴里叫码头铺，傍着一条穿山越岭的水流，叫冯河。陆路交通兴起之前，运输全在冯河上，山货洋货交易流通，商贸客商多会于此。地理记载，码市四周虽是崇山峻岭，但地处湘粤桂交界，清咸丰年间就建集立市了。从冯河出发，水路经抵道州、永州，沿湘江入洞庭、通长江，然后水阔天高，就能去往武汉、南京、上海等地。来之前，我又翻阅了一本地方志，上面说过去冯河开阔，上游溪流众多，从东边，有大量的杉松、竹木、茶叶、桐油、药材等山货在此聚散，往南的古道直通粤桂，丝绸、海盐以及一些舶来品又多从这条水路中转散入内地。

一水缠绕，山就活了。但记载中的繁华时光已成美谈和遗憾。三十年河东三十年河西。陆地运输的快捷，如毛细血管的公路四通八达，把冯河之上众星拱月般的水上口岸抛弃了。又加之水土流失，山洪滑坡，泥沙冲积，河床抬升，河水欠丰，山上林木禁止砍伐，无物可运，水运衰落，唯有老人嘴里，落魄的码市还留着些许荣光。

深夜酒谈之后，我真还对陈劭东的所谓未来充满好奇。往事历历，时光销蚀一切爱恨情仇，但不会销毁。这位多年前我很尊重的学长，其形象地位已经随着彭余燕的离世坍塌了。那个晚上围坐山火的一场痛饮，是对青春的祭奠，对生命的哀悼。他没有给我合理的解释，往后也没有，他有理由不说，我也不追问。罅隙横亘我们之间，也是这些年联系很少的原因。他攀上高枝，转圜于他的仕途，无可厚非，但他画的一张乡村建设的大饼，让我感到腹中之饥。麻木生活，物质想象，有光而不曾照见甚至早已忘记光的存在，我们转身，他说待他拂去光之上的遮蔽之物。

他来码市，真是要帮穷山里的人寻找光吗？又还能找到吗？

周一例会，陈劭东公事公办，很客气地做了介绍，算是让我和二十多位乡干部见面认识了。毕竟还要同事三个月，该走的程序不能少。例会还布置了一周的工作，小姚把清单打印好发放到各人面前。二十几项工作，密密麻麻，交错复杂，都事关扶贫的方方面面，饮水安全、教育保障、基本医疗、危房改造、易地搬迁等等，每一项后面都有责任人和主抓部门，打星号的是提醒本周完成，三角号标志的是重中之重，画圆圈的是要迅速整改落实的。

上面千条线，下面一根针，政策最后落实到基层，就压到了乡镇、村一级干部的身上。没搞好，上面要批评，严重的要问责，下面落实的难度和实施操作的麻烦之多，因地而异，也因人而异。陈劭东讲话干练，废话很少，安排工作既观瞻大局也讲究落地，这些年的磨炼不是瞎折腾，我却不禁有些同情他，选择到这个最贫困的乡镇，也把自己困在了这里，才干激情能在时间里一直延续生长吗？

会议半小时后结束，乡干部分头忙碌。陈劭东把记录本合上塞进包里，招呼我："王县长快到了，我们一起去陪，看看安置点。"

拎起包我就跟着他噔噔下楼往外走。陈劭东还像读书时那样，步子迈得大走得快，小姚没给行程单，我不知道王海平下来具体要干些什么。大学毕业我考进报社做过几年的时政记者，与省里领导或是省直部门负责人下过乡，都是前呼后拥，浩浩荡荡。见到王海平孤身坐在副驾驶，我有些惊讶。

"您堂堂县领导下来视察，就这样轻车简从，不怕路上打劫呀。"我故意打趣，活跃一下车内气氛。

"哈哈，有何可劫？他们要劫也只会劫劭东书记吧？"王海平说，"这两年下来检查扶贫，习惯了独来独往。不给下面添麻烦，也不给自己找麻烦。"

"人家要的是排场，偏生不怕的是麻烦。"

"那是人家的事，喜欢形式官僚主义，可不是我这个教书匠出身的半老头子追求的。"他说了一个笑话。"八项规定"出来之前，一位副省长到县里慰问特困群众，省市县三级领导陪同，警车引路，车队庞大，到群众家中一番嘘寒问暖，临走时递上一个信封。当时副省长拿着薄薄的信封，脸色就有些僵滞，那户人家有个傻宝儿子，急急拆开贴着"慰问金"三字的信封，大呼小叫，来这么多人，才送五百块钱。副省长前脚刚跨出门，听到这话，脸就垮下来了，冲着随行的干部发火，明年再这样的标准，不要请我来慰问了，丢人！我和陈劭东都笑起来了。

王海平愉悦地回忆当年教书时的几件小事，还把我那时的表现做了些美化。我没想到他记忆力如此之好，转入仕途，也就是凭着好记性和笔杆子上去的。劭东光听我们师生说话，也不插言，面色深沉，和昨晚见到的完全是两副神貌。

王海平把头往左一偏，盯着他看了几秒后说："劭东啊，人事上我说不了话，你到乡镇来就来，好端端地把婚离了，趴到这穷山沟里，是真不想上去了？你知道县里有些人的嘴，比刀子还锋利。人生机遇就那么几次，你不要搬石头砸自己的脚。"

陈劭东离婚的事我略知一二。当年，他改弦易张，娶了县委副书记的女儿，这是他没有选择彭余燕的唯一理由。男人为了前程朝秦暮楚，前车太多，难断对错。早几年岳父退休，他们夫妻没过多久就协议离婚，没吵没闹，对外讲是感情不和，儿子归他，不过外公喜欢，又仍带在女方家中。去年他来省城做了一场老乡的饭局，我问过他，也是这个说辞。人多嘴杂，他没多说，分别后他却发了条短信过来：离婚是废除束缚，放飞自由的身心。

说到自由这个份上，都这个年代了，还有什么再去追究的。

朋友相处，点到为止，没有唯一标准。这也是我的原则。后来我再没向他问询过，成年人别过得那么辛累，尤其是对城堡进出的亘古命题，人人都有破狱而出就绝不画地为牢的选择权。小县城最热衷传播桃色新闻，开始很多心怀鬼胎的人还非议着哪一方有猫腻，等着看一出好戏，但两人各自单着，既无绯闻也无实变，有时还一同带着孩子出现在好友的饭局上。陈劭东下派码市后，一心在山谷沟垄里忙碌，也乐着把儿子丢在岳父家。

　　一团扯不清的麻纱，陈劭东故意岔开话，以恭敬口吻向上级领导汇报码市扶贫脱贫已经完成的工作、正在做的旅游项目以及存在的问题。从全乡到各村的贫困人口、逐年脱贫的数字到各项经济指标、惠农补贴，他熟稔于心，一门清。王海平夸赞他对政策、数据的掌握和贫困状况的分析，微笑"预测"："我们都看得到的，劭东把码市的扶贫差事办好了，未来是要进常委班子的。"

　　先去看的是易地搬迁安置点的建设。地点是陈劭东一个个亲自反复考量后选定的，与别的乡镇不可比，人家随便在集镇附近选一块空旷之地，水电路一并畅通，几十幢新房整齐排开，美观气派。码市自然条件受限，集镇往外扩捆手捆脚，又不能随意炸山拓地，要找到一大片平整土地来集中安置石喊坪村上百户搬迁人口谈何容易。搬太远，贫困户不乐意，住得太集中，山上独门独户住惯的人也不愿意，他最后想了一个方案，山村特色不丢，选了四处安置点，离集镇不远不近，尽量让一个村互相认识的贫困户住到一块。选址方案经过公示，逐一让村干部上门征求意见，获得全体贫困户的赞同通过。

　　我们参观了正在装修扫尾的安置房，白墙青瓦，依山就势，连点成片，最小的五十平方米，最大的一百五十平方米。王海平对房屋设计和建设质量竖了大拇指，说："房子建好了，要想让人住得舒心，还必须考虑后续的帮扶措施，在劳动力转移就业上做文章，易地搬迁才有亮点。"

　　陈劭东似乎早等着谈到这个实际问题，介绍了已经准备落户的扶贫工厂计划，又神秘地把我们带到离安置点不远处开垦出来的梯田处。他说："农民虽日出而作，日落难歇，但骨子里最需要的还是可以耕种的土地，没有土地，他们心慌难眠。搬迁后，山上的房子要拆，山田也种不了，年轻的可以外出打工，年纪大的走不出去。我考虑就近开垦了几块菜园子几分山田，让搬迁户心里不慌，这样生活才开心，好歹也是帮着他们做点儿实事吧。光靠政策补贴，脱贫不得其法，贫者不改心志，乡村振兴又何以为继呢？"

走了几处安置点，恰好也有村民前来探看新家。王海平看得高兴，感慨赞许："扶贫要扶智，也要扶志，我看码市因地制宜的思路和做法很好，抓住了山村易地搬迁的牛鼻子。农民本是农村脱贫和振兴的根本力量，他们不积极参与，乡村建设就是白纸一张、空话一句。"现场气氛热烈。王海平说："我不能空手来，好比农民着急娶老婆，如果你送本书，告诉他'书中自有颜如玉'，哪能这么糊弄，是这个理吧？"他的话逗得大家哈哈大笑起来。他承诺从分管的文体卫项目资金里给安置点支持，把文化健身医疗配套到位，村干部和村民看到领导送"红包"，一个劲儿地鼓掌致谢，像是前途立马一片光明。

看完安置点，王县长说想到石喊坪走访几个贫困户。看了两三户，这些家庭有的子女在外打工，有的孩子即将入学，都对搬迁充满期待。山路弯弯，山林茂密，西边大岭看似变化甚微，一家一户，依山就势建房盖屋，虽靠山吃山，但相较过去，政府投入加大，生活基础大有改善。王海平坐在前面当导游，说他在码市出生，儿时看到的山长什么样，山中生活之苦，十几岁随当国有林场场长的父亲调动工作走出大山，这些年哪里变了样。我听着也颇为感慨。

过了午时返程，王海平在一个岔道口选了一条小路上行，路况差一点儿，趟过这道弯，前面才重上主路。我坐车上转得晕乎，看着山林已不识，隐约记得多年前来过，但记忆被脑海中的橡皮擦擦去了。车停下来，王海平走进坐落山坳上的一栋矮房子。房子有些年头了，是过去的大土坯砖堆砌起来的，屋檐黑瓦日晒风吹，雨淋夜露，色泽变白，罅隙处长着斑驳藓苔。时间的刀斧之力，都刻在了坯砖上，有的地方裂开几道瘦长的缝隙，有的剥蚀之后残缺坑洼，仿佛一个长途跋涉的褴褛落魄者。

"这样的房子算不算危房？"王海平前后屋看看，皱着眉头问道。

"已经做了易地搬迁的安排,分了一套安置房。"村支书黄旺生及时赶到,躬身上前回答。

"谁说我要安置房?谁说我要搬家?"人未见声已闻,一个脸色酱黄的秃头矮老者从屋里走出来,他右前额凹缺一角成 G 形,活像一个从大庙供台走下来的丑怪老罗汉。他的长相拨动了我的记忆之弦,我想起二十年前在葬礼上模模糊糊的一面之交,是彭余燕的父亲。听说他头上的凹缺,是年轻时当排工留下的,差一点儿命都没了。到码市来的路上我有想过,这一家人过得还好吗,没想到此时相见,却不敢相认。

"谁说我要搬到安置房去?"老人火气很旺。

王海平一愣。黄旺生上前一步,挡在老人面前,说:"彭老招,县里领导来看看我们村,看扶贫好政策的落实,安置房就是政府的关心,你怎么又不搬了?"

"是你们要搬,我从来没说过要搬的。"

黄旺生脸色赭红,摆出一副杀猪佬的生气状,还想要争论一番。王海平拦住了他,问道:"老爹,为什么不愿意搬?"

"我搬走了,我儿子就找不到家了。"

"你儿子怎么会找不到家呢?"

"他出门了,还没回来。"

这时从里屋走出来一位满头银发的老女人——彭余燕的母亲,高颧骨,皮肤黑里透红。女儿的噩耗传来,听说她一夜之间头发全白了。她满脸忧虑之色,扯着彭老招往屋里拖;他赖着不走,像个孩子生气般嘟着嘴。两人就在自家门口当着外人的面僵持了。

王海平走进屋里,黄旺生跟进去唧唧咕咕介绍彭老招的家庭情况。儿子叫彭小亮,出门打工,回来过一趟,再次外出后就没音讯了。

"有几年了?去找过吗?"

"三四年了吧,这让他们去哪里找。到乡派出所报案,说要县里才有权限查什么身份证信息。"

"查过吗? 乡里村里应该派干部帮一帮。"

黄旺生支支吾吾, 他返身到老女人面前, 问最近有没有儿子的消息。女人摇了摇头。

屋里光线很暗, 飘着一股溲溺之气, 王海平站到对门逆光的神龛位, 墙上挂着一张褪色发黄的旧照片, 严格意义上并不能算是逝者的遗照, 而是一张放大的生活照——女孩穿一身长裙, 侧身站在操场上, 风把长发吹起, 阳光在脸上映成淡淡的微笑。黄旺生一旁说: "那是彭老招女儿, 死好多年了。"

我也看清了二十年前的这张脸, 此刻却非常陌生。我像一个失忆者慢慢召回记忆, 如撞入一头小兽, 慌乱, 搐动。物是人非, 山长水阔, 触处思量遍。时光的灰旧与色彩的挥发, 无法真正磨蚀这张青春的脸。我瞟了一眼陈劭东, 他站在我们身后, 神色寡淡, 仿佛丢了魂魄, 身体骨骼撞击发出嘎吱声响。这声音, 又像是从房子里每个人的身体里发出来的。

彭老招突然大叫一声, 我们纷纷扭过头去, 他抓着老女人的头发, 拖着往几米远外的山路上甩去, 嘴里骂道: "都是你这死婆娘, 把儿子赶跑了, 不回来了, 看你死了, 哪个人给你送终。"

女人并不挣脱, 顺着彭老招的力道和松开的手, 弯身跳过屋门口的导水沟, 站在路边上, 把一头银发向上扬起来, 跳大神般手舞足蹈起来。她往山下方向指了指, 喊道: "回来了, 小亮回来喽!"随行者有人真的探出身子往山下望, 什么也没有。

彭老招一屁股跌坐在一把矮凳椅上, 抹着眼角, 说: "老婆子, 我对不住你呀, 你跟我嫁到山沟里, 愁吃愁穿, 图个啥? 现在快埋进土了, 儿女都没了, 你恨不恨我? 你不恨我, 我恨我自己啊……你披头散发干吗, 快去捡柴烧火, 家里来了客, 我们杀鸡吃, 吃鸡喝酒。"他靠着墙,受了委屈似的呜呜哭起来，她走过去怜爱地摸着那颗头发所剩无几的脑袋，又紧紧把他瑟瑟抖动的身体抱进怀里。

"死酒鬼！神经病！"黄旺生皱着眉头，嘀咕道，又朝我们露出一副哭笑不得的表情。他对彭老招说："你也是经历过生死的人，凡事都要看开些。"

"我没死，我没有死过，死了就不是人了。"彭老招挣脱妻子的怀抱，理直气壮地回答。看到王海平跨出门槛，他一把抓住王海平的手道："领导，你要帮我，你们要帮我找儿子。"

"好好好，我们帮你找。"王海平连忙应允，往后退，像是怕他做出格举动。

彭老招放开他，又抓住我的手，把找儿子的请求重复一遍。他的手粗糙得像把钢锯割手。我也唯有点头。老女人过来把他扯开，向我们道歉："老倌子过去放排脑袋受了伤，不清醒时就胡言乱语，莫见怪。"

"找个鬼，你们都是骗子。"彭老招喃喃低语，"一群骗子！"

王海平把陈劭东喊到身边，交代说，乡里派人去衔接公安，把彭小亮失踪的情况再调查一下，科技信息这么发达，交通住宿看病打工都要身份证信息，还找不到一个人。陈劭东没有说话，表示默认。

这些年乡村的奇怪事件，比小说还真实地发生在身边。离奇出走，杳无影踪，只是其中一桩而已。乡邻多会议论彭家人丁不旺，命运如此，不可违逆。这个场合，我心情沉闷，不敢跟疯言疯语的彭老招相认，也许他压根儿不记得女儿有过这样一位同学。他这么疯疯癫癫，非常不好对付，有点儿像医学界也畏难的"老年认知症"，大脑皮层结构功能发生了病变。后面我能帮得上什么呢？在省城我曾汇过两次钱，但钱都退回来了，地址有误，查无此人。但那是我所能确定的地址，可以解释的理由，是对方拒签了汇款单。后来我才知道，这个性格刚硬的老排工拒绝了所有的善意。

六

下山时，车内一阵沉默。我看着窗外，青山绿水，却遮不住悲催命运撞击彭老招一家的遍地狼藉。彭老招说话怪怪的，让我想起维特根斯坦说过，人是不会经历死的，凡是经历了死的都已经不是人了。他肯定是不知道这位二十世纪最具影响力的哲学家，却说出了类似的话。我不知道王海平突然闯进彭家的缘由，他是码市的故人，彭老招的遭遇不会没听说过，也许还知道彭余燕与我们之间的关系。

他终于开口问话了："劭东，你对彭老招一家的情况很熟悉，经常来？"

陈劭东说："每次到石喊坪都会路过看一眼，彭小亮是三年前外出打工，之后再没任何联系，两个老人基本丧失了劳动能力，过去吃低保，种了五分山田，建档立卡后有些养殖公益林补贴，乡里逢年过节发点儿特困补贴都有份，勉强维持生活吧。问题是彭老招长期头痛脑热高血压，一年下来吃药也开销不小。"

"黄旺生说你是该给的都给了，不该给的也都给了。"王海平说。

"什么叫该不该？"陈劭东说，"黄旺生在村干部里算是有能力，但一张嘴像冰刀子，村里和他对着干的人都不饶。"

"有时做事要一碗水端平，至少要巧妙，这也是自我保护。"

我第一次见黄旺生，就看出他匪气重。很多村干部久踞村上，手握资源，家底厚实，唯上是从，对弱势群体却很霸道，这并不少见。

陈劭东说了彭老招和黄旺生之间的过节。早些年，农村有段时间风气不好，广东人跑来设流动赌场，黄旺生的小舅子搞村会计，不争气，爱去赌。他把村部代管的养老金、村民各项补贴存折偷偷取了钱去赌。有村民知道这回事，上门讨要，他就发一点儿，年纪大的村民不知情，他就造表伪造签名蒙混过关，几年下来从中截留贪污了有二十来万。钱呢，打牌输光了。村里人私下找他要钱，嘴上答应得好，却一拖再拖。这事传给彭老招知道了，他才不管什么猫腻，也不讲情面，先到村部闹，又跑到镇上告，还找去了县纪委。县里后来派人下来调查，一个大窟窿，加之以前发放现金、换存折抹下来的零头，总共有三十大几万。上面要追责，最后是黄旺生四处找人出面转圜，又替小舅子退了钱，才免了牢狱之灾，村会计也干不下去了。

小舅子违法乱纪有错在先，可黄家人对彭老招恨之入骨，眼中钉只是拔之不得。村民看到他傻不隆咚，爱出头，以后捕风捉影听到一些村支两委和村干部暗地做的不公之事，就悄悄告之，怂恿他去闹。有些事换在别村就大化小、小化了抹过去了，他排工出身，是那种偏性子，几经争斗与乡上村里的不少干部结了怨，拉了仇恨。

陈劭东说："人家嫌弃彭老招还来不及，哪会愿意去帮着找，都盼着彭小亮死在外面看笑话。"

"那几年我在教育局，从县纪委通报上看到过，当时反响很大。全县后来搞了次大排查，教育部门也对教育补贴中一些发放不到位的搞了整改，没想到导火索是彭老招。"王海平说，"彭老招这个雷脾气年轻时就有，重情义，敢担当。说来话长，我老父亲还欠他一个人情。"

他这么说，我有些好奇，问道："听说您父亲那时是国有林场的老场长，那个年代，林场权力很大的。"

他回头看了我一眼说："你知道码市过去有名的连子排吧？"

"当然，我小时候还跟做过木材生意的姑父去看过放排。"我说。

码市热闹红火的年代，最引人注目的一件事就是放排。那时秋冬季节砍伐的池杉、水松、香樟、山毛榉，都集中堆放到山上的水流边，等着涨春水。春水一来，木头就要扎排，一般三五根，或者是九、十根扎成一张木排，排头用四个竹篾编成的圈套固定好，中间钉上火熏水涝过的"肚带藤"，朝溪流一扔，顺水而下。小水路顺下来的木排都要在码市的老河咀汇集，然后由人拆散重新扎成连子排。老河咀一带的河床平缓开阔，陡峭岩壁上几棵大香樟挡荫，像撑开的遮阳伞，过去排工就在伞荫下做出一张张连子排。

连子排有公母之分，排工要先摆好平衡木，分四层摆放要运输的木材，第一层二十四根，逐层两根两根递减，扎成一节总计八十四根。此般编扎三节，第三节扎成凹形排尾，此为母排；第四节必须选粗壮的木材，排尾编扎成凸形，谓之公排；然后公母相对，串成一体。我姑父干什么都很执着，退休后口袋里常揣着一个速写本，走到哪里都勾勾画画，前两年回到冯河走了几天，凭记忆画了一组放连子排的图。我前不久去见他，他拿出画的连子排，与我一起回忆看放排的场面，心情特别激动。他一说，我的记忆就活了，我们叫那些排工是"排古佬"。上路前，排古佬烧香磕头拜神，把随身行李丢在排中间的食宿工棚，暑天是赤膊短裤，天凉也是穿件短褂汗衫，全身冒着腾腾热气。

"人老了爱讲古，我父亲就是这样，我一回去看他，就拖着给我讲林场往事，还自己写了些文章，将来都可以出本书了。"王海平说，"我给你们讲讲彭老招的故事吧。"

彭老招以前并不叫这个名字，这是他在河上的外号，"招"就是驾驭连子排的排工，前招掌控速度，后招负责方向。彭老招随身带着一根竹篙，那是从山上精挑细选的隔年毛竹，围径十五公分，找铁匠打了一个铁箍固定在竹篙，久磨发亮。河上的排工都认得彭老招的这个"方向盘"。每到急流险湾，他的篙迅速下水，脚下踩实，手上发力，就着流势把木排方向打直；不然的话，排头撞向水中石头，散排是小事，人被弹撞殒命才是大事。彭老招熟悉冯河每一段水域，排速管控有度，从未出过差错，久而久之，在水上声名大噪。那时从码市放一次连子排，四到七天，时间从容，排古佬欢歌笑语。若是时间催得紧，有的生手宁可丢了这单生意，也不敢冒生命之险，水上放排性命攸关，也是把脑袋挂在裤腰带上的事，敢接的那号人才是真正的厉害角色。

有一年涨春水，国有林场急着放一次排，给出的薪酬是平时的三倍，但要在三天内送达。没人接单，平时牛皮哄哄的排古佬也怯场了。老场长心机一动，摆酒请来了彭老招，给他戴高帽子，说这批木材是着急送去一所新学校，做一批课桌椅，事关孩子们秋季入学及时开课，积德造福之事。几杯老酒下去，没吭声的彭老招撸起衣袖，答应帮老场长这个忙，但提出一个要求是依旧照过往的正常薪酬付，多的分文不取。老场长担心彭老招反悔，要先付定金。彭老招说，冯河上的排古佬说话算话，给公家办事打包票，但不打退堂鼓。

彭老招讲义气，不图利，一下传为美谈。开排那天，排古佬聚拢老河咀，杀鸡放鞭，唱起排工号子，河流上像过盛大的节日，河面上落满鞭炮碎屑，点点红殷，像是一条血河流淌。林场工人将上游蓄满水的石堰开闸，彭老招驾着连子排在众人雷鸣般的欢呼声中上路了。速度取决于时间，这次的速度自然要比过往快，至于快多少，当然是越快越好。但他还是非常小心稳重，过了最险的侵滩河、蛇友肚、刀脊岭，与他搭档的后招如释重负，吁了口气，放松警惕。行到鲁鸡荡，后招大意，判断方向失误，斜里往前冲，眼看要搁浅滩头，彭老招赶紧减速，但还是擦着一块大石头。顺着水流的加速度惯性，连子排侧身空翻，彭老招拼命想调整好方向，但人被甩出去，头撞向岸上一棵树丫；后招没这么好运气，撞上石头，翻身几个滚，沉入水中，一股血泉浮上来，像墨团滴落，慢慢洇开在冯河这张流动的画纸上。

一九九三年，山里通公路，木材改陆运，也就是这年夏初，彭老招放排出了事故，用行话说是"翻了掌，沉了水"，虽幸免于难，但也从此告别放排，归山做回了农民。他那颗变了形的脑袋，凹塌处就是撞树受伤的后遗症。

王海平讲到这里，我推算了一下，那年彭余燕正在码市乡中学读初一。课堂上她被老师急急忙忙喊出来，懵懵懂懂回了家，她一度以为父亲水上出事死了。彭老招活过来，但家里的顶梁柱在那天就倒了。彭余燕的初中学业，其实是老场长暗中资助才毕业的。

听完这段属于上一代人的冯河故事，陈劭东假寐，我看到他眼角隐约有泪光闪动，终归是眼一睁，泪花就不见了。

我抓住副驾驶的后椅背，说："找彭小亮的任务，让我试试吧！"

七

乡上都知道来挂职的副乡长，陪王县长走了趟石喊坪，下山后就要帮彭老招找儿子了。

有热心的乡干部借来办公室走动或饭后散步时，给我讲彭小亮的事。这是个"闷葫芦"化生子，中考没考好，被乡里资助去读县职业中专，后来的事让人哭笑不得，入学前被县城几个小痞子喊着玩牌，一夜输光了学费，也不吭声，干脆入了痞子群伙，只有要学费生活费的时候就回了，然后吊儿郎当地掉在彭老招的屁股后面，来找乡民政干部要补贴。这个在他人嘴中误入歧途的彭小亮与我记忆中的完全是两个人，我记得他的样子，是个不爱讲话、大眼睛的小男孩，在他姐姐的葬礼上，坐在角落里一动不动，供桌上的烛火快熄灭时，他就跑过去续香，给长眠灯里倒上油。时隔多年，记忆都会发黄变旧。他长得多高，胖还是瘦，是不是像那些出了门的年轻打工仔，把头发留长，染一束黄毛。他失踪几年，码市在外打工的好心人，起初也帮着留意问询过，但音信全无。他像蒸发的空气，跑到看不见的地方藏匿起来了。

远山尽翠，屋舍散落，像一串断线的珠子，掉落大山深处。彭老招家从前是住在山脚下的，离集镇近，放排受伤后，说听不得赶闹子的哄吵声音，找村委会换了半山坳的一块空地安了家。我驾驶着小姚的川崎X300上山，这台机车号称"山路王子"，外观结实，动力强悍。有一段山路修在冯河水库上，去年修好的路，但防护栏还没到位，乡里给县公路局送过几次报告，不知压在哪个领导的抽屉里。有几处路基塌方，水泥路面发生位移，凹凸开裂。小姚再三提醒安全，滑落山下，命都捡不回来。

彭老招在石喊坪是个独姓，势单力孤，不被待见，也跟他早些年爱找村委村干部的碴有关。那时基层管理松散，群众利益被村干部抓在手上，彭老招不管不顾，把黄旺生的小舅子告倒了，把低保分配不公的问题揭了盖，村委会要把几棵老树贱卖进城，也被他誓死守住了。女儿死后，他那放排中捡回来的痢病之躯，干不了重活，年岁一增，愈加孱弱，成了村里的特困户。村干部虽几经变换，但都避而远之，好像他是村里的瘟神。

上山前，小姚帮我给黄旺生打了个电话，说在村部等着。乡干部聊起黄旺生，一个人精，在村里盘踞经营，不是沾亲带故，就是勾肩搭背。乡上也曾有意愿换个村支书。年轻力壮有点儿头脑的人跑外面打工多赚钱，没人愿意出来挑这个重担，开了几次换届选举会，盘来转去，还是把黄旺生推了上来。我加速，川崎沿着山路盘旋而上，两旁的树一棵棵向后飞起来，像是与我竞赛似的，比赛谁跑得快。风灌进我耳朵里，混杂着摩托的嘶鸣，听不见别的声音，耳道里鼓胀轰鸣，像随时要爆炸。

前两年上面拨专款，各村新建了办公用房，规范有序，气象一新。石喊坪也不例外。会议室长方桌上成摞码着装订好的资料名册，墙壁上张贴着各种文件规章制度。我环视一圈，村委会工作职责、村民代表会议制度、村干部廉洁自律规定、村规民约、村务公开、驻村扶贫工作队职责，还有诸如文明创建、星级文明户评比工作领导小组、村尊老养老红白理事会、道德评议会、禁赌禁毒协会名单，眼花缭乱。挂最中间的是一张写真的彩色卫星云图：石喊坪村脱贫攻坚作战图。

黄旺生正在布置山林补贴具体数目的核准工作，见到我走进来，连忙放下手上的材料，满脸堆笑，端茶倒水，又指挥两名村干部抓紧去落实，到底是受过军事化训练的，说话办事，雷厉风行。

屋里剩下我俩，我开门见山，说了要找彭小亮的事。黄旺生迎客的笑容倏忽就闪失了，像一只刚走出洞口的老鼠嗅到了猫打哈欠的气味。他说："你要找人，应该是去市县公安局，我可不会把他藏在村委会吧。"我说："支书误解了，我是来侧面了解些情况。"他说："彭小亮出去这么长时间，具体情况你也应该是找彭老招。"我说："他们家在村里不是新人，应该没有支书不知道的吧。"

黄旺生那双眼睛闪过狡黠的光，挑了彭老招喝酒闹笑话的事讲。"排古佬水上漂，都好喝酒，彭老招也不例外。赶闹子的时候，半斤白酒下去，醉眼蒙眬，见人就扑通跪下了，抓着人家的衣袖裤角，问，你看见我儿子了吗？你知道彭小亮去哪里了吗？有人闲着无聊看把戏一样，听他弯来绕去絮叨那些前不搭后的往事，也有人甩开他的手脱开身。他差不多赶场闹子就要喝酒，喝到哪里就醉在哪里，醉在哪里就睡在哪里。"黄旺生嗤笑，我却仿佛看到那个摇晃着大脑袋的矮瘦身影，歪倒在一家店铺门前，朝天张着嘴，涎水顺着胡子拉碴的下巴，往下流到胸脯上，浸出一片湿渍。如果彭余燕活着，她不知有多心疼她的父亲。现在她的弟弟丢了，活不见人，死不见尸。凶多吉少，我的担忧多于侥幸。这些不幸降临到两个孤独的老人身上，余生身陷泥潭，淤积覆盖，越沉越深。

"黄支书，您是石喊坪的一村之主，彭老招是石喊坪的村民，手心手背都是肉。他过去再怎么闹，也不是为一己私利。"我委婉地说。

"排古佬脑壳摔得有问题，我对他有成见，但不跟他一般见识，我不是那种小肚鸡肠、暗地搞阴谋诡计的人。"黄旺生不改当过兵的暴脾气，直来直去。他说起第一轮扶贫没评彭老招的过程，那是因为父子没分家，彭小亮在外面打工，彭老招说儿子一个月有两千多工资，平均下来超过当时的贫困户标准，彭老招装清高，也不肯戴贫困户这个帽子。"后来陈劭东上任后特意来村里，要复评补上去，说彭小亮出门打工没回来过一分钱，两口子病痛多，吃药开销大。他头疼是活该，人在地上活，操心天上的事。陈劭东这么关心他，因为什么，你跟彭余燕是同学，心里明白。"

黄旺生说起彭老招，屁眼都是火，也不知他从哪里把我们几人的关系打听清楚了。我扑哧笑起来。他问："有什么好笑的？"我一本正经地说："乡党委书记关心每一个有实际困难的群众，是他的分内职责，也是村支书的分内职责。如果眼下像彭老招的情况评不上贫困户，我看你这个村支书也是当到头了。"有些村干部油皮泼赖，欺软怕硬，我一个过路客，也不想跟他太示弱。

黄旺生对我的话并不生气，也乐呵呵地笑起来。我起身就走，他追出来喊道："田乡长，山路弯多，安全第一，小姚的车贵死人。"

从村部拐弯出来不到百米，路面撒了些细沙石，车轮打滑，所幸我以双脚撑住。"黄旺生乌鸦嘴！"我恨恨地骂道，抬头却看见左边一段坍塌的矮墙。墙内有一幢废旧的红砖房，杂草丛生，有一棵伸枝展叶的老树，上面挂着一块木牌，字迹模糊，一片蓊郁的废墟。我好奇这是个什么地方，就把川崎停在路边，推开半爿破门进去，看清是"栽百年树，读万卷书"八个字。一个办完事回来的村干部认出我，跑过来告诉我，以前这里是村小，办了好多年，教育布局调整后，山上的读书伢子都集中到山下的乡完小去了。这是棵什么树，我忘记问村干部就走了。回望一眼废弃的老村小，心想这就是那棵多亏彭老招的捍卫而侥幸没有死在进城路上的古树吧。

半路上，一个小女孩背着粉色的双肩书包，走在一位老人身旁，她们是从山下上来，这个时间点正是放学归家的时候。我按响喇叭，和小女孩擦身而过，侧头看了一眼。女孩眉浓眼亮，脸圆鼻尖，长得很可爱。她像谁，像那个儿童版的彭余燕，我警告自己，别再沉溺那个悲伤的过去了。

彭老招坐在门口抽烟，好像是专候着我的到来。变形的脑袋笼罩在烟雾中，如果摄影家在场，保准是张可入展的艺术照。我记得上次见面他是没有抽烟的。也许是太孤独，他每天那么长时间地坐在这里，看着从家门口经过的路上出现的身影。他最想看到的身影，一个去了天上，另一个不知道去了哪里。

房檐很短，门前的导水沟是大麻石砌的，一米宽、两米多深，沟两岸搭着一块楠竹木板，雨水打湿后，隙缝处匍匐着青苔，脚踩上去有些湿滑，木板摇晃，发出吱呀的响声。他不记得我了，我说前天来过的，王县长和陈书记让我来帮着找彭小亮的。听说我要帮他找儿子，他半信半疑地盯着我，眼睛里充满焦虑和迫切。他问我叫什么名字，我说："我叫田自力，您叫我小田就可以。"我闻到空气中散开一股酒气。他端起脚旁的搪瓷杯抿了一口，说："自力，我给你倒杯酒。"我连忙摆手制止，彭老招的好酒之名看来不虚。

女人端杯出来，杯里飘着十几片山茶叶，我接过来，水是冷的。她说："山泉水，没烧开，山里的习惯，冷水泡茶慢慢浓。"我说："谢谢彭妈妈。"

彭老招进屋了，我端起他的酒杯问："老爹就这样干喝？"她愣了一下，无奈地说："喝了一辈子，戒不了，有时就看着墙上女儿的照片，枯喝，越喝越落泪，越难受越喝。"我心像被重锤击打，第一次听到这样的喝酒方式，伤心回忆是他的下酒菜。

檐下突然飞过一只燕子，身形矫健，在屋里转一圈，又飞走了。她说："我女儿出生的那年春天，燕子来来去去筑了个窝。村小的代课老师给取的名字，说家有喜燕，就叫彭余燕，余是我的姓氏，大家都说名字取得好。彭小亮捣蛋，有一年把窝给捅了，落一头的灰屑，我生气呀，结结实实把他打了一顿。我从没打过他，那是唯一的一次。没想到的是，女儿那年死了，你说奇怪吧，就是这么巧合。后来我信了佛，天天供香拜菩萨，求的是保佑天上的人与地上的人。"我听她说话，心生哀叹，人世间，不顺的事碰到一起，偶然就变成了执念。相信有个神在，有命运的差遣要降临，人们就丢了抗争，只剩下等待。

彭老招不知在里屋摸摸索索什么，走出来时，手里攥着一张皱巴巴的纸。他挥挥手，把纸铺平，递给我，纸上歪歪斜斜写着几行字：

寻人启事

彭小亮，男，27岁，码市乡石喊坪村人，身份证号……
手机号码……

我把这张纸拍了照，看身份证的出生年月，彭余燕死的那年，彭小亮刚好七岁。我看看堂屋，光线暗淡，好像这个淘气的失踪者已经归来，就躲在角落里，屋中央桌上烛火快灭的时候，他就跑出来。

我问道："老爹，有小亮的照片吗？"

他摇头，叹气说："原本有一张，到派出所报案留给他们，那帮狗日的后来说弄丢了。"

"家里有他的笔记日记本没？"我试着拨了拨纸上的那串电话号码，明知道不会有结果，但还不死心，一定要听到那个女声用冰冷而明确的语气重复两遍才肯相信。

"哪还看得到一张纸，都给烧掉了。"彭老招吹起腮帮，气鼓鼓地说。彭小亮外出打工前，把读过的课本撕下来，烧了个精光。天生不是读书的料，跟他姐姐比，一个天一个地。其实他也是后来变的，彭余燕死了，他就变了。

彭余燕读书认真，成绩优异，在我们班是数一数二的，每学期都拿一等奖学金，这么想起她，都会心疼可惜。她的死在彭小亮心里的打击有多大，也许被成人世界忽略了，导致的后果就是他的自暴自弃。我看着屋檐下往返进出的燕子，失魂落魄。

山路上鸦雀无声，风景静美，穿山风吹到身上，很是凉爽。导水沟东一丛西一丛长着茂密的矮刺槐，沟壁上爬满葛藤，不远处有一棵长青苔的枯树横卧，一只拖着大尾巴的黄鼠狼迅疾穿过，钻进山缝消失了，只有树身轻轻在摇晃。若是不为世事绊累、物质忧愁，这般的山居生活，甚是叫人羡慕。如果不是那个不知去向的彭小亮，我也不会这么长时间坐在这幢老屋里。生活具体到柴米油盐，落实到生老病死，就失去了想象的美好，内心的艰涩，外人是难以真正体悟的。来了就扛着吧。是好是歹日子都是要过下去的。彭老招在出生入死的水急浪尖中走过，他该是懂这个理的。

搪瓷杯里的茶叶散开手脚，茶水味道渐渐出来，我喝下一口，颇有"喉吻润、破孤闷、搜枯肠"之感。这是卢仝《七碗茶歌》中叙说的感觉，居然在一杯山泉泡茶中偶遇了。彭妈妈起身续水，彭老招开始回忆彭小亮离家前的事。我说："老爹好好想想，越翔实越具体越好。"

彭老招说，彭小亮第一次外出打工从昆山回来，穿的衣服鞋子跟一年前出门一模一样。那次回来后，也很少出门，整天在床上睡，到饭点才起来。他越来越沉默，有时坐在屋后那口废井旁，有时站在山坡的水塔上，抽烟，不知道在望什么想什么，打开手机播放音乐，是那种又喊又叫的音乐，没一句听得懂。彭妈妈插嘴说，彭小亮读书没遇到好伴儿，被带坏了，她还蒙在鼓中，也许是不相信儿子会主动把学费生活费拿去打牌赌博。"过完年没出十五，他说还要出去打工，我们拦不住，只好讲在外面小心身体，注意安全。话讲多了，他不耐烦，只说要得要得，不要啰唆。"

"我是越来越觉得人老了就是个等死的废物，小亮这个豺狼子说得对，老了就不要啰唆了。外面的人讨厌你，儿子也嫌弃你。"彭老招垂下眼帘，嘀咕道，"父母恩深不可忘，禽有鸟来兽有羊。为人不将父母孝，枉为人来似豺狼。"他把头一偏，秃顶上的那片亮光消失了，脑袋凹塌的地方，像藏着一道深不见底的沟壑。

我陪着老人回想有关彭小亮的过往点滴。天色暗下来，我留下手机号码，叮嘱他们有事随时打我电话。他们眼巴巴地送我到路边，过导水沟的时候，我说这块隔板要换了，摔到沟里就麻烦了。我发动车，排气管冒出一溜儿刺鼻的青烟，不知过多久才会被山风吹散。

第二天去乡派出所见了秦所长，一个因为犯生活作风问题被调整到码市的老警察。他来此地时间不长，显然无法和我正常交流这一起辖区内的人口失踪案。他把所里工作年限最长的警察大吴喊过来。大吴是本地人，又高又胖，两脚八字外撇，但每一步走得敦实，听得到地板的震颤。

"山里居然能养出这么一位大胖子，你见过吗？"秦所长把烟点燃吸上，露出一口乌金牙。大吴不介意所长的玩笑，吐吐舌头扮个鬼脸，却很严肃警惕地看着我。

我说出彭小亮的名字，大吴就脱口而出："知道的，我知道。"

秦所长身子一正，把手指向他，说："你知道他下落啊？"

大吴咧嘴鼓腮，又扮了个鬼脸。"彭小亮的父亲隔一段儿会来派出所打听有没有找到他儿子，不过，好像很久没来了。"他吐了吐舌头，说，"他不会是死了吧？"

"乌鸦嘴!"秦所长怒目一瞪,"现在是我们田乡长接手了一项扶贫工作,帮贫困户找儿子。"

大吴翻箱倒柜找档案去了,搬出一摞登记本,一页页翻看,嘴里念念有词:"彭小亮几年不见人不露声,是得好好查一查了。"

秦所长陪我聊天,他在公安转的部门多,自诩经手和听闻的案子无奇不有,却说像这类案子是最头疼最无能为力的。没有办案经费和重要批示,谁接砸谁手上,甩都甩不脱。大吴找到的那页登记纸,寥寥百字,都是彭老招、彭小亮的基本信息,并没超出我所掌握的信息线索范围。看到我失望的样子,大吴也拧紧眉头,似乎要弥补这个亏欠,说:"要不去找找南门酒坊的老板皮纸,原名叫皮巨飞,和彭小亮是职专同学,县城有名的混子。"

秦所长送我出门,剔着酱色牙垢,安慰我别着急,也可去县局找找管刑侦的赵登海,如果需要,他可以帮着张罗请出来喝顿酒。我说:"老赵肯定是要去找的,他欠我的太多了。"秦所长听我这话,觉得理应有些渊源,想打听清楚。我冲他和站身后的大吴扮了个鬼脸,他被尾烟呛得咳了几声,大吴捂嘴窃笑。

从乡派出所回来,我像我爱琢磨爱画画的姑父那样,画了一张与彭小亮有关的时间线路图:

码市(石喊坪)—昆山—码市(石喊坪)—苏州

2014年3月下旬第一次离家,打工所在地:昆山

2015年2月28日第二次离家,目的地:昆山?

苏州?(是他给家里的说法,半个月后,打回来过一个电话报平安。电话卡是他在昆山的移动代办点上的号,用的是自己身份证,后来欠费停机。)

我打开手机上的高铁管家，研究了火车路线。从本市开往苏州只有一趟普通火车（他需要前一天坐长途汽车赶到市里火车站附近某个小宾馆住宿），凌晨六点二十二分发车，次日凌晨四点二分到达，时长二十一小时四十分，途经二十一个站，停车时间最长的是江西九江四十一分钟，其次是南昌二十五分钟，最短的如衡山、丰城、向塘、东至也有三分钟，到达南京后车次从双号改为了单号。这是虽耗时长但便捷的直达出行，票价也不贵，去苏浙一带的打工者大都会坐这趟车。当然他也可选择别的交通方式，也可能在任何一站下车，如果临时改变主意的话。

失踪者游进茫茫人海，寻找者就像渔民驾着船到一个地方撒一次网，广撒网是对的，但不见得有效果。我对现在的科技和信息管理过分信赖，去县公安局之前，我打电话给表弟讲了找人的事。他在市公安局办公室，我问他有没有又好又快的办法，他却是颇为惊讶地说："哥，你跑那个乡旮旯干吗，跟自己过不去吗？"

我说："这个话以后再说吧。你先帮我想想法子，怎么才能找到彭小亮？"

他说："哥，你知道咱国家一年有多少人失踪吗？有意无意，正常异常，活着的死去的。"很早之前，我们讨论过社会新闻中那些离奇的失踪，有的逛超市进去就没出来，有的上了公交车就没见下车，有的妈妈转个身，推车里的孩子就丢了……他的潜台词是，很多时候对于这种主动失踪不归的人，多半是找而无功、白费力气。他不想费力也不行，我还是坚决地把彭小亮的名字、身份证号及出走的大概时间地点发过去了。

信息我也发给了赵登海，永城的刑侦大队长。他很快回复："领导放心，抓好落实。"我说："油皮不改，明天亲自来拜访老同学。"

赵登海和我是三年初中同学，他是那种像飞天蜈蚣般的淘气角色，经常被老师罚站面壁蹲马步，考试没少找我要过小抄。人各有命，他父母在南门市场做点儿水产干货的生意，条件不差，花钱把他塞进了县城重点高中，照旧捣蛋睡课，后来听说暗恋上班级成绩最好的女生，学习动力骤增，虽然为时有些晚，但那年碰到高校扩招，进了邻省一所公安专科学院。毕业后到乡派出所从户籍民警干起，治安、经侦再到刑侦，现在成了永城公安系统的一员大将。我到他办公室，除了一张摇晃的办公桌和几把椅子，空空荡荡，说像审讯室倒还更匹配。他见面也不生分，不过第一句话也跟我表弟一个腔调，对我跑到码市挂个虚职有所不解。

"有的贫困村多复杂你知道吗，光等政策没有对策，基层干部疲于应付各种检查，该干的正经事没时间干，也不愿干。"他说话时，也露出满口烟垢牙，一股烟味能丝丝缕缕被你吸进鼻子里。他是老烟民了，读初一时就偷偷抽上了，从校门口的不良商贩手中一根两根地买，那时我也被他怂恿着抽过几次，呛得厉害，闭着嘴不敢跟人说话，怕被家人发现。"玩一支，还没培养出来呀？"他大拇指朝烟盒底一弹，露出烟嘴递给我，然后示范捏破里面的爆珠。我想到秦所长的乌金牙，难怪人们说，公安都是一娘生的。

受权限所囿，赵登海查到的彭小亮在近两年都没有用身份证登记的记录。我问他可否再把时间拉长一些，他说："必须有正式报案立案，向省局市局申报，申报不难，就是手续复杂时间拖得久。"我说："彭老招不是在乡派出所立了案吗？"他说："那帮庸人，立了案也没看到记录，估计是口头问询，登记了一下，不然系统里不会查不到正式的立案记录。"

"农村这样的情况不少，公安一年不知要碰到多少报案的，人离家了，搞几年，没音信，有的又突然回来了，也有的不回来了。"赵登海举了几个例子安慰我，这不光是年轻人打工出去不回了，还有的生儿育女的中年人，婚姻破裂不堪忍受农村贫困种种原因，把孩子甩给老人女人，自己玩消失，无影无踪。

"那要不回来的，多会是什么情况？"

"死外面了呗。"赵登海所说的死有两层含义：一是躲在外面不露脸，活得好好的；一是真正地死了，悄悄地死了。

"但死也要有个对证吧。"

"不要钻牛角尖了，死无对证你懂吧，就是死无对证。"

八

我把寻找彭小亮的事在"挂友"群发布后，群里炸了锅。

"挂友"是我们这些下乡编辑记者之间的昵称，挂职绝不能"挂着职位不干实质工作"。干工作就会有困惑，大家就常在群里交流见闻心得，互相释疑解惑。电视台的"挂友"说，她走访联点的村里也有类似情况，丈夫离家出走十几年了，听说是在东北找了个临时组合，妻子当没有这个丈夫，把孩子拉扯大，子女也当没有这个父亲。我说，彭小亮未婚，不存在家庭逃离的前提。晚报跑社会线的老孟参与过多次公安报道，有一种职业敏感，说："彭小亮失踪会不会跟他姐姐多年前的死有关，比如发现姐姐并非自杀，寻凶复仇的他又被杀了，两个案子要并在一起查。"有人反驳："二十年前发生的案子，姑且不说当地公安定性准确与否，有多少证据还保存，又是否保存完好，没有证据佐证成立，一切都可以编撰虚构，公安会打自己的脸不。"老孟说："此一时彼一时，现在的 DNA 检验技术已经成熟，只要当年现场勘查细致，哪怕一个烟头一根头发，也能追根溯源。""挂友"们上纲上线，刀光剑影，枪打炮轰，把近些年曝光的办案腐败的事拿出来争论，我悄悄地设置了免打扰，任他们吵闹不休。

老孟的话提醒了我，彭余燕自杀案的不合理之处，我跟赵登海电话里说了。一个在县城工作的年轻女老师，职业稳定，教学业务能力强，没有什么精神抑郁等方面的疾病，自杀的理由是什么呢？无缘无故地赴死，而且是用丝袜把自己活活勒死，那要下多大的决心。公安当年就真的没查到一点儿线索，或是怀疑过他杀。这个搞刑侦的公安当年还没毕业，案子后来也几乎无人提及，他听我条分缕析，未置可否，也不妄下论断。

过了几天去县委宣传部开会，会后我去南门市场找到了皮巨飞的酒坊，这个人的体形更像他的外号"皮纸"，又矮又瘦，像张风一吹就飘起来的纸。结算完一单生意，他那双阴鸷的眼睛盯着我上下打量了一番。

"你知道狗日的为什么躲起来吗？"

我摇头，说："他家里情况你也知道，没点儿音信，都急着找他。"

皮纸翻古一样，说了一大通旧事，炫耀当年从彭小亮来县职专读书结拜兄弟后，自己是多么照顾袒护他。"我的家就是他的家，哪次到县城不是在我家住着，在外面打架惹祸，都要我找人收拾残局。"他摁灭烟头，"这家伙倒好，出去没挣钱，不知上了谁的当，借了网贷，利滚利，要还两万多块，没钱还，就玩失踪了。"

让皮纸尤为愤怒的是，彭小亮在网贷登记的紧急联系人是他，追债追到他头上，手机突然涌进上百条骚扰信息，电话响个不断，里面的人恶言威胁，这样他不得不把手机卡注销了，重新换了号码。"那些人电话吓唬我，可笑，我是吓大的？"皮纸睨视我一眼，说，"我等他们来，来了还要不要回去？这钱不是我欠的，凭什么找我！"

如果网贷属实的话，那彭小亮的失踪就有了理由。"可他躲到哪里去了呢？"我让皮纸帮着分析。

又来了生意，他大声呵斥在一旁玩手机游戏的小年轻去接待。那小年轻长得鼓鼓墩墩，不情愿地站起身，一只眼睛还盯着手机屏幕。"无药可救！"皮纸咬牙切齿地骂道。

皮纸打开手机万年历，翻看一会儿，说："彭小亮大概是二〇一五年二月底出的门，说要去昆山一家电子厂，半年后给我打过几个电话，邀我一起去天津做点儿生意，稳赚不赔，我说卖酒生意刚有起色，去不了，他就说能不能借点儿钱，我说四处借的钱投到酒坊了，就给了当年也在南门做过生意的一个叫老糟的电话。听说老糟在江浙混得不错，想搭个线让他们认识。我哪里不明白，他是上了传销的套，到处在骗人入伙。"他说："后来，网贷的追我，我打他电话，早停机了，我一怒之下，就再也没联系过他。"

"问过老糟吗？"

"人家号码早换了，联系不上了。"

市局的权限大，表弟回复我的情况，证实了皮巨飞所言不虚。二〇一五年三月一日，也就是彭小亮离家外出的第二天，他在市里火车站附近的菊花台招待所住两晚，但后面再没有记录。我问表弟怎么看。他说："这表明彭小亮极大可能是选择坐火车离开的，或是与同伴一起离开。那时还没搞人脸识别，查得不严，普通火车还有不少黄牛倒票，也存在用他人身份证购票的可能，假身份证和遗失的真证件特别多，路边几十块钱随便就有买的。"我很懊恼，我们现在需要的是确定，不是可能。

表弟说："可以确定的是，彭小亮入了个人征信失踪者名单，借过两笔网贷，一万一千块钱，从没还过。"他安慰我："也许，他失踪只是为了躲债。"我安慰自己，如果只是钱的问题，就还有补救的余地。

我又去找了一次赵登海。下了班，他请我吃永城的特色炖肠子，街边店，两碟卤拼、爆炒花蛤、椒盐带鱼、蒜蓉西兰花。我假装愤懑，把好吃的都点上，最该讲证据的公安，居然跟我讲死无对证，我就赖上你了。

他不急不恼，把酒满上，先自罚三杯。

言归正传，我把从表弟和皮巨飞得到的信息反馈给他，他答应把彭小亮输入人口失踪信息库里，这样一旦异地公安有发现，就会上报到信息中心。他提醒我，即使是这样，也难免是大海捞针，不要抱太大希望。我把老孟的那套 DNA 查案的说辞搬出来，他一个劲儿地摇头。他特意调阅了彭余燕案的档案，说没发现什么明显的问题，自杀原因归结主要还是本人精神压力过大。他不经意地说："有点儿奇怪，资料中有一份县三小校长李路明的笔录，里面居然缺了一页。"

"是不是有什么问题？"我急切地问。

"做笔录的警察去年患肝硬化去世了。"赵登海一笑，"这又是一个死无对证。"他与我解释："这种定性的历史案子要重新启动调查很难，不经上面特批，没有关键证据指向案子有重大误判，我们不可能抽人去查。至于 DNA 检测，实验室是很成熟了，但实践中真没这么简单。"赵登海给我浇了一瓢冷水。

我像是看到一个水下旋涡，旋转速度渐渐加快，真相似乎就躲在一个若隐若现又触不可及的角落。我说："如果彭余燕案真是出了错，也许这是一次最好的机会，我回来永城就是天意。麻烦你帮我打听一下那个校长的住址，我去拜访一下他。"

赵登海见我说得如此坚决，说道："这个小事没问题，还有一个人，你有兴趣也可以去问一问。"他欲言又止，我问是谁。他略加沉思后说："我们的老师王海平，当时是县教育局副局长，也接受了问询。""为什么会问询他？"他耸了耸肩，道："可能也就是一个正常的问询，因为毕竟是教育系统的老师死了，总要有领导出个面。也许他早忘记这茬事了，这事你自己决定吧，我这两天要出差办个案。"

我明白他不好露面，不然又会闹个小道消息满街飞。我说："他俩都让我去拜访吧。"

九

中午开完动员会，下午接待下乡察看施工进度的交通局领导，晚上入户走访，陈劭东是越忙碌精神劲儿越好，回来后敲门，喊我陪他喝一杯。前些天他连轴出差，跑申报排古佬非遗的事，创意是以老河咀为据点，重新打出排古佬民俗这张牌，引进旅游投资，开发冯河漂流。这也是码市的一件大事，其间我也帮着到省市发改、文化、旅游部门跑了一趟，找了个老领导支持，一路绿灯，胜利在望。

如果要我评分的话，他在码市的工作真是够深入务实的。毕竟底子太薄基础太弱，万丈高楼平地起，要从洼地建高楼，谈何容易。有时很晚我还能听到陈劭东房间里的电话声，不是汇报沟通，就是部署布置，上传下达，吃透精神，找那个最能发力的平衡点在哪里。我还真的很同情这个陀螺，也佩服他的拼命劲儿。

他的床头摊开一本五百多页码的《小镇喧嚣》，书是我前不久推荐的。几年前的文化读书版我编过一本读后感，书原是一个博士做的论文，揭了基层某些真相，像著名的社会学著作《金翼》，用"讲故事"的方式，抖出来的是乡镇基层政权、村级组织和农民的博弈共生，不可多得的乡村"深度描写"。没想到我随口说了一下，他就马上找到这本书。我翻了一下，他看得很认真，做了不少批注。他说："读迟了，不早推荐给我，我可是在基层这种复杂的互动中吃过不少亏了。"我说："早读了，就能处理好和黄旺生之流的村干部关系？不见得吧。"他呵呵一笑，黄旺生不能一棒子打死，乡村在某个发展阶段少不了这样的实干者，表面上我们认为他有点儿给自己和亲友谋利，当然这是绝对不能鼓励的，但我们要想，谋利获利的一方，也是身在底层的老百姓。

我说到黄旺生今天食堂甩的脸色，陈劭东劝慰我："心底宽睡得好吃得香，请你喝酒就当是替村干部赔礼道歉吧。"他把酒倒满，桌上又摆着第三只杯子，斟了三分之一的酒。他双手持杯，神情严肃，酒洒地，飘过一缕清香。

我端杯，说："敬彭余燕的？"

他一饮而尽，拍着胸口，声音发颤："这里一直压着一块石头，好多年了。"

我说："我也敬敬天上的老同学。"然后将杯中酒洒一半在地上，喝完另一半。

"你到码市来，也是为了她，想赎罪？"

"罪如果能赎，就不叫罪了。"

"这些年过去了，你可以说说你们当年发生过什么吗？"我想起了彭余燕下葬前的那个夜晚，山林野外，月色灼心，火焰把酒焙热，把泪烤干，他与我只字未提；后来几年像没有了这么个朋友，无音无讯，无牵无挂；往后他身份变了，陪领导去省城公干，邀乡友聚首，也只是酒店歌厅足浴城，酒肉穿肠，声色丛中过而已。我们像从来没有和彭余燕交集过。我有时怨恨，他一定是做了情感伤害的事，也海阔天空地想过放他一马，他不是故意伤害，有理由做自己的情感选择，但在这件事情上，他缄默，我就视之为罪，视之为不谅解。

陈劭东何等聪明，他怎会不知道我心中的轻蔑与敌意，他在装糊涂。我们都在装糊涂。看见的不说，看不见的暗中对垒。这也是我们身处的人际世界，有人在给玫瑰画上钢盔铠甲，也有人在给绵羊戴上眼罩嘴套。

"自力，我有时真觉得是我害死了彭余燕。"他说起她毕业后那两年，两人亦师亦友，读书复习考试，都觉得年轻，路还漫长，从没说过感情上的事。后来，一个亲戚把他介绍给了县委副书记的女儿，一切因此发生了改变。他不甘心当一辈子教书匠，吃粉笔灰，但现实中命运的一丁点儿改变都充满坎坷艰辛。他有意疏远她，希望时间洗淡感情，各自安好。他选择了一条捷径，后来才知道，这世上哪有真正的捷径。他如此忏悔，我心一软，一股激流冲走心底残存的那点儿怨恨。

"我没向她解释过。"他落了泪，呜呜哭起来，"真没想到她会自杀。我从来都没有梦见过她，我一直等着她在梦中跟我说，不是我杀了她。"

我们都喝醉了。我倒在床上就睡着了，无论手摸到哪个方向，都像碰到了芒刺。又做了一个奇怪的梦，去石喊坪的山路又宽又平，我骑着机车像风一样飞驰，到了半山，我被眼前的景象惊呆了，成片成片又高又壮的稻穗左摇右摆，秋涌千重浪，稻熟遍地黄。我知道我是做梦了，这么美的金秋，在石喊坪是从来看不到的。我不愿醒来，绕着田垄不停地奔跑起来。

十

我拿到赵登海发来的地址，老街二十三号院。没想到李路明也住这个院子，真是巧了。周末大清早陈劭东回城，我跟他的车同行。上午十点，我敲开门，他正端着一碗绿黏黏的荞麦面筋，嘴里嚼得吭哧响。

"都说人老了睡眠少，我五点半起来打一个小时太极，吃了豆腐脑老馒头，面食养胃，老残胃了，又到河边公园唱了京剧选段《我正在城楼观山景》，回来洗漱一把，坐沙发上眯了个回笼觉。你这来得正巧，这属于加餐。"他拿筷头敲了敲碗沿。

李路明是个话痨。等他说完，我说明来意。他拍脑门子，惊讶地说："你不是维修的小张呀，我这老眼昏花，把你认错了，对不起。"

"没事，您家里什么坏了，看我有没有办法。"我问道。

"电脑跑得越来越慢，比我这糟老头还老迈。小张是我过去的学生，答应帮我修好的。"他笑嘻嘻地说。

"让我试试。"我知道这都是电脑用久之后的小问题，运行速度慢，把一些平时用不着的软件卸载完，杀个毒，轻装上阵就好了。我打开设置程序倒腾了半个多小时，大功告成。李路明重启电脑，欣喜地朝我竖了竖大拇指。他拍拍屏幕说："看电影听戏曲还炒炒股，业余生活都靠它了。"我说："老有所乐，您才真是会过日子的人。"

一来一去，一唠一嗑，我俩像地下党员对上暗号，话就顺藤牵瓜地拉扯出来了。

我说："您校长当这么多年，培养了那么多好老师，好老师又教育了那么多优秀学生，您是真正的桃李满天下。"

李路明笑了，说："这话在过去，我当耳边风，现在哄老人，我爱听。"

我呵呵一笑，他还挺直率的。我说起彭余燕，当了几年老师，后来出了意外，那是我们同学中成绩最优秀的一位，这些年同学们都还怀念她。我担心他会有顾忌、抵触，不愿旧事重提，边说边警惕地观察他的表情。他听我说完，眼神怔怔地看着我。

他搬把椅子坐到我对面，说："小彭是我一块永远的心病啊，这些年我可从没忘记她。你是小彭的同学，是她的故交，我跟你说说，当是我们对小彭的一场追思吧。"

他站起来走到书柜前抽出一本书本大小的相册，把一九九七年至一九九九年教师节的合影翻出来，指给我看彭余燕站哪儿，坐在中间的他精神抖擞，满面春风。

毕竟过去二十年了，李路明说起往事，又深情又忧伤。

"全县大概就我当校长的年头最长，我喜欢校园，喜欢教育，喜欢和老师孩子们在一起。课间活动那些吵闹声在我耳中是最优美的旋律。当校长也就像当家长，把每一位青年老师都当成自己的孩子，该谈对象成家生娃我都操心，做过媒人，成过几对，没有散了的。我想小彭是山里的，没亲没戚，人勤心善，工作认真优秀，我得帮她找个好归宿吧。有次开会，有领导开教育局王副局长的玩笑，他丧妻一年多也可以找个人帮着带孩子了。他年富力强，该腾出时间干事业，将来还要往上攀的。

我就动了心思，想把小彭介绍过去，你也别说这是拉郎配，都改革开放好些年了，年龄不是问题，感情可以培养的嘛。

"我呢，先去试探问了问王局长，他嘴上说感谢关心，以后再看吧。我担心他是嫌弃小彭的家境。后来局里下来年终检查，我让小彭上了堂公开课，还参加青年教师代表座谈发言。走的时候，我旁敲侧击问王局长，他一个劲儿地夸我治校有方，青年教师队伍带得好，要总结经验推广。我也开心呀，他明着表扬我，暗中是中意小彭。他同意了，我就准备做小彭的思想工作了。

"我一个大老爷们儿突然问个年轻女孩子要不要嫁给死了老婆的领导，恐怕有些不妥。考虑到这个因素，我把管工会的副校长找来，刚好是个女的，由她与小彭打探比较合适。副校长问过话后，告诉我小彭目前没有谈对象的考虑，正参加高等教育自学考试的论文写作和答辩。我就说我没看错，平时当班主任教学任务那么重，晚上坚持学习，才三四年工夫就快拿到本科毕业证了。但也不能因为工作进步就不考虑个人问题是吧，我想再缓几天亲自出马。机会是属于有准备的人，错过了就没有了，后悔都来不及。

"有次开完年终总结会，小彭评了全县优秀受表彰，大家向她祝贺，她脸红了，眼睛笑弯了。我想趁着她高兴时说这事可能有戏，散会后我叫她到办公室，先绕回地问了家里情况，她当时显得有些不安，说急着回去看父母。我就顺着她的回答说，有没有想过把父母接到县城来。她说暂时没考虑，也不具备条件。我说，条件都是自己创造的，抓住了机会，条件可能就像清早睁眼，过夜的花都盛开了。

"没想到小彭不假思索地拒绝了我。什么原因，我也想知道呀，是不是已经有了男朋友只是没公开，或者是看不上，肯定是有个原因的。"她脸都憋红了，像个气球，我真担心再追问下去，气球就要爆了。

"她走了，起着小跑，像是怕我再把她喊回来，这些年轻老师我都是看作自己孩子一样，你说是不是又好气又好笑。

"没想到，过完春节开学前几天，她一本正经地给我递了个报告。我打开一看，是请调报告，理由是就近照顾父母。从来都是乡下老师削尖脑袋找尽关系往上调，从来没有主动放弃往下走的，傻姑娘，把我气得个不行。她还很严肃地说，是深思熟虑好的，父母也同意她的决定。我说你父母一辈子就待在山坳里，从来就没有过这山望见那山高，坐井观天，鼠目寸光。我寻思，是不是把她介绍给王局长的事引起的不良反应。她坚持说父亲年纪大了，以前受过伤，县城离家太远，照顾不到。她的态度很坚决，我就说那先缓一缓吧，你再好好考虑一下，我也要跟教育局人事处报告，你这是正规分配来的编制老师，要调动手续复杂得很，不是说调就能走的。她听我这么说，就答应了先完成这个学期工作，但务必请学校尽快与局里沟通，尽快批准回复。

"这事不知怎么传了出去，外面对小彭起了流言，我还担心她受影响，但那个学期看不出她工作中带着什么不良情绪。报告我也递上去了，不过是直接交给了王局长。没想到，那个学期还没结束，她自杀了。公安来调查，我把这些事前后说了，公安问过话，王局长就把我叫去了，让我不要把做介绍的事说出去。我也明白，原本没什么，就当大家开个玩笑，但碰到发生了这种意外，传出去影响不好，尤其是听说他要接局长位的关键时刻。我只好如实汇报说我怎么和公安说的。他眉头紧锁，半晌没讲话，然后把我带去了县公安局找了管刑侦的副局长，他们都是县直单位的领导，彼此都熟，我把事情原本经过说了，那副局长把办案的公安叫来，两边一核对，说没问题。为了避免造成不必要的传播影响，他们要我在学校做好老师的思想工作，不要猜测散播未经证实的言论。这事让我紧张了大半年，我尽最大努力向局里多争取了些补偿，但小彭的父亲竟然拒绝了。你说这一家人多奇怪吧。

"事后我想这也不奇怪，一个穷山村里的人，最大的念想不就是下一代走出大山吗，这么优秀的女儿不明不白死了，怎么能不万念俱灰，万事皆空。

"那段日子我忐忑不安，学校和社会上流言四起，有的说小彭平时沉默寡言，独来独往，不太合群，闷着读书读坏了脑子，要从县城调到乡下去，这是典型的抑郁症；有的说她还有狂想症，花痴，一心想找有权势的男人嫁，竟然连死了老婆又大十几岁的领导也打主意；也有人传出来，她暗中谈了一个男朋友，又和领导绊上了，正好被男朋友撞上，羞愧自杀；还有的说她被老街的流氓混混儿看上了，因为拒绝惹怒对方被谋杀的……各种说辞都有，你说我能不忧心忡忡？但嘴巴长在别人身上，我又有什么办法！我隔天在学校行政会教师会上强调，不要以讹传讹，要等公安的结果。结论最后定性是自杀。又有人背后议论纷纷，公安没本事，破不了案，只能出这么个自杀的结论糊弄家属。现场我进去过的，看不出异常情况，整整齐齐，干干净净。没有线索，公安不定性自杀，难道还要从路边随便抓个人说成他杀？"

说了这么多话，李路明才想到去倒杯水。"哎，时间过了这么久，你一问起这事，却又像昨天才发生的。"

我说："您真的没有怀疑过，彭余燕就真的是自杀？"

"人一时糊涂吧，像中了魔，年轻人，涉世不深，遇到点儿难处困结，一下子没想开。这也是自我安慰吧，但我这心里想到就难受。后来逢七月半，我们家烧亡灵包，我都会烧些给她，希望她在那边过得好。"他停顿一下，眼睛红了，抹去眼角两团湿黄的眼眵。

从老街二十三号小院走出来，熙攘的人流，表情各异，擦肩走过。如果事情真像李校长说的，是流言，是外界的困扰，那彭余燕就不是自杀，而是他杀。这些人里面，有多少是当年的"杀人凶手"。她是被他们的嘴杀死的。每张嘴，都是一把刀。

正当我在老街上茫然若失，不知道该干什么的时候，王海平回复信息，在参加县委中心组扩大学习，晚上不离开的话，请我去家中吃饭。

我回头再看一眼院子里的两棵老银杏，秋冬之交，树叶飘落，满地金黄。李路明送我下楼的时候，差点儿趔趄摔倒，叹息道："人的记忆啊，就是一直在丢失一些东西，衰老的人更可悲，丢了再去捡起来，总把过去当作未来等待。"

十一

王海平没有住在政府机关大院，而是环境优美的绿谷小区。我按照他发来的地址找过去，顺道买了些新鲜车厘子和哈密瓜。师母开的门，这是一个很干练的中年女人，年轻的时候应该风姿绰约。她见到我非常热情，冲着屋里喊："老王，客人来了。"我没想到，竟然是他亲自下厨。

"来的是贵客，我也才能享受老王的厨艺，这是搭伴大记者的福。"师母笑得很甜蜜。

我谦笑道："太盛情了，我是县长的学生，不敢当。"

饭菜上桌，王县长为我再破了一次例，拿出私藏的一瓶茅台。"家常便饭，喝杯好酒，锦上添花。"

师母假装生气，嗔怪道："已经戒了的酒，说喝又喝上了。"

"小酌小酌，自力毕业多少年，第一次上我们家，喝点儿酒才有记忆。"王海平像个孩子撒娇，"报告领导，喝完这顿，立行立改。"

老夫少妻，相敬如宾，让人嫉妒的秀恩爱。当年，王海平妻子患病离世，单了几年才找了这位比他年轻十几岁的女人。虽说那时尚未晋升县领导，还只是在教育局长的任上，但也是不少人背后指手画脚，差不多两代人了啊。

没想到他真是一手好厨艺，食材地道，杠杠的永城土味。酒喝下小半瓶，师母礼貌撤退，进房间看电视去了。

王海平和我东扯西聊，突然问道："今天过来是有什么事吗？"

"来看看老师，纯属叙旧。"

"平时你要回来，是县里的座上宾，要请吃个饭还轮不到。"

"现在最金贵的就是吃家宴，我是受宠若惊呀。"

他摆摆手，开心一笑，像是想起什么，问我："帮彭老招找人的事情，有什么进展吗？"

我简单说了一下县公安的调查情况，借机说："彭小亮失踪立案，到时还要请县长出马，与管公安的领导说一说。"他说这个没问题，又自言自语："失踪这么久，就怕有什么意外吧？"

"当年彭余燕之死，不明不白，公安定了就定了，也没人帮彭老招讨个说法，往深里追究。我第一次见彭小亮，就是他姐姐下葬那天，他还是个刚读书的小孩。"

王海平皱着眉，一声不吭，身体不易察觉地轻微抖动。他说："彭老招脾性倔强，教育局和学校拿了些钱做人道补偿，当时也是一笔数目不小的钱，他当场就拒绝了。"

名正言顺的补偿款，彭老招不要，这真是一个拧巴的人。谁遇上这种无力挽回的事，都会以扭曲或接受的心态拿了这笔钱，不管多少和来源，人死不能复生，这些都是该得的。那两年有女儿的资助，生活状况才缓慢好转，对于孝顺上进的彭余燕而言，她的美好生活，决定了一家人的未来。在石喊坪村人眼中，彭余燕的跳龙门，他们因嫉妒而掘开的深沟，因为她的死去被填平了，而且上面有了一座隆起的坟堆。

话说到这份上，我就把"天窗"打开了："当年彭余燕死的时候，您是在教育局吧？"

夜深人静，王海平送我下楼，楼道光在脸上跳来跳去，而身体像被黑暗一口吞噬了。他说："你让赵登海用点儿心思去查，彭小亮是彭老招老两口的精神支柱。"

"呃，老师还有什么要说的吗？"我心中明白，也许离开码市前也不会有结果。

"没有了，希望今晚说的话，你替我保守这个秘密，我们一家都亏欠彭老招的。"这个曾经骄傲的男人眼中，突然就看不到神采飞扬的光了。他把秘密丢给我，秘密多一个人分担的时候，知道秘密的人会变得轻盈吗？但今晚，我知道，他可以睡个好觉了。

彭余燕请调码市学校的报告，王海平压在了办公桌上的玻璃台板下。台板里摆着一份局机关通讯录、一张中国地图，以及他青年时代英姿勃发的一张生活照，背景就是我中学母校的教学楼。这张照片至今仍挂在他的书房墙上，岁月之痕，生活见证，回忆的温暖慰藉。

王海平与彭余燕单独见过一次。全县教育要搞"两基两全"摸底和达标自查，他忙得脚不着地。那天下乡督学回来，刚进办公室，门被咚咚敲开了，是彭余燕来了。他对她印象不错，年轻，漂亮，文静，待人接物得体大方。妻子病逝后，不乏热心的亲友牵线搭桥，暗中也见过几位，总有些不如人意。宁缺毋滥，他也就以随缘、忙碌来搪塞亲友的好心。彭余燕是个例外，他承认自己动了心，面对面时有了紧张、慌乱，还有些脸微红身体发热。要是回到青年时代，他心想无论如何都是要大胆追求一次的，拒绝、失败又有何顾忌呢？但现在的身份、家庭现状、交际圈子还有将来的上升空间，他不得不谨慎处理自己的第二次婚姻。牵一发而动全身，而且他托人打听到彭余燕的家庭，没想到她父亲彭老招与他父亲在冯河上打过一次"要命"的交道，最关键的是，彭余燕似乎并没有强烈的想法。

山迂水绕的关系，让他有了太多顾虑。于公于私，他把请调报告压下来，初衷还是想让她再冷静冷静，也是为了她好。一个正规的师范生、全市的优秀毕业生、业务能手，一时冲动，太可惜了。他是想过要好好找她谈一次，平时公务太忙，没找到合适的时机。这次她主动找上门，他又没想好要怎么开口了。

彭余燕坦言去意已决，请王局长说服李路明校长，理由是家中父母需要照顾，农村的基础教育也需要像她这样的年轻老师。她慷慨陈词，显然做了充分准备来的。他内心更加对她生出敬佩之意，差点儿就要改变主意，甚至想在下次的全县教师大会上推她做学习的榜样。不恋城市恋乡村，扎根教育无怨悔，多么纯朴崇高的思想。他嘴里却说，再认真考虑，县城的基础教育也需要像她这样的好老师。

彭余燕离开的时候，他起身相送，她主动与他握手告别。那是一双温暖柔软的手，但他还是感受到了指肚上的硬茧粗粝。她跟他说的最后一句话是："理解万岁！"

王海平说："我做梦也没想到，彭余燕来见我的一周之后，竟然自杀了，她以这种方式离开世界，始料未及。"得到消息的那天晚上，他惶恐不安，眼前总浮现出她来找他的情景。"对她的死，我负有不可推卸的责任。"

"事实就是如此。"他说，"时隔多年，世事变迁，也没有什么不可放下的了。她那双大眼睛，总是在一个角落看着我，过去我想方设法要躲开，现在也不怕了，我去找这双眼睛时，她反而不见了。"

我问他带着李路明到公安局去是怎么回事。他说："你不知道，那时组织部已经找我谈过一次话，局长要调动，这个位置考虑到我来接班。我便找了公安局的党校同学，当然这件事他们也调查了，与我没有直接关系，不能因为别人开个玩笑见过一面就认定是我导致的吧，但人言可畏，县城的人事争斗错综复杂，我们还是想把事情压在箱底。最后，你不知道，那次调整还是没考虑我，过了三年后我才接到局长的位置。凡事都是命，如果不踏空，现在也许我早进了常委班子。当时人事落定，我反而轻松了，这也是我该得的惩罚吧。"

十二

排古佬的非遗申报进展超出想象，省歌舞团下来一位编导，根据永城文化工作者收集的排工号子，增加了民间传说，排演一部河流实景剧，需要几个活着的老排工露脸。这也是陈劭东出的点子。在冯河上游拦坝蓄水，竹筏载客，两岸沿途布景，夜间灯光造型，让人回归到民俗生活和历史记忆之中。他让我亲自登门，请彭老招出山，白天在家赋闲，晚上扮装演出。老爹不松口，彭小亮不回家，哪里也不去。另几位老排工也像约好一样，说彭老招不答应，他们也不会出来。

易地搬迁正式启动了，山野喧响，搬迁户兴高采烈，鸣鞭放炮。陈劭东手忙脚乱，只恨分身乏术。他带着几个分管国土农业的干部，像一支勘测队，在安置点四处搜寻，想多找出一些适宜耕种的田地。

"搬了新家，田园不能丢。农民有那么一片微小但是属于自己的土地，他才会生活得心安理得。"陈劭东反复强调这个观点。他的设想是充分利用安置点附近的山地资源。他要像小王子一样，在百废待兴的安置点找到一朵献给搬迁贫困户的玫瑰花。

我又去了趟彭老招家，买了些米油猪肉。他坐在檐下的长条凳上，看着偶尔从山路上经过的人，每天生活从不改变。看见我来了，他欠身起立，算是打个招呼。我把东西搬进里屋，彭妈妈刚跪拜完菩萨，瓷杯里插着三炷香，烟袅袅升起，房间里的腐朽气息疏淡，像一片干涸的河床被水流冲刷出斑斑点点的绿意。

我走进里屋把东西放好，灯光弱，像一团飞雪散入冰天雪地就消失了。我转身看到床帐后有一块亮堂堂的光。好奇心驱使我走近几步，闻到一丝淡淡的油漆味，看清之后，我心中大骇，是一具黑寿材。彭老招每天夜里就睡在棺材旁边，这虽是乡下许多老人的习俗，但我感觉到脊梁阵阵发冷。我快步走出来，不经意看到墙上照片，平常不走到跟前是无法看清往昔那张脸的，但与彭余燕的目光相撞，心中那块痂又震颤发疼了。跨到门外，看到檐下的阳光，怦怦的心跳才慢慢安定。如果她活着，这一家人绝不会落到这步田地吧。

彭老招示意我落座喝茶，盯得我发怵。他说："在冯河上放排的时候，有一次夜路歇停在侵滩河，一个女人在岸边生了很大的一堆火，蹿起一人多高，开始有很多人围着，后来人慢慢散去了。我走过去看了看，是女人的儿子玩水淹死了，浑身乌青冰冷。女人的丈夫也是排工，死在冯河里，她抱着儿子，腾出另一只手添柴，等了一夜，孩子也没有暖和过来。"

我想，彭老招是又想儿子了吧。寻找没有结果，却是知晓彭余燕死前发生的一些事情，但又能说明什么呢？现实的不幸和生命的脆弱，总在这片大地上以不同的方式重复上演。

"半个多月后，我听说那女人也死了，跟着丈夫孩子去了。"彭老招眼神迷离，"人死如灯灭。你说这人生在世，有的人是不是就像夜露，天亮就没了。"

他继续与我唠叨冯河上的一些旧事，我只是静静地听着。他是在用他人的哀伤来疗治自己的哀伤。他的思绪又乱了，说这几天晚上老看到彭余燕站在床前，微笑地望着他，不开口。他问她看到弟弟没有，她就哗啦啦地流泪了，哭得伤心伤意。"你知道吗，她非常疼爱这个弟弟的。"

陈劭东叮嘱我，彭老招搬家的事不要急，哪怕最后一户搬都行，先由着他的心性，我的任务就是多上门做做感化工作，他和黄旺生的脾性尿不到一块儿，去了只会引起反感坏事。我知道这个理，陈劭东心里的着急我也明白。去彭老招家我倒不是嫌累，可每去一次就想起命运悲催的这一家，想起两个老人未来日子怎么过。每次坐着说话，直到准备离开，也没说到搬家的事情上去。

来一次，说说话，喝完几杯冷水茶，我才告辞下山。彭老招打着酒嗝说："你这就走啊，我讲古还没完呢？"

"我转转山，车一飚就上来了，以后没事也常来的。"我指指停在路边的黑色川崎，小姚这台私家摩托成了我的巡山坐骑。

"他们都开始搬了吧？"

"嗯，有的户开始搬了，毕竟是新房子，住着要舒服些。"

"跟陈书记说说吧，我这把老骨头，就死在老屋里好了，新房子还可以照顾一下别的人。"

"老爹，您说这话就过了，房子户头是您的，以后彭小亮回来，也就是他的。别人抢不走，这一点是严格按照政策来的。"

老女人走出来，递给我一包晒干的山茶叶，说："老头子呀，莫为难他们啦，我们老了住哪里都是住，该搬的时候我们就搬吧。"

"不急的，老爹考虑好了，我和劭东到时来给您搬家。"我跨上摩托，举起手中的那小包茶叶，"冷水泡茶慢慢浓。老爹，多谢啦！"

十三

"挂友"老孟很热心，给我打气，把那些各地多年积案旧案的侦破案例发给我。他神神叨叨："破案要循着逻辑，又要超越逻辑。一件事，你牵挂它，它也会回报你。"我整日胡思乱想，夜里失眠就信息电话骚扰赵登海。他那边也有了一些进展：彭小亮的失踪立了案，对那几个过去与他混团伙的社会青年进行走访，网贷之事属实，近年却都断了联系，经分析极大可能加入传销，被传销组织控制了；又请几个老刑侦和技术员，对彭余燕卷宗中的笔录、细节、证据和现场收集的指纹、脚印等物证进行传阅和会商，发现疑点，但相隔久远，暂时没有明显的突破。

有天午后，闲着无事，小姚洗护他的川崎，我每次骑它上山下村，吹着风，听着歌，飙速前进，大概也是挂职生活中难忘的一种记忆。小姚听我赞美川崎，喜滋滋的，又说起驾驶家中那台哈雷的拉风感觉。他父亲开矿起家，买了几处加油站，却不愿儿子承继生意，一定要他当公务员。我想起黄旺生说这车贵死人，问起价格，小姚狡黠一笑，说换台高配的国产小车绰绰有余。我故作惊讶，然后哈哈一笑，心想大概每次我上山他就心神不宁，担心伤了他的坐骑。

去县里开会的陈劭东突然打电话过来，语气火急，让我赶紧去趟石喊坪。我猜是发生了突发事件，问怎么啦。他说："彭老招摔伤了，黄旺生已经送他下山到乡卫生院，你去接一趟彭妈妈，千万注意安全。"

我跨上川崎出发，山路无人，加速疾驰，像是要飞起来。途中，彭妈妈正在山路子孓急行。扶她上车，速度不敢跑快，她坐在后座，浑身发抖，紧紧抱着我的腰，嘴里催促着："快一点儿！快一点儿！"

彭老招下午坐在屋檐下发怔，不知是突然滚跌还是走在木板上滑落，摔到那条又深又陡的导水沟里了。彭妈妈从屋里出来，没看到人，前后转一圈，喊他的名字也无人应答。她以为他到山路上溜达去了，并没在意，就坐在檐下望，隐约听到细微的呻吟声，她走到沟沿一看，彭老招趴在刺槐丛中，头破血流，奄奄一息。

路过的黄旺生费了九牛二虎之力把彭老招从沟里顶出来。他给劭东打完电话报告，就把半昏迷的彭老招绑在自己身上，骑摩托送往乡卫生院。我们赶到的时候，他坐在卫生院大厅的条椅上抽烟，浑身湿漉，衣服上沾满斑斑血迹。一个年轻医生提醒他，墙上贴着禁止吸烟的标志，他一脚把烟头踩熄，说："老子都快虚脱了，抽支烟缓缓神，你们赶紧去救人吧。"

医生给彭老招清理了创口，伤口的血渍还在慢慢往外渗，他奇怪的脑袋又胀大了一号。彭妈妈抓着他的手，哭着喊他的名字，他哼哼唧唧地躺在那里，已经不认识人了。卫生院三位值班医生商议怎么处理彭老招的伤，B超结果显示脾脏轻微破裂，腹腔有内出血，要住院休养一阵。戴眼镜的院长走出来，告诉我，老人失血过多，送他来的老黄说他们血型相同，主动输了300cc血。

坏事变好事。半个多月后彭老招出院的时候，直接搬进了安置点的新房。住院期间，他当着陈劭东的面答应了搬家。当天，我和几个乡干部开了一台皮卡车，把彭老招那点儿旧家当搬下山。陈劭东悄悄跟我说："留下黑棺材，若把它搬到新房，太不吉利了。"我没事就去了医院，主动陪老爹回忆排古佬的往事，说起乡里的旅游项目和非遗申报的顺利，特别提到河流实景剧需要他这样的场外指导。他竟然答应了下次去排演现场："看他们演得像不像？"

出院当天，陈劭东陪着彭老招去看安置点附近的菜地和山田，请人翻耕过，都是黑土肥田。黄旺生发了话，石喊坪搬迁户人人都少不了，但彭老招优先。他让医生和我们每个人保守一个秘密，不要告诉彭老招输血的事。"我希望他好好活着，不然我的血白献了。"

两个冤家最后以这种方式和解，谁都没想到过。

码市的易地搬迁得到县扶贫办的通报表扬，亮点是因地制宜巧妙解决了搬迁贫困户的菜园子问题。县里开会交流经验，陈劭东找借口请了假，让分管搬迁的副镇长去发言。他驾驶着川崎，带着我在山上跑。虽然还是那条山路，但感觉比过往任何时候都要空旷清寂。摩托的轰响、鸟叫虫鸣、风声水响，在山里绵长而细密地回荡。他跑的速度比我还疯狂，沿路惊起林中数不尽的飞鸟。

来到彭老招老房子时，门是锁的，屋檐下放着两把没有搬走的旧凳椅，好像只是主人暂时离开了这里。我和陈劭东坐在屋檐下，像彭老招平常那样，看着变得无限悠长的山路，一个人影都没有，万籁俱寂。手机响了,是赵登海的短信,我突然紧张起来,他没事是不会主动发信息的。

我紧紧攥着手机,手心出汗,害怕漏掉信息里的每一个字。赵登海说:"水落石出!"

我和陈劭东当即赶往县城,王海平也先一步在会议室等候我们的到来。

永城一个专案组协查广东一起入室抢劫杀人案时,主犯为了立功,交代了过往案子中的几个同犯,其中一个叫老糟的流窜犯,有次酒后说多年前在永城曾经杀过一名女教师。赵登海火速秘密出发,奔赴邻省,抓住了还在睡梦中的老糟。他像是早就知道并在等待这一天的到来。审讯开始,身上挂了几条人命的老糟一股脑儿说出了犯下的案子,其中就包括二十年前杀害了彭余燕。

二十年前,老糟在南门市场租房做过一段时间的瓜果生意,碰到那年雨水多,瓜果晚熟,毁烂又多,生意折了本,又和姘头闹翻,手头欠了点儿债,债主三天两头上门催要。他动了歪心思,两次成功入室盗窃,可惜的是收获不大。有天夜里他喝了酒从后门翻进学校,想去教师宿舍捞点儿钱,见到只有年轻的彭余燕一人在屋就起了歹心。他当时是想用晾在门外的丝袜,把她勒晕,没想到她挣扎厉害,心里慌乱使多了劲,把人勒死了。他的酒也醒了,抽屉钱包没翻动,伪造了自杀现场后就离开了。第二天他谎称亲人病故,托人把租房退了,潜逃回老家安心做了几年酒店保安,又辗转混迹东北、河北、河南,到沪上开出租,苏州昆山跑货运,平时少不了一些喝酒赌钱斗殴,也干过两票大的抢劫绑架。每次顺利脱身,就躲到老家避风头。有次喝酒吃醉,几个在场者炫耀过去的牛 × 经历,他就说了永城杀人事件的经过,还把公安的断案嘲讽了一番。

赵登海讲完案子的情况,我们都沉默了很久。多么像是一个编撰的故事,二十年了,还是落在老孟猜测的窠臼里。我想,还是老孟说得对,凡事你牵挂它，它也会回报你。只是这样的回报，是不是来得太迟，我们也并不希望它的发生和到来。

老糟被带到现场指认的那天，南门市场挤得水泄不通。皮巨飞挤在人群中，远远地冲着被公安铐住手脚的老糟喊道："你见到狗日的彭小亮了吗？"

老糟似乎回了头，但麻木的表情和僵滞的动作没有做出任何回答。铁案铁证，老糟剩下的时间就是等着死刑的宣判和执行了。言称刚信奉基督不久的老糟在认罪签字后，说了最后一句话："说出这些秘密，身体像是掏空了，一下变轻了，我可以早日升上天堂了。"

巧合的是，老糟案落停之时，天津的公安、工商联合查处端掉了一处近年最大的传销团伙窝点，解救出的被扣押的人质名单中有彭小亮。那边传来的照片上，彭小亮耷拉着头，眼神无力，枯瘦如柴，几乎没了人形。他入伙后骗不来亲友，没有业绩贡献，一个多月前想逃跑，和传销头目发生冲突，被打折了一条腿。两地公安对接后，天津那边答应安排他疗治一段时间后再通知永城派人接回。陈劭东对我说："到时我俩一起接彭小亮回家。"

赵登海特意来了一趟码市，让我陪着去安置点彭老招家。我拒绝了，我不想亲眼看见两位老人的伤痛绝望。但他们的表现让人意外，从头到尾都很安静地听着案情结果通报，嘴里的嘀咕听不太清，好像是说，为什么不早些破了案。赵登海告诉我这些，又说起离开时彭老招反复追问，"彭小亮这个豺狼子真的还活着？"

"他的眼泪快掉下来，也许他以为儿子早死在外面了。"赵登海问我，"他为什么说彭小亮是个豺狼子？"

我不知该如何回答，却示意他看看西边大岭，几分钟前，乌有的天空中，突然出现了一抹灿烂的云彩。

十四

又到一年寒露时，挂职结束离开前，我又上了一趟山。从彭老招的老房子再往上步行两百米，那片竹林里是彭余燕的坟葬。昨夜下过一场小雨，泥土翻松湿漉，弯弯山道格外幽邃，脚底发出的每一点儿响动，都能在空旷山野溅起涟漪般的回声。风卷着些寒凉，我点燃纸钱香烛，微蜷着身体，坐在那块据说是彭小亮凿磨成方凳的石头上。看着茕茕孑立的坟堆、瘦弱摇摆的烛火，我的心里空空荡荡。我把从县城买回来的一盏长明灯插进坟顶，摁下开关，莲花灯里发出烟火形状的光亮，整片竹林立时变得暖和起来。

我起身，朝着这片竹林深深鞠了一躬，竹叶喧动，报我以风声。

天澄云碧，风吹空山，我深深吸纳一口，然后嘶声大喊，仿佛要把胸中的虚无喊出来。"噢——噢——"耳旁的回响，像排浪般从远而近，推搡着笨拙地奔跑过来。下山走了很久，我向身后回望，有一道亮光像是从天而降，照映着山、路、林、屋舍，一切变得透明，如同魔术师扯去遮盖的红布，大山到处都长满毛茸茸的光芒。

整个世界都在下雪

曾剑

一

车行在山路上。山像一只张开的蚌，夹着一条公路，一条浅水河。

一女子站在河中，河水没及她小腿，她裤腿挽起，身体曲成一张弓，脸贴向水面，长发随水流而动。青山如黛，碧水浅流，夕阳斜照，女子沐浴，一幅迷人的乡村图画，我却感到脊背发冷，双脚生寒，毕竟已是初冬时节，空气中透着寒气，何况水乎？

我或许该把她叫上岸。我将车停在路边。我顺着公路旁的坡地，下到河畔。我朝女子喂了一声，河水撞击着山石，低吟浅唱，淹没了我的呼喊。"喂——"我的喊声大而悠长，这次她听见了。她抬起头来，湿淋淋的头发贴着头皮，露出白牙朝我笑，继而"嘻"的一声。她的笑刀刃一样在我身上划过。

我毛骨悚然，浑身战栗，我不让自己战栗。我以为看到了水鬼。我是个唯物论者，我说，不，那是一个人，一个痴呆的女子。

我喊她上岸。我问她的家在哪里，我想把她带回家。她朝我歪着头，翻着白眼，眨巴两下眼皮。我周身鸡皮疙瘩骤起。

河对面是狭长的稻田。它在冬日里是荒芜的，稻茬像无数的剑，刺向天空，也刺向我。我逃离浅水河，上车，继续前行。时间不长，我到了杨家蚌。

我是到杨家蚌村去搞扶贫工作的，我被任命为这个村的扶贫第一书记，任期一年。

杨家蚌隶属七里坪镇。七里坪是革命老区，地理条件所限，那里依然很穷。镇四面环山，山高崖陡。从这独特的地理位置，能感知昔日革命者生活之艰苦，当然，也能感知其存在的意义。

杨家蚌依山傍水。山叫蚌山，因形得名。水是倒水河，河道浅，据说下雨的时候，水流不出去，在山谷漫涨，形成倒流。

杨家蚌村民都姓杨，我也姓杨，生我养我的那个村庄也都姓杨，这让我觉得特别亲切，像是回家探亲。

二

需要帮扶人的名单，在杨家蚌村委会的名册上，帮扶者去挑选。我是最后被安排到杨家蚌的，其实没得选，早被人选过了，只有"剩男剩女"。我矬子里拔大个儿，选了两户，一是杨宗府，光棍。另一户户主是杨万才，独腿，有家，儿子在外打工，四十岁了，未婚，几乎走进了光棍的系列，女儿远嫁。

我的名额是三户。我突然想起村头那个在冷水里洗头的女子，她的笑刺痛着我。

杨家蚌的村书记叫杨柳村，像一个村庄的名字，不少人把杨家蚌叫杨柳村，闹出一些笑话。

我问杨柳村："那个洗头的女子是谁。"杨柳村说："是他的村民，因为爱情受挫，得了精神疾病。"

"她也是村里的一个贫困户，是扶贫对象，上面来结对子的扶贫人士，嫌她是病人，又是女性，都没选她。"杨柳村说，"我们只等来个女干部，把她交出去，哪知这次来的，还是男性，看来她还得等。她常到河边洗头，冬夏无阻，冬天河水结了冰，她破冰而洗。"

我问："为什么是这样，总会有什么原因吧。"

杨柳村说："她与她的男朋友，是在倒水河边认识的。她的男朋友是县一中的美术老师，喜欢画画。那时是夏天，临近黄昏，那个老师到我们杨家蚌来采风，拿着个木板夹子，画蚌山，画倒水河。后来画她，让她站到油菜地里画，一画就是一下午。不久，他们就处上了。两年前，他们说要结婚，整个村的女孩子都羡慕她，说她命好，恋上了城里人，眼看就要嫁过去了，那个美术老师突然提出分手，她就崩溃了。"

"她为什么要没完没了地洗头呢？"我问。

杨柳村说："她清醒的时候说过，他们分手时，美术老师对她说的一句话是：你的头发真脏。"

这话对一个女孩子来说，的确很伤人，但也不至于疯掉吧。我想。我陷入沉默。

我想帮扶她，她的痴笑刺痛着我。我想让她像正常女子那样笑，让她笑脸如花，我不愿她的痴笑留在我的脑海深处，这会折磨着我。

"她叫什么？"我问。杨柳村说："名字好听，叫杨花。"

我说："杨花能好起来，她只是受了伤，她需要疗伤。"我这么说是有根据的，我们村一个女孩，被退婚后，把自己关在屋里，上吊自杀，没死了，疯了。邻村一个老光棍儿，是个理发匠，不嫌她疯，把她接过去，给她理发，把她收拾得干干净净的，不久她就好了，正常了，给那个老光棍儿生了个儿。

杨柳村说："她怕是好不了。她中间好过一次，又犯了。她有家族史，遗传，她爸就是个疯子。她爸是知识分子，村里的民办教师，多年来，一直盼着转正，眼瞅着这个愿望就要实现，名额被顶了，上面说让他再等一年，他没等到，就疯了。很儒雅的一个人，疯了之后，就打老婆，把所有的怨气都撒在老婆身上。老婆受不了折磨，喝农药，死了，杨花就没了妈。她爸后来也摔死在悬崖下，也不知是跳崖，还是失足掉下去的，三天后才被人发现，很体面的一个人，摔坏了，好像还遭了野狗撕扯，秃鹫啄食，那样子，看不得。"

我的心，像塞进一团湿淋淋的破抹布，疲于呼吸。我问："她家再没别人吗？"杨柳村说："有个姐，出嫁了，上有老，下有三个伢，顾不过来。偶尔过来看看她，帮她拆洗被褥，收拾屋子。"

天暗下来，山的影子黑压压的。村部的电灯，在无边无际的黑暗里，像萤火虫，努力地放着光亮。

我在杨家蚌住下来。我脱产参与扶贫工作，按文件，每月在村里不少于二十天，每天在村部指纹打卡。

来扶贫的干部，大都在老百姓家搭伙住。杨柳村说："你就住村部吧，村部有个计划生育协会，休息间，里面有张床，你睡那里，不用上村民家，省得惹麻烦。对了，计划生育协会有现成的医疗床，有成箱的避孕套。"他说到避孕套时，朝我扬眉一笑，我却觉得一点儿也不好笑。

村部没有食堂，我就在杨柳村家搭伙，早晨八块，以面食为主；中午和晚上各十块，都是米饭，保证两个农家菜，逢家里有客人，有鱼有肉，不用加钱，算是捡了。不准喝酒。

杨柳村的孩子在武汉读大学。他的女人保持着山里女人特有的家风，做好饭菜，摆到桌上，自己不上桌，去干喂猪扫地的活儿。我和杨柳村边吃饭边谈工作。杨柳村说："剩下一户，你选谁？"我说："就杨花吧。"杨柳村说："杨花是女同志，不太方便，要不你看看杨德胜。"我问："杨德胜什么情况？"杨柳村说："六十多了，糖尿病，一个人。"我问：

"也是光棍？"杨柳村说："有老婆、儿子，也有女儿，都走了。"我问："都走了？这么惨？"我以为他说都走了，是死亡。他说："不是的，他的儿子好好的，十八岁那年，不知中了什么邪，就痴呆了，到乡里县里治，没治好。几年前，他说带儿子到武汉去看病，两个人去的，就他一个人回来了。他说他在武汉上了个厕所，出来儿子就没了，后来听说，他是故意把儿子丢了。儿可是妈妈身上掉下的肉，当妈的心里怎么过得去。女儿也生他的气，虽说痴了，也是亲哥呀！他的女人就带着女儿，去了武汉，一边打工，一边找孩子。他是死是活，媳妇和女儿都不过问。也不能怪人家，他这事做得太绝。"

我说："我不帮扶他，这种人，我见都不想见。"杨柳村说："理解，谁都不选他，那就留给村里吧。他生活暂时能自理。"

我将杨德胜从我脑子里删除，杨花乘虚而入，我说："还是选杨花吧。"

杨柳村说："随你，他们需要帮扶，你是来扶贫的，你有选择的权利。"

我其实没得选择。杨花的痴笑刺痛了我。我了解我自己，她的痴笑永远不会在我眼前逝去，它会一直在我脑子里折磨我，除非她好起来。

我要让她好起来，为她，也为我自己。

一股寒意袭来，我打了个冷战。才初冬，山里气温到底低一些。杨柳村说："咱们农村没有取暖设备，我们习惯了，你怕是不行，你早早地钻到被窝里去吧。"我说："行。"杨柳村起身送我，出了他家的屋，一股更冷的夜风袭来。我想起杨花。我问："杨花应该回屋了吧？"杨柳村说："回了。自个儿的屋，她还是晓得回的。"

杨柳村好像突然想起什么，停下脚，说："你知道吧？杨花洗头洗脚的那块儿，不只是她与她男朋友认识的地方，还是电视剧《铁血红安》里的一个外景地，就是卫生队那几个红军女战士洗衣的地方，你记得吧？她们还唱了《八月桂花遍地开》。"

《铁血红安》我看过，他这么说，我倒有些印象。我说："多么浪漫的地方啊，却是悲伤的爱情故事。"杨柳村说："是啊，想着就心痛。"

我们不再说杨花，接着往村部走。我在计划生育协会住下，它的前称是计划生育办公室。我打开灯，透过铁皮柜门上的玻璃，我看到柜里果然如杨柳村所说，都是避孕套，五颜六色。

三

天还在黑暗中，我就醒了。其实，我一直半梦半醒。杨花的痴笑，和她在冷水里冻得赤红的双腿，轮番在我脑子里出现。鸡鸣狗吠，应该是清晨了，只是冬日的天亮得晚。我披衣起床，想出去走走。多年养成的习惯，醒了，就不再睡，再睡，也只是梦，睡不踏实的。而梦，又有几多是美好的呢？不如在现实里，多做一些事，不受虚幻的梦的缠绕。

打开门，有狗冲过来，它好像专门在门口等着我这个陌生人。我不得不撤回。无事可做，躺在床上看书。阅览室的书，没有能进入我视野的。说好的要少玩手机，百无聊赖，只得靠手机，打发黎明前的黑暗。

从窗外透过一丝光线，终于盼到天亮。

我推开门，这次，我以主人的傲慢姿态，挺胸，大跨步。那只狗仰头望了我一眼，耷拉着尾巴，远去了。杨柳村走过来。我问："怎么这么早？"他说："你不也早吗？不知你睡得好不好，过来看看。"

这是客套话，当不得真。我说："很好。去看看杨花吧。"杨柳村说："她的家破烂不堪，进不去人，让她到村安置房住，她不去。等她到村安置房，你再见她。"我说："咱们这就去让她搬。"

杨柳村疑惑的目光审视着我。他问："你确定要帮扶她？"我点头。他没有争辩，让我跟着他走。他边走边说："看看也行，不适合，你再换杨德胜。"我不喜欢听他说杨德胜，一个没有人性的人。相反，疯癫的人，往往都是太压抑，太敏感，太脆弱，太善良，他们把苦痛埋在心里，不愿伤害别人，就伤了自己。

杨花家的院门是虚掩着的。我们推门而入，见她坐在院子中央，像是知道我们要去，特地坐在那里等我们。杨柳村好像窥探到我的内心，小声说："你别自作多情，她除了睡觉，做饭吃，到河边洗头，就坐在这里等。她不是等你，是等她那个叫陈世桃的前男友。"

杨花站起来，头发蓬松，较之湿淋淋的紧贴着头皮，这样的发型要好看很多。没了痴笑，一丝惊慌，使她看上去有几分羞涩。她双眼皮，双眸明亮躲闪，像有话想说。她的嘴不大，很秀气。她整个人偏瘦，像过度减肥的女子。她显然不是因为减肥，她是营养不良。

她原来是一个长得不错的女子。

杨柳村向杨花介绍我，说："这是杨鸣书记，我们村的第一书记。"杨花说："第一书记好。"她向我问好，这让杨柳村吃惊不小，我看到他脸上的惊喜。他向杨花纠正她对我的称谓。他说："他是第一书记，你叫他杨书记就行。"她说："杨书记好。"

她似乎全好了。

杨花让我们进屋，她要给我们烧茶。她家的瓦屋，阴暗，潮冷。我坐不住。我说："杨书记让你到安置房去住。"她的脸上立刻出现惊慌。她说："我不去，我去了，陈世桃回来，该找不到我了。"说话间，她便陷入沉默，像是在追忆往昔。杨柳村说："走吧，人家陈世桃逃了，不会回来了。"她惊恐万分，立刻跌坐在凳子上。杨柳村的话，像子弹击中了她。我略懂精神病患者，他们害怕刺激，活在幻想里。不如意的现实，会加重他们的病情。杨柳村显然也知道自己的话欠妥，急忙往回收。他说："杨花，住到安置房去吧，把你的电话号码写在门上，陈世桃回来，他找得到你。"

杨花跟在我们身后。安置房离村部不远，离杨花的住处有一段距离。我说："上车吧。"杨花不上车，坚持步行。她脸上出现恐慌，好像车会把她带上遥远的不归路。

　　杨花与我们保持着三五步的距离。我们快走，她就跟上，我们放慢脚步，等她，她也慢下来。这种距离适合杨柳村继续介绍她。杨柳村说："奇怪，谁叫她去安置房，她都不去；你让她去，她就去了。你们认识？"我说："你这玩笑一点儿不可笑。"他说："我没开玩笑，我说真的。"我说："说真的就不要开玩笑。"

　　拿人与一个精神病患者开玩笑，搁谁都不舒服，这是在亵渎我的同情心。我们长时间不再吱声，走到土路上，河畔的雾飘然而至，我们的脚步声听上去是湿淋淋的。

　　杨花突然停下，说她的枕头没带。我们到底是男人，想得不周到。杨花把她的棉被塞给我，这让我难为情。我说："还是开上车吧。"我走向我的车，把她的棉被放在车上。被子很新，干净，色彩明亮，不像是一个病人的被子。

　　我和杨柳村在车里等她。杨柳村说："我发现一个问题，即便是疯子，她脑子里也有一根神经是清醒的。你看，她什么都可以丢，却从未丢过手机。她怕她的那个陈世桃找不到她。这个陈世桃！"

　　我对杨柳村的话表示赞同。我们村就有个疯女人，无论怎么疯，却始终不离开她的儿子。村子里哪个小孩子动手打了她的儿，她会像一头愤怒的狮子，去撕扯那个孩子。整个村子的孩子都怕她。

　　安置房共五户，离村部不远。安置房都是新房，外墙上贴着白色瓷砖，看上去就干净。房屋前面是一片水泥地，水泥地四周，几棵桂花树依然葱绿，葳蕤生长。这样一块宽敞之地，在这个山村，是奢侈的。

　　家具灶具都是村里统一配置，除了有些灰尘，倒还整洁。屋里久未住人，一股霉味，打开窗，清爽的空气袭来。透过窗户，能看见河水流淌，就是那条倒水河。这里河床窄，没有田和地，只有几小块菜园，菜园里青菜长势旺盛。

杨花留我们吃饭，是一句客套话，当不得真。她的安置房里，锅凉灶冷，无米无菜。杨柳村却为她这句话感到欣喜，说她思路清晰，知道客套。

"我上午就让人把柴米油盐送到。"杨柳村说。杨花说："谢谢，谢谢杨书记的帮助。"她说这话时，并没有看杨柳村，也没看我，她看着门外那片水泥地，这使得我并不知道她说的杨书记，是我还是杨柳村。

四

一个早晨，就做成这么大一件事，我和杨柳村都很高兴。在杨柳村家吃面条，杨柳村家那个圆脸女人，还在我碗里埋了鸡蛋。那鸡蛋的颜色黄亮黄亮的，带着粉，像盛开的南瓜花，是笨鸡蛋。近两年，县城省城的人，喜欢开车到乡村买笨鸡蛋、抓土鸡，笨鸡蛋在乡村，也成了稀罕物。我对杨柳村的圆脸女人说："你不要给我埋鸡蛋。"圆脸女人说："你是客。"我说："我长期在你家搭伙，不是客。"圆脸女人说："那也不差一个鸡蛋。"我说："你要再给我碗里埋鸡蛋，我就加伙食费。"圆脸女人说："行，不埋。"

杨柳村的圆脸女人后来果然没再在我碗里埋鸡蛋，也没做特别的菜，家里吃什么，我吃什么，不过，油放得厚。

早饭后，我和杨柳村去村部，杨花在门口堵住我们。她手里拎着两个塑料袋，是一把香蕉、五六个苹果。

她局促不安，颤声说："谢谢杨书记帮助我。"她说话的时候，依然不看我，也不看杨柳村。这使得我俩，还是不知道她是要谢谁。我想，既然水果拎到杨柳村家，就是感谢人家杨柳村吧。

杨柳村的圆脸女人让她坐，她不坐，就那么站着。可能是嫌水果沉，她把水果放在凳子上。圆脸女人说："你看你，还买水果做啥，太客气。"

是上班时间，我们不能像村妇坐在家聊天，我们得去村部。我们往村部走,杨花跟上来,她手里竟然还拎着水果。圆脸女人、杨柳村,还有我,我们都有些尴尬。

杨花把水果袋往我手里塞,我才知道,她所言的"杨书记"是指我。我说,你把水果放杨书记家吧,我中午过来吃。她就把香蕉放回去了,苹果依然拎着。我怕伤着她,就把苹果接过来。

她脸上带着羞涩,悄然离去。

我问:"她哪里来的水果?"杨柳村说:"村子里有一家粮油店,也卖水果,卖得贵。"

我们来到村委会门口,回望杨花家的方向,已经有青白色的烟从她安置房的烟囱里冒出来。我说:"杨花看起来很正常嘛。"杨柳村叹息道:"唉,猫一阵狗一阵,不要太乐观。她这种病人,受不得刺激,一根羽毛砸向她,都可能使她旧病复发。"

杨柳村年轻时读过农业高中,在那时的乡村,是个文化人。他的话,方言里夹杂着书面语。

杨柳村说:"杨书记,你准备一下,你别老惦记杨花,你还有两户人家,我带你去。"我说:"行。"

杨柳村用的是"惦记"二字,这让我有些不快,觉得他亵渎了我的同情心。

我坐副驾驶位置,杨柳村开车。我们向另一座山的方向行驶。通向远方的,是细石子马路,说是要改水泥路,还没批下来。杨柳村说:"只有拖拉机,或者像他这样的吉普,才能走这样的路。你的马自达CX-5,一个来回,不散架,也得上大修厂。"我说:"有这么夸张?"他说:"你自个儿体会吧。"

时间不长,我就体会到了。久不犯的腰椎病、颈椎病,全颠出来了,屁股像分裂成无数瓣。尽管这样,我眼前还不时浮现杨花的那张脸,一会儿痴笑,一会儿文静羞涩,这不是惦记,又是什么?

五

我没想到杨家蚌村地域面积这么大。

生我养我的那个村子，也是山村，但住户都聚集在一个山坳里，这家到那家，抬脚就到，端着碗都可以串门。

这里完全不一样，我们到我的第二个帮扶对象家，车竟然行了四十五分钟。车行在路上，弯弯转转。杨柳村说："这是开车，若是步行，上坡两个半小时，下坡两个小时。"

他叫杨宗府，住在大别山南麓，天台山半山腰。杨宗府是一个鳏夫，三十五六岁，却不是鳏居，与他住在一起的，还有他的哥杨宗城，快五十岁了。我们去的时候，没见着他哥，他哥下地了，地在更高的山上。杨宗府在黑暗里，神情木讷，行动迟缓，不像三十多岁的人。我小声问："他是有什么病吗？"杨柳村压低声音，说："懒病。"

黑漆漆的瓦，黑漆漆的墙，黑漆漆的灶。我们完全就是跌入一个漆黑的世界。杨柳村把他家后门打开，屋里才有些光亮，光线落在一张双人床上，那被子是黑的，我以为是沁了水的颜色，伸手摸，被子潮，但并不湿，像猪油般光滑，我明白了，那是他脖子上、腋下的污垢摩擦使然。这个发现，让我震惊。

我难受，浑身不适，像爬满了螨虫。我说："这样的地方怎么住人。"杨柳村说："安置房有他一套，他死活不下去。"我问杨宗府为什么不下去，他不吱声，像一截木头。

"又懒又犟。"杨柳村小声说。

我随后见证了他的懒和犟。我知道，要教育感化这样一个人，没有别的办法，就得磨，与他死缠硬磨，但这要花时间。时间有的是，我不就是脱产扶贫驻村来了吗。我只是觉得愧对家人。我说双休日我一定回去，现在看来，怕是顾不上了。

我性格坚忍，一件事，不干便罢，要干，不达目的不止。

我决定改变杨宗府，我知道，这需要时间，我得一趟一趟地往山上跑，每次得大半天。我还舍不得用我的车跑山路，它不是豪车，却掏光了我的积蓄。

我决定买一辆二手车。

我在我的那辆马自达 CX-5 前站立。我原本是想买一辆宝马，钱不够。徐丽敏说，那就买马自达，也是"马"。

徐丽敏是我老婆，她的话，我得听。

双休日，我回了趟县城，花了一万二，从朋友处购得一辆二手吉普，在这山路上，造去吧。徐丽敏起先不同意，说："去扶贫，还得自己投资，不是有交通费吗？坐公汽。"我说："你让我为了那点儿交通费，把时间都花在山路上？时间就是金钱，你是老师，体会比我深刻。"徐丽敏在红安县第六中学教书。她望着我，我愁眉不展，徐丽敏犹豫了一下，把银行卡递给我，说："告诉你，只准取一万二，一分不能多。"

我很快拿到车，车手续齐全。我到军人服务社，给杨宗府买了一条军被，花了八十块。显然，是假的，但假得靠谱，被面的布很绿，里面的棉絮也柔软，不是垃圾棉。

二手车行驶在柏油路上，像手扶拖拉机。到山路，就显示出它的优势。被枝丫划擦，被石子磕碰，或是跨过一个小水沟，你只会心疼自己的腰，不会心疼车，这与开新车的心理完全相反，似乎它越被折磨，就越是觉得自己英明。

在村口，我看见杨花。她不知道我换了车，所以没认出我。我的车开过去了，在后视镜里看到了她。我停下来，打开窗，朝她喊："你怎么在这里？"她说："是杨书记啊，我等你哩。"

我问："有嘛子事？"她说："我向你汇报我的病情。你上我家坐吧。"她和她那个潮湿的屋，我不想面对。我说我还有别的事。她说到安置房。

她竟然知道我排斥她的旧屋。我说："我先到杨宗府家,晚上同杨书记一起去看你。"她说:"谢谢你,我的病好多了。"我说:"好,按时吃药。"

一脚油门,后视镜里的她消失了。

六

山路曲折,向山顶盘旋。峭壁处,人会惊出一身汗。我一边开着车,一边寻思,我要是坠下崖去,算因公牺牲吗,会不会被评为烈士?

见到杨宗府时,他在屋子里发呆。他哥杨宗城在天井里,手拿一把锄头,这儿挖一锄,那儿耙一下,眼睛却并不看地面,目光斜视我们。他像一个地下工作者。

我把被子给杨宗府,他接了,并未说声谢。

杨宗城放下手中的锄头,进屋,把锄头靠在墙角,从杨宗府手中接过军被,像抱一捆柴火般自然。他走到屋角。屋里光线昏暗,我努力辨认出墙角是两只木箱子,他用腰间绿色鞋带上拴着的钥匙,打开一只箱子的锁,把被子放进去,复将锁锁上。这是一对老式木箱,明瓦透过来阳光,我勉强看清了它的颜色,深红,油漆斑驳脱落,能看出木头的纹理。

杨宗城把收被子这件事做得很严肃,好像我做错了,他是在纠正我的错误。我同他开玩笑,想让这屋里紧张凝滞的空气动起来。我说:"被子是拿来给你兄弟盖的,你留着做什么,娶媳妇?"他不笑,也不应我,一脸死板,像对我有了怨恨。

他莫不是嫌我只买了一床被?他弟是帮扶对象,他不是,我没有理由给他买。

我回到村部时,太阳往西山洼落下去。我把杨宗城锁被子的事同杨柳村说了。他说:"你慢慢品吧,这些人,能把你气死。我们慰问给他们的油,他们也是藏起来,他们永远要把一副穷样子展示给上面来的检查组。"

我说："看杨宗府，没心没肺，也没个脑袋瓜子搞这些阴谋。"杨柳村说："都是他哥指使，他哥不是贫困户，但他哥靠他搞钱、搞物。杨宗府每月四百二十块钱的低保，都在他哥手里，还有医保卡里的钱。他哥不是个东西，可是我们也没办法，他听他哥的。这兄弟俩，说分家吧，还纠缠在一处，说没分家吧，当哥的也不管他弟。哥哥炖肉吃，弟弟清水煮菜，一点儿油星子都没有。"

我不理解杨宗府，四肢健全，怎么能什么都不干呢。我对杨柳村说："让他到村安置房吧，这样，我们也可督促他做点儿事，自食其力。"杨柳村说："只要杨宗府下山，村里就给他安置房。杨宗府不说去，也不说不去，就是不动身。我把他往车上拽，他躲。他说他山上有地，有菜园。我说安置房附近也有地，也有菜园，按人均该得的面积给你。杨宗府还是不下山。不去算了，这种人就这样，吃不得苦，也享不了福。"我无奈。我是杨家蚌村扶贫第一书记，杨宗府是我帮扶对象。他不去安置房，是他的事，可是，他住的屋黑乎乎像一个大灶膛，那就不只是他的事了。我到镇上，购得一桶白石灰，将他黑乎乎的墙粉刷一新。

我自家的房屋装修，我都没伸过手。

既然杨宗府说他要种地种菜园，那就让他种吧。怕打消他积极性，我第二天就把他要的东西买来了。我买了土豆、大蒜，还有萝卜、白菜的籽。我说："杨宗府，你好好种，我下次来看你种的园和地。"

六七天后，我去看杨宗府，我放在他墙角的葱没了，蒜没了，土豆也没了。我惊喜，如果眼前出现嫩绿的蒜苗、钻出地面的土豆芽，那将是充满希望的图景，然而，现实令我气愤，他门前的菜园，他后山坡的地里，什么也没有。他们弟兄二人，把葱和蒜种当菜吃了，土豆也吃了，那么多，半蛇皮袋，他们既当菜，也当饭。

我彻底失望了，我想放弃，但我内心有悲悯。我知道，可怜之人必有可恨之处。可是我们不能只有恨，恨只能让杨宗府更加堕落。他需要的是帮助。他若是一个自强自立的人，何至于让我来帮扶？

我带着杨宗府耕地。冬小麦有些晚，油菜好像还可以。我问他有没有油菜种，他说没有。他说他不想种油菜。我以为他是懒。他说不能种油菜，春天油菜花一开，杨花就会犯病，就会到倒水河里洗头，那么冷的天。

杨宗府这么说，我竟然有些感动，觉得他虽然懒，良心并未泯灭。

杨宗府不爱说话，我就说。我说十句，他总得回一句吧。我终于从他嘴里套出了话。他说是他哥不让他下山，不让他去住安置房，也不让他种地，种了，有收入了，照顾就没有了。

什么人！我脑袋有些大。我想骂人，想想是他亲哥，骂杨宗城的娘，他也不好受。

还有比这更恶毒的。一次，省扶贫攻坚组来检查，杨宗城故意让杨宗府吃玉米饭，撒点儿盐，无菜无汤。哥俩端着碗，蹲在屋檐下的阴影里，像两个叫花子。我和杨柳村挨了批评。我拉着扶贫攻坚组组长的手，好说歹说，才没被通报。

兄弟俩屋里只有一张床，原来这对难兄难弟，是同床同被而卧。冬天可以抱团取暖，那么夏天呢，太别扭了。

我要杨宗府下山，我说："你必须下山，你不能再给我们杨家蚌扶贫工作拖后腿。你这是给我和杨柳村书记脸上抹锅灰。"杨宗府不应，头低着，身子蜷着，"树林幽鸟恋"，他活成了山上的一只鸟。

杨宗城说："我去吧，我弟的安置房我住，我上山可以给我弟带粮带油带生活用品。"杨柳村递我一个眼神，暗示我别答应。他一直不相信杨宗城。在他眼里，杨宗城是刁民。杨宗城说："让我下山住安置房吧，山上不方便，到村里，我就可以到镇上去做工，不到镇上做工，我年底纯收入就达不到三千二百八，村里就会多一个贫困户。"

　　果然是刁民，要挟扶贫干部。杨柳村摇头，皱眉，有怨气，又无可奈何。杨宗城若住到山下村里，能给杨宗府捎米捎菜，不用我来回上山，我倒省事。我这么想，心里窃喜。我说："那就让他下来住吧，反正是要给他弟住的。"杨柳村说："上面来检查怎么办？"我说："没事，我就是上面来的。如果省里来人，就把杨宗府强行接下山。如果突然检查，把杨宗城堵在安置房，就说杨宗府上山种地去了，杨宗城是来帮他弟取东西。"

　　杨柳村很勉强地点头，说："只怕杨宗城会把事情越搞越糟。"他没再说什么，毕竟我是扶贫工作第一书记。

　　我们准备离开时，杨花出现在我们面前。我问："你怎么来了？你搭谁的车？"她说："没坐车，走来的。"我说："这么远的山路，走来的？"她点头说是，抄近路。我说："这山路弯弯转转，哪有什么近路？"

　　"我飞过来的。"她说，之后她笑了，我也笑。她都会开玩笑了，这是个好现象，表明她内心轻松，我也随之轻松了。

　　我问杨花找我什么事。她说药没了，让我带她去检查一下，顺便开些药。我说行。药没了，对她来说是大事，她不能停药。可她也犯不着这么远走来。我说："药没了，你打个电话不就完了。"她说："手机没电。"我说："你咋不充电。"她说："充电器没了。"我说："充电器怎么没了呢？"她说："掉到倒水河里了，让水冲跑了。"我说："你又去倒水河洗头了？"她说："嗯。陈世桃说我头发脏。"

　　我刚松弛下来的神经再次绷紧。我大声说："没有陈世桃！"我几乎是吼，把她吓了一跳。她哭了。我知道她受不得刺激，语气缓和下来，我说："行了，陈世桃说你头发脏，你该洗，可是，你就在家里洗呀，家里有热水。现在是冬天，你知道不？"她说知道。她说："我得在河边洗。他就在河边，他说我头发脏，我要让他看着我洗。"

　　她又进入了那种虚幻世界。

杨宗府在我身后，幽灵一样冒出一句话："她喜欢你。"我吓了一跳，像哑巴一样的他，突然冒出这句话，太令人惊诧了。我回头看他，他露着一嘴大黄牙，傻笑。我朝他喊："把你的牙好好刷刷。"他咧着嘴说："没牙膏。"我说："行，我给你买，我上辈子欠你的……"

杨柳村打断我的话，他说："杨书记，我们走吧。"说话的同时，向我递了个眼神，暗示我息怒，我就明白了，他是怕这些人向上反映扶贫干部扶贫态度不好。

杨花脸上飞起红云，可能是杨宗府说她喜欢我的话起了作用。我尴尬，但同时欣喜，这说明她的病情在好转，知道害羞。我说："你要按时吃药。药快没了时，提前告诉我，别等到现上轿现扎耳朵眼。"

她红着脸笑。

回到安置房前，杨花下车，我也下车。她不进屋，站在门前问我："我的头发脏吗？"我说："不，你的头发很好看，有一股油菜花的香味。"

她便闭上眼，陷入自我陶醉之中。我唤醒了她，她是不适合长期处于这种状态的。我说："进屋吧。"我也跟了进去。男女授受不亲，我拽上杨柳村。

桌子上，治疗抑郁症的药还有，她显然撒了谎，但我没有揭穿她。

我把她的热水器电源打开，觉得热水器慢，用电热壶给她烧了一壶水。我说："你洗个头吧。"我所以盯着让她洗头，是怕她又上倒水河洗。

那个夜晚，我许久未眠。我一次次想起她的那双眼睛，那惊慌的眼神。我得设法让它们镇定，它们镇定了，她也就安静了，这是我的工作，一年的工作，它是衡量我业绩的标准，胜过一切。

我凝望窗外，随着夜越来越黑，远山离我更近，好像朝着我压过来。此刻，我是那么孤独，黑色的孤独。

七

一年前的一个雨夜，杨家蚌的杨万才摔坏了腿骨，他当时没太当回事。其实是有感觉的，疼得厉害，但山路远，他没去医院，只贴了几天膏药。十来天后，痛得睡不着觉，到红安县医院检查，骨头已坏死，转到武汉同济医院截肢。

他截去的是右腿。

一个男人，家里的顶梁柱，上有老下有小，媳妇还有糖尿病，长期吃药。

杨万才感到天塌下来了。

杨万才的儿子年近四十，姻缘未动。儿子的婚事，像一座山压在他心上。

杨万才听说我要去看他，早早地在门口迎接。他倚着墙，挂着拐杖，右腿空荡荡的，到大腿根处什么也没有，那根拐杖成为他的右腿。

他的女人一直在笑，那笑脸背后，是愁苦。

进屋坐。杨万才的坐姿，让人心痛。我们坐了几分钟，谈到生活，谈到收入。他没吱声，只是憨厚地笑。他的女人说："哪有什么收入，犁不了田，耕不了地。外出做工，又没人要。"

女人总喜欢叫苦，杨万才倒是一脸平静。杨柳村说："他其实是个顽强的人，他挂着拐杖能做饭、炒菜，屋子里收拾得干净。犁田耕地的事，他的女人去做。"他的女人个子大，风吹日晒，皮肤黑而粗糙，有着男性的特征。

这一家人，其实并未向生活屈服，但毕竟少了一个劳动力，还是贫困。

我说他可以种些果树。果树一年收一次，不像收庄稼那么匆忙，劳累。我说："你养蘑菇、黑木耳吧，这样在房前屋后就可以收，不至于一条腿两根拐杖，满山满坡跳来跳去。"

杨万才后来果然培育起蘑菇和黑木耳。

可是，新的问题来了，山路长，弯多坡陡，路难行，收山货的人不愿进山，山货运不出去。到镇上五十里地，一个正常人都难得走出去，何况他，一个拄着拐杖的"三条腿"。

杨万才有一台拖拉机，失去右腿前，他是开拖拉机的。失去右腿后，他开不了了。

"若是右腿还在，倒是可以开。右腿没了，没法踩制动。"杨万才说。我说："这个你不用担心，我每周上一次山，帮你到镇上去卖干货。"

那天我正在村委会写材料，听见嗵嗵嗵的声音，接着有人喊杨书记。我和杨柳村，不知他喊哪一个，都站起来往外走，是杨万才，他找我。说蘑菇和木耳他拉下山了，让我开车，带他到镇上卖去。

我望着蘑菇和黑木耳，说："这么快？"他说："不是，纯山货。人工的刚培上，还在发酵阶段。"

他坐在手扶拖拉机上，车座旁，立着他的一只拐杖，他唯一的一只脚，踩着车踏板。截去右腿后的臀部，显得肥大而突兀。我脑子里涌出个词，"金鸡独立"。我吓出一身冷汗。我问："你还能开拖拉机？"他说："能开，我改装了，把制动移到了左边，这样，我左脚就可以踩制动了。只要制动控制好，不会有事的。"

我说："你莫乱来。你要卖山货，给我打个电话，我开着吉普上山。"他说："哪能总麻烦你呢？"我说："你要是翻车了，那才是给我找麻烦呢！"

我们去镇上时，杨花飞身而来。她穿着运动服，像一位长跑爱好者。我这几天事多，几乎将她忘记了。

她说她要到镇上买衣服，这是个好现象，说明她知道打扮了。

我陪杨万才在集市上卖山货，她独自去逛商场，我不放心。她没犯病时，行事倒还稳重，万一在哪一刻，如杨柳村所言，某根神经"搭错了"，走丢了，我罪不可恕。我说："我同你一起去。"

杨花在镇上那家唯一的商场，买了一件上衣，配她身上那件牛仔裤，人一下子鲜亮了。

她跟我跟得紧，这让我觉得别扭。我有同学在镇里上班，我怕碰见他们，说不清。怕鬼，鬼就来了，我们被一位王姓同学撞见，他朝我挤眉弄眼，眼神邪恶。我追上去，小声说："不是你想象的那样。"他笑着反问我："哪样？"我说："我是到杨家蚌村扶贫的，她是我帮扶的对象，你别瞎想。"他说："我什么也没想呀。"

我觉得这事一句话两句话解释不清，抬腿去寻杨万才。杨花跟上来。我回望，王姓同学在街角拐弯处回头看我们，他的眼睁得大，在阳光下闪着骇人的光。

回到杨万才家，我从车上拿出一把钳子，卸下了他手扶拖拉机的制动。我说："这拖拉机你不能再开了，再开，就要出人命了。"

他愁苦地望着我，我说："你不用愁，卖山货时，找我！"

天完全黑了，山路我不敢走，也不敢驾车，就在杨万才家住下。

杨万才家有只狗，误踩捕兔子的夹子，瘸了一条腿。杨万才走到哪儿，它跟到哪儿，跟得那么艰难、执着、忠诚，不离不弃。它跟在杨万才身后，像是对杨万才的模仿、嘲讽，但杨万才并不在意。他和它让我感动。

柴火饭很香，吃得饱。夜宁静，我很快睡去。半夜里，身上痒，像有小虫子在肚皮上爬，不知道是不是虱子，我没去管它。太累了，很快又睡着了。

有狗吠，分不清是梦里的狗，还是杨万才家那只瘸腿的狗。

八

七里坪镇上有好几家织布厂，织红安土布，手工作业。我想，这样的厂子没有污染，设备也不复杂，我把我的想法告诉杨柳村。他说："这里偏僻，没人愿意来投资，就说你吧，你是不是每天都想逃？"他说得没错，若不是工作，我早跑了。

我说："先别说我，说他们。扶贫也要扶富，对企业的老板，给够好政策，他们就来了。"

杨柳村说"扶贫也要扶富"，这倒是个新思路，咱们到镇上走走。

我们去镇上，找了几个老板，一个吴姓老板说："杨家蚌青山绿水，我早就想来开个分厂，不为挣钱，就是喜欢这个地方，若有现成厂房，投资小，我愿意来。"

杨柳村说："蚌山洼有一个新盖的养猪场，怕猪粪污染倒水河，环保局没批，你若同意去，不收租金，把杨家蚌的闲散人员安排一批进去即可。"

那老板说："行。"

有一句没一句，像是闲聊，事却成了。正月初八就开业，大织土布。

杨花的病情好转，不适合总在屋里待着，得走出去，杨柳村让她就在织布厂上班，三天后，吴老板说她有悟性，将来能胜任领班之职。就近上班，杨花若能坚持下去，年底就能过贫困线。

杨宗府不爱做事，懒，不愿出山，杨柳村让他在土布厂看大门。穿上保安服，杨宗府有了责任感。查进工厂的人，查得细，像问贼。

正月十五放假，我回县城，陪老婆孩子过节。菜摆了一桌，还未吃，电话响了。我心里莫名地不安，我想，无论谁的电话，只要不是杨花的就行。偏偏是她，她不说话，只是哭。

徐丽敏听出是女孩子的哭声，脸上的悦色溃退，我知道她那一刻想的什么，我说："你不要乱想，她就是杨花，我跟你说过的那个女病人。"我努力地不让自己说出"精神病""疯子"等字眼，徐丽敏却说了，一句话全甩出来："什么病人，就是一个疯子，一个精神病。"她的话让我气愤，我差点儿上去扇她一耳光，但我忍住了。为了一个外人，扇自己的老婆，这个家容易散。

我以柔克刚，给徐丽敏一个吻。许久以来，我没有吻过她。我说："我必须去，否则杨花会有危险。"

徐丽敏泪眼蒙眬地望着我离开。不知她的眼泪是为谁而流，为什么而流。这样的一个节日，惦记另一个女性，她是觉得委屈？还是久未有过的吻，让她流下幸福的泪水？或许，她只是担心我，这盘旋的山路，每走一次，都与危险相伴。

车启动那一刻，我的眼泪流出来。谁委屈？杨花？徐丽敏？都觉得自己委屈，真正委屈的人是我，好好地上班，却摊上这档子事。

泪腺被寒冷触碰，泪水如泉奔涌。

车到杨家蚌时，天近黑。我老远看见一个身影立在道边，远看像大树旁的一棵小树，近看，是个人，再近了，看清是杨花，她瑟瑟发抖。我问她："你什么时候来的？"她说："给你打完电话，我就在守望。"

她等了几个钟头，她用的词是"守望"，我鼻眼酸涩。我让她赶紧上车，她身体像木头一样僵硬，但她头发干爽，没到倒水河洗头，已是万幸。

杨花情绪激动。我把她送到安置房，她让我进屋坐。她给我沏好茶，在我身边坐下。她什么也不说，什么也不干，就那么坐着看着我，这让我很担心。她的目光不能盯着同一人或同一物，时间长，它们就会没有内容，空洞，那是抑郁症患者特有的眼神。但这次，她没有，她的眼里有内容，那里溢满爱。

这更令我恐惧。我说："我该走了，回我的宿舍。"她说："计划生育协会？"她完全是明知故问，我住在那里，她是知道的。

她让我再坐一会儿。孤男寡女，我觉得不合适。隔壁住着杨宗城，让他撞见，说不清。虽然杨花只是一个患者，但她终归是个女性。

我起身走，她突然伸手，从背后包抄过来，箍住我的腰。她的这个动作，把我吓坏了。我想告诉她，我不是陈世桃，但我不敢提"陈世桃"三个字，我怕刺激她。我在脑子里对自己说，她是我帮扶的对象，一个病人。然而，她女性的柔软和温暖传递过来，那一刻，我只能努力地把她当成一个小妹。

我轻轻地掰开她的手，转过身看她，白炽灯下，她的脸绯红。

我伸手去开门。她说："倒水河边的油菜花开了。"我说："没有，气候还早，油菜花不可能开。"

杨柳村说过，油菜花怒放的季节，杨花最容易犯病，她病后的两年时间内，杨柳村不让村民在倒水河畔那片狭长的地里种油菜花，怕她睹物思人。

她说："开了。"

我不知怎么回应，呆在她面前。她说："你嫌我头发脏？我这就去倒水河洗。"我急忙说："不，不脏，你的头发有着油菜花一样的香味。"我明知在她面前，要少提油菜花，但我这次不得不提。我不能说她头发脏，有味。

她说："油菜花开了，明早你同我一起去看油菜花。"

我说："没有开。"她说："开了，就一朵，你明天同我一起去看。"

九

第二天清晨我醒来，到村委会门口活动身体。乡村与城里的差别在缩小，村委会门口也有广场，有健身器材，晚饭后也有大妈跳广场舞。

我两脚踏上器械，身体刚晃荡开，杨花出现在我身边，像我的影子静立一旁。她说："走啊！"我问："去哪儿？"她说："陪我去看油菜花。"

我说："油菜花还没开。"她说："开了，有一朵开了。"

我就跟着她走。我知道，她这种人，不见棺材不流泪，见不到油菜花，她也就死心了。

她不让我开车，她说："我们走着去吧。"

我们走到倒水河畔，天已完全亮开，霞光满山野。坡地是一片麦田。麦田往里，我们果然看到了一朵油菜花，那是唯一的一朵盛开的油菜花。

我说："这么多野生的油菜。"她说："不是野生的，我特意种的，过几天就全开了，满坡都是。"

我怕她进入幻觉，又想起她心里那个陈世桃，我说："走吧。"

我们迎面碰到那只狗。狗看到她，狂奔而去，这情景刺痛了我，这比我看见狗朝她吠叫，更令人心痛。

狗的身影快要消失的时候，突然停下。它慢慢地，像是下了很大的决心，慢慢地跟上来。

"都说它是一条疯狗，其实不是，它只是一只流浪狗。"杨花说。她说到"疯"字，我不悦，像吞了一只苍蝇。我一直避免提那个"疯"字，她却那么坦然地说出来。我的表情被她察觉，她说："你嫌弃它？"我说："没有。"她说："那你是嫌弃我？"我说："没有。"

"那你抱我一下。"她说着，我往后躲，她迎上来，紧紧地抱住我。

光天化日之下！我想推开她，推不开，她的手，像两根钢绳，紧紧地将我捆住。我放弃了推搡。我感受着我怀里的她，她是一个精神病患者（尽管我很不想提"精神病"三个字，但这是绕不开的事实），我却不是救世主，从来就不是。我感受着她青春的身体，柔软、温热，似乎还令人怦然心动。我扭转头去。我看见了流浪狗，它仰着头，认真地凝视着我们。片刻，它吠叫一声。我趁机推开她。我说："来人了。"

我本是撒个谎，却真的有个人，那人看上去很老，是我见过的最老的人。他说："要出事啰，杨家蚌要出事啰。"

他的声音尖细，像皇宫里的公公。他弓着腰，像一只站立起来的大虾。他同我打招呼，好像我们认识："我说嘛，这个村子要出事。一个女子，换了一件又一件新鲜衣服，让那个后生伢画，把魂都画走了，不死也得疯哩。我说的哩，都从我嘴里过哩。"

杨花的脸，陡地蜡黄。她浑身颤抖着。我急忙去抓起她的手，安抚她。

他还有话说。他说："还要出事呢。看着吧，都得从我嘴里过哩。"

我抓杨花的手，被烫似的松开。

杨柳村出现在拐角处，他可能听见了那个老人的话，他说："你快回去。你不回去，照顾不给你，饿死你！"

老人就向着拐角处慢慢地消失了。我问杨柳村："他是谁，我怎么从来没见过？"杨柳树说："聋大，村里八十多岁的老光棍儿，一个活着的死人。"

"活着的死人？"

杨柳村说："是的，几年前，他死过一回，送葬的路上，又活了过来。乡里已经开了死亡证明，再去开活着的证明，很麻烦，比办出生证都难，于是他就这么在"死亡"里活着，倒省了事，他要是"活着"，村里就多了一个贫困户。"

我毛骨悚然。

我不知道这一天是怎么过的，脑子里乱，心也乱。不知不觉间，昏黄的薄雾把太阳赶下山去，夜来了。我害怕黑夜，黑夜里，杨花的脸，总在我眼前飘，挥之不去。一会儿痴笑，一会儿平静恬淡，一会儿表情虚无。

我去了土布厂，去了解杨宗府的近况。我其实不想见他。我到杨家蚌后，黑夜变得特别漫长，我去见他，就当将漫长的黑夜砍去一截。

在门卫室，我见到了杨宗府。他变了，人干净了，待人接物也比先前强。他的话语多起来，不只是"来了？""走啦？"，也不再是问一句答一句。

他向我谈及他的哥，谈他的自私、霸道，这是个好现象，说明他有主见了。我们正谈着，杨花来了，她很有礼貌，轻轻地敲门。杨宗府让进，她悄然探进头来。杨宗府说："杨书记，她找你，你去吧，明晚你再过来玩。"我说："我不是过来玩的，我是来了解你的情况的。"杨宗府说："那你先了解杨花吧，明天再了解我。"

他说着，挑着眉毛冲我笑。我陡然觉得，他其实很刁蛮，老实是他的假象。

我问杨花："什么事这么急？"她说："我到处找你。我梦见陈世桃了，梦见他给我写了一封情书。"我来气。我想说，你满村子找我，就是要告诉我，一个抛弃你的人，给你写了一封情书？我还想告诉她，梦里的事，得到应验的，几乎为零，现实常常与梦境相反。可是，我不能说出来，我怕她受刺激。

我说："回去休息吧。"我就大步往前走，与她拉开距离。她跟上来，拉起我的手。我不敢甩掉她的手，我知道，任何一点儿刺激，哪怕一根羽毛碰触到她，都有可能让她的情况变得更糟。

十

天热起来。是夏天了，杨柳村的圆脸女人说可以吃辣子炒河蚌了。我就在她家吃辣子炒河蚌。杨柳村的女人心眼好，她说："把杨花叫来吧，她也怪可怜的。她姐多些日子都没来看她了。过一阵子，给她找个人家。"杨柳村说："你可别多事，先缓一缓。她再受点儿刺激，还得患病。"

倒水河畔的泥地里，河蚌随处可见。我和杨柳村提着桶，在倒水河畔捡了一些。那些河蚌，有的静静地躺在鹅卵石旁，自己也像鹅卵石旁；有的在泥面，把蚌壳张开，红白的肉露出来，像要展翅飞翔。

河蚌蛋白质高，脂肪少，堪比海蛎子。咱们这里没有海，没有海鲜。我们这里遍布河沟，有河蚌，河蚌就是我们山里的河鲜，当然，还有小虾、细鱼。红安城有道名菜，辣子炒蚌肉，好吃得很。蚌肉汤也鲜，武汉的人开着车来吃，走的时候，还不忘打包。

杨柳村的圆脸女人，从菜园里摘了些朝天椒，绿的、红的、黄的都有。那是最辣的一种辣椒，能把人的嘴唇辣起泡，让人爱恨交加。

杨柳村的圆脸女人手艺不错，蚌肉炒韭菜，蚌肉炒辣椒、炒蒜薹，蚌肉炖萝卜，蚌肉丝瓜汤，很多种，是河蚌宴。为了表示对杨柳村那圆脸女人的感谢，我把这些菜照下来，发了朋友圈，还有各阶段同学群。我照相时，没把杨花照进去，这点儿警惕性我还是有的。

我们的饭局设在杨柳村家的门前，我们身后的背景是蚌山和倒水河。朋友圈点赞的达二百多，每个群都因我的河蚌宴而沸腾，纷纷问怎么走，都要来。

第二天，周末，正午一过，十几辆私家车出现在杨家蚌。村委会门口停不下，在山道上排成队。他们纷纷要杨柳村的女人给他们做蚌肉宴，主打辣子蚌肉。他们给杨柳村女人的钱，不比扔在城里饭店的少。杨柳村的女人像一只飞入林子里的鸟，欢快地叫唤着，但毕竟接待不了那么多人，就把他们分配到邻居家。为了体验农家乐，我那些朋友和朋友的朋友，还有我同学的同学，亲自下河拾蚌。

整个杨家蚌，飘荡着辣子蚌肉的香味。天傍黑时，他们像一群吃食的鸡，咯咯咯欢笑着驱车而去，下一个周末，他们又来了。他们带来更多的人。村民们看到商机，开始大张旗鼓地做起蚌肉菜，有的人家，还在门前挂起了幌子。

一个月后，倒水河畔的泥滩上，已找不到河蚌了。我那些朋友和朋友的朋友，我同学和同学的同学们，便到河心去用网捞。没有暴雨和洪水时，倒水河并不深，他们站在河心，露出头来，脚在水下的泥地踩。碰到河蚌了，断定是河蚌而不是石头，便用手中的长把网，到脚下捞。最多的时候，河心达三十多人，清澈的河水一片浑浊。

我知道，这是河蚌的灾难，是倒水河的灾难，也是杨家蚌人的灾难，但是，没有人站出来说话，是我带来的朋友，我是他们的第一书记，他们不便说。而面对我的朋友，我朋友的朋友，我也难以开口。

谁也没想到，杨花站了出来。也不知她从哪儿弄来一把长把镰刀，刀刃寒光闪闪，她双眸如电，杀气腾腾。

"起来！你们把倒水河的水弄浑了，倒水河就不美丽了！"她朝着河心的人喊。

没人理她。她咆哮着："我要用镰刀，像割小麦一样，割下你们的脑袋！"

我急忙喊我的朋友和我朋友的朋友上岸。我说："杨花不让，不是我不让。"这成为我拒绝他们合理的借口。

那一刻，我明白了，倒水河、油菜花，已成为杨花生命的一部分。站在岸上，杨柳村说："若不是杨花，这倒水河的河蚌，怕是要绝种呢。"

我在杨家蚌土布厂碰见杨宗府，他说："杨书记，我跟你说个事。"他说着，转着头四下看了看，确定无他人。他说："杨书记，你少跟杨花在一起。你跟她在一起，早晚要出事。你知道她的那个陈世桃，为什么把她甩了吗？"我想说，是因为杨花的头发脏，但这个理由显然不成立，也有损杨花的声名。我摇摇头。杨宗府说："我告诉你，她是蚌壳精。"他压低声音，翻着白多黑少的眼睛，说："你知道吗？陈世桃受不了她，他身上的血，都快被杨花吸干了。"

我不相信倒水河里有蚌壳精，但他说话的样子，让我顿生寒意。

杨宗府说："杨家蚌都传开了，说杨花喜欢你，她的头发为你盘起，她的高跟鞋为你穿上，她打扮得漂漂亮亮，都是为了你。"

我说："胡说八道！"

杨花盘着头，穿着得体的时装，高跟鞋踩在倒水河边的乡村公路上，这情景成为杨家蚌的一个事件，但这一切与我有关的说法，我不能苟同。

十一

赶走我朋友和我朋友的朋友之后，某个夜晚，杨花让我去她家吃饭。我有顾虑，我叫上杨柳村，他不去，他说："人家请你，又没请我。"我说："你去吧，你若不去，我也不去，不方便。"

我们走在村街上。杨柳村问我："杨花要把你当成陈世桃，你当吗？"他语气生硬，但似乎并不突然，因为我自己也往这方面想过，只是我没敢往深处想。我说："杨柳村，你是村支书，要讲政治，不要这样胡乱想象。"他说："不是胡乱想象，她好像把你当成了陈世桃。"我说："怎么可能。"杨柳村说："反正她很在乎你。三年来，她的精神状态从没这么好过，也从未这么长时间未犯病。"

杨柳村说的好像有一点儿道理。现在的杨花，头发不那么蓬松，很干净，没有草屑沾在上面。头发像拉直过，很顺畅地向着两肩垂下去。她的衣服也干净，一贯的黑色换成粉红色。她突然注重打扮，成为杨家蚌村的一个事件。如果处于陌生人中间，谁能看出她是一个爱情受挫，继而疯掉的人？

今天，她将头发盘起，平跟布鞋换成了高跟鞋，羊绒套裙，气度非凡。我和杨柳村，都被她惊艳到了。

我们走进她的屋，刚要落座，她对杨柳村说："杨书记，我今天是单独请杨鸣书记吃饭，下次请你。"

杨柳村神情尴尬。他笑，笑得勉强。他转身，离开杨花的安置房。

我追出来，我说："我也走。"杨柳村小声说："你不能走。"

他自己给了自己一个台阶下，他说："我说过的，我不来，我是送你。"他又说："她是病人，我不跟她计较。整个杨家蚌，也就她敢这样跟我说话。"我说："你还是计较了。她是个病人，你莫生她的气。"说完我就后悔，吐了一下舌头。这话，这语气，好像我是杨花的什么人。

我一直跟着杨柳村，我说："我也不吃她的晚饭。"杨柳村说："你得去，你不回去，她以为是我把你带走的，她别再一生气，一激动，我们前功尽弃。"

他说得有道理，我停下脚步。

杨花给我做的，也是辣子蚌肉，蚌肉韭菜汤。外有霉干菜扣肉，清炒红菜薹，莲藕粉蒸肉，好像她事先问过我，知道我最爱吃这几种菜。

她把碗筷摆好。她说："你吃吧，我做的，不比杨书记的女人差。"

我坐下。沉默。凝重的空气令我紧张。我紧张，倒不是怕她，不是。我接触过女疯子。我们村里有一个疯女人，她大部分时候很正常。她爱自己的儿子。她疯了的时候，只不过头发凌乱，衣衫不整，但她并不伤害人。我紧张，是因为我，一个中年油腻男，独自面对一个二十多岁的漂亮女孩。我说得没错，今夜，她的确漂亮。

她让我吃酒，我说我不会。她说红酒总是可以喝一点儿的。她拿出一瓶红酒，两只高脚玻璃杯。酒瓶木头塞子，她轻轻地就启开了。她显然提前做好准备。

她与我喝酒，她与我碰杯，她的语气越来越强硬，她说："吃蚌肉！""喝！""干！"

她自己先干了。我不敢喝，我不知怎么，想起电影《白蛇传》，想起杨宗府说她是蚌壳精，脑子里就有了更怪的想法，我想，这杯酒下肚，她莫不会现出原形？她的原形又是什么样子？披头散发，咧嘴痴笑？

"杨书记吃菜。"她说。她把我从幻想中拉回现实。她自己扒了一口菜，这个动作让我脊背发冷，因为她碗里除了空气，什么也没有。她把那除了空气什么也没夹着的筷子往嘴里送。她张了一下嘴，咀嚼了两下，也许是三下。她的这个动作把我吓坏了。她这个动作告诉我，她又犯病了。她的脑子是不是出现了幻觉，她那个叫陈世桃的人莫不是又回到她面前？

陈世桃是坏人，恶人，他把她甩了，我想。可是，我又想，如果是我呢，如果我是那个陈世桃，我该怎样？一定会与她白头偕老？

既然我不是陈世桃，就不必去做无谓的假设，我就是我。为了照顾她的情绪，我干了那杯酒，匆忙吃了几口辣子蚌肉，推说有事，起身告辞。

我伸手去拽门的那一刻，有一双手，从我身后抄过来，紧紧地箍住我。是杨花，这个屋里没有别人。我说："小妹。"我故意叫她小妹。我说："小妹，别闹了。"她没有回应，就那么紧紧地抱着我。她贴着我的腰，但我没有感受到她的温热，相反，恐惧像洪流一样涌来。"蚌壳精"不足以使我惧怕，我惧怕的，还是她的病。

我静静地立在那里，不敢拒绝，也不能接受，脑子里翻江倒海。

我最终选择了拒绝，动作很轻柔地拒绝。我说："小妹，我得走了，我还有个汇报材料要写。"

她的手稍微松开，我冲了出去。我跑回计划生育协会，杨柳村在门口等我，问我什么情况，我说没什么情况，就是吃饭，话也不多，就那么坐着，让我陪着她坐，别的没什么。

他说："啊。"

他显然不相信我的话，也没做更细的打探。他说："那行，我回去睡觉了。"

我把门关得紧紧的，灯也不开。我惊魂未定。我在黑暗里坐着。我关了手机，坐了很长时间。我就是想让自己静一静。我感到脸上痒，像有虫子在爬行。我伸手去摸。我摸到了我的眼泪。是的，我哭了。我被我自己气哭了。我当时为什么要惹这个麻烦，明知是个烫手的山芋，非要去接下。我狠狠地抽自己的耳光。我本只想抽一下，教训一下自己，让自己长点儿记性，手举起了，挥动了，就停不下来。一只手带动着另一只手，左右开弓，发泄着自己对自己的深仇大恨。

人生真的没法预测，不知明天会发生什么事，不知道会有什么麻烦找上门来。

我想逃离。第二天是周末，我该回家去一趟了，就算不看老婆，父亲母亲总该去看看吧。

十二

父亲母亲的家，在县城南部，去武汉的方向。清晨，天有微光，我驱车行走。车行经倒水河畔，杨花的影子在我脑子里晃动，我努力让自己不去想。清晨车少，我把车开得快，我想甩开杨花。我果然把她甩到我身后——她从我身后双手包抄，她拥抱我的感觉，依然留在我的后背。

我快速驶过杨花洗头的那段河湾。倒水河依旧，通向县城的公路顺河而建。倒水河在眼前不消逝，杨花就在我身后不曾离开。我穿过七里坪镇，穿过红安城，接着向南，正午过后，我才到家。父亲母亲迎出来。母亲不断地说话，重复着："吗样这么长时间才回？吗样这么长时间才回？"父亲在一旁看着我笑。他笑得很勉强、很苦涩，是强装笑脸。我离开的时间并不特别长，他们看上去却像是苍老了很多，这让我免不了心酸，差点儿落泪。

母亲进灶屋给我煮面，煎土鸡蛋，这是招待客人的"午时茶"。父亲拿出一条新毛巾，是我上次带给他的，他没舍得用，给我留着。他让我洗手抹脸。我走出去了，回不到故乡了，每次回来，父亲母亲都把我当成客人，我心里五味杂陈。

吃过面，母亲往电饭锅里下米，她是要给我做午饭。我说："不吃了，吃不下，晚饭一起吃。"

我与父亲唠着家常，电话响起，是杨柳村的，他问我："到家了吗？"我说："我到父母的家了，你放心。"杨柳村说："你那边我放心，这边不放心呀。"我问："怎么回事？"他说："你回来吧，杨花自杀了。"

我拿茶杯的手一抖，烫了我的手腕。是右手。我放下茶杯就往门口走，父亲追了来，他手拿白色的纱布。他说："把手包上，这纱布上浸了肥皂水。"他将我的手腕包上，扎紧，父亲年轻时当过兵，学过急救。之后，父亲紧张地望着我，却不多问，这是他一贯的风格。他叮嘱我别急，慢些开车。母亲追过来说："吗样刚坐下就要走，不住一夜？"我说："单位有事。"父亲母亲便都不再吱声，站在门口送我。

车启动，杨柳村追了个电话过来，说："杨书记，我刚才着急，没说清楚，杨花自杀未遂，你不用着急，慢点儿开。"

杨花用半只玻璃杯，割破了自己的手腕。她只割破了皮肉，并没破坏动脉，也未伤及筋骨。血是流了，流的是表皮的血，但到底是流血事件。她割的是右手，手腕处缠着厚厚的白纱布。见此情景，我急忙退回车里，把手腕上的纱布撤掉。都是右手，部位相同，好像我们约好似的。

杨花自杀，涉及另一个人：杨宗府。杨宗府在村部，处于半关押状态。杨柳村说，他强行亲吻杨花，杨花蒙羞，回家就割了腕。杨宗府被几个村干部看着，只等我拿主意，要不要报官，是否派出所来抓人。

这事与我有关。我清晨就逃离，并未让杨花知道。中午时，她满村子找我，在土布厂门口，碰见杨宗府出来倒垃圾，杨宗府说："杨鸣书记在我门卫室哩。"他把杨花骗到门卫室，强行吻了她。不只是亲脸蛋，据说是吻了嘴，还是舌吻。不是杨花大声叫喊，他怕是会做出更恐怖的事。

杨花回到安置房后，不断地刷牙，刷了一个小时的牙，直刷得满嘴鲜血。之后，她漱了口，呆坐在安置房。妇女主任刘桂霞怕她出事，看着她。

刘桂霞出门接个电话，她就割了腕。

所有人都怨恨杨宗府，只有我心里清楚，绝不只是杨宗府强行拥抱她、吻她，才造成她割腕，或许我才是罪魁祸首——她拥抱我，我拒绝了她。

我说："关于杨宗府，我认为还是不要报官，给他一个改过的机会。现在，他只是懒汉，报了官，去了派出所，他就是流氓犯了，一辈子莫想抬头。"

杨柳村也不同意报官，他觉得这事丢人，丢了整个杨家蚌的人。

"家丑不外扬，算了，村里自己教育，自己处理。"杨柳村说。

杨花瞟我一眼后，不再搭理我，顾自低头哭。她哭得很伤心，这倒让我放心了。她知道哭，知道悲伤，是好事。怕就怕她满脸茫然，脑子里一片虚无。

杨花并非左撇子，却用左手拿杯子的碎片去割右手，这让我怀疑她并不是真的想自杀，我猜测她表演的成分多。她或许只想吓唬人，用表皮的鲜血做个样子。然而，即使是这样，也不能大意，她郁郁寡欢，她神经太敏感，容易受伤。万一再次割腕，且割到动脉，她的生命，我的前途，都完了。

众目之下，杨花约我出去走一走，我不敢拒绝，我说行。

她走向倒水河。在倒水河畔，她问我："杨书记，你知道吗？倒水河还有一个名字，叫'爱河'。"我说："爱河，我知道的，我听说过。叫爱河好，叫爱河浪漫，好听。"

倒水河同时也叫"艾河"，两岸艾蒿丛生，我是知道的。叫"爱河"，我还是第一次听说，这或许是她的臆想。

散步，比两人面对面坐在屋里，心情更紧张，毕竟旷野里，随处都有眼睛。

在河畔的风中，在夕阳里，她再次将我拥抱，这次，我没有推开她，也没迎合，我把自己变成一株树，一株没有感情的树，除了风吹，我不会动。她抱了一小会儿，手就松开了，说不清是有意还是无意。她的两手，好像是两根藤被风吹落，呈自然下垂状。

我试图问杨花发病前是一种什么感觉，或者说症状，我知道，这样不好，会刺激她，但强烈的好奇心驱使着我。我是业余作家，县作家协会会员，偶尔写小说，参加过县作协组织的作家培训班，省里来的老师教我们，写小说的人，要多揣摩别人的心理。那么，杨花发病前是什么心理？我试探着，不说太明。我问："你每次发病前，有预感吗？若有预感，是可以预防的。"

我完全是关切的语气。

我以为她会沉默。她若拒绝，我就不再问。没想到，她很大方地回答我。她说："每次发病前，是有预感的，但无法自控。就像一道闪电，在脑子里一闪，接着是一个炸雷，脑子里那根白色的神经就断了，呈树杈状，之后脑子里一片空白，接下来就什么都不知道了。"

杨花说完，陷入沉默，那是一种痛苦的努力克制自己的沉默。

天近黄昏，我们往村里走。我们又看见了那只狗，那只黄色的狗，它在夕阳的光线里，慢慢晃动，像风中一块烂绳上晃动的破抹布。它好像专门在某处等我们。我说的是"我们"，我和杨花。我单独行走在杨家蚌，从未碰见过它。

以后的日子，杨花平静了，状态好起来，完全像变了一个人。她的声音甜美，微笑恬淡、自然。二十六岁的她，的确是一个很漂亮的姑娘。

她不但把自己打扮得干净利落，她的房间也收拾一新，明显不同于其他几处安置房。她给我们沏茶，留我们吃饭，给我们削水果。

隔一段时间，村里就带杨花到医院检查身体，叮嘱她按时吃药。每次去医院，妇女主任刘桂霞跟着，这次，她说她不喜欢人多，只要我。我既是她的司机，也是她的陪护。她精神状态良好，看上去完全正常。我说："该给她张罗对象了吧，她因爱受挫，应该用爱来疗伤。有了爱的滋养，她定然会好起来，并且会与常人一样，过上幸福的生活。"杨柳村说："给她介绍对象，标准甚至要比正常人还高，男方一定要靠谱。她再也不能受伤，遭受打击。"

刘桂霞就试探着，把我们的想法告诉她，她情绪激动。她说："我有陈世桃。"她喊出陈世桃时，目光却投向我。

莫非她把我当成她虚幻世界里的陈世桃？

一束阳光从明瓦射向地面，尘埃在光柱子里翻飞。光柱子的那边，我看见她的脸。她在笑，不是痴笑。

我心略为平静。

除了那只狗，我们的拥抱，一定被人看到过。这种猜测，几天后被证实。脱贫攻坚督察组下来检查，一个督察员问我："你与你帮扶的对象，那个叫杨花的，是不是走得太近？"

我说："是的，她除了是我帮扶的对象，我还把她当我的妹妹。你们知道的，我们同姓杨。"

"可你们没有血缘关系，我了解过，她老家是麻城那边的。"我说："没有血缘关系，所以她不是我妹妹，我只是把她当成我的妹妹。"他说："有人反映，你们关系不一般。"我说："我说过，我们是兄妹。"

督察员说："但愿你们只是兄妹。"

他的语气令人不快。

而黑夜将至，我害怕黑夜。

我其实是害怕黑夜之后的黎明。我不知道，我每天怎么去面对那新的一天。我有一个同学的哥哥在县中医院，精神科，主任医师。我问他，我怕是抑郁了。他说没有，就是压力大。要学会释放自己，不然很麻烦。

十三

我又见到了那只狗。那只狗在捕捉一只耗子，它扑了个空，耗子没了踪影，它扑倒在地上，发出沉重的夯实的声音。

它让我想到了我自己，继而想到了命运。

我焦虑，觉得日子难熬，时光到底还是悄然前行。进入深秋，清晨或傍晚，倒水河面升起一团一团的雾，杨家蚌在我眼里越来越朦胧。

夜幕渐趋而来时，杨花会在倒水河畔伫立。河面有雾，似雨非雨。她的眼睛，沿着河畔的路，从村子向外望去。偶尔，她的目光转向那狭长的油菜田。没有油菜花开。

而我，有时会在河畔，有时我不去河畔，我站在村部门口，遥望她的那间安置房，远远地望。烟囱里冒出白烟，我就知道，她在给自己做饭，她没事了。我内心趋于平静。

冬天来了，一直没有落雪，水面只是结了很薄的冰。听说山里温差并不大，很少冰冻，但今年，现在，倒水河结冰了。

杨花走向倒水河，用捣衣棰把冰敲碎。冬日的水更清澈，能看清里面的鹅卵石，它们看起来大致相同，其实形态各异。

还好，她只是在水边洗衣服，并未站到水里，并未用冰冷的水洗头。水里雾气缭绕，她站在水边，像身处仙境的女子。

还有一周，我的工作就结束了。我帮扶，治好了她的病。自上次割腕，大半年了，她再未犯过。如果不受大的刺激，她应该是不犯了。但愿她不再犯，这样，她好，我也好。

我站在倒水河畔看着她，我怕她踏进水里，我怕她用冷水洗头，我怕她顶着湿淋淋的头发笑，那样，我将前功尽弃。我看着她，保护她。她洗完衣服，怅然地望一眼河套、坡地。我庆幸没有油菜花开。她转过脸来，怀抱着脸盆，里面是她新洗的衣服。她走近我，她问我："你要走了？"我说："是的。"她问："还有一周？"我说："是的。"我惊讶于她知道我离别的日子。我竟然有些难舍，鼻子酸涩，眼角也酸涩，那一刻，我完全忘记了她是一个病人。

　　我是喜悦的，我就要完成任务了。还差七天，我到这里整一年。我高兴。今天是双休日，下个双休日，我就要走了。我对杨柳村说："咱们到镇上去吧，快一年了，尽在你家吃饭，我想请你和嫂夫人到镇上喝酒，表示对你们的感谢，也是庆贺我顺利完成帮扶任务。"杨柳村说："现在庆贺还早，如果杨花有个闪失，不能正常上班挣工资，不能脱贫，年底，咱们村的贫困户不但不减，反而要增加。"我问为什么，杨柳村说："杨旺盛，也是个单身汉，每年忙完农活，到县城做短工。前天他回来，说他明年不想出去了，说杨宗府成天睡大觉，有吃有喝；他出去做工，也就混个吃喝。"我说："我去会会他吧。"

　　杨柳村说："没用，他铁了心要当贫困户。"

　　明年的事，与我无关。

　　我回到村部，回到计划生育协会。

　　夜静，没有一点儿声音，却分明什么声音都有，虫鸣，风吹树叶，还有第一次见杨花，她痴笑时发出的"嘻……"，像刀锋一样刺痛着我。

　　杨花突然来敲我的门。我知道是她，她的脚步声，她像幽灵一样的气息。我不想开门，可是，她就那么敲着，虽然很轻，架不住她持续地敲。她说："杨主任，我知道你在，你开门。"

　　她是受不得刺激的。她不能被拒绝。

　　我开了门。她坐在我床边的那张椅子上，那是一张由一根钢管弯曲成椅子的形状，然后在上面搁块人造革板的椅子，只有她那样瘦削的人，才坐得那么踏实。

　　我起身，离开我的床。我想，孤男寡女，我还是离床远一点儿。她站起来，逼近我。她问我："你相信一见钟情吗？"

　　我的心很剧烈地跳动了一下。她这么晚追过来，就是为了问这个问题？她这么晚来找我，她"一见钟情"的对象，莫不是指我？但我很快否定了她是指我的猜测，我觉得那样想，很无耻。

她所谓"一见钟情"，应指的是那个陈世桃。

几天前，我企图向她要陈世桃的电话，我试图找到他。我想劝他，他也许会回来。

我知道，我向她要陈世桃的电话，无疑是向她的伤口上撒盐，我最终没这么做。我趁她不注意，从她抽屉的本子上，做贼一样，找到陈世桃的电话。那个小本，好像专门为陈世桃准备的，整个本子，只记录了一个人名：陈世桃。名字后面，一排以 139 打头的阿拉伯数字。

拿到陈世桃电话的当晚，我找个僻静的地方，拨通了那个号码，他的手机号无人接听，哆、哆、哆的响声，比是空号的语音更折磨我，自然，它更折磨杨花，如果杨花拨打这个号码的话。

我后来无数次打这个电话，依然是无人接听，便对电话那端充满猜测。这并不是杨花的号啊，他怎么就不接。莫非来自杨花故乡的电话，他一律不接？

如果持这个号码的人果真还是陈世桃，那么，他真的是一个怪人。

十四

我面对杨花，眼前却浮现她的那个陈世桃。我想象陈世桃的时候，她再次将我抱住，好像我是被陈世桃的灵魂附体。这次，她不是从背后，而是从前胸。她的胸脯紧紧地贴在我胸前，我感知它们的温热与柔软。

片刻，她自己松开了我。她只松了一只手，她的右手在我眼前舞动，因为高举，缠绕着白纱布的手腕露出来。它缠着白纱布，像一面白色的旗帜在我眼前晃动，它让我想起她那次割腕自杀。我害怕她旧戏重演，她这只缠了白纱布的手，其实向我表明了她的决心。

我便不敢动弹。

突然，她的嘴唇凑近我。

我后退，她的右手钩住我的脖子，右手腕从我脖颈儿后伸过来，白色的"旗帜"再次呈现，像一张警示牌。

她抚摸着我的头、我的脸，好像她是一位母亲，而我，只是她的孩子。

反过来吧，我对自己说，这样更合适。我直起身，像父亲那样抚摸她，她的头，她的后背。我安抚着她，她仰起脸，将身体紧紧地贴着我。她显然不把我当成父亲。

她的一对眸子刀刃一样闪着光，让我害怕。

我得让它平静，恢复它原本的样子。它不能痴呆，也不能激荡，它需要平静，也只能平静。平静如一泓秋水。它们平静了，她的内心世界也就平静了。我和杨柳村，也就平静了。

平静了的她，可以继续在土布厂上班，她就不是贫困户了。

刀刃一样的光暗淡了，她趋于平静。她虽然说不上是浓妆艳抹，但脸上涂了粉，打了眼影，涂了睫毛膏。她的整张脸生动了。她再次将她那张生动的脸迎过来。

"我的头发脏吗？"她问，她的手梳理着自己的头发。她手的动作，带动她的腰，像柳枝在微风中轻摆。实话实说，她的身材很不错。

又来了！我最怕她问这个问题。每次这么问，她就是想到了那个叫陈世桃的人。我害怕她想他，不愿她想他，这是她旧病复发的前兆。但今晚，不知为何，可能是撞见了鬼吧，我竟然，竟然不单纯地是担心她的病，我内心酸酸的，似乎有了醋意。

"不，不脏。你的头发，有一股油菜花的香味。"

她轻微一笑。她的牙很白，这使得她的笑很美。她将头埋在我的胸口。我没有动，我怕惊动她。她的脸慢慢地上移。她的嘴唇寻找着我的嘴，它找到了。我想躲开。我看见她情绪激动，便由着她，任凭她。

她张开嘴。她的舌头在我嘴里，像一枚电钻，撞击着我的牙齿。我惊讶于她的舌头有着那么大的力量。它终于撬开了我牙齿把守的门，伸进我的口腔。瞬间，它变得柔软，像一条滑腻腻的鲇鱼，游进，寻找，它找到了它——我的舌头。我抵抗着她，我想一把将她推开，粗暴地推开，可是，我怕，我怕她脑子里那根白色的神经，像她所描述的那样，像白色的树枝突然分叉，断裂，然后，就什么都不知道了。

多少天来，尤其到杨家蚌村后，正科级那么强烈地诱惑着我。正科级是副县级必需的阶梯，没有这一级，何谈正县级？离开县城，来到大山里，原以为是逃离，提升的欲望，却像是放飞高空的风筝，离得越远，拉拽的力量越大。

杨花的身体依然紧抱着我。她虽然是病人，但她毕竟是妇人之躯啊！我不想犯错，我不知道哪一种错误更大。拥抱接吻，还是将她推开，推向深渊。

我只能温柔。我温柔地，用我的舌头，去抵制她的舌头。我分明要用它将它顶回去，却变成了游进、迎合。

今夜，我，一个三十八岁的男人，公务员。今夜，她，二十六岁。我是来帮扶她的，可现在，我就要跌入深谷，谁来拽我一把。我找寻，四周空荡荡的，连一根可抓挠的稻草都没有。

我是谁？她是把我当成陈世桃，还是把我当成我，那个叫杨鸣的国家公务人员？我是来扶贫的，我以为我是救世主，我错了，我才是那黑夜里的一个孤儿。

闪电，我害怕她脑子里出现那种闪电，可就在那一刻，我自己的脑子里，一道闪电从高空而降。这道闪电很亮，很细，像一柄日本军刀的刀刃。

我闭了眼，眼前漆黑一片。闪电还在，我知道，它并非来自头顶的天空，它只是我脑子里那根白色的神经。

我害怕它断裂，害怕它像杨花所言，断裂成白色的树杈。

我被两只手箍得更紧，舌头被更强烈地吸吮，我疲于呼吸。那闪电越来越明亮地闪动，我脑子里白茫茫一片，好像整个世界都在下雪。

牛美丽的手脚

窦红宇

吉日生财猪拱户，新春纳福鹊登枝。

——题记

一

那天处理牛。牛在前面走，牛美丽在后面哄。牛不走，牛美丽就用白菜心喂。喂几口，又走一程，喂几口，又走一程。山梁子又险又陡，盘在眼前的老鹰垭口高得摸着了云彩，在头顶飘啊飘啊，像是要把祖祖辈辈长在那里的石头、长在那里的土、长在那里的一草一木和神灵命数，兜天兜地朝她倾倒下来。脚下的金沙江细得像根线线，感觉走到哪儿，都是把压在心头的那股愁气缠啊绕啊，怎么挣都松不开。

牛又不走，回过头望着她。三个邻乡买牛的汉子只好把两指粗的麻绳套在牛脖子上，一会儿头前拉，一会儿屁股后赶。牛美丽心疼得眼泪在眼眶里打转转，忙赶几步，对他们说，山梁子太大，牛走不动了，你们也歇一阵，等我跟它说两句话。

牛美丽又把白菜心凑到牛的嘴边，老牛见了她，也不动嘴，只有眼睛湿漉漉的，像是看着她出嫁的老父亲。她心里一阵悲，忍不住，说："老牛啊老牛，不是我们狠心，是我们要搬家进城了，人家不准你去，实在没有办法才把你卖到山下的村子里的。山下的人家好，答应买你去，是去犁地的，不是宰了你吃肉的。地又平，你犁地又不费劲，样样都好，比跟着我们的日子强。"说着说着，就又流下泪来。

三个汉子见了，都感叹，说："婶子呀，你这是卖牛，又不是卖闺女，你这样跟着挂着，叫我们咋赶它走嘛，山又大，路又远，梁子还要翻好几个呢。"

牛美丽不管，只盯着老牛的眼睛看。那牛好像突然间听明白了，一仰头，呼哧呼哧喷了几口粗气，低头吃将起来。等把那白菜心吃得只剩下光秆秆了，才使劲摇摇头，蹄子一刨，喧铃而去。

牛美丽又忙跟着翻过了两道梁子，又悲又累，走不动了，只得远远看着。那牛在转过最后一个路口时，好像还回头看了她一眼，好像还冲她轻轻笑了一笑。

干脆，她一屁股坐地上，哭得满天满地都是鼻涕眼泪。哭着哭着，遇上了刚刚处理完羊回来的孙芬芳和杨山茶。三个婆娘，就又相拥着痛痛快快哭了一场。

后来又要处理猪，这就要了牛美丽的老命了。

怎么说呢？"猪要养，人要莽"，老鹰垭口家家会说的这句话，猛一听是说养猪的事，等静下心来墙脚一蹲，纳着鞋底细细挣扎，使力想想，又觉得好像不单单是说猪的事，好像更多的是说人的事。

就是说，你只有养好猪了，你只有一年到头把你家猪圈里这四五六七八头猪养得又肥又膘，你这人，在老鹰垭口才挺得起腰杆来，才硬气，才阔，才歪，才能神头二五到处喝酒吃肉……莽，在老鹰垭口，家家户户都眯起眼哼着说的，就是"莽嘟嘟"的意思，就是有本事的意思，就是有钱吃得开的意思……反正"莽"这个字，是老鹰垭口家家户户每天都要哼上几遍的，是老鹰垭口人人都想巴求的。

反正，多少年了，养猪，成了老鹰垭口特别重要的事，天王老子都惹不起。

为什么？村长朱老侃开会就说，因为穷嘛。山老高八高，沟沟箐箐老深八深，除了石头到处乱长，这山上一样狗屁都长不出来。这地里，只种得出点儿苞谷，只刨得出点儿洋芋，一年到头，你要是不养窝猪，油盐钱都讨不来。村长朱老侃紧接着说："你要是不养窝猪，怕是媳妇都讨不回来。养猪就是等于给自己养了个媳妇。"

就有人开玩笑，朝主席台上问，说："那朱老侃，讨个媳妇回来又做什么？"朱老侃愣了愣，说："讨个媳妇回来，养养，养猪！"

牛美丽她们就恼起来，拿着朱老侃骂，说："朱老侃，你媳妇才是猪呢。"杨山茶也不饶，说："朱老侃，怪不得家家媳妇都往山外边跑，独独你媳妇不跑，原来你是把她当猪养起呀！"孙芬芳也插一嘴，说："就就，就是！养猪要是能挣钱，老鹰垭口的女人还会一个一个跑了追不见影子？我看朱老侃，你就是老母猪拱洋芋，凭个嘴硬。"

朱老侃脸上挂不住，一下子变得丧垮垮的，像一锅隔夜的猪食，冷巴巴硬邦邦绷起来，说："哎哟哟哟哟，哎哟哟，婆娘些，你们不是女人？"

牛美丽一听，嗓门大起来，说："朱老侃，都那么大把年纪了，你还让我们这些老娘们猪鼻子上插葱装大象呀！"杨山茶声音更大，说："朱老侃，老娘们当年也是一棵棵水灵灵的新鲜白菜，都是被猪拱了。"

朱老侃一声骂起来，说："牛美丽杨山茶，我看你们就是一堆烂白菜！"接着，顿了顿，又说孙芬芳说："你什么狗屁渣渣都不懂，我看，你也就是老母猪跟着狗叫唤，乱咬乱啃乱起哄！"

大家轰隆隆一声笑起来，像个炸雷，顺着门口的箐沟朝对面的梁子上爬。婆娘们也跟着笑，笑着笑着，刚才一肚子的别扭牢骚，就像猪尾巴拴豆腐——提不起来了。

最后，还是听朱老侃的。朱老侃使力咳了咳，理了理嗓子，说："反正，你们家家户户，统统都得给老子把猪养起来。养！养养养！反正养得越多，你们那日子，就是老母猪坐飞机，美上天了。"

不过，这半把年，朱老侃改口了，不说养猪的事了。

为什么？还不是因为穷。

你们可能不知道，其实细细考察考察，就会发现，老鹰垭口这个地方，要比朱老侃说的还要穷上一百倍。开门就是山，那山根本就不是朱老侃说的那种老高八高。那山是陡，陡到什么程度？告诉你，马见了都怕，爬一遍都要累得趴在地上呼哧呼哧喘大气，连草都不吃。朱老侃那是轻描淡写，那是住惯的山坡不嫌陡。

陡还不说，山上乱石横锁，快到山脚时，又都变成了碎石子，当地人叫滑脚石、梭坡石。一个不小心，连人带马就要跌到金沙江里去。多少年来，老鹰垭口，鬼才知道跌死了多少马多少牛。

还有，朱老侃说的地，其实也不叫地。地都被到处乱长的石头分割了，小块小块的。就拿牛美丽家来说，有三百多块地，每块地，大的，种得下十几棵苞谷，小的，种得下两三棵。土薄，有些地方望着宽点儿，你一锄头挖下去就碰着了石头，火星子乱冒，连洋芋都种不出来。

没有办法，扶贫工作队队长在村里转了一个月，也找不着一条脱贫致富的思路，他愁眉苦脸语重心长地对眼巴巴的朱老侃说："看样子，我得进趟城，把你们这儿的情况汇报汇报。"朱老侃一听，高兴得要命，头点得跟一路小跑样的，说："要得要得要得，我们这儿，还从来没有被汇报过呢。"

工作队队长去县城汇报了三天，没有想到的是，回来后口气就变了，对朱老侃说："你们这儿不用再想办法找出路了，领导们指示，你们这儿最好的出路就是整体搬迁。"

那时，刚刚跨出三月的门槛，花开得好，到处红红绿绿嫩生生的。朱老侃正在指挥大家抬电杆。听见那队长的话，朱老侃心里晃了晃，大伙儿跟着站不稳，大半个村的劳力被一棵电杆哗啦啦全压趴下了。

二

日子像风一样，一扯一荡就刮过去了。

一进腊月，老鹰垭口就要搬。搬去哪儿？县城。说是今年的年到新房子里去过。

县城呀，我老天！朱老侃被扶贫工作队队长用小轿车拉着去瞧过一趟。回来后，想法念头全变了。一家一家挨着侃，说："我老天，不得了了不得，住的地方名字叫小区，一幢挨着一幢的楼高得你只要敢抬头瞧，帽子肯定就要掉，头肯定就要晕。政府盖的，一家分一套一家分一套。"紧接着，他就侃起了县城的路，说："我老天，不得了了不得，全是大马路，平得你就是在上面边走边睡觉也不会跌跤，平得就像你家的床，爱怎么伸腰撒胯就怎么伸腰撒胯。"

那时，家家户户都盯着他，不出气。

朱老侃一瞧，气不打一处来，大喊，说："把你们一个一个脓包的，放心，进城到处都是活计，政府早就帮你们想好了，日子比你们窝在这儿强一百倍。"

那几天，牛美丽的脸，像被小刀似的北风硬生生割着，又冷又紧。她才不管搬进城后的日子，她还没有想那么远，她就挂着她养的那几头猪。

猪怎么办？按照朱老侃的说法，进城前要全部处理掉。怎么处理？这一回，比牛容易，公家出钱回购，价格要比自家拖去卖还划算。就是说，你只要把你家的猪拖出猪圈，检疫完，再拖到村口的大卡车上关起，就可以往口袋里数钱了。

朱老侃在村里吼："这还有什么好嚼筋的？政府给你兜着底呢，至于大牲口，牛啊马啊，不搬，能卖的卖，不能卖的，全部集中起来，关在大冲沟统一饲养。等养肥养膘了，你想怎么卖就怎么卖。""地？""地你搬得动？"朱老侃一下笑起来，说："地嘛，等搬进城再说。你们要是还想种，等搬进城了，你们又从城里回来种，想怎么种就怎么种。"说到这儿，朱老侃又补充一句，说："平时看着一个个懒得跟猪样的，怎么这节骨眼眼上，还要种上地了？还要养猪养牛养马了？把你们勤快的。搬家搬家搬家，搬进城里，你随随便便干个活计，你就是端个盘子扫个地，跟你们说，都要比在这山包包上刨食强。"

牛美丽家的猪，是悄悄挨到最后一天才绑上大卡车的。怎么说呢？她家老母猪不争气，在这节骨眼眼上生了窝小猪。老母猪产崽，要在平时，在哪家都是大事，都要摆开阵势，都要请乡上的技术员来看看来数数，一只都不准少，一只一只，都要打防疫针。之后，都要摆桌酒，请乡上的技术员美美喝上一顿。

往年这种时候，牛美丽心里噼噼啪啪欢着，像是在家门口炸了串炮仗，一会儿给老母猪添盆热乎乎的猪食，一会儿给乡上的技术员抬锅焖得白花花的洋芋，要忙到晚上，要听着小猪崽拱老母猪的声音，才睡得香甜。

今年不同了。今年要搬家要进城，大小牲口一个不准养，这不是要绝了老鹰垭口的种吗？牛美丽心里不舒服，哭了好几天。

她男人叫朱贵贵，劝了又劝，说："你这个婆娘，你哭个米线！进城还不高兴？也是你有福气，跟着我朱贵贵赶上了，祖祖辈辈，哪个不想进城享福？哪个又进了城了？城里白花花亮闪闪的，政府还给大房子住，哪处不比这山沟沟里强？"牛美丽抢白，说："白花花白花花，我看呀，你这个老扁担，就是挂着城里那些白花花的婆娘。"朱贵贵一愣，脸憋得黑黑白白的，说："我看你这个婆娘，就只认得面前这几头黑麻麻的猪了。"

牛美丽一掀猪食瓢，不行了，她要去找朱老侃，论论这个理。

朱老侃在处理他的蜜蜂。具体说，就是用半稀不干的牛屎，混着柴灰搅了拌了，把他的十几个蜂箱，在漏风漏雨处，细细敷抹一遍。这样，蜂箱就牢实了，就能又让蜜蜂好好住一年了。见到牛美丽的时候，朱老侃身上套了个罩子，像穿了件盔甲，指着她喊："站远点儿，蜂子叮着。"

牛美丽怕，只得远远站着。

朱老侃点着了火草，往蜂箱里用火烟熏，不一会儿，一蜂箱的蜜蜂就被熏出来了，也不乱飞，停在他身上爬，像群听话的娃娃。看熏得差不多了，朱老侃又趴在地上，往蜂箱口看，用一把小刷子一遍一遍往里面刷，说："想吃蜂蜜要等明年秋天了。"说："猪啊牛啊不准带进城，我这十几个蜂箱，更不准带。"又说："算算，一年也是要挣一两万块钱。"接着叹了一声，说："唉，算屎了，就留在老鹰垭口，当野蜂儿了，让天养去。"

牛美丽心里打了个绊绊，一软，嘴就张不开，更想不起来自己找朱老侃干啥，就呆呆站着，半天想出一句，说："我，我不是想吃蜂蜜。"朱老侃不理她，只管挑起牛屎往蜂箱里敷。等敷得差不多了，又站起来，抱来晒干了的草和树叶子，轻轻撒在蜂箱周围，说，蜂儿最怕雨水了，有了这些叶子啊草啊，大雨一来，可以当船使，蜂儿叮在上面漂，救它们。

后来，朱老侃拍拍身子，回屋里，拿了一瓶硬邦邦的蜂蜜，硬往牛美丽手里塞。牛美丽不要，两个人推来挡去，像是打架。朱老侃一使劲，连蜂蜜带人推了出去，说："走，走走走，你们那猪，就当我对不起你们了。"

扔也不是，留也不是。牛美丽捏着那瓶冰凉凉的蜂蜜，眼泪又起，愣巴巴看着朱老侃裹紧棉袄，关上了屋门。

那天晚上，她狠狠心，把朱老侃给的蜂蜜，撬了半瓶，同朱贵贵一勺一勺干吃起来。

她还是悄悄留下了一头小猪崽儿。一方面，是瞧着它可怜，好几次去拱老母猪的奶，都被它那五六个兄弟给挤了出来。体弱，晃荡晃荡就趴在地上，脚往后得得黄灰冒，就是站不起来。急得牛美丽每次都要亲自抱着，把它的嘴凑到老母猪的奶头上。

另一方面，是这猪的种不一般，叫乌猪。乡里的技术员说，这是叫什么杜克猪的同本地黑毛猪配的种。肉质偏瘦，好吃，香，比一般的猪贵好些价格。牛美丽往年不信，只管养自己的黑毛猪，直到被孙芬芳家的大乌猪一屁股甩了坐地上，才服了软，忙赶着自家的老母猪翻山越岭往配种站跑。

那天一出门，太阳老高八高地趴在山尖尖上，晒得路滚烫。难走，有好几次，牛美丽都想回了。可一瞧那老母猪，就像知道自己要去配种样的，那脸，红扑扑的；那屁股，一扭一扭的；那声音，一哼一哼的；那尾巴，一甩一甩的。喜气着呢。牛美丽扑哧一声笑出来，骂了句：认不得羞！就随了它，也一扭一扭地往山上爬。

好了，不说了。就等着进城了。

腊月十八，好日子。一大早，朱老侃把自家的一头大肥猪杀了，村里来了十多个帮手。刮毛的刮毛，剖肚的剖肚，一锅一锅的烫水往猪身上倒，一头猪被小伙儿们打整得光溜溜白生生的，冒着油淋淋的热气。老鹰垭口，也显出了久违的生气。全村人都聚拢来，围着那几口热乎乎的大锅，好像把这一个冬天的暖都围在了中间。

又都不说话，静得连猪身上的哪根毛被拔起都听得见。好像心里在下着鹅毛大雪，好像把这一个冬天的沉寂都静悄悄地从心里过了一遍。

牛美丽忍不住，冲刮猪毛的小伙儿开了句玩笑，说："瞧你们这样子，这哪是刮猪毛呀，你们这样子，是在给新郎官剃胡子呢。"大伙儿终于咧开了嘴，那笑，终究还是勉强，不像从前了。

朱老侃扣着风纪扣从自家院门出来，瞧见门口聚了这一堆人，趁机宣布两件事。朱老侃说："瞧把你们一个个馋的，都是三四个月没见过新鲜猪肉了吧？告诉你们，这猪是我家的，我把它杀了，今晚，请全村人吃一顿，一个都不准少。第一，这是我朱老侃自己掏的钱，再穷，我们大家伙儿离开家之前，也是要吃一顿肉的。第二，今天，是老鹰垭口的最后一晚，等一阵子，要来好多人，大大小小的领导，大大小小的记者。你们什么都不要管，只管给老子在家待着，要高高兴兴的。政府已经说了，要来给我们照相，各家各户招呼拢自己的人，一家一张。照的时候，给老子拿出吃奶的力气来，咧开嘴巴子，使力笑。"

这一天是怎么过来的，牛美丽记不得了，还不远的日子，牛美丽后来想起来，只记得自己在家收拾要带进城的衣物。收一样，哭一样。朱贵贵见不得，又骂起来，说："你哭个米线！记者都进村了，在挨家挨户照相呢，等一下要是照着你哭，你还想吃晚上的红烧肉？你还不去把你那头猪崽儿给找个地方严严实实地藏起来，要是被瞧见，你就是老婆娘赶街撞在大树上——鸡飞蛋打。咱们进城见了人，怕是都要矮三分。"朱贵贵想了想，一下又恼起来，说："我说你这婆娘，你都要进城了，住那个什么小区了，你还带着头猪做什么？"

牛美丽忙去看猪。宽八宽的猪圈，变得空荡荡的，只有那头小黑猪，躲在猪食槽后边，满眼睛都是亮闪闪的光。牛美丽又流下泪来。

猪圈里，牛美丽是见了什么都要淌眼泪的。见到猪食槽，她淌；见到切猪草的机器，她淌；见到那些已经败了叶的猪草，她淌；还有半盆苞谷面，她也淌。淌着淌着，突然想起了什么，忙端起苞谷面，抬起昨晚就切好的一锅还算新鲜的猪草，进了灶房。

等把那小黑猪喂饱，用篮子封死，藏进猪圈的山墙洞里，就来人了。是来照相的，牛美丽又慌着忙着从里屋扯出两个儿子，又往男人朱贵贵身上套了件半新不旧的衣裳，就站在了她家的房门前。

后来，牛美丽常拿着那张全家福看，心里懊恼死了。就怪朱贵贵，说朱贵贵这个老扁担，也不想着扯她一把，第一次全家人在一起照张相片，还让她系着个围腰。

不过，全村人在一起照的那张好。本来人就不多，五六十个，被人家摄影师一指头就按在镜框里，个个都精神。只不过，那会儿，牛美丽听见她家的小黑猪一直在叫，心慌得很，照片上，好像都看得出来。

三

就走了。大客车排成一条弯弯曲曲的线，在山脚下等，他们大清早从山梁子上走了出来。

梁子窄，队伍就变得长。大冷天，下过霜的地光秃秃的，湿滑而又荒凉。家什多，路走得慢，口中呼出的热气变成一团一团的白，让背后的山显出无尽的落寞。大家就想哭，有的人已经流出了眼泪，被朱老侃一声吼住憋了回去。朱老侃说："大喜的日子，那么多领导记者看着，别老鹰垭口的好事情，被你们一股猫尿整黄了。"

就想唱几句。有几个，已经哼出了调调——山路长来么山路弯，山路上的草草绊脚杆。妹子要想去城里么，跟着哥哥我绕弯弯……又唱，一进东门十字街，椽子连瓦瓦连街。椽子连瓦分得掉，我挨小妹分不开……唱着唱着，不知为什么，又个个闷起头，不说话，就像太阳钻进了云彩，唉声叹气的样子。

朱老侃忙吼，说："唱啊，唱呀，怎么又没有声气了？你们瞧瞧你们这副鬼样子，上山送葬跳丧的，都比你们强。这哪儿是进城享福嘛？要在过去解放前，哪个不是把你们往山上赶，哎哟哟，现在国家强了，日子好过了，接你们进城享福去了，你们还一个个唉声叹气的！统统都把脸扯开笑起来，领导记者们都在山脚下等着呢，要是瞧见你们这嘴嘴脸脸，扣你们城里的补助。"

队伍里就有人说："唉，朱老侃，你就别吼了，省省力气。再怎么说，我们这也算是背井离乡了，哪个离家不心慌呀？这一去，就不回来了，就连山都心慌呢。朱老侃，你不慌？"

朱老侃一听，好像也跟着慌起来，再不说话。

最慌的是牛美丽。一大早起来，弄个不大不小的篾竹篮子，把小黑猪硬生生塞进去。又想想，觉得不稳妥，忙在篮子上里里外外用碎布盖上。又怕不透气，憋着猪，找来剪子，剪了个锤头大小的洞洞才放心，才长舒一口气，伸胳膊挽起来，出了门。她男人朱贵贵见了没来得及骂，只边走边说："我看等人发现了，扣你城里的补助。"

牛美丽就躲着人走。其实那也不叫躲，也就是藏在她家的堂屋大柜后面跟着走。那堂屋的大柜是新买的，油漆刷得又厚又亮，大红大绿的，由两个已经在城里打工的儿子一人一头挑着。

只是那小黑猪一路在乱动，牛美丽只好走一阵，又偏着眼睛瞧瞧，走一阵，又瞧瞧。心里乱作一团，想，小黑呀小黑，你可别出声气呀，你要是一出声气，我们家进城的补助怕是就要被你扣完了，到时候，没钱了，你喝西北风去。

还好，下山的路不长，没多大一阵，就瞧见大客车了。

突然间，鞭炮在山谷间炸了起来，大客车顶上的大喇叭里，响起了震耳欲聋的歌声。好听，都是电视上春节联欢晚会听过的。那场面，就像过年了。

一到跟前，拥出来一批人，嘴里说着啥，炮仗声太响，听不见。不容分说，就往他们身上披红绸带，一人一挂，跟立功受奖一样。孙芬芳落在后面，没挂着，还急得跟丢了钱包样的。

小黑猪叫起来了，还好，已经上了车，炮仗声和喇叭声太响，大家又忙着抢位子找地方坐，根本听不见。

牛美丽这回不跟人抢，找了最后一排，把猪笼子放在座位下，用脚拢着，谁都发现不了。抽空，她还朝那锤头大的笼子眼眼瞧了瞧，就瞧见小黑猪睁着亮闪闪的眼睛，瞧着她。

一路走，一路炮仗，一路喜庆的大喇叭。有人哭，有人啃洋芋，有人吐，有人不停摆故事，还有人开始盘算进城后的日子……晕乎乎地在山里高高低低颠到下午，就看见县城了。

朱老侃指着山下那些朝他们伸过头来的楼，大喊，说："我就说嘛，大家伙的好日子，就要来了。"

县城，在牛美丽越来越接近它的眼神中，突然间张开怀抱，龇牙咧嘴开来。

小区广场上，二十多面大鼓依次排开，敲得震天响。到处是声音，到处是跳跃欢呼的人群。红绸翻舞、歌声如海，炮仗炸了一串又一串，吉利话说了一筐又一筐。好像这不是搬新居，而是要送亲人上战场。

牛美丽她们偷眼瞧瞧，果真，村里很多人，脸上都浮闪着一种又兴奋又害怕的神色。个个都心慌，都在想，天哪，这日子，今后咋个过？牛美丽又忙朝猪笼里瞄瞄，小黑倒是乖，就跟知道自己的命样的，睡着了，不敢弄出一点儿声音。

就披人引领着，来到一幢大楼跟前。迎面瞧见墙上写的几个大字——老鹰垭口楼。莫名其妙，一堆人的心狠狠松了下来，好像有这几个字在，家就还在。好像那些被炮仗渐渐炸远了的日子，又都会慢慢回来。就有人数楼层，开始比，说："瞧瞧，我们老鹰垭口这楼，就是比东山口村的高！"有人接着说："也比南山口村的高。"

朱老侃跑前跑后忙，听见了，接过话来，说："高高高，老鹰垭口的山最高，你们还没有高怕呀！"

就有人问，说："朱老侃，地倒是平生生的，可以抖铺睡了，可到处都是水泥，连块土都瞧不见，这日子，今后怎么刨食吃？"朱老侃说：
"土土土，我说你们就是土！告诉你们，今后不在土里刨了，在厂里车
间里刨。"

还是听不懂朱老侃在说啥，很多人的话里就带上了责怪，就问，
说："朱老侃，你在村里是村长，现下子老鹰垭口都不见了，你咋还神
头二五唬头唬尾的？"朱老侃一听，哈哈笑一声，指着眼前的高楼，说：
"又让我当楼长了！"接着又说："你们以为我愿意当啊？"

大家都觉得好奇，就都去拿着楼瞧。瞧着瞧着，像是瞧出了蹊
跷。有人问，说："朱老侃，这楼老高八高，我们咋个住嘛。"还有
两个老人说："朱老侃，前几天分房子，我们说我们老了，住低点儿，
你硬是要说抽签。这下好了，我抽着二十一楼，你要我们今天就爬死
在你面前？"

朱老侃鼻子朝天一翘，说："笑话，都什么年代了，还让你爬？坐
电梯，坐电梯坐电梯！"

一个个肚子这时咕嘟咕嘟叫起来。想瞧瞧日头，一抬眼，瞧见的都
是楼，不知早晚，就都拿着朱老侃问，说："朱老侃，接下来，该干啥
子嘛？你这个楼长怕是该告诉我们怎么整吃的了。"

朱老侃一听，一声令下，喊："坐电梯坐电梯，各回各家，各家自
己认准自家的门牌号码，自家煮饭吃，自家抖床睡。"

就都往电梯里挤，先挤进去的，都坐了下来。牛美丽她们没处坐，
只好站着。大家都说："坐电梯坐电梯，朱老侃吹牛不打草稿，这电梯，
坐不下几个人嘛！"

正说话呢，电梯狠狠一震，嗡嗡嗡地往上挣。大家伙心里也一震，
全都一堆一堆地往地上趴。个个在里面吼，说："头晕心慌得很，连个
抓扯处都没有。"

四

人都好。牛美丽家，住在七楼。每天早上推开窗望出去，再没有山挡着，一口气可以望出去老远，一直望到她们走出来的那座山脚下。

那儿是一片建筑工地，盖房子，跟山比起来，那房子虽然天天在长高，但在牛美丽的眼睛里，就像个挂在腰杆上的玩具，风一起，随时都要被吹得飞扬起来。

每天，都有一层薄薄的雾，绕着工地转，轻巧得很，像城里的婆娘走路，又好看又婉转。太阳光一照，就有了光澜，蓝一层紫一层的，像城里的婆娘身上披着的纱巾。每到这种时候，牛美丽的心里就长满了一种说不清道不明的东西，痒痒的，在身子里爬。她知道，自己家两个儿子都在那工地上干活呢，虽然一个十七一个十九，岁数小，但每个月都能挣个三千两千的。她知道，搬进城了，自己家两个儿子就有家了，再不用风里雨里住这住那了，自己家两个儿子一定会带回两个轻巧好看的媳妇的。

每到这种时候，她就会情不自禁地扯起朱贵贵，说："老扁担你信不信，我们一家子，日子会越来越好的，说不定老大老二，一人都能买一套房子生一堆娃娃。"

可是，猪怎么办？总是一说到这儿，朱贵贵就甩开牛美丽，指着已经开始长身体变得愣头愣脑的小黑猪，说："你先把这小狗日的处理掉，再来说日子。"

是啊，猪怎么办？离开窗口，牛美丽胆子一下变得小起来，跟着朱贵贵犯起了愁。这地方毕竟是城里，城里还不说，小区三天两头发告示，往墙上贴红纸，不准这样不准那样的。牛美丽又不是不识字，初中毕业，样样看得懂。

看得懂，就知道这城里规矩讲究多，光讲究卫生这一条，就列了十多样。什么树叶子要修剪得一样整齐，什么草地上不准乱踩乱踏，什么小区地面要干净得看不见一个烟头和一点点垃圾，不准随地大小便，不准随地乱扔乱丢乱养……最重要的是，不准在家里养大小牲畜……一旦发现，牲口没收，并根据牲口的大小罚款一百到五百不等。

天哪，牛美丽想，也就是说，如果人家知道她牛美丽家偷偷养着头小黑猪，不知道已经罚了多少个五百了。牛美丽心里怕得很。

可转念一想，牛美丽心里又不怕了。不仅不怕，有时候在家里，还理直气壮。她想，牲口也是一条命，把牲口养活养大，从来都是咱农村女人的本分，就跟把两个儿子养活养大样的，就跟天天在家操持家务样的。你一个女人，要是连猪都不养了，不剁猪草煮猪食了，家里每天早晨不端出个热气腾腾的猪食盆来了，怕是就算不守妇道了，怕是连你自家的男人都不会饶过你了。

可又怎么养啊？从养猪这方面说，这城里，根本就来不得。

那天，等欢迎完，牛美丽拿着副县长发的钥匙一打开家门，天哪，那地板铺得亮闪闪滑溜溜的，那墙刷得比女人的肚皮还白。到处都是新崭崭光鲜鲜的，就找不着把小黑猪放下来的地方，只好提着猪笼到处瞧。

先是放在客厅。一打开盖在笼子上的布，还没等稳当，就见小黑猪撒开蹄子拖着笼子到处跑。地板滑，猪蹄子在上面只会打趔趄，小黑猪左刨右刨，最后，终于嘶开嘴叫了起来。牛美丽吓得咣当一声，关死了门。一叫唤，好像把这一天的委屈都叫唤出来了，屎屎尿尿跟着喷了出来。朱贵贵就骂，说："牛美丽，这到底是家还是猪圈呀？"

忙又提起猪笼，找到阳台。刚要放下来，朱贵贵又一声吼起来，说："牛美丽，你是老母猪跳金沙江，找死呀！到时候猪一叫，一楼的人都听见了，第一个找你来罚款的，就是朱老侃。叫一声五百叫一声五百！"牛美丽听了，心里惊出汗来，忙捂着小黑猪的嘴，退了回来。

七找八找，才推开了卫生间的门，一看，笑了。里面有个好大的槽子，像老鹰垭口里接雨水的大石缸缸，你就是放十头小猪崽在里面，也尽够了。手这才放心一松，笼子口立刻开了，小黑猪径直蹿了进去。

突然间得了自由，小黑猪便要狂奔。又哪里跑得了！那是一个大浴缸，搪瓷的，小黑猪只能一边打着滑一边在里面转着圈，嗷嗷叫，寸步难行。牛美丽瞧得心花怒放，对朱贵贵说："行了吧，老扁担，这就是猪圈了。"

这才拍拍衣裳上的土和粪，端起个盆，翻出一袋苞谷面，扯出藏得蔫瘪瘪的一小捆猪草，到处找地方。

朱贵贵说："肚子早饿了，做饭去做饭去。"牛美丽撇撇嘴，说："等猪吃了再说。"朱贵贵听了，一声哀叹，说："唉，这日子咋过哟。"

这日子咋不过哟？这日子就像金沙江的水，根本挡不住，呼啦呼啦就奔涌开来。

政府从外地引进的扶贫车间，一间一间在小区开张了。就好像一个一个的火塘，把每个人硬生生热乎乎地围拢了过来。比如棒球车间，那可是从沿海大城市引进的，技术很好掌握，就是把已经加工成半成品的小块小块的真牛皮，缝在一个硬邦邦的橡皮一样的球上。缝好一个得一块六，熟练的，一天可以缝三四十个。这样一个月下来，就可以挣一两千块。

比如核桃车间。你只要天天拎着把小锤，坐在那儿敲，敲一斤一块多，一个人一天，也可以敲个二三十斤，一个月算下来，也可以挣一千多。人家熟练的，一锤子下去，那核桃，恰恰分成两瓣，白白的核桃仁露出来，又干脆又好看。

比如摘草莓。一车一车从地里拉来，你就从那些枝枝丫丫上把草莓一个一个摘下来，放进厂家的篮子里就行。五毛钱一斤，反正，摘得多挣得就多。

朱贵贵说："我才不摘，那是女人活计。"牛美丽眼睛一下瞪起老大，问："那你要干吗？缝棒球？"朱贵贵说："我才不缝，女人活计。"牛美丽想了想，又说："那你去小区报个名，打扫卫生？"朱贵贵说："我才不扫，还不是女人活计，你咋不去？"牛美丽说："我去了，猪哪个管？"朱贵贵就把脸歪朝一边，不理她。牛美丽急了，冲朱贵贵脊背就是一捶头，说："你个老扁担，你这样不干，那样不干，在家闲着？那么多钱你不挣？眼睁睁放跑？"

朱贵贵使劲咳嗽两声，伸手指着卫生间，说："你先把那小狗日的处理了再说，要不然，五百五百地罚，挣多少都没用。"牛美丽一听，又是讲小黑猪，就不出气，顺手抓起一个棒球，缝将起来。

朱贵贵也不出气，顺手抓过烟筒，咕嘟咕嘟吸。那会儿刚刚吃完早饭，要是在老鹰垭口，正是扛着锄头背着箩箩下地的时辰。不要说干活儿，光爬坡走到地里，就得个把小时。现在好了，吃倒是吃了，活儿不干，干坐着，除了长膘，就是斗嘴。猪样的！

那小黑猪也怪，这时候凑起热闹来。朱贵贵的烟筒咕嘟一声，它跟着在卫生间里哼哼一声，朱贵贵咕嘟一声，它哼哼一声，就像约好了一样。听着听着，牛美丽扑哧笑起来，说："老扁担，我们一年到头，啥时候不是跟猪啊牛啊马啊住在一起，啥时候不是听着它们的声音，才睡得着觉。你想想，有时候我们不吃的，会端给猪吃，猪吃剩的，狗还会来舔呢。你想想，是不是这个理？如今猛一头进城了，马啊牛啊猪啊，一样都不在了，你让我这手脚往哪儿放？一天到晚，我头都是晕的。"说着说着，牛美丽就要哭。

朱贵贵说："那你就要养个猪？"牛美丽说："养个猪怎么啦？瞧见猪，我这心里才踏实。再说了，这猪又不是我要养的，是它，是它，是我瞧着它可怜。是我……我……我问你，要是不养个猪，你咋个过年嘛。"

朱贵贵把嘴从烟筒上抬起来，仰天长叹，说："算屌了，我扯不过你，你要养就养，但有一条，不准让任何一个人发现了，尤其是朱老侃。"

牛美丽一听喜上眉梢，忙说："知道知道，我脑袋又不是被门夹着了。"

五

日子轰隆轰隆开过来了。

朱贵贵是个勤快的人。每天，除了去扶贫车间敲核桃，每月挣个一两千，还自己整。一大早笼三大炉子火，等吃过早饭，提到小区门口，把从自家地里刨来的洋芋，烤熟了卖。那烤熟的洋芋，用小刀子划成两瓣，烫乎乎香喷喷的，抹点儿辣子面面，爱吃的人多得很。那价格，就比从地里刨出来那阵，翻着倍数往上涨。反正，一天，可以挣个百把块。牛美丽见了，感叹说："娃娃他爹会想办法会想办法，乖乖些，土洋芋都被他变成金疙瘩了。"

朱贵贵会挣钱，牛美丽也不差。每天缝棒球摘草莓，还去敲核桃。有一天，来了一大帮记者，有人问她这棒球是用来干什么的。她火爆得很，边缝边回答，说："棒球棒球，肯定是用棒棒敲嘛。"见大家伙儿笑，又说："我管它是用来干什么的，我只管它挣钱就行。"把朱老侃说得脸上过不去，只好赔着笑，说："农村人，素质差素质差。"

望着他们忙出忙进的样子，小区里的乡亲们都说："这家两口子，怕是要把这后半辈子的钱，都这些日子挣完了。"牛美丽听见，总是爽爽朗朗笑将起来，说："没有办法没有办法，我们这是前半辈子穷干净了。"

忙到晌午，牛美丽就放下手里的活计，悄悄背着个篮子，出去找猪草了。

猪草她熟，从小就打交道，从小就在山沟沟里围着它们转，以此为生。这是她的命。有时候她觉得，她的命，就是一棵一棵的猪草一盆一盆的猪食串起来的。什么水麻叶、花花草，什么芭蕉叶、猪耳朵草，什么癞蛤蟆叶、奶浆草，还有荠荠菜、水芹菜、洋芋叶、牛磕头叶，一大堆。找回来，用水冲一遍，就在院子里剁开来。那是她生命里最旺盛的日子，要是天气好，能剁到月亮升起来，月光立刻就把她面前的草和叶变得亮闪闪的。最累的时候，总是带着猪草一阵一阵的清香，倒头就睡，睡得梦里也一阵一阵的清香。

现在不同了，现在过的是城里的日子，到处都是水泥铺的路，到哪儿找猪草去？又不敢走远，牛美丽围着自家住的小区转了两天，还好，这小区建在县城的边边上，身后就是一条铁路，铁路两边是铁网，用来防人。铁网以下，是个斜坡，能见到土和草了，牛美丽心里一阵欣喜。

还真就找到猪草了。像命中注定似的，牛美丽和猪草，才是天造地设的一双。猪草总是顺着铁轨铺展开来，在不远处绿油油地等着她。顺着那个斜坡，牛美丽经常能走出去很远，她渐渐喜欢上了那样的午后，总是能遇见她熟悉的猪草，总是能看见一旁的铁轨，一直泛着光，伸出去老远。

回来的时候，已经是满满的一篮，背在背上还沉甸甸的。她喜欢那样的沉，那样的沉会混着她的汗水，顺着脖子悄悄淌。只有这样，她才觉得过去的日子没有丢，只有这样，她才觉得这城里的日子，也过得沉甸甸的。

又不敢背回去。小区里人多眼杂，她必须将就着，把篮子藏在附近的一个铁路桥洞里。要等天黑了，才又悄悄背回来。

天终于黑下来的时候，小区却热闹得让人心跳。算算，一三五，是县电影公司的小伙儿来广场上放电影；二四六，是县文化馆的婆娘来教跳广场舞。朱老侃说，都是怕他们过不惯，来给他们送温暖呢。好不容易遇上个星期天，夜校又上课了，教的是城里过日子的知识、心理辅导、如何感恩、如何自信、如何自强自立。

自强自立？养个猪不就自强自立了，不是说"猪要养，人要莽"吗？牛美丽去了一次，再也不去了。她要忙着剁猪草煮猪食呢。不过人在七楼，那猪草是不敢剁了，只敢切。弄一个大塑料盆，小砧板，一捆一捆切。有时候忍不住，剁几声，还被朱贵贵伸过头来吼，疯婆娘！

牛美丽就委屈，说："养大这一个，再也不养了。"朱贵贵说："你还敢养啊，地方都找不着，到处挤脚夹手的，到哪儿养啊。我看你，连小黑都养不大，不信走着瞧。"

还真是！牛美丽猛一头从大塑料盆里抬起头来，猛一头才想起来，这猪大了，还真没地方养起了。朱贵贵又伸过头来，说："早就跟你说过，这猪会长猪会长，等长到两三百斤，我看你还关藏在卫生间？到时候，它还不一屁股就把门给你拱倒，闹你个鸡飞狗跳。早就跟你说过了，这是头猪，大肥猪，不是城里人养的小猫小狗。"

还真是！等猪大了，猪圈在哪儿？牛美丽为这事，开始急得睡不着。

其实猪圈的事，这会儿都是小事，离猪长大还有好长日子呢，还有得缓。眼前死活要解决的，是猪粪的事。这小黑猪吃不怕，吃是往肚子里去，兜得住。可拉出来的屎尿，怎么办？

就是说，猪粪怎么处理？往哪儿藏？牛美丽每回一想到这儿，就觉得脑子不够用。怎么办？还能怎么办，脑子不够用，人就勤快点儿，这是牛美丽一直依仗着往下活的本事。不然，早就饿死了，还让你撑到城里？

她想，干脆等切完猪草，煮好猪食，再把猪粪背出去，夜深人静，还怕找不到个藏的地方？

最烦的，就是那群广场上跳舞的婆娘，牛美丽已经困得头倒插在肩膀里了，婆娘们看上去还是没完没了。腿杆子上的泥巴都还没搓干净呢，就想三两晚跳成个城里人，咋可能嘛？！你们悠着点儿，过日子，那可是细水长流的事，只怕哪天跳猛了，腿杆扯着了腰杆，活计干不成了，叫你们哭！

她还记得第一次把猪粪背出去的那一晚。也是做贼心虚，买了块天大地大的塑料布，够把头大肥猪都包裹起来了。牛美丽左裹右裹，猪粪都被她裹成一坨硬疙瘩了，这才往篮子里一丢，背上出门。

在电梯里，牛美丽拿着鼻子使劲嗅，根本就嗅不出一点儿味道来。这才放了心，朝那个眈瞌睡的保安走。那保安歪斜在值班室里，睡得天摇地动的，牛美丽冲他挥挥手，根本看不见。

出了小区就是广场，此时静得像块稠密的苞谷地。很奇怪，牛美丽想，这广场跳得越凶，她越是眈瞌睡，有时候，还睡得昏昏沉沉天一下地一下的。等广场一静下来，她立马就醒，像个闹钟，仿佛这安静才是她生命中喧嚣拔节的节奏，一阵一阵，让她的心随风摇曳。

牛美丽聪明，一般绕着广场贴着墙根走。那广场太空了，随便一个人经过，都要被楼上没有睡的人瞧见。她才不傻，她像个优秀的猎人，天生就有一种避开危险的耐力和判断力。等她绕过广场走进农贸市场里，还长舒一口气，想，自己怕是生错了身子，朱贵贵才应该是这个家的媳妇，而她，应该是这个家的男人。

出了农贸市场，习惯性往右一拐，就是铁路。这个时候，还有一列火车经过，是客车，一格一格的窗口里，透出乳白色的光。牛美丽要在那儿等火车通过，这个时候，她会在那儿站上一阵，歇一歇，她的心里会泛起一丝一丝的涟漪、一圈一圈的波纹，她不知道这火车要去哪里，但不管去哪里，她是真想，真想坐上去，跟着走一程呀。

低头穿过铁丝网，翻过铁路，就是大片大片的田地了。这是牛美丽白天找猪草的时候就看清楚的。她们住的小区和新城，本来就是建在县城边边上的，也就是说，郊外，城乡接合部。这种地势，给了牛美丽和猪粪最大的空间，到处是菜地和果园，只要人勤快点儿，还怕没地方藏？

胆子小，加上猪也小，没有多少粪，牛美丽就朝最近的果园走。那果园种得规矩，一排一排的果树四周，有宽直的埂子分割，好走得很。第一次来，怕迷路，不敢走深了，没多久，便紧挨着埂子卸下背上的篮子，开始往两棵果树间倒。塑料布裹得紧，她得一点一点顺着缝隙翻动，反而显得慢了。

就在这慢下来的间隙，牛美丽心里突然间怨艾起来。心想，这是多好的猪粪啊，要是在老鹰垭口，这得肥多少块好地呀。可惜了，可惜了，可惜了天，可惜了地，可惜了她牛美丽这一身的力气，这是在造孽呀！委屈得一愣一愣的，就要哭，眼泪刚涌上来，却又想，还好还好，毕竟没有倒在水泥路上，毕竟是进了地里，就伸手摸摸身旁的果树，轻声说，树啊树啊，你可要好好长，等明年结苹果了，别忘了掉几个在地上，也算是代我牛美丽拜天拜地，弥补过错了。

猪粪少，再慢，也很快就收塑料布了，她得把沾着猪粪的部位，折在里边，这样，再回小区时，也是漏不出气味的。她要一折一折，把这块大得可以藏三四头大猪的塑料布折好，这样，她可以在地边多待一会儿，她可以一折一折，把自己的心事都折起来。牛美丽知道，这么大的一块塑料布，是要等猪大了，才真正派上用场的，这会儿，她得小心着用节省着用，一折一折，都不能费了尺寸。

突然身后传来了一阵哈哧哈哧冒着热气的声音，牛美丽一惊，一回头，一条大黄狗不知从哪儿冒将出来，露着狞利的牙，朝她伸过嘴来。牛美丽忙伸出手，顺着狗脖子的毛抹了抹，那狗顿时不凶，趴将下来，闭了嘴，伸了鼻子和舌头，朝牛美丽凑。牛美丽知道，这是狗在嗅她身上的气味呢。她什么牲畜没见过，她想，那狗是在找她身上的狗味呢，只要有，狗就乖了，不咬人。

她身上的味道多了，除了狗，还有牛羊鸡猪的味道。牛美丽突然想起她家的那条大黄狗来，比眼前的这条大，比它凶，可是，这会儿在哪儿呢？早就成老鹰垭口的野狗了。想到这儿，一把搂过那狗，再也忍不住，流下泪来。

是大黄狗把她送出果园的。到了铁路边，大黄狗就哧哧哧低了身子，不走了。牛美丽对它说："等明天，要是吃肉了，我一定省下骨头来给你啃。"

又一次翻过铁路的时候，牛美丽的心情也换了一遍，突然间像背上的空篮子一样，轻松起来。远处，是不尽的霓虹，她瞧着还是心慌，但她起码知道，她的猪，是可以在这里慢慢养大的了。

回到家，牛美丽还病了一场，说疼不疼说痒不痒的，吃了好几天小区卫生院开的药，才好转。瞧着她吞水咽药的样子，朱贵贵奇怪，说是这么好的身子，跟牛样的，怎么进了城，反倒病了？怕是不会享福呢。

牛美丽听了，不说话，她知道，她这病，全是因了那一篮子猪粪。说出来，怕是得不了好。

这一天，县里组织老鹰垭口全村的人去老城参观，就是说，县里要来人带着他们逛县城。怎么说呢，县里有个培训计划，要把扶贫搬迁进城的首批三万多人全部培训一遍。逛县城，仅仅是培训计划里的一小项。内容就是让各村各户的人尽快适应县城、熟悉县城。比如，过马路怎么看红绿灯。比如，怎么坐公交车。又比如，菜市场在哪儿。再比如，怎么进医院，进了医院怎么排队怎么挂号。还有，大家生活的这个地方，历史文化有多悠久，出了哪些历史文化名人，等等等等。

至于老城这个说法，是相对于他们新搬来的小区说的。小区全部建在城边，远远望去，就像新建起了一座城，所以，小区这边，城里人自然而然叫新城，而县城这边，新城的人也远远望着，就叫起老城来了。

一大清早，牛美丽一万个不想去，说："要是去了，猪咋个办？"朱贵贵说："朱老侃昨晚在院子里喊了，不去的扣五百。去的，还可以吃顿羊肉。"牛美丽说："吃啥羊肉嘛，我猪草都还没有找呢。"朱贵贵说："猪饿一天又不会死。"牛美丽说："饿瘦了，我这几天就白喂了。"朱贵贵说："瘦了好，瘦了不占地方，老子进去撒泡尿都是一股猪屎味。"

牛美丽不出气了。朱贵贵一说到猪占的地方，牛美丽就不出气了。不是怕朱贵贵，而是自己忧虑，顺着朱贵贵的说法，一想就想得乱七八糟。是啊，等这猪再长两个月，到底放在哪儿养，大肥乌猪，占地方呢。

给猪喂了食，牛美丽七想八想，还是背上了平时找猪草的篮子，才和朱贵贵出了门。逛县城，朱贵贵换了一身新衣裳，像个新姑爷，望了牛美丽一眼，就嫌弃，在电梯里责怪起来，说："咋不换身干净的？牛美丽嘴一噘，电梯就动起来，差点儿把朱贵贵闪得摔一大屁股。"

上了车，牛美丽也不和朱贵贵坐，而是同孙芬芳杨山茶挤。等把篮子藏好，坐稳，车一开，两个婆娘就把鼻子凑过来，拿着牛美丽使力嗅。孙芬芳说："我怎么闻出一股猪食味。"杨山茶说："还有猪草和猪粪味。"牛美丽一惊，后悔没有听朱贵贵的话换身衣裳，就忙朝车厢里望。还好，车厢里热闹得很，有人吃饼子，有人哼调调，有人大声说着自家城里的亲戚，有人因为没有座位觉得吃了大亏……还好，没有人听到这两个婆娘的话。

牛美丽忙把车窗推开，想让风刮进来。两个婆娘就笑出声来，鬼兮兮的。牛美丽老实巴交，经不住她们逗，就说："别说，别说嘛。"

六

两个婆娘一搅，牛美丽心里就不好受。逛起县城来，浑身不听使唤。

就说过马路，任凭那几个晒得大头菜样的交警怎么教，她就是搞不清那红绿灯，为什么一会儿红一会儿绿的。红的为什么不准走？绿的为什么又准过？万一过着过着，那灯突然变红了，背时倒运，不是就要站在大街中间了？那么宽那么平那么直的大马路，咋还要警察管？警察不是管坏人的吗？背时倒运，走个路过个街，还会犯法，还要罚款，以后不敢来了不敢来了。

后来又练习坐公交车。牛美丽更搞不懂，为什么非要从前门上后门下。她试了几次，从后门上去，人还不是好端端的。人家说，这叫无人售票。更搞不懂了，没有人还卖啥子票嘛，钱交给哪个？不补了？牛美丽想了半天，觉得以后还是不敢坐。

中午那顿羊肉，吃得好。一大锅端上来，七八个婆娘一桌，硬是吃了个底朝天。估计吃得太猛，油荤大，肚子一下拿不住，到了下午参观历史文化古迹，在一个大院子里，就转起筋来，差点儿要了牛美丽的老命。四下一瞄，找不见茅房。牛美丽背着篮子就从大院子里出来，顺着大街跑。跑着跑着，实在憋不住，才慌忙拉住一个扫地的问。那扫地的听她说完，又拿她上下打量了一遍，朝身后一指，说："喏，那不是？"牛美丽几大步纵进去，闷头就往里闯。又被身后一个声音吼住，喊："回来，那是男厕。"

经过这一阵折腾，牛美丽再也找不见老鹰垭口的队伍。心里一委屈，干脆就不找了，干脆自己回。她想，今后，再也不敢来这城里闯祸了，今天差点儿把这辈子的人都丢干净了。忙大体瞄了一眼新城的方向，顺路走将起来。

走着走着，就迷路了。

这县城就像一个迷宫，牛美丽在几条小巷里转，根本转不出来。房子是一模一样的，两旁的街道和街道上的人是一模一样的。哪像老鹰垭口，不管你走到哪儿，远远回头，总是像个煞神高高盘在身后。你要回家，就得朝着它走，就得翻过它。

没有办法，牛美丽只得使力走。她不怕，在山里一个人迷了路她都不怕，还怕在这到处都是人的县城？她是怕她的小黑猪。今天的猪草都还没找呢，要是不快点儿回到家，小黑猪饿了，乱叫乱拱起来怎么办。

这样一想，才慌起来。哪里有猪草？这城里到处滑溜溜的，哪里找猪草去？慌几大步，又转进一条小巷里来。

小巷更窄，空无一人。不知道是什么背时倒运的地方，却摆满了大大小小的花盆，花盆里有土，土里栽种着各式各样的花，煞是好看。蓝的、紫的、红的、白的，还有红蓝相间的，还有白紫相交的。还有又阔又肥的绿叶，细长细长的兰草……它们在眼前的阳光下，显得安静而又美好。甚至整个县城，都因为这些花花草草，突然间安静美好了起来。

可是，在牛美丽的眼睛里，它们就是猪草了。

欣喜之余，她伸手薅将起来。那厚厚的大巴掌，根本感觉不到那些枝枝丫丫硌在手上的疼。好像只要有土的地方，就是她的领地。好像理所当然，这就是她的命。

一不小心，等她拐进一个菜市场时，已经薅得半篮子了。

菜市场不像上午那样拥挤，因为已经是要散市的缘故，还显出了颓蔫的样子。地上，丢着很多废弃的白菜叶，鲜汪汪嫩生生的，牛美丽忍不住，想把那一大堆都捡起来，那可是小黑猪最好的吃食了，就跟她们中午吃的那锅羊肉样的，一年到头，也吃不着几回。

牛美丽忍不住，捡拾开来。抓起一把菜叶，瞟眼一瞧，怎么觉得一菜市场的人都在盯着自己，对面那个卖酱菜和调料的，那眼神好像已经朝她伸过一只手，同她抢起来。就又不敢，抓菜叶的手停在篮子口，想要往回撤。

又不甘心，想了想，一狠，朝篮子里丢了一半，又停住，松了手，让另一半菜叶慌慌落回去。刚要走，还是不甘心，不知哪儿来的劲头，一猫腰抄起一大抱来，朝篮子里一丢，就要跑。

这时身后吼了一声，把牛美丽吓得呆呆站住。那是一个男人噎在喉咙里的声音，咕嘟咕嘟的，说："你这个人，你要捡，就全都捡走。你捡一半留一半，隔一阵，还不是要我扫。"牛美丽一听，这才缓过了神，那声音在哪儿，根本不敢看，挥起厚厚的大巴掌，大扫帚样的，两三下就把剩下的白菜叶子扫进篮子里，背起就跑，跟偷样的。

这回好，跑到大路上来了。牛美丽一瞧，这路她熟，这是她们上午来的路。就是说，只要顺着这条大路扯直走，就会走到家的。牛美丽紧紧裤腰，聚聚精神，在那条尘土飞扬的大道上，走将起来。

晚上，牛美丽把那些花花草草和菜叶子混起来，正要切，孙芬芳和杨山茶就来串门子，牛美丽的小黑猪，躲都没处躲。两个人一进屋，就四处找，牛美丽和朱贵贵拖都拖不住。

这两个人的鼻子，是狗身上长的。没几下，就嗅到了卫生间门口。其实，那还用伸鼻子闻吗？小黑猪在里面，像见到了亲人，嗷嗷乱叫。杨山茶听见，兴奋得跟见到亲儿子样的，眼泪都要下来了。等开了门，杨山茶更是一身子扑上去，抱起小黑猪，一迭声喊："宝宝哟，宝宝哟……"差点儿把另外两个女人的眼泪喊掉下来。

小黑猪一见，撒娇样地挣，只三两下，就挣脱了杨山茶，水一样飙将出来，在地上打个滚，噌一下闯出门来，满屋子乱窜。

牛美丽失声喊，快关门快关门，别让它跑出去，跑出去要老命了。孙芬芳和杨山茶追了出来，边追边喊："哎哟小宝宝哟，哎哟小宝宝哟。"把一个家碰得火星子乱冒。朱贵贵本来坐在沙发上，懒洋洋地看电视，一见，嗖一声站起，指着小黑猪骂："小狗日的！"

这样乱了一阵，还是被杨山茶一把按住，抱了起来。小黑猪怪，这回再也不挣，还把头靠在杨山茶怀里，偎着。那小模样，连孙芬芳都心疼起来，说："哎哟这个小宝宝，还想奶吃呢。"

这一声，把所有的人都逗得笑将起来。

牛美丽却急得要哭。牛美丽说："你们可千万别外边乱说去，你们要是说了，这一天罚五百一天罚五百，我可咋活呀！"牛美丽这一说，又把孙芬芳和杨山茶惹得要哭。孙芬芳说:"老妹子呀,你放心,我们就是拿命抵着,也不会说的。"杨山茶说:"老姐姐呀,你放心,这猪,我们也想养,要不然,在这城里,手脚都没有个放处。"

听她们这一说,牛美丽才放下心来,说:"养啥子养嘛,这猪要是不养,只是我们手脚没个放处,又没人管;要是养了,是猪的手脚没有个放处,你们想想,再等两个月,这猪往哪儿赶?罚款都要罚死。"

孙芬芳说:"怕什么?往我家赶,我家住一楼。"杨山茶说:"怕什么?放我家养,我腾出间房来给它住。"

朱贵贵伸过头来插话,说:"你们两个婆娘,说得轻巧,知道吗,这城里养猪不比老鹰垭口,太费事,光找猪草,就能把你们小命找出来。"杨山茶说:"怕哪样?大不了,我们回老鹰垭口找。那儿的猪草,才肥,才是猪草。"

大家一下笑起来,都说:"杨山茶,你这是猪食盘成猪价钱。"

七

朱贵贵逼着牛美丽,要把小黑猪卖了。

为什么?朱贵贵说:"家里养猪的事,已经被人发现了。"牛美丽一听,松了口气,说:"孙芬芳和杨山茶,她们不会说出去的。"朱贵贵骂,说:"憨婆娘,你以为个个都跟你一样?她们那是进城了,没有猪养了,哄着你玩呢。婆娘的嘴,就没有见隔过夜的。卖了卖了,你赶紧想办法把小黑猪卖了,还有点儿收入,不然到时候,一天五百一天五百,你算算,得罚多少天?还扶贫?不用扶,老子们自己又回老鹰垭口去刨地了。"

牛美丽说:"反正,我知道她们不会说出去。"

为什么?牛美丽说:"反正,她们那晚来,我知道她们是想家想的。

那晚哭，也是想家想的。反正，你要是硬把小黑猪卖了，你还不如把我卖了。"朱贵贵眼睛一瞪，说："牛美丽你想得美！"牛美丽说："老扁担，你要是硬把小黑猪卖了，我就死给你瞧！"朱贵贵一听，觉得拿不下牛美丽来，只好说："好好好，不卖就不卖，任你折腾，折腾完了，大不了一齐回老鹰垭口种地去。"牛美丽说："回就回，哪个怕哪个？现如今，村子里没人了，我还想把老鹰垭口的地，全都种遍了呢。"

朱贵贵不敢硬来，这事，只好暂时放朝一边。

孙芬芳和杨山茶，还真就帮着牛美丽找起猪草来。有两天，两个婆娘顺着铁路走烦了，还真就坐班车跑回老鹰垭口，给小黑猪带回两大篮子猪草来。

那个肥那个嫩哟。最重要的是，那个得意哟！杨山茶说："一方水土养一方猪，只有吃了老鹰垭口的猪草，这猪，才会长成老鹰垭口的大黑乌猪。"说着说着，又心疼起来，拿着小黑猪瞧，说："哎哟哟，瞧瞧瞧瞧，这可是我们老鹰垭口的独苗苗了。"孙芬芳瞧见一旁的朱贵贵在撇嘴，就骂，说："朱贵贵，你别把你那张嘴撇得跟猪食盆样的。告诉你，这猪要是被发现，罚款我们一起交。"杨山茶跟着说："就是就是，只要你不说，就不会有人说，放心。"把个朱贵贵气得满脸紫黑，猪样的。

转眼就到了清明，小黑猪也长到了两个多月，到了防疫和催膘的时候。一般来说，这种时候，猪可以长到五六十斤了。小黑猪不行，小黑猪生下来就母子分离，奶水不足，只有四十多斤。杨山茶和孙芬芳，见一次心疼一次。牛美丽就安慰她们，说："四十多斤也算好了，现下这情势，哪个敢？四十多斤也有个大娃娃大了。"

两个女人相互看看，就不说话，她们知道，牛美丽说这话，是正在为小黑猪找个落脚地点犯愁呢。

俗话说得好，人要是背时倒运，卖燕麦炒面都会遇着旋涡风。信不信？偏偏这个时候小黑猪生病了。一看，还病得不轻，歪扯歪扯的，根本站不起来。朱贵贵一瞧，幸灾乐祸，说："扯歪脖子风扯歪脖子风。"

在老鹰垭口，扯歪脖子风，是养猪最忌讳的一种病，跟闹猪瘟差不多。要是救不好，死个猪不说，这小半年的辛苦，就算是白白扔猪食槽里了。牛美丽听朱贵贵一说，急得哭起来。孙芬芳和杨山茶，也跟着掉眼泪。掉着掉着，孙芬芳突然吼起来，说："朱贵贵，你这分明是老母猪唱卡拉OK，骗人呢。"孙芬芳说："我们养了多少年猪了，还认不得？这扯歪脖子风的猪，一般都是半大猪，起码要六七个月以上，这么小的猪，根本不可能！"

三个女人立刻转忧为喜，不理朱贵贵，商量起怎么办来。

怎么办？请个医生？朱贵贵坚决反对，说："这不等于不打自招了吗？"可要是不请，牛美丽又受不了，说小黑猪只怕是小命难保。说着说着，牛美丽又要哭。杨山茶看不下去，转身就往门外走，问她做什么，甩下一句话，还能做什么？找医生去。

才一小会儿，杨山茶就带着一个叫杨皮脸的男人回来了。杨山茶说："这是我从娘家东山口村楼请来的兽医。"朱贵贵一看，杨皮脸大家都认得，不就是个劁猪的吗？杨皮脸是他的诨名，真名叫什么，倒没有人知道。之所以叫杨皮脸，就是因为劁猪的时候，随时拉着一张脸，猪见了，老远就叫，怕。

杨皮脸一见到小黑猪，嘴里顿时嚯嚯嚯的，那意思，大家伙儿一听就明白。他是在说，怎么在这楼里会见到猪？既兴奋又惊讶的样子，让大家极其不舒服。杨山茶就问，说："杨皮脸，你嚯嚯个啥？"

杨皮脸摩拳擦掌，说："怪了怪了，好久没见到猪了，怎么会在你家老鹰垭口楼上碰着？"孙芬芳一看杨皮脸那嬉皮笑脸的样子，急了，说："杨皮脸，你要是说出去，老娘，老娘就说你乱说，就说，就说你调戏老娘。"杨山茶一听，跟着说："对，你也调戏老娘，你薅了老娘好几把，赖死你，让你永世不得翻身。"牛美丽也说："对对对，你也薅了我好几把。"

朱贵贵脸都气白了，找个小凳子坐下，烟筒砰一声摔在地上，烟锅水四处淌。杨皮脸也慌了，说："大婶啊，你们才是不要乱说，不然，我怕是跳进金沙江都洗不清了。不就是劁个猪吗？你们出够你们的钱，我劁好我的猪。井水不犯河水，井水不犯河水。"

大家伙一听，又都炸开，都说："杨皮脸，今天这小黑猪是生病了，怕是没有你劁猪那么简单。"杨皮脸说："咋不是？我进来瞄一眼，就知道是咸是淡。"牛美丽盯着问："不是扯歪脖子风？"杨皮脸放下包，取出工具，说："让开让开，扯什么歪脖子风？才两三个月大，扯什么歪脖子风？"

牛美丽一听，放心了，转过身拿着朱贵贵骂，说："老扁担，我看你就是一肚子猪下水，馊疙瘩冷饭吃多了，才会盼我家小黑猪死呢！我看，你才是扯歪脖子风了。"

朱贵贵好像没有听见，气哼哼地站起来，摔门而去。

到了晚上，朱贵贵也没有回来。三个婆娘伺候好猪，在牛美丽家随便吃了几口，就锁死门，下楼，说是分头去找这个老扁担。

小区的广场，照旧热闹。大家伙儿刚刚搬进城来，猛一头见着那么多花花绿绿的灯光，兴奋得跟飞蛾样的，每晚不出来围着灯光舞一阵扑一阵根本睡不着觉。

这么多人，哪儿去找？兴许在听人对山歌呢。牛美丽想，这个老扁担，就是喜欢听这些哥哥呀小妹呀的歪调调，那天搬家进城，好像记得，有几句，就是他哼哼的。哼哼哼哼，家务事不好好整，猪样的！

想着想着，来到了对山歌的台子前，那地方更是热闹，几大伙人围着，跟煮涨的开水样的。牛美丽挤进挤出，转了好几圈，就是不见朱贵贵。

正准备回家，警车响了，闪着警灯朝小区冲去。想想，大家伙儿村子里住惯了，天天黑灯瞎火的，哪见过一闪一闪的警车？就跟瞧见天上落下来的星星样的，个个跟着跑。

就连牛美丽也心慌脚软地跟着跑。她是担心会出什么事，别是她家小黑猪惹什么祸了。这城里，过个马路都会犯法，哪样事都得小心。

果真，是她家朱贵贵。等跑到人围得最紧的地方，就瞧见她家朱贵贵了。牛美丽心里一紧，忙推搡过一堵人，挤到最里面，死死地盯着。可瞧那情形，又不像她家朱贵贵犯什么法，她家朱贵贵还拿着人家警察骂呢。

她家朱贵贵说："你们这儿，咋那么容易遭贼？我刚刚才出门转一圈，回家一看，样样东西都被搬空了，门么，大哗哗开着。你们是咋个当警察的？你们还我家东西来。"

人家警察客客气气，一个人在一旁往手里的小本本上记着，一个人在安慰朱贵贵，还有好几个，拿着手电筒朝朱贵贵说的楼上照。照着照着，就照着"北山口村楼"几个字，大家伙儿哗啦啦一下，笑得前仰后合。

瞧热闹的人里，有老鹰垭口的，认得他就喊，说："朱贵贵，你是想婆娘想魔怔了，这楼不是你家住的楼，北山口村要下个月才搬来呢，你怕是走错了。"朱贵贵一听，就抓脑袋，跟着笑，说："你们才是想婆娘想魔怔了，我明明是去我家的楼嘛，咋又不是了？"

这时朱老侃挤了进来，说："朱贵贵，你家在老鹰垭口楼，前面一幢前面一幢，家家户户亮着灯呢。"

朱贵贵还在蒙，牛美丽上前，一把拉起他就走，说："快点儿回家，别在这儿丢人现眼的。"说完，又对警察们笑笑。

警察们一看，才反应过来，也跟着大家伙儿哈哈笑。

回到家，牛美丽气得浑身鼓起来，说："你这个老扁担，你到底是真魔怔了还是故意想喊警察来？你要是想喊警察来拉我家小黑猪，我就跟你拼命！"

朱贵贵说："疯婆娘，你认得个米线！老子就是魔怔了，出去转转，回来就找不着家了，我明明就记得是那幢楼嘛，房子也是一模样的，咋个走上去就不同了。我还以为遭贼了。"朱贵贵说到这儿，突然话题一转，说："我想起来了，我这脑壳，就是被你那猪闹魔怔的，赶紧卖了赶紧卖了，不然，肯定要出事。"

朱贵贵最后说："你瞧瞧你瞧瞧，今天，连杨皮脸都裹搅进来了。赶紧卖了，卖了卖了卖了！"

八

牛美丽才不听，牛美丽一心就想把小黑猪养大，天王老子都惹不起。用朱贵贵的话来说，疯婆娘是吃了秤砣了，死猪不怕开水烫。

小黑猪吃了杨皮脸开的药，又让杨皮脸做了小手术，劁了蛋蛋，那病就一天一天好起来。牛美丽就一天一天照样煮猪食、找猪草、铲猪粪，忙得像个陀螺。只不过，她这忙里，少了过去在老鹰垭口的理直气壮，多了现下的偷偷摸摸，跟打游击样的。但突然来了孙芬芳和杨山茶，游击队多了强援和接应，胆子大多了，像是突然变成了正规军，三个婆娘一齐疯，朱贵贵根本没有办法。

这样又撑下来大半个月，大儿子从工地上带好消息回来了。

大儿子叫朱大山，入夏就满二十，在建筑工地干活儿，好学，人高马大手脚勤快，很快当上了砌砖师傅。挣得多，被在工地食堂干活儿的王三丫看中了，死活要嫁给他。三天后，就要来家里认亲，喊人。

什么叫喊人？就是还没有过门的儿媳妇，先领来家里瞧瞧，人家要是瞧上了，就张口，管男方父母叔叔婶婶甚至爹爹妈妈地喊。男方家要是满意，就哎哎哎地应，朝人家姑娘手里塞红包。这样，一门亲事就算订下一半了。剩下的一半，就是男方家里瞧个日子，去女方家送了彩礼，这样，这个姑娘就算是自家的人了。

在老鹰垭口，姑娘来家里认亲喊人，是大事、大日子，一般是要杀猪挂红请客炸炮仗的。只是因为穷，老鹰垭口这样的日子少得很，有时候，一年都遇不着一桩。年轻人都跑外边去了,能好好结婚讨媳妇过日子的,少之又少。

没有想到,大儿子朱大山有出息,长本事了。这刚搬进城来,就往家里带回来个王三丫,这好事,哪儿去找?这不是肥肉上加膘嘛。还听说人家姑娘虽也是农村的,可人家是平坝里生的,家就在城附近,人长得漂亮,彩礼也不收,说是自由恋爱,只要朱大山对自己好就行。

牛美丽乍一听,眼泪扑簌簌就往下掉,一把抓起朱贵贵的手,说:"老扁担呀,咱们家的苦日子,算是熬到头了。"朱贵贵也伸手朝眼睛角抹了一把,说:"快把朱小山喊回来,喊回来。"

朱小山是小儿子,十七了,跟着他哥哥在一个工地干。一回来就拿着王三丫夸,说:"我嫂子王三丫,人长得就像县文工团演戏跳舞的,脾气好得羊见了都敢欺负她几下。最重要的是,在食堂里,每次我去打饭,那大勺子一歪,都要多给我点儿肉。"

说到小黑猪的时候,一家子刚刚吃过晚饭。放下碗,朱小山不客气了,对牛美丽说:"妈,你这都进城了,还带个猪养着,你这是干什么?你是怕我们养不起你?你想想,过几天嫂子一来,瞧见这家里猪食猪粪乱哄哄的,人家咋个朝你们二老开口喊呀?"

朱贵贵一听,更是来了脾气,说:"卖了卖了,早就该卖了,这个小狗日的,再放在家里,不惹祸才怪。"

这一回,牛美丽再没有死抵着,轻轻一叹,说:"卖就卖吧,明天一早,我就卖。"

可是,这城里,到底能把小黑猪卖哪儿去?根本就卖不掉。农贸市场?人家只买宰好检疫过的新鲜猪肉,牛美丽带着小黑猪往那儿一蹲,根本没人理。又去了城西的牲畜市场,可人家那儿只买牛卖马,这小黑猪往那儿一放,根本不是价钱。而且,刚一到,戴着大盖帽的检疫官就来了,警告她,说:"这城里猪不能随便卖,要检疫的,不然就要没收罚款。"吓得牛美丽转身就跑。

牛美丽把猪篮子放在大马路边，一屁股坐阴凉处歇气。大马路上，车一辆接一辆，跟耗子搬家样的，哪里见得着一个人，哪里会有人瞧她和猪一眼。牛美丽坐着坐着，还坐出眼泪来。她抹一把，想，咋这么好的日子就是容不下一头猪？又抹一把，想，咋这么好的日子，她就是过不惯，就是觉得这心里空落落的，就是要在这心里朝死作。

卖不掉，只有背起小黑猪往回走。走着走着，牛美丽又笑起来，心想，兴许这小黑猪就是跟她分不开呢。心想，兴许这小黑猪就是要在她手里慢慢长大呢。心想，不卖了不卖了，大不了，这几天把它转移到孙芬芳家去，孙芬芳住一楼，围了个小院子，地点宽。

想到这儿，人就精神起来，步子就利索起来。那时夕阳西下，她看见了那条尘土飞扬的大马路，她知道，就要到家了。新城在火一般的霞光中，渐渐显出了它拔地而起的轮廓。

朱贵贵不在，一大早就兴高采烈地跟着大儿子回老鹰垭口去了，说是要把老家酒缸里窖着的酒全部背回来，三天后就喝起。他们这一去，最起码要第二天晚了才赶得回来。

正是转移小黑猪的好时候。

跟孙芬芳商量好了，等天黑透，等广场上的山歌唱起来，就行动。孙芬芳和杨山茶在门背后守着，随时接应。

时机一到，牛美丽挎起猪篮子，一闪身进了电梯。果真，这个时候，电梯里没人，牛美丽慌手慌脚，按了个"-1"，也不知觉，就由那电梯带着，滑了下去。

门一开，牛美丽就出来了。天哪，这是个什么鬼地方？黑漆漆空毛毛的，要不是远远有一盏灯，暗黄暗黄的，牛美丽真的要觉得，这就是来到阴曹地府了。心里发毛，可牛美丽老实，顶根上就没有想着要退回电梯里，还朝前走，还拿着孙芬芳喊。

喊着喊着，就越走越远。牛美丽记不得自己是怎么走过来的，就迷了路，只觉得自己怎么走，都是在这鬼地方打转转。只觉得到处是柱子，鬼影子样的一根一根竖着。心慌得不得了，脚底下没有了力气，只好把猪篮子放下来，找了个墙脚，缩成一团，再不敢动。

背时倒运了，牛美丽想，背时倒运了，我这是来到个啥子地方哟，怎么以前坐电梯，从来没有来过？背时倒运了，怕是真的来到阴曹地府了。牛美丽怕得不得了，心里就乱，一乱，再拿着这鬼地方使力瞧，越瞧就越觉得像了。

这鬼地方空得很，除了一根一根齐排排的柱子，一样摆设也没有，一个人也没有。怪了怪了，瞧那方圆，明明大得可以住得下十多家人，怎么连个人影子也没有？不是说这城里是寸土寸金人挤人吗？想到这儿，就彻底怕了，她断定，自己即使不是撞上鬼了，也肯定是像朱贵贵那样，中了魔怔了。

这一想，着实吓着，脸都变得扭起来，就想哭，就想喊。刚要伸脖子小黑猪倒先哼哼起来，牛美丽听得真切，忙一把朝身边的篮子摸去。

小黑猪没事，还伸嘴朝她的大手巴掌拱拱。又摸摸它的肚子，圆滚滚热乎乎的，嗖一下，牛美丽才算是回到了人间。拿着朱贵贵，就骂起来。说朱贵贵你这个老扁担，你就是瞧不上我家小黑猪！说朱贵贵你这个老不死的，你进城了，你不得了了，你连猪都不想养了。

不知道过了多久，好像连广场上的婆娘们都跳不动舞了，好像连广场上的男人们都唱不动调调了，孙芬芳和杨山茶才找了下来。

电梯门一开，四周便被照得亮晃晃的，其实很好找，孙芬芳和杨山茶走出来的时候，牛美丽远远就看见了，只是不敢相信，不敢吱声，躲在一根柱子后，偷瞄着。

等孙芬芳喊了一声，杨山茶又喊了一向，牛美丽这才抹出身来，喊："我在这儿!"倒把两个婆娘吓得不轻，手电筒的光齐刷刷地朝着牛美丽扫。

一场虚惊。找见了牛美丽，孙芬芳还脚瘫手软，后怕得不行，一个劲儿地问，说："我说咋背个猪，背到这儿来了？"牛美丽还在慌着，问："你们是怎么找来的？"杨山茶说："我来过呀。"牛美丽又问："这鬼地方，到底是哪儿？"杨山茶说："这叫地下停车场。你坐电梯坐错了，我那天也是坐电梯坐错了，下来了一回。"

牛美丽这才松下来，说："我说撞了鬼了，中了魔怔了，咋这个一楼突然就不见了。原来，还真是来到地下了。阿弥陀佛阿弥陀佛！"牛美丽说："地下停车场，停车的，咋也不见车呀？"

孙芬芳说："都是些贫困户，哪里找车呀。人家是修了，给我们挣钱以后买车停的。"牛美丽顺嘴就来一句，说："停啥车，我看，养猪还差不多。"

这句话一出口，三个婆娘愣了一愣，说："对了呀！养猪，养猪养猪，养猪养猪养猪！"

牛美丽一把抢过杨山茶的手电筒，朝着自己躲藏的地方照，说你们瞧瞧，这墙脚，还隔成小间小间的，砍点儿树枝来做个篱笆，当个门，不正好是个猪圈？现下放就这么一间一间空着，背时倒运，瞧着就让人心疼。

杨山茶一听，一把扯过手电筒，说："走，我带你们瞧去。"

下个坡，又来到了更深的一层。一模一样的大，摸到墙脚，一模一样的小间，隔得整整齐齐，只要砍点树枝做个门，还真的可以当猪圈。

杨山茶说："这是给小车停的，地下二层，谁都发现不了。"孙芬芳扑哧一声笑将起来，说："地下地下，咋听起来，我几个就像电视上的地下交通员样的？"

牛美丽来了劲头，一猫腰背起猪篮子，手一挥，问，说："干不干？正愁没地方藏呢。"两个婆娘齐声答，说："干！咋不干？干！"

连夜就忙起来了。上上下下，猪食盆、苞谷面、白天找的猪草，就连给小黑猪蹭痒痒的大石头，都是三个婆娘当晚从铁路边偷偷摸摸抱回来的。

天大亮的时候，信不信，一间简易猪圈，果真就在新城小区老鹰垭口楼地下停车场的负二层，悄悄建起来了。牛美丽愣愣地望着，说："就连朱贵贵这个老扁担，都发现不了。"

孙芬芳和杨山茶说："就连朱老侃这个老扁担，也发现不了。"

说到这儿，三个婆娘还不解气，又都说："等小黑猪长大，过年分肉，不给他们吃，馋死他们！"

九

王三丫就进门了。

在此之前，牛美丽已经把小黑猪闯祸有可能留下痕迹的地方，都清理得干干净净。甚至，还依了大儿子，让他用啥子空气清新剂把这屋子里的头头脚脚都细细喷了一遍。没有小黑猪的味了，不臭了，四处香喷喷的。可一眼望去，牛美丽还是觉得不对劲。

到底哪儿不对劲呢？这好像是搬进城后，第一次，牛美丽细细打量自己的家。突然才觉得空敞敞的，空呀，这房子，除了新买的供祖宗神灵和天地君亲的供桌那一块，其他地方都是空的。

有几张床，几个凳子和一把椅子，还有一张吃饭的桌子，小黑猪一走，墙角边，就剩下朱贵贵从老鹰垭口背来的一袋一袋的洋芋，还有他的三个每天都要烧的炉子。还有两堆煤炭在阳台上，用两块塑料布盖着。

还有呢？怎么就什么都没有了？怎么就连一件拿得出手的摆设都没有？就连个坐处，都没有。牛美丽慌得在空荡荡的屋子里四处瞄四处窜，墙上那大块大块的白，此时看了，突然就戳起眼睛来。

牛美丽急起来。可急也没用，除了地里每年秋后的苞谷洋芋，除了每天猪吃的草和人吃的食，她根本不知道这个家里，还能用什么东西才能撑得满当当的。要不是昨天大儿子赶回来，在客厅里贴了一张画着八匹马在跑的三尺长的画，这家里，还要空敞些呢，还要难瞧些呢。用老鹰垭口的话说，要害羞死呢。

大儿子属马，天生就喜欢马。牛美丽突然觉得对不起自己儿子，就心疼，一屁股坐在一个小凳子上，靠着墙伤心起来。

还好，小儿子往家里提回了一块腊肉和两斤新鲜猪肉，菜倒是做得对得起人，满满当当一大桌，这才让牛美丽心里多多少少稍微撑得起点儿事儿来。

没有想到，人家王三丫一进门，就叔叔婶婶喊开了。喊得牛美丽这心里那个疼、那个虚。牛美丽折返身从里屋拿出早就准备好的大红包，直往姑娘身上塞。王三丫使劲推、抵挡，牛美丽哪能容她，使出当妈的这辈子所有的力气，把个王三丫硬生生按在饭桌前动弹不得，只好接了过来，哈着被弄疼的手，说：“婶婶身上这力气，比我们年轻人都强咧。”

牛美丽哪管王三丫的话，只顾张着嘴，同朱贵贵一起嘿嘿笑。她觉得这是她这一辈子最金贵的时光了，就忘了吃，手里捏了筷子，眼睛直往王三丫的身上一趟一趟跑。这个王三丫，生得圆墩墩的，那脸，也是圆墩墩嫩生生红扑扑的，看上去，就是结实，就是像个儿媳妇。要是生起娃娃来，两三个不愁，四五个，也是顺沟顺坎的。想到这儿，就拐了拐朱贵贵，又笑起来。

王三丫被她瞧得脸更圆更红了，忙夹起一块又肥又厚的腊肉，朝她碗里放，说：“婶啊，你吃。”牛美丽“哎”了一声，忙伸碗接了，一口咬上去，满嘴的油，满嘴的香，一下子就觉得，这家搬进城里，看来是搬对了。好像面前这个媳妇，不是大儿子撞的碰的找的，而是她搬家捡来的。一下子就又想起了小黑猪，就又去想，等养足了斤两，出了栏，就把他两个婚事给办了。

牛美丽忙站起，悄悄去了卫生间，拿起大儿子买来的空气清新剂，又使劲喷一遍。那儿有小黑猪的味道，千万不能让王三丫嗅见了。

后来吃完饭，王三丫要上卫生间，又害羞，不好意思说，就拿着朱大山的耳朵根子咬。朱大山听了，忙扫一眼牛美丽，嘴上对王三丫说："去呗，今后这儿就是你家了，要大方点儿，未必每一回都要我带你去呀，又不是在老鹰垭口。"说完，哈哈哈笑起来。牛美丽一听，手里刚洗好的一摞碗差点儿紧张得掉在地上，说："朱大山，你好好带人家去，好好服侍，好好看着。"被朱贵贵一眼瞪过来，说："二气坨坨！"

王三丫从卫生间出来，就伸着鼻子到处找，说："这家里，怎么有股子怪味道。"朱大山调皮，抱着手站在一旁，说："小狗鼻子呀，赌你闻得出来。"把个牛美丽惊得手脚冰凉，拿着朱大山使劲喊，说："大山呀，带三丫坐，带三丫剥糖吃，带三丫剥糖吃！"

王三丫这才缓过劲来，满脸通红，说："婶，不吃了不吃了，天黑透了，我也要回了。"牛美丽舍不得，硬是抓了一把红红绿绿的糖，朝王三丫口袋里塞进去。

王三丫抵不过，只得接了，来到门口，想了想，留下一句话，说："婶呀，家里就是有股子怪味道，你们刚搬来，不习惯，平时要多开窗子多通风，慢慢年纪大了，要好好注意身体。钱嘛，我们年轻人会挣呢。"

牛美丽又慌又羞，忙一把抓起系在身上的围腰边边，使劲搓，使劲哎哎哎答应着。

人一走，心就空落落的，找不着地方放。儿媳妇来家认亲喊人，这是多大的事呀，这是做梦都笑醒过多少回的事呀，可怎么今天做起来，就是不得劲，就是力气使不对地方，稀里糊涂松松垮垮就放过去了，就办完了。牛美丽心里那个别扭，想不出个道道来，只觉得后悔，只觉得对不起人，对不起祖宗，对不起天对不起地。

朱贵贵一声叹气提醒了她，朱贵贵骂，说："你个呆瓜婆娘，人家王三丫都进门了，你还想着你的猪呢！酒也不劝人家多喝两杯，肉也不陪人家多吃几口，家门口连个红也不挂，炮仗也不炸。我看以后，儿媳妇不挑你这个婆婆的理，老子朱字倒着写。"

牛美丽只敢回一句，说："家门口在哪儿？找不着挂，找不着炸。"见朱贵贵要发火，忙背起箩筐，溜出门来。风一起，眼泪才往眼眶里灌。突然又觉得自己不耐事、不值价，立马伸手一抹，使力憋了回去，心肠就硬起来，想，这日子不就是这样的吗？一关一关过，得对不起多少人，欠了多少人，才过得到头。

孙芬芳和杨山茶还在地底下等着她呢。

这猪不好养。虽然给猪粪找着了地方，但是，那味道太大，再混上猪食味，慢慢积攒下来，就快要从地下冒上来了。三个婆娘都担心，说："谁家没养过猪呀，这味道要是拱到地上去，她们就暴露了。朱老侃，肯定第一个追下来。"

还好，这几天，朱大山买了好几瓶空气清新剂，牛美丽扯了两瓶下来，一喷，好像味道淡了许多。孙芬芳和杨山茶见了，伸着鼻子到处闻，都说："大鱼吃小鱼，小鱼吃虾米，这东西好，专门吃味道。这回放心了，这回放心了。"

趁着这股子热乎劲，她们还约定，每天轮换着值班，盯着猪屁股，只要一拉屎，就用锄头铲到塑料布上，包他个严严实实。孙芬芳说："才怪，我看朱老侃还是狗鼻子了，还闻得见？"牛美丽说："我再多买几块塑料布回来。"杨山茶一听，说："也好，反正等分猪肉的时候，你家是大头。你出钱了，我们就负责盯猪屁股。"

那晚，月亮圆得像是王三丫的脸，她们约好了，要把积攒了两三天的猪粪，背到铁路后边的果园里去。

一路上，孙芬芳和杨山茶都在问，说："大山他妈，你家王三丫长什么样啊？"牛美丽指了指月亮，说："喏，就那样。"孙芬芳和杨山茶眼睛都要鼓出来了，说："我天哪，你家朱大山有本事，找了个天仙呀！"

望着两个婆娘羡慕的样子，牛美丽心里终于松快了起来，忙接了话，说："是呀是呀，怕是的呀，般配，我瞧着般配呢。"

就来到了铁路边。照例，她们要等着那趟有乳白色灯光亮起的火车从她们身旁隆隆驶过；照例，她们会注视一阵，沉默一阵。之后，翻过铁路，朝那片深密的果园走，朝那片望不到边的菜地走。

照例，会有一条大黄狗，哈哧哈哧低了身子，等着她们。不一会儿，就会带着她们在田埂上疯跑起来。

十

日子像风一样，一扯一荡就刮过去了。转眼就快到腊月，小黑猪一天一个样，长成大黑猪了。两三百斤的样子，周身黑亮，肚子滚圆，腿健膘肥，牛美丽越瞧越高兴，说："长得像它妈样的。像是知道自己在地底下，小黑猪从来不扯嗓子乱叫唤，难过了或者高兴了，最多哼哼两声。只是吃食的时候，嘴巴子响得像是要让整幢楼都跟着它吃起来。"看着这情形，孙芬芳和杨山茶都啧啧感叹，都说："咱老鹰垭口养的猪，就是不一样。"

好是好了，朱贵贵照样说风凉话，照样每天说："天下哪有不透风的墙，你们不信就等着，总有一天！"把个牛美丽天天说得忧心忡忡的，打眼一看，像是老了十多岁。

是啊，天下哪有不透风的墙？你们这样天天猪草猪食上上下下的，难道就没有人瞧得见？难道就没有人眼睛馋？就任你们折腾？真是想得美！猪样的！

被发现的那天，天好得很，蓝莹莹的，没有一丝云彩，太阳一出，像是要照到所有的物件家什，像是连地下二层都照得到。牛美丽她们，也像是被这好天气怂恿着，大小工具往电梯里运，说是今天要好好翻一回猪圈。

一点儿预兆都没有，那小个子保安就走到地下停车场来了。他太小了，脚步太轻，走到面前，牛美丽她们都没有发现，等瞧见了停下来，还以为他是个孩子呢。就问："你是谁家的？怎么跑到这儿来玩？还不赶快回去。"

小个子把头从明显阔大的衣领间伸出来，就瞧见了大黑猪，失声说道："我天哪，这是什么时候养起来的？你们胆子也太大了。我就说嘛，怎么天天闻见一股猪屎味，我今天就是闻着味道寻来的。"

三个婆娘一听，这才知道撞上正鬼了。孙芬芳还想撑，说："我们也不知道，我们也是闻着味道寻来的。"小个子说："你们撒谎，你们就编吧，使力编。"杨山茶忙说："小兄弟小兄弟，这样好了，这猪啊，进了腊月就杀，养不了几天养不了几天，到时候，我们分你一只猪大腿，怎么样？求你了，你就别往外边说了。"

小个子一听，如遭蜂蜇，转身就跑。跑到出口，又站住，回过头说："你们三个我都认得，别跑，等着，我叫人来。"

三个人就呆站着，憨憨等起来。她们其实才不憨呢，她们是担心身后那头大黑猪，她们担心要是她们不在，大黑猪等会儿怎么办呀？自己惹了祸，不能让猪担着，不是吗？

第一个冲进来的，就是朱老侃。紧接着，十多个保安在小个子的带领下，也冲了进来。这个时候，牛美丽唰一声，拉开了猪圈的门。朱老侃才喊出第一声来，说："到底是哪个？胆子那么大？罚款罚款，扣补助扣补助。"

只见那大黑猪，嗖一下，从他们身边闯了过去。

牛美丽追着，喊得弯下了腰杆。她喊："大黑大黑，快跑呀！大黑大黑，你朝老鹰垭口跑呀，你跑到老鹰垭口，他们就抓不着你了！"

后来，她们追出地下停车场来，又追着喊："大黑大黑，你朝老鹰垭口跑呀，你跑到老鹰垭口，你就回家了！"

大黑好像听见了，好像还回过头来，冲她们点了点，紧接着，撒开四蹄飞奔开来……

猪嗷嗷叫

李司平

一

猪走路的时候一点儿都不好看，尤其下坡的时候，像醉汉划拳。

身负重任，猪从北方的养殖场一路扭着屁股来到了南方高原的村庄。为什么我要说它扭着屁股呢？因为它是头母猪，托付终身于村民发顺，负责繁衍。这里的繁衍包含着另外一层意思，坚决杜绝好吃懒做之人在脱贫和返贫二者之间不停地循环。这是一个修补短板难以突破的怪圈，一贯如此，无论好事与坏事。

年久失修的土坯墙上搭着同样岌岌可危的房梁和破瓦，房檐之下是发顺乱糟糟的家。客台的一侧拢着火塘，火塘中杵着几根尚未干透的柴火棒子，不见明火，冒着浓烟熏着吊在火塘上面无物可装的几个编织袋。每个可视的角落结着蜘蛛网，蜘蛛网一层层堆积起来，挂满了火塘升起的烟尘以及蚊虫的尸体。这是一个破败的农家，或者它就不曾兴盛过。

自古破檐之下鲜有自视清洁之人，所以刚从宿醉中挺过来的发顺以及他邀来的酒友惺忪着眼。老岩打着哈欠，二黑朝着院子远远啐出一口痰，被狗吃掉。三人乃臭味相投同病相怜从而惺惺相惜的好友，唯一不同的是发顺在前些年忽悠回来一个少言寡语的媳妇，叫玉旺。少言寡语一定程度上我们习惯将其归类为痴傻，发顺喊——"憨婆娘！"别人也跟着喊："发顺家的！"一样的后缀："憨婆娘！"

　　至少发顺还有一个女人可供他呼来喝去，所以发顺更加神气一些。有理的，无理的，他都要呼来喝去。甚至于，昨夜三人大醉之后，发顺揪醒睡梦中的玉旺，为老岩和二黑表演打婆娘这个节目。绝非周瑜与黄盖，玉旺的一贯示弱和一贯隐忍，不断加重着发顺的这股男子本位的戾气。

　　"我婆娘！水腌菜好了没有？"发顺在客台上喝着，前一句喝给二黑和老岩听，是炫耀；后一句喝给村里人听，所以声音很大，因为村子很小。发顺的唯一长处是，贫穷得善于自欺欺人并苦中作乐，基于一无所有，这算是一种乐观。

　　"好！"玉旺的声音从偏房传出来。玉旺的眼角还余留着昨夜发顺"表演节目"的青痕，此时玉旺正伸手朝着一个缺边少角的坛子深处抠。劣质的坛子里盛着大部分发霉的腌菜，所以希望在深处。

　　当然，今天发顺家有点儿人样的还有被请来杀猪的黑顺。黑顺是个小老头，焦瘦，干巴。因为没有一处是大的，黑顺在火塘边咕噜噜抽水烟筒的时候，三分之二的脸皮要用来蒙住烟筒口。普遍公认的，黑顺是个没有原则的杀猪匠，将杀猪视为他的一种复仇。黑顺号称方圆十里唯一的也是最精巧的杀猪匠。

　　以村庄为中心的方圆十里，都是山。

二

　　猪还小，长了架子还没开始结膘。

　　猪圈失修漏雨，猪圈在雨季积蓄的泥塘入冬还未干涸。猪喜群居，落单的猪娃不好喂养。简易而又枯腐的猪圈栏才打开过半，里头的单猪便迫不及待地冲出，从人的胯下钻出，又从另外一个人的胯下钻出。还未结膘的猪最灵活，紧实的皮子下没有多余的脂肪累赘。前蹄短粗有力，后腿细长有力。这是起初自然给予猪觅食和逃生的造化，这只落单还未肥化的猪最大限度保持了本能，这是优势。

磨刀霍霍，还要猪活着，这是故事安排。

当然，为了敬神，准备了香纸，啧啧，充满了仪式感地宰杀一头猪。这里，是万物有灵的南高原。另外，还准备了茶叶、糯米和酒水。玉旺寡言但不呆巴，不忘习俗，要为一头猪超度亡魂。杀猪的人要下地，死了的猪要升天。

虎视眈眈，这里的虎视眈眈是相对的。发顺一干人虎视眈眈地盯着出圈的猪，院里的猪也虎视眈眈地盯着围着它的一干人。人与猪的对峙，人为了吃肉，以便下酒，猪也察觉到不怀好意的人。人走近，猪退。人再走近，猪再后退。猪屁股擦到墙根的时候已退无可退，所以猪哼哼，从低沉转向慌张的激昂。单枪匹马的猪，人多势众的人，局势足够明朗。

杀心已定的糙汉眼中的猪，只不过是暂时会挣扎几下的肉。

发顺张着蛇皮袋，准备套住猪头。

二黑备着结好扣子的绳索。

老岩在大醉中夸下海口，从黑顺手中夺权。持着尖刀，今天他做凶手。

被夺权之后的黑顺站在一边，口授着杀猪的经验。不过，似乎现在没人听他的。

所以猪哼哼，有时候猪哼哼比人哼哼好听。比如现在，猪哼哼得就比较有内涵。说明一个重要的问题，此猪非彼猪，因为它还未见刀眼却先红。红眼之兽类并非善类，绝非漫不经心听天由命之辈。当然，这句话是从人那儿得来的经验，人本兽类，人如此，猪亦如此。

所以猪哼哼，低着头寻着地，两只前蹄刨着光滑的水泥地。发顺张好蛇皮口袋顺势往猪头套去，猪一惊，后撤两步。发顺首套猪头的动作落空，收不住力的发顺往地面上摔了个嘴啃泥。"奶奶个奶嘴！"他呲了呲嘴唇擦破流出的血，往墙角远远地啐出一口带血的痰，爬起来往掌心啐两口唾沫，搓了搓拍拍屁股。后退两步的猪摇摇晃晃的屁股抵近二黑，二黑顺势一把揪住猪的尾巴，往上提。猪尾巴往上提，后腿悬空使不上力气，所以猪嗷嗷叫，前蹄往前刨，二黑跟着猪屁股后边提着猪尾巴跑。"快点儿来帮忙，别看猪小，特别有力道！"

老岩放下尖刀，揪住猪耳朵。

发顺顺势捉住猪的右前蹄，想用绳索将右蹄和左蹄捆牢。

黑顺站在案桌上吆喝："推过来，推猪过来，我抓住猪鬃把它提上来！"黑顺口中所谓的"提"不过是基于他半生屠猪所积攒下来的"一刀毙命"人人皆知的口风。也正因为这样，没人质疑，包括揪耳和提尾巴往上搋的。

这是一场人多势众的必胜之仗，所以猪嗷嗷叫，声音有些嘶哑和绝望。人往案桌攘，猪往案桌边上靠。

推至案桌下的猪嗷嗷叫，众人齐心协力："一……二……"

绝不是黑顺的功劳，猪被抬上一米多高的案桌之上侧躺着，二黑放下紧揪的猪尾，双手钳住猪朝上的右腿，用力别着。黑顺向下一压，用身子按住猪的腹背。"老岩，你掐准猪大腿的酸筋，让它使不上力气。发顺，你别提猪耳朵了，快去拿绳子来捆住猪嘴。"被众人控制在案板上的猪还在案板上嗷嗷乱叫，脑袋悬空在案板之外激烈地摇头晃脑，咧着沾满腥气白沫子的猪嘴嘶嚎。每一声悠长嘶嚎声的起来落下，都伴着以身压猪的黑顺在猪腹背处上下起伏。"老岩你快拿刀……发顺赶紧捆住猪嘴，然后提着猪耳朵！"

所以猪的嘶嚎持续不了多长时间就变成了憋而不通畅的呜呜声，因为它的嘴很快就被发顺捆牢扎紧。

完全受制待宰的猪此时唯一能用作防卫的部位只剩下眼睛，它侧躺着，朝上的眼睛恶狠狠地看着在它身上忙得团团转的人。从猪的视角里，最先看见捆嘴巴的发顺这会儿紧紧扯着它的耳朵，手指紧紧地扣着耳朵上钉着的蓝色号牌，余光向后方扫见伏在它身上的焦瘦的黑顺。它还感觉到后腿受制，无奈猪脖子上只有一条筋，无法大幅度转过头来看见别住猪后腿的二黑。

你见过绝望吗？关于一头猪。

案桌上的猪突然停止了激烈的挣扎，鼻子出声，呜呜着。

黑顺："都好好摁紧啰！这畜生开始蓄力了！"

黑顺："尖刀已经够锋利了，老岩你快点儿……"

如果这会儿再从猪的视角看，那个持着尖刀走近的猥琐男人就是老岩。老岩终得偿所愿，昨夜醉酒之后夸下杀猪的海口今日得以实现。没酒壮胆，酒醒的老岩可没有那么勇敢，颤颤巍巍地持着尖刀，无从下手。

黑顺："狗日呢！愣着干吗！快点儿过来捅，我们摁不住了。"

老岩："要从哪里杀进去呢？没杀过。"

随着案桌上的猪又开始发力，别着猪后腿的二黑有些别不住了。"没有杀过猪，昨晚上灌了几口麻栗果（自烤酒）你吹什么牛！快点儿来杀进去！"

老岩："……"

趴在猪腹背的黑顺在猪的喘息声中起伏。"从脖子往左下方深深地戳进去，干穿它的心。狗日呢，干穿它的心！"

战战兢兢持着尖刀的老岩右手放低刀尖，伸出左手试探性地指了指猪脖子的部位说："要从这里扎进去？"

"是嘞！是嘞！猪嗓进，扎猪心。要扎猪心，要从猪嗓进！"

"使点儿大劲，千万杀准一点儿，不然血喷你一脸。"黑顺匍匐在猪身上传授着杀猪的经验，猪又开始挣扎，他有些不耐烦。

找准了一刀致命的部位，老岩右手握紧刀把，蓄力准备往里面捅。发顺揪紧耳朵好让老岩的左手端起猪头。发顺媳妇也端着接猪血的盆，盆里放了少许的水和盐巴。尖刀在猪脖子处比画，寻找最佳的下刀口，最终抵在猪正嗓处。"那我就杀进去了！"老岩在地上搓了搓破拖鞋的底，双脚踩实，握紧刀把，抵进。

猪也感受到了尖刀一点点地正往肉里扎，它开始奋命挣扎。呜呜呜，嘴被捆牢，头端在老岩左手上。"那我杀进去了！"托在手上的猪头挣扎得越来越厉害。

"废话多！你倒是快杀呀，按不住了！"二黑别住猪后腿的手有些疲软。猪在发力做最后的奋命一搏。

发顺："杀准点儿，我家没存款。"（南高原的传统，有经验的杀猪匠能一次性放空猪心室的血。而心室的血放不空，吉利的说法，腹心血越多，主人的存款越多。）

"等等，先用刀背敲三下前蹄再杀进去。"黑顺急忙阻止着，还有工序没做完。

蓄势待杀的老岩收回力气，照做。黑顺的话是不可违抗的权威，至少在杀猪上，是这样的。案桌上的猪挣扎得越来越激烈，这是垂死的挣扎。焦瘦的黑顺几乎全身的重量都压在猪的身上。

老岩第一敲，猪看见尖利的屠刀，挣扎。

老岩第二敲，猪看见老岩紧握的刀把，是放血槽，全力挣扎。

老岩的第三敲，还没来得及落下，猪还在奋命挣扎。

是的，最终第三下没落下，因为腐朽失修的案桌率先散架。案板和猪，以及伏在猪上的黑顺的重量率先落在二黑的脚背上。

的确有些意料之外。"嘭……啊……"这是案板落在二黑脚背上以及二黑吃痛的声音，前者带着腐气，后者带着戾气。

二黑受痛而放开别住的猪后腿。这是猪的机会，猪健壮有力的后腿接地，从而受力弹地而起。"嗷嗷嗷！啊啊啊！"猪在嗷，人在啊，惊慌失措，人比猪还要惊慌。因为压在猪背上的黑顺跟着案板落下，又被惊慌的猪驮起。黑顺在猪背上，越惊慌，他反而越抓紧猪鬃。因身载负荷，猪急切地想要甩脱，所以猪嗷嗷，挣断了前蹄的捆绑，弹地而起后又跃身疾行。疾行的距离很短，止于院墙。猪急停，黑顺这把老骨头在惯性和重力的双重作用下，摔在地上。嘭！尘土飞扬，像极了一口痰落在尘土上。

猪嗷嗷，红着眼，在院墙下梗着脖子，呼呼喘气刨着蹄。

"哎哟哟，哎哟哟！"蜷在地上的黑顺揉搓着纤细干巴的小脚杆，"哎哟哟，手疼！"转而又拍了拍头顶上的尘土，"哎哟哟，好像是屁股疼，不，腰杆也疼。"

黑顺的这种疼法多少有些不够具体，锈迹斑斑的老部件坠落而抖落下来的些许锈迹，只不过锈迹之中包裹的是一副老骨头。或者这种疼法在于一个精于一刀毙命的老屠夫在案桌上放跑了一头猪，这种疼法叫作失魄，也可以叫作一个屠夫的晚节不保。

"哎哟哟，哎哟哟！"黑顺仍旧蜷在地上，想等人来将他搀扶起来。他将这个视作台阶，杀猪匠最后的稻草。尽管他完全可以自己起来，尽管不会有人去扶他。

受伤最严重的是二黑，百斤的重量砸在脚背上。不过他的疼痛不像黑顺那样广泛，就是单纯的脚受伤了，脚疼，特别疼。抱着开始发肿的脚一点点挪坐在客台上，两只手紧紧捏住脚杆子，不让血液往患处淌。这种砸伤，起初的疼痛在于麻木，疼过极限以后的一种自我保护。发顺一言不发，咬着牙。发顺媳妇想去管他，又不敢。

自家杀猪，不但猪没杀死，还伤了人。发顺自然火冒三丈："老子今天一斧头劈死你个畜生！"说着疾步进屋寻找斧头。可是家里没有斧头，转而找榔头，可是也没有榔头。匹夫之怒是最为廉价的，发顺即匹夫，对现实最无力的那种，所以他掀翻了屋内的桌子。

发顺媳妇走进去收拾残局，发顺骂骂咧咧地又走出屋来。

"黑顺大爹你有经验，接下来咋整吗？猪都放脱了。"发顺阿谀道。

此时的猪在院墙角喘息着，红着眼瞪着人，一并还有鸡飞、狗吠。是在跟人示威，或者这头猪在想亡命之法，反正红眼的猪即是兽类，不再是家畜。

"现在可不好办了，案桌散了，按猪的人也受伤了。"被玉旺搀扶起来的黑顺坐在客台上嘟囔。

"都怪老岩，都说要用刀背敲三下猪蹄才可以杀进去。年轻的后生啊，气盛！"这是黑顺即时总结出来的失败原因，第一是推卸，第二还是推卸。他是方圆十里最好的杀猪匠。

老岩蹲着一言不发。他没想到一头猪求生的时候所爆发出来的力量是那么猛烈。一言不发，蹲着，像个过失杀人的悔罪者。尽管他杀的是猪，尽管他杀的猪现在还活奔乱跳的。

发顺急速升起的怒气也急速地退去，显然，他不具备积蓄怒气转化为勇气的能力。他不得不再走到黑顺跟前阿谀道："黑顺大爹，你经验丰富，你肯定有办法把这畜生杀掉！"

"办法也不是没有，就是腰杆有些疼！"黑顺唏嘘着，用有点儿疼的手掌扶着全无大碍的瘦腰杆。

"黑顺大爹，这样吧！先把猪杀了，你提着猪腰子回去补一补腰杆。"发顺赔着笑脸。

"杀是可以杀，就是没人按猪。匹子猪架子大，瘦肉多，力气最大。"黑顺关于猪腰子的目的达成，但是还另有盘算。

"猪下水你提着回去吧！我家不吃那臭玩意儿！"发顺再说。

"要不，在村里再请几个人帮忙按猪吧？"玉旺怯怯地说道。

"边儿去，男人的事女人别插嘴。"发顺瞪了玉旺一眼，"多请一个人来按猪，就得多一张嘴。"唯有玉旺还悸于发顺的余威，退去。发顺的盘算丝毫不顾及一旁的二黑和老岩这两张嘴。二黑和老岩心不在焉，反正认了真理，今天待在发顺家有肉吃。

"要不直接用榔头砸吧！就像杀牛一样，先砸晕了再杀。"老岩回过神来。

"或者，干脆在猪身上泼水，然后拉电线电死它。"坐在客台上的二黑稍有恢复，"对，用电，直接电死这狗日的畜生。"二黑欲报砸脚之仇。

虽然同样是要猪的命，不过现在讨论出来的方式已变成了几个人对一头猪的行刑。一旁默不作声的玉旺悄悄收起准备好的香纸和茶米。

"那就直接电吧！省事。"黑顺决定。

"那就直接电吧！电死它。"发顺附和着黑顺。实际上，发顺家也找不出一把斧头或者榔头。

杀猪的过程中歇了半个小时，现在又继续。二黑的脚受伤了，没法参加杀猪了。疼得没有人样，因而没有坐相地瘫在客台上。脚背发肿，不过没有伤及骨头，等玉旺打来半盏劣质白酒之后，自顾自地开始揉脚。老岩打趣道："二黑，不杀猪你还待在这儿干吗？回去吧！"

二黑咧着嘴道："我要等着吃肉。"再补充，"我要吃猪鸡巴！"

发顺道："杀母猪，吃个鸡巴！"

这次是黑顺拿刀，老岩提溜着水桶握着瓢准备往猪身上浇水。发顺扯来电线，零火分开各自拴在长杆子上。

院墙角的猪继续与人对峙，从案板上侥幸逃生的猪草木皆兵。三人走近，猪先是后退然后向前冲向三人。猪向前冲，人往一侧避让。老岩瓢里的水泼过来，猪向前一跃。水再泼来，猪嗷嗷着再次朝着人这边冲过来。一桶水泼完，战意十足的猪也被全身浇湿。

"发顺，快电它，快电死狗日的！"挥着空瓢的老岩喊。

老岩喊："发顺电。"发顺持着两根拴了电线的杆子朝满是防备的猪身边试探说："那我电了！黑顺大爹准备杀！"

左手零线，右手火线，杆子朝着湿漉漉的猪身上一次一次地试探。猪还在跃跑，最终被三人围在角落。接下来就是零线和火线相碰产生的电流在猪的身上贯穿，猪就晕了。黑顺的尖刀再杀进去，猪就彻底死透了。当然，这只是预想。

即使猪再一次身处绝境，但猪还得活着。这也是故事的安排。据村子的扶贫干部李发康回忆，这一年村子杀猪，真的有一头猪在零线火线之下顺利完成逃亡。所以，我讲的，还真的是真事。

零线和火线即将在湿漉漉的猪身上相碰的时候，门口来人了。来人正是扶贫驻村干部李发康，发顺家是他的重点挂钩对象。"砰砰砰！"李发康的敲门声急促，边敲门还一边叫喊。不过猪嗷嗷，听不清李发康的叫喊。

"玉旺你聋了？还不快去开门！憨婆娘！"发顺举起长杆对玉旺喊，然后又放低杆子往猪身上伸。零线碰到猪的时候猪又冲向人，火线放空。

玉旺打开大门的时候，三人还继续在狭小的院子里赶着饱含斗志的猪。大门彻底打开的时候，三人还没能把猪电翻。不过大门打开倒是一个亡命的大好时机，猪又开始奋命冲锋。首先朝着黑顺的方向，这次猪奔得更快，黑顺来不及避让，疾奔的猪钻胯而过。黑顺这把老骨头再次被驮在猪背上，再次被带出，砰！又摔下。

人咿咿呀呀，猪嗷嗷哇哇，冲过黑顺裆的猪往敞开的大门冲去。猪来势汹汹，李发康还在门中。"书记吆住它！"话还没说全，猪便从李发康的胯下钻过，跑出发顺家。李发康个子高大，所以猪没有将他带翻。猪从李发康的背后跑出，李发康继续往发顺家院子里走。"发顺你这是干啥呢？这猪还杀不得啊！杀不得。"李发康来的本意就是阻止发顺杀猪的，此时猪已跑远。

"我的年猪啊！跑了。"发顺一怔，将手中拴着电线的杆子撂在湿潲潲的地上，往门口跑，追猪，冷下准备对他严厉说教的李发康在院子里黑着脸。发顺撂下杆子跑没问题，可是穿着一双破拖鞋在泼水的老岩却中了招。噼噼啪啪在湿潲潲的地上触电战栗，晕厥。所幸电路短路，电闸自动关闭，捡回一命。老岩触电晕厥的过程很短，在李发康回过神儿之前就已经结束。李发康愕然，发顺家的院子乱作一团。这里的乱包括瘫在客台上抱脚的二黑，被猪掀翻在地还没爬起来的黑顺，在地上触电昏厥的老岩和一地弯曲打结的电线，以及早些时候散落一地的案板和桌子腿。这里比乱还乱的场景，已经上升为一个程度，是一种心境。

以辣居多的五味杂陈在此刻被打翻一地，火从即刻起，李发康却也无处发："狗日的发顺，发顺！"这是李发康参加扶贫工作以来首次对贫困户骂"狗日的"，虽然也可以将这个狗日的看作无实义的语气词。不过李发康有这个权利骂发顺，李发康是发顺的堂家亲哥。

"发顺，发顺，狗日的发顺！"李发康在找发顺，可是发顺此时不在院子里，无人回应。此乱的始作俑者和助推者——发顺和猪，已经跑出家去。猪嗷嗷亡命，发顺突突跟在后边追。

三

村子很小，猪跑起来的样子一点儿都不好看。

可两种情形加在一起，就成了全村的一道风景。像是一场闹剧。哦！不，是一场啼笑皆非的喜剧。

"看，奔跑中的猪和发顺是多么滑稽可笑。"作为观众的村民中有人道出实情。

可不会有人向发顺伸出援手，绝不会有。发顺十几岁开始至今，不知从何处学来的好吃懒做以及小偷小摸早已耗尽了村里人乡情的最后的耐性。偷东家的鸡鸭，摸西家的鱼塘，欺负北家的孩子，放火烧南家的菜园子，药死这家的狗，掐死那家的猫……勿以恶小而为之，发顺用了三十多年时间将这种小恶做绝，做到极致，所以发顺是将众怒惹犯到极致的人。帮他很容易，不帮他也很容易，人之常情。村子很小，村民也很少，这种团结一致的一致对外，很显然，发顺被见外了。

猪跑起来的时候，四只三寸金莲的蹄子前跃后刨，其间伴随着一个抖动的过程。肥猪抖膘，而瘦猪抖着松垮垮的肚皮和耳朵。从发顺家死里逃生的猪贯穿村庄土道，嗷嗷嗷向西亡命，发顺跟在后边气喘吁吁地追。亡命的路径途经村庄绝大部分人家的门口，村民纷纷掩住大门，顺着门缝往外瞧。猪在前面跑，跟在后面的发顺有些跌跌撞撞，边追边喷着唾沫星子骂："杂种！杂种！"

骂猪，也像在骂人。可是猪不回头，嗷嗷嗷向前跑。

发顺力不从心地追，边跑边嚷："杂种，憨杂种！"

村民的门缝中有人哂笑道："哈哈，发顺家的猪疯了！"不过发顺听不到。此时这条村庄土道中充斥着猪的嗷嗷叫、发顺的叫骂，以及大多数亡命的过程所卷起的尘土，还有少量的猪粪。

不一会儿，猪亡命奔西的路跑到了尽头。村西边是个截断的土崖，懂得逃生的猪不笨，所以它掉头往回跑，可往回跑的路被朝后追来的发顺截住。

人与猪在土道上对峙。"哟哟哟！你倒是再跑啊！你个杂种。"截住猪的发顺嚷嚷着，灰头土脸，气喘吁吁。猪嗷嗷，向着土道的侧边往回冲，被发顺一脚蹬在拱嘴上堵回。猪嗷嗷，后退一截，与发顺保持安全距离，前蹄刨地。"嗷嗷嗷！"挑战发顺最后一点儿耐性。还是唾沫星子飞溅着，发顺臭骂的语言和唾沫星子一样散乱以及不卫生。发顺沉不住气了，弯腰抓起路边的石头和土块朝着猪所在的方向砸。"杂种，老子今天把你砸死在这里！"大石头搬不动，小石头砸不准，土块一扔就碎，发顺徒劳无功，累得够呛。作为一个人，在一头猪这儿屡屡挫败，用气急败坏形容发顺的现状再好不过。现在的情形似乎比自家院里还要糟糕，一人一猪的狭路相逢，猪是无畏的勇者。"莫非，这猪成精了？还是疯了？"发顺打量着，胆怯起来的时候，发顺想求得支援。

"老岩、二黑、玉旺，都死哪儿去了！还不快来跟我一起把这杂种撵回去！"村子不大，但是发顺的叫喊声很大，往外喷着沫子。即使发顺不叫，玉旺、老岩以及李发康也正在赶来的路上。

"这几个杂种怎么还不来帮我！"发顺再一次叫骂，在叫骂声传出的同时，手中的一块石头冲向猪。叫骂声传进了猪耳，石头在猪的一侧空空落下。事与愿违，这反而又使得原本紧张的猪再次受到了惊吓。所以猪再次梗起头来朝着发顺截住的方向冲锋，受惊的猪此时多了一股子莽撞，像炮弹一样向着发顺射过来，无畏于前方有什么阻挡。

"啊！"吃痛声先于叫骂声脱口而出。发顺被射过来的猪迎头一撞，再被猪拱嘴向上一挑。砰！没有任何悬念，发顺被掀翻在地上。

"猪真的疯了，疯了！"发顺痛喊。撞翻发顺的猪没有停留，径直往回跑。发顺也迅速爬起，顾不上拍一拍身上的尘土，竭力跟在猪后边追。得快点儿结束这一场人与猪的追逐啦，这场闹剧吸引了几乎全村人成为观众。隔岸观火的快感在于能看到发顺灰头土脸。

"猪疯了！肯定是。"人们议论。"还没有见过猪疯了呢！""那你今天好好看看。"人们议论着。猪还在前头嗷嗷疯跑，发顺跟着追。

"猪疯了？不会吧！"正在赶来的玉旺、黑顺和李发康一行人听到发顺的叫喊，加快脚步。

嗷嗷亡命的猪再次奔回村中央，这里是个十字路口，猪停了片刻。南边路玉旺一行人已经赶来堵上，西边有气急败坏的发顺追上来。猪要立即做出逃亡方向的决断，因为李发康和黑顺正悄悄往另外两个放空的路口上堵过去。

南边路口只剩玉旺一人，玉旺结结巴巴地吆喝："哟哟，啰啰，来来！啰啰，哟哟，来来来！"这种百试百灵的吃猪号子在今天宣布失效。地上无食，人慌张，这头猪在生死边缘安装了逃亡之心。

猪扭头朝着北边的路口又开始奔袭。

堵向北边路口的人正是被猪掀翻两次的黑顺，黑顺自然清楚此猪的厉害，不敢再靠近像炮弹般射过来的猪。李发康喊："堵住它，堵住它！"黑顺战战兢兢地靠在一侧的墙上说："让它跑，让它跑，跑死它！"追猪的发顺也赶到这里喊："喂！狗日的黑顺，堵住他！"再次强力补充，"喂！狗日的堵住它，那边是林子，猪窜进去了就难撵了。"

形势所迫，发顺无奈，伸手追向刚擦肩而过向北奔出两三米的猪。之后，是黑顺揪住了猪尾巴，然后猪再次将干巴的黑顺在地上拖行。尾巴负载黑顺的猪奔跑受限，停了下来。猪掉过头来看向揪着尾巴的黑顺，黑顺也看着猪。又是人与猪的对峙，黑顺率先败下阵来，黑顺松开手里揪住的尾巴，双腿微软向下屈。"这猪的眼神怎么那么像一个红眼愤怒的人？"黑顺这么想的时候，猪嗷嗷张大拱嘴向着黑顺扑过来。"啊啊啊，妈咿呀！"黑顺即将成为历史上第一个葬身猪口之人，而且黑顺是个杀猪匠。可是没这样，扑上来的猪嘴并没有在黑顺身上咬合。嗷嗷扑过来的猪喷了黑顺一头一脸的腥臭沫子。黑顺蔫了，猪继续向北亡命。

李发康赶来，拉起黑顺问："猪，猪呢？"

黑顺心有余悸道："成精了，跑了。"李发康紧追上去。

发顺也到达。"狗日的，我的猪呢？"

黑顺拉了个呻吟的长调——"成精了！"

发顺紧跟着李发康追了上去。心有余悸的黑顺留在路口，两条干巴纤细的小腿打着旋儿，瘫坐着嘟囔："再也不碰这猪了！给十副腰子也不干。"玉旺欲要扶起瘫坐地上的黑顺，黑顺有气无力道："让我缓一缓！"

"你家那猪成精了，你信吗？"黑顺自言自语或者问玉旺。

"信！"玉旺回答。

"听过牛马成灵，麂子马鹿成仙，大象狗熊成圣，猫狗成神，就从没听过猪也成精的！"黑顺疑惑或者自言自语。

"猪仙人！"玉旺自言自语。

村子北边是森林，森林的最外围是退耕还林后村民栽下的松树林，往深处走，就是自然林。植被茂盛的自然林在缴枪禁猎禁伐之后，村民也只有在雨季采集山货的时候才会涉足。此时猪已经逃出村子窜进了树林。李发康这个不擅运动的干部在松林里跑岔了气，又着腰呼呼大喘。发顺很快就在松树林中追上李发康，发顺丧气，灰头土脸。二人在林中呼呼大喘，喘得差不多了，憋着的话从嘴里涌出来。发顺说："书记，你说这叫花子猪咋这么能跑啊？太野了，杀都杀不了，按不住。"

李发康仍大口喘着道："匹子猪嘛！架子又大，皮肉又紧。"

李发康回过神来说："不是，你要杀猪？狗日的，你要杀猪？谁给你的胆子，你要杀猪？"

李发康厉声，发顺即软，怯懦唯唯："这不是马上就要过年了嘛！杀头猪吃肉解馋，下下酒什么的。"

李发康怒道："什么？狗日的，我问你为什么要杀猪？你为什么要杀了它当年猪？"

李发康再怒道："狗日的发顺，老子辛辛苦苦申请来的扶贫项目，给你们建档立卡户发母猪种，是让你们养母猪生猪崽过好日子的！狗日的！还想杀年猪，母猪种什么价格，你没个数吗？"

"公猪母猪还有什么种猪都还不是一样，都是猪吗？"发顺唯唯诺诺地辩驳。

李发康有些怒不可遏地将发顺一把推倒，又毫无间隙地揪着发顺脏兮兮的衣领提起来，口对着口，喷着唾沫道："狗日的，不要说话，听我说！"李发康叫停发顺的反驳，喘息还没有缓过来。

林外有人言："发顺今天给李发康吃火药了。"林外有人，可谁也不敢进林中，林中是一潭浑水。

　　谁也记不清林中传出多少句"狗日的"，而"狗日的"均出自于李发康之口。当"狗日的"不再传出来，就无趣了，林外的人各自散去。林中，在怒火三丈的李发康臭骂之下，发顺本来就灰头土脸，而现在灰溜溜地夹着尾巴。待到二人差不多都平息下来之后，发顺说："李书记，那要咋办啊！猪都进林子了。"李发康在发顺一激之下，火又起来，说："咋办？凉拌啊！趁这几天杀年猪，把你狗日的油炸了！"

　　"进林子去把猪找到，撵回来！"李发康平复怒气后说。他好像又习惯了发顺这种无赖式的漫不经心。

　　猪穿过松林的痕迹还在，二人顺着痕迹穿过松林，往更加茂密的自然林深处钻。植被茂密的自然林里，二人很快就失去了猪亡命的痕迹。南方高原的原始森林里，头上是遮天蔽日的巨大树冠，底下是低矮而茂盛的灌木。无迹可寻后，找猪的二人自然也无处可找、无计可施。

　　起伏的群山和茂密的森林，二人此时所在的位置是山谷，山谷擅回音。

　　发顺耳朵最尖："李书记你听，有猪嗷嗷叫！"李发康细听，果然有猪在嗷嗷叫。

　　"猪在哪里嗷嗷叫？"

　　"我也不知道，猪在哪里嗷嗷叫！"

　　"猪真的在嗷嗷叫。"

　　"我也知道猪在嗷嗷叫！"

　　闻其声，而不见其影，这是一个有方向而没有去向的僵局。

　　猪确定是在嗷嗷叫，可是二人不知道往哪个方向去找。猪真的在嗷嗷叫，回声良好的山谷，猪嗷嗷的叫声来自四面八方。

四

猪嗷嗷叫的声音真的一点儿都不好听，尤其在无人迹的寂静山中，你能听到自己的心怦怦跳，嗷嗷的猪叫仿佛在为你的心跳敲着锣打着鼓。

在林中找猪的二人漫无目标地游走，听得见猪叫，但二人都知道觅音寻猪这个办法不可靠。二人很少说话，无从下手、无计可施的李发康在前面走，灰溜溜的发顺是他的随从。不断传来的嗷嗷叫声加重着二人各自的烦躁，就丢猪这一事件而言，二人各有烦恼。发顺短浅，但也知道自家丢了一头猪，不是死了，是跑丢了。李发康深远，他更加知道此猪对于扶贫攻坚工作的重要性，丢猪事小，领导下来视察的时候没有猪，事大。他早有听闻，县里的领导过不了多久就要下来实地考察验收扶贫工作的进展和成果。

上天予人饥馑，我们有教育、政策和国家。李发康看看身后灰溜溜的发顺，心中存疑，是不是有些揠苗助长了？想了想，即刻否定。发顺是短板，短得像一艘随时可以沉没的破船，不过终还是要将其补回来，顿生同情，李发康觉得发顺和自己同病相怜。一个是破船，一个是补船的，二者兼备，破船也要扬帆。

山里的天黑得早，找猪的二人决定返回村庄，再从长计议。

"唉！"二人长叹，从林中往回赶。

返程，发顺和李发康相互确认不是虚幻，林子深处嗷嗷的猪叫声又传来，不过二人已经听得厌烦。他们并不指望从声音中分析出什么，比如，窜进森林深处的猪，上半天还是案板上待宰的家畜，下半天就在林中率领着一整个野猪群嗷嗷叫。

暮色在山中迅速笼罩，基本上等同于太阳从山尖埋头山根的速度。势单力薄的人们不敢在山中逗留，那些昼伏夜出的生物的任何响动都会被人误以为鬼在风中叫。

入夜，发顺家中，火塘旁。虽猪已亡命山野，肉荤也没能碰上，老岩和二黑依然赖在发顺家中不肯走。这里的赖，指的是老岩和二黑这两个一人吃饱全家不饿的孤家寡人，要把晚饭的希望寄托在玉旺这个善良无二的女人身上。一天中被同一个猪掀翻三次的杀猪匠黑顺也没走，本着出门不走空的原则，他等着吃顿饭。一张瘦小干巴的老脸蒙在水烟筒口咕噜噜地抽着。

发顺心中有火，但也得强压着。李发康和他一并坐在火塘边上，相互冷着脸。二十五瓦的白炽灯昏黄，沾满了黑乎乎的苍蝇粪便更加昏黄，灯头以上的电线挂满了残破的蜘蛛网。火塘里偶尔冒出的浓烟熏得睁不开眼。灯黄火亮，每一个人的脸都很黑。来者即是客，况且还有李发康。发顺理所应当表现出主人的热情与担当，却冷冷地有气无力道："婆娘，整点儿饭吃嘛！都干巴巴地坐着，饿着。"

李发康冷着脸，不过仍故作客套道："不用了，不用了！我坐会儿，回家吃去。"在山中追了半天猪，李发康饿了。

黑黢黢的铁锅架在同样黑黢黢的铁三角架上，玉旺往锅里加水。发顺抱着二郎腿组织着希望对答如流的语言，因为他知道今晚必有一顿李发康的所谓说服与教育。尽管李发康数次的说服与教育都没能将他说服。发顺不是顽固分子，只不过是劣质的狗皮膏药，越扯越黏，发不出任何功效。不过一旁的李发康却组织不出来任何用来教育发顺的语言，苦口婆心的说服嘱咐是吆猪的号子。脱贫攻坚的口号喊大了，发顺听腻了。政策讲细了，又有些烦琐晦涩了。发顺这个重点扶贫挂钩对象早已耗尽了李发康的耐心。爱谁谁了！烂泥糊不上墙，但要扶的对象是个人，烂泥一样散漫的人。说不扶，但不可不扶，他是驻村干部。只希望发顺这块狗皮膏药在越扯越黏的时候，再给他一股劲，粘在墙上。

"发顺，猪跑了，咋办啊？你说说你怎么打算的？"李发康放下紧绷着的脸。

发顺说："不知道！发康哥，我也不知道咋办！"

李发康道："停停停，别叫我哥。我担待不起。"

发顺说："跑了，就跑了罢！那畜生没准儿过几天就死在山上了！"

发顺绝对是李发康的冤家，再一次精准地激到李发康。李发康强压怒火道："去找找吧！明天去山上找找吧！找到了就撵回来继续养。"

发顺说："书记，说真的，别找了！丢了就丢了，我不心疼。"

李发康又怒了："狗日的，你不心疼，我心疼！老子千辛万苦找来的扶贫项目，你们说杀就杀？谁给的胆子？"

发顺说："猪是国家的，哥……不……书记，你别生气，气大伤身。"

李发康大怒，前呼后仰，差点儿没一头栽火塘上。右手高高抬起，却无桌子可拍，往下啪一声拍在左手上道："狗日的发顺，明天去把猪给我找回来，过些天县委领导要下来检查工作，别给老子出岔子。"

发顺蔫了下去，不敢再搭话，李发康把矛头对准了黑顺、老岩和二黑道："你们仨，明天也跟着去找。"

黑顺一听便不干了，水烟筒里伸出嘴巴说："凭啥呀？他家的猪跑了凭啥我也要去找啊！我只是个杀猪的。"

"你不来杀，猪会跑了吗？明天去找猪，不然明年的低保别想要了！"李发康严词驳斥，加以低保这个"并不存在"的威胁。低保是黑顺的命根。

老岩和二黑倒是漫不经心的，他们此时只关心锅里已经滚开的面条，不断往火塘里添柴火。今天院里杀猪，明天山上找猪，日子对于二人而言，今天和明天只不过是换种方式虚度。老岩和二黑也是建档立卡户，只不过考虑二人都是孤家寡人，所以没给他俩发母猪种。

有人统计，在这个世上，坏消息的传播速度和广度是好消息的一百倍。议论纷纷是一种乐趣，隔岸观火也是。丢猪的次日，那只亡命于山野之猪被重新定义名字——"建档立卡猪"。猪只是一个广泛的概念，而加了建档立卡这个前缀后，一头猪的身份就有了精确的辨识。方圆十里朝着方圆十里之外集体讶然："昨天有胆大的人杀建档立卡猪啦！""发顺家把建档立卡猪杀了！"以讹传讹："建档立卡猪把人杀了！"关于这只"建档立卡猪"的事件四处皆闻，众人议论纷纷的时候，发顺和李发康一行找猪的人已经在山中。他们还不知道乡野之间从芝麻到西瓜的议论，在山中寻摸着到达猪最后失去踪迹的位置。

"这么大的山里找一头猪，怎么找啊！"才走了小半天的山路，黑顺这个小老头累得不行。

"怎么找？用眼睛、鼻子、耳朵、嘴巴找！"喘得最厉害的李发康上气不接下气驳道，尽管他也没有任何办法。上山之前又接到县委的电话，县委领导下来检查工作的日子提前了很多天，绝不能出任何岔子，这是死命令。

"你去这边，你去那边，他去那边。"气喘吁吁的李发康不耐烦地挥手随意指点了几个方向，几人分头行动。

还是那千篇一律、百试百灵的吆猪号子："哟哟，啰啰，来来！啰啰，哟哟，来来来！"尽管这号子已对此猪不奏效，几人仍旧嘬着嘴撇着声朝着各个方向走开。

一天下来还是寻不见猪的踪迹，几人累得够呛。第一天潦草返程，路上，身后的丛林深处又传出嗷嗷的猪叫。

发顺问："你们听见猪叫了吗？"

李发康道："记下位置，明天再找。"

黑顺说："不对，你们听，不止一头猪在叫。"

接下来的几日，几人顺着声音继续往深处找。唯一的发现就是在路上不停地发现地上有猪遗留下来的粪便，可以肯定，不止一头猪。不过仍没有寻见猪的身影。

　　黑顺有扰乱军心之嫌："别找啦！都是野猪的粪，可能那头家猪已经被野猪咬死了！"李发康狠狠瞪了他一眼，黑顺不敢再言，尽管李发康也这么认为。

　　几人已经受够了找猪的生活，生活绝不止找猪这件事，可是目前找猪是重中之重的大事。李发康的烦恼是其他人不能理解的，这是他的认为。领导下来的日子越来越近，可是这猪迟迟不见踪影。这时李发康又接到县委的电话通知："县委领导以及部分市委领导将于三天后到村实地检查扶贫攻坚工作的进展和成果。"放下电话的李发康心急火燎，领导要来了，可是重点挂钩扶贫对象的猪却跑了。对于他这种扎根基层的干部而言，这绝对是一件大事。事关他在领导眼中的形象，而这猪，就是他的工作态度。可再看看几个一同找猪的人，发顺倚在树根上没个正形，黑顺瘫坐在地上抽烟。老岩和二黑略好，在前头开路，不过心不在焉。

　　气不打一处来，虽然李发康也毫无办法。李发康再次把火撒向几人："你们四个狗日的，如果你们不杀猪，今天老子也不会在这里找猪！狗日的！"李发康真不该骂"狗日的"，他是干部。不过自从"建档立卡猪"亡命山野后，"狗日的"就成了他的口头禅。发顺、老岩、二黑和黑顺真是狗日的，所以李发康骂狗日的，目的在于将自己和他们区别开来。

　　越找，几人越垂头丧气。越是垂头丧气的时候，林中就有嗷嗷的猪叫声传出来。这是对于几个将败之人的挑衅，李发康骂着狗日的，指挥道："顺着声音分头找，找到以后包抄。"这是既定的一成不变的战术，每听到猪嗷嗷叫，几人就循着声音往林中深处奔跑，每一次都徒劳放空。如此这般，打了鸡血奔跑的人，被失望之棒当头一喝。重复性徒劳无功的劳动掏空的是心力。闻其声不见其影，是心力的煎熬。宁信山中有鬼，不信林中有猪，终耗尽几人找猪的最后一丝愿望。累死啦！包括李发康在内。

　　歇一会儿吧！都找了好几天了。几人没有坐姿，没有睡姿，瘫在地上。

李发康也这样，找猪的几人都一样，一样的愁眉不展，一样的气喘吁吁，一样的灰头土脸。

黑顺这个小老头最先受不住了。"李书记！我真的受不了了！再折腾的话，我这把老骨头就要扔在山上了。"黑顺说的是实话，老，是经不住消耗的。"书记，低保我不要了，猪我也不找了！"这是黑顺最后的妥协。

李发康气喘吁吁，不想搭话。

老岩和二黑异口同声道："不找了，不找了，爱怎样就怎样吧！"二人也受不了了，宣布罢工不干。

李发康长叹："其实最不想找的是我，只是这建档立卡猪丢不得啊！过几天领导就要下来检查工作了，猪丢了应付不了！"李发康对几人讲出心声。

几人讶然，沉默。

三分钟后，发顺说："书记，原来是这样啊！不找猪了，应付检查的事情重新想办法……"发顺在李发康耳边私语。

似乎有了台阶，李发康妥协道："那好吧！你负责这事，我回去取钱给你！"

李发康道："不找了，不找了，猪都丢了好几天了，没准儿饿死在山上了！"

再返程，身后的林子深处仍然有嗷嗷的猪叫声传出来。几人累了，烦了，恼了，他们就听不见了。

五

猪是没有表情的，千篇一律的耳朵和拱嘴，熟悉到陌生的老嘴老脸，使得普通人观念里所有的猪都只有一个共同的名字，还是猪。

物竞天择是一种富有进步性的规律。人于猪而言，人的能动性略强于猪，所以猪就成了被人驯养的家畜。一贯如此的漫不经心和自我满足的怡然自得是一种要命的毛病。猪嗷嗷叫的原因不外乎饿了、发情了、又饿了、要死了这几种。因而，不到饭点儿，村庄响起来的嗷嗷猪叫声属于外来户。发顺赶着一头猪回来的时候，距离他上次追着猪贯穿村庄已经过去数日。

再次回到最开始对猪的描述：猪不大，长了架子还没有结膘。猪走路的时候一点儿都不好看，尤其下坡的时候，像醉汉划拳……猪在前面走，发顺挥着一根紫茎藤兰的秆秆跟在后面，嫁鸡随鸡的玉旺跟在发顺后面。像鬼子进村，前头的猪是太君。更像溃军过境，发顺家两口子一次比一次灰头土脸。此猪显然已经被驯服过度，和后边跟着的人一样，气喘咻咻。

穿村而过的土道上，发顺欲弄出一些响动来，所以他挥下一鞭抽在猪屁股上。

猪嗷嗷，向前一段小跑。发顺再抽，猪嗷嗷。

"够啦！"玉旺阻止。发顺再抽，猪再嗷嗷。

显然，让猪嗷嗷叫着穿过村子是发顺想要达到的效果，因为李发康骑着摩托车在后边跟着，这也是李发康想要的效果。

村子中央，老岩、二黑和黑顺三人在懒洋洋地晒着太阳。远远看到发顺赶着猪回来，三人远远地就想撤走。几日前发顺的猪对于三人而言是肉荤，现在就是祸水。对发顺和他的猪敬而远之，是最明智之举，也才像三人应有的做法。

"你们仨别走，给老子站着！"发顺远远地喊住三人，赶着嗷嗷叫的猪过来。

黑顺说："回家收衣服，要下雨了！"晴空万里，构不成逃开的理由，发顺和他的猪已经来到跟前。

发顺说:"猪已经找到了!"找到猪的声音并不是讲给三人听的,所以发顺大声阔嗓地将消息在村中炸开。

老岩和二黑异口同声道:"哇呀呀!在哪里找到这畜生的?"

发顺说:"在后山的野芭蕉林里面找到这畜生的!"声音继续炸。

老岩道:"过几天再杀的时候,一定要多请几个人来。"

发顺拍了一下老岩的头道:"杀个屁!建档立卡猪是留着怀崽下猪的,建档立卡猪是国家为了扶持建档立卡户脱贫的重要举措……"发顺的声音继续在村中炸开,像复读机,不,像村中宣扬政策的高音喇叭。是发顺突然觉悟了吗?李发康跟在后头。

黑顺说:"莫扯卵子!白猪进了一趟山就变成花腰猪了?"黑顺看出端倪,黑顺是杀猪的。

发顺说:"莫废话!老子撵猪过去再掀翻你!"

黑顺不会质疑发顺真会这么做,欲言又止,闭口逃开。

亡命山野的猪找回来的消息传达完毕,发顺和玉旺赶着猪回家。留下三人懒洋洋地继续晒太阳继续懒洋洋地侃:"黑顺,这猪真的不是跑进林子里的那只?""肯定不是嘛!品种都不同!""那发顺哪来的钱买猪?他这是要干啥?"

李发康骑着摩托从三人身边疾驰而过,给三人扑了一脸尘土,三人议论止于中途,低声谩骂:"妈的!骑个摩托了不起!"李发康骑着摩托车拐了个弯进了发顺家。

发顺家再传出猪嗷嗷叫声,发顺揪着猪耳朵,李发康拿着打孔器,二人在院子里又跟猪搅作一团。此猪换彼猪的主意出自发顺,而真自李发康,假戏做成真戏。借来的打孔器要在赶回来的猪耳朵上打孔戴上建档立卡猪特有的标识耳牌。而这标识耳牌是杀建档立卡猪的时候发顺从猪耳朵上扯下来扔在院子里的。打孔戴牌比杀猪容易,二人很快就在猪耳朵叶上装上标识牌,把猪放回猪圈里。

李发康嘱咐道："明天领导下来检查工作你知道怎么说的，不要大口马牙地乱嚼。"

李发康威逼或是利诱："这次检查应付了，这猪你继续养，给你了。出了岔子谁都不好受！"

失而复得的发顺自然高兴，龇着牙咧着嘴说："李书记你放心吧！你交代的话我都快背得了！支持扶贫干部工作是贫困户的义务和责任，坚决摘掉贫困帽子是每个建档立卡户应持有的想法和态度……"

"莫要在这儿给我耍贫嘴，明天去领导面前要去。"说完，李发康骑上摩托车离开，为明天迎检做其他准备。此猪换彼猪的确是个好办法，李发康悬着的心得以放下。

绝无鸠占鹊巢之嫌，此猪本就是为了填补空窝而来。猪圈里刚进新家的猪卸下一路奔走的躁动后，在猪圈一角挪了一个窝躺下。耳朵叶子上刚打下的孔流血不止，耳朵叶没过多的神经，微疼。只不过耳朵叶上带了一块身份标识牌，扑棱扇呼着耳朵。猪有灵敏的嗅觉，毕竟标识牌是别猪的，还有别猪的气味。

看着李发康走远，发顺把视线转向玉旺身上来。猪失而复得确实能让发顺欣喜。发顺拉过玉旺的手，久违地，玉旺猛地缩回，发顺继续拉过来说："媳妇啊！特困户的帽子好啊！上头照顾咱照顾得这么周到。"发顺点了根烟叼着，摇晃着小脑袋盘算着，"这顶帽子可千万别被摘掉。"

玉旺并不懂发顺口中所谓的帽子，咿呀着从发顺手中挣逃。又有猪可喂了，玉旺要去砍芭蕉，喂猪。

六

大概很少有人会观察，猪嘴优美的举止是进食。

拱嘴寻着地，呼哧呼哧大口进食。无论是在猪食槽中还是就地而食，猪都能保证吃个精光。灵活有力的舌头伸出，舌苔上众多的凸起不放过任何食物的残渣，一一舔舐干净。这里的美，指示一点儿都不浪费，也指示猪圆滚滚的肚皮是一种美。

迎检当天清晨，发顺想起李发康的嘱咐："多喂猪一些芭蕉，少喂谷糠！"最大限度地呈现猪圆滚滚的肚皮，也是一种政绩。

发顺向喂猪的玉旺歧义转达："多喂些芭蕉多喂些谷糠。"

玉旺弱弱地嘟囔："谷糠吃多了撑！"不过嘟囔不是话。

发顺无暇细听，说："废话多，破事多！李书记叫怎么做，我们就怎么做！"

玉旺低下头继续咔咔剁芭蕉。

村子远，山路弯。零落不整的石块和星罗棋布的坑坑洼洼，以及大面积积蓄的尘土。轿车行驶在山路上的样子像猪走路，犹犹豫豫，前呼后仰，左摇右摆。前一辆车卷起尘土，后一辆钻进尘土，最后一辆被覆满尘土。

可算是即将抵达，车在山路上蹦跶。蹦跶最高的是李发康，他骑摩托车在前头带路。跟在后边蹦跶的是轿车，村民没有级别概念，车上坐着的都是大官。

随着咣当一声后，首车停在村口，咣当两声后，两辆跟车停在路边。路面上同一块凸起的石头三车无一幸免。村子，已经到达。先头赶到的李发康把摩托车停在路边，挥手示意停车。车子所到扬起的尘土，有的已经落下，有的正在落下，路面是一层厚厚的尘土。车门打开，几双油光锃亮的皮鞋插进尘土中。走一步吧！尘土即覆住皮鞋的光泽。

李发康和村民小组长刘四咧着嘴挥手相迎，一旁散落着的还有老岩、二黑、黑顺和发顺，五个人的迎接队伍是李发康能组织和拿得出手的最高迎接礼遇。尽管政令一再重申不搞排场，不过这也算不上排场，顶多是人气。

三辆车共下来六人，不包括车上的司机。走在最前面的黑瘦干练的干部是县扶贫办主任唐松，唐松两侧各拥一人，左边的是副县长王东，右边的是乡长兰正义。王东挺着肚子背着手，兰正义躬着身子跟唐松介绍情况。还有其余三人，李发康没见过。县里的？市里的？管他哪里的。

兰正义说："主任，到了，这个村子就是我县我乡最偏远的贫困村了！"

唐松有着从任何角度切入工作的本领："一路上见识了！挺远挺偏的。不过，越是这样的村庄，越是不能放松我们的工作。"

"是是是，主任说得对！"通常而言，这是主任每一句话结束之后异口同声的回音。

兰正义引荐一旁随从的李发康："唐主任，这就是这个村子的扶贫驻村干部李发康。"

唐松伸手向李发康，李发康欣喜相迎，结结巴巴道："主任好，主任好！"

唐松点点头表示会意："辛苦你了！小李。"

李发康说："不辛苦，不辛苦，都是在为老百姓做事情，服务。"

唐松很受用，仔细再瞅李发康几眼道："我想起来了，五月份有一批用来给贫困户脱贫的母猪种就是你找我签发的！"

"对对对！主任那么忙还记得这种小事。"李发康继续阿谀，激动万分。

唐松道："母猪种都给贫困户发下去了没？今天咱们就去看看这些猪的长势如何？"

李发康说："发下去了，长得挺好的，贫困户们也很高兴。"

"那个什么，王县长你带着兰正义到村子里四处转转，记得访问各个农户都缺什么、需要什么、政府能做什么。让小李给我们四个介绍情况就行。"唐松亲自点将。

唐松道："小李，你今天就带着我和这三位市里的专家四处看看！"

"好好好！"李发康回应着。原来其余三位李发康不认识的人是市里来的专家，李发康心里一个激灵。善于糊弄的是专家，善于不被糊弄的也是专家，这是一次带着照妖镜的检查。

村子很小，很适合检查工作。有什么突出的工作成果很容易看见，有什么工作中的不足和缺憾也会暴露无遗。为了避免后者情况的出现，李发康还在临检之前跟各家各户打过招呼，甚至给发顺家重新买了猪来李代桃僵。现在还把发顺、老岩、黑顺几个扶贫工作的重难点作为随从带在身边，一方面为了防止几人乱说话，另一方面就是几人始终还是李发康心头的重中之患。走访各家各户是工作方式，进村入户访问谈心是工作方法。李发康的准备工作做得充实，所以一路上带着唐松入户调查之时，唐松看到的是他想看到的，听到的是他想听到的。看到的和听到的都是唐松希望李发康交上的令他满意的答卷。

唐松勉励他："小李，做得很好！就需要你这样能吃苦能做事的干部，很好，给你一个口头表扬，继续努力。"

李发康官套："唐主任过奖了，我只是做了自己应该做的！"

唐松道："刚刚还说到五月份我给你签发过一批母猪种的，转悠了一圈都没看到。你带着我们去看看。"

李发康继续说："主任真的有心了，心系下属和老百姓，我就带你去看看。这批猪分给了八户困难户，都养得挺好的，老百姓用心，猪长势都不错，再过几个月就发情可以配种怀崽了。"村中共八户发母猪种，七户集中在村东边，和发顺家隔得远远的。李发康引着唐松一行检查往村东边走，尽最大可能避开发顺家这个隐患。发顺、老岩和二黑几人蓬头垢面地跟在一行人的最后边。唐松疑惑，指了指几人说："小李，这几个老乡不必跟着，让他们回去吧！"李发康自有官套好听的解释："主任，这是发顺，这是老岩，他们都是村里脱贫攻坚的重点挂钩对象，让他们跟着学习学习，接受教育。"

发顺收到李发康的眼色，说："是的，是的，我们是跟着学习的。"

唐松拍了拍李发康的肩膀以示器重："哈哈！这村有你这样的驻村干部是福分，我县有你这样的干部我放心。"李发康激动万分道："还得跟唐主任学习，看齐！"唐松道："相互学习，我多向你学习！"

见此，发顺揪了揪一旁的二黑和老岩的衣角说："向领导们学习！"几个参差不齐的口号在李发康又一个眼色中响起。排场让唐松有些激动，挥手叫停："不搞形式主义，不搞这些虚的。相互学习，领导干部多向人民群众学习，为人民服务。"

继续走，到农户家中去，各家各户都提前做好了热烈欢迎的准备——摆好糖果瓜子和茶水。"领导您到家里坐会儿！"同时也准备好了对答如流的台词："米饭管饱，不存在饥荒。猪肉吃腻，偶尔杀鸡。屋子修整，不漏雨也不进风。"再汇报猪的长势："母猪种好养，不挑食，长肉快。"最后是感谢："感谢党和国家的政策，市上县上乡上，然后是李发康……"如此对答如流而大同小异的客套寒暄，首先让市里三位畜牧专家听腻了："那就带着我们去看看猪吧！再把猪拉出来，遛一遛，看一看。"

好吧，猪被从猪圈里放了出来，在院子里嗷嗷叫。三位畜牧专家掏出手机："猪耳朵揪过来，扫一扫。"建档立卡猪耳朵上戴着的标识牌上有条码，扫一扫，猪源、品种、用途一应俱全。

先后进了七户农户家，重复的访问和重复性地得到大同小异的回答，这绝对不是此行想要的，不过是想要听到的。也重复性地扫了七头猪耳朵上的条码，数据规范记录上表。三位专家也及时做出反馈："养得好，喂得也好，不过要注意配种受孕的时候不能喂得太胖。"见专家都连连称好，唐松再拍拍李发康的肩连连称赞："好，好。小李干得不错。"顺便给予鼓励性质的暗示："等扶贫工作结束，人事不再冻结，县里会考虑给你换一个大舞台！""谢谢主任，谢谢！"李发康心中狂喜。唐松幽默地说："别谢我，你要谢就谢这些猪，养得多好啊！"

　　李发康见检查总算是比较圆满地对付过去了，暗自庆幸。可三位畜牧专家说："那个主任，记录上显示这村有八头建档立卡猪，再看完最后一头，今天的工作就圆满结束了！"

　　唐松道："哦，还有一头。那小李再带我们去看看。"

　　提起最后一头猪，暗自庆幸中的李发康汗毛又起，此猪已亡命山野。带着三个畜牧专家去看一头赝品，李发康心发慌，底气全无，想法拖延："主任，那个……那个现在都快到饭点儿了，要不咱们先吃饭吧！"

　　唐松道："饭就不在村里吃了，有规定。看完最后一头猪我们就回乡上吃工作餐。"

　　"哦！是啊！都到饭点儿了，你们都还饿着。要不我把那家的户主给你喊来当面汇报。"李发康仍在想方设法，慌乱中故作镇定，"来来，发顺！你来跟主任说说你家猪的长势咋样。"

　　又该发顺表演了，结结巴巴地把台词背上："我家的猪吃得好，睡得好，长得也好，关键是政府发的猪品种好。感谢政府，感谢政策……"

　　唐松打断他："那个小李，你再带我们去他家看看，大家都辛苦了。再辛苦也要把工作落到实处。"

　　发顺还在背，虽然没人听。李发康揪了揪发顺的衣角说："快别汇报了，去你家。"李发康睖了发顺一眼，心又悬了起来，希望可以糊弄过去吧！除非专家眼瞎了。

　　唐松看出李发康不对劲儿，问："怎么，小李，有什么困难吗？

　　李发康现在已是惊弓之鸟，忙说："没没没，只是发顺家有些远。"

　　一行人往发顺家赶，这次是发顺在前，他是户主，在前带路，村道中穿行。还未到发顺家，先听到有哭声，一行人脚步加快。一贯没心没肺的老岩和二黑赶上前头的发顺问："怎么了？你婆娘哭哇哇的，你家死人了？"发顺黑着脸反驳："你家才死人了，你全家都死了！"

　　李发康也冷着脸说："别废话，回去就知道了。"转回头冷脸转热，

"唐主任，就到了，就到。"

发顺家，为了迎检而拾掇一番后，破败之中能见一丝整洁。院子里悬晒着床黑黢黢的棉絮，棉絮下边是一农家妇女抱头瘫地而悲泣，呜呜然，咿咿呀，此人正是发顺婆娘玉旺。有客登门，而家中有人在哭号，发顺自然不开心。发顺黑着脸，上前伸出脚尖碰了碰瘫在地上哭号的玉旺说："咋个了嘛？你哭什么？"发顺语气加重，喝令："咋个了嘛？不准哭！"弯腰钳起玉旺。

玉旺露出哭脸，抽噎着说："猪，猪……那猪……不动了……死了……"

"啊！死婆娘，好好的猪怎么就死了！"发顺气愤，用力摇晃着抽泣的玉旺。

玉旺继续抽噎，有些颤抖道："不动了……就……死了……"

"死婆娘，喂个猪都干不好。"发顺愤而挥手欲打，手挥在半空被李发康制止："发顺，你要干什么？再犯浑。"

作为旁观的唐松几人在边上看着院里搅作一团，唐松厉声道："小李，怎么回事？"

李发康吞吞吐吐地说："她说，她家的猪……死了？"

唐松的脸转黑："什么时候，怎么死的？猪在哪儿？让专家看看怎么死的！"

唐松示意一旁的专家去看看情况。几人径直走向猪圈，留着发顺和玉旺两口子坐在客台上。发顺挠着头，玉旺继续抽噎。比房屋还要破败的猪圈里，猪躺在角落里。畜牧专家进猪圈当机立断道："这猪还没死嘛！"专家用手捅了捅猪，猪哼哼，"猪还没死嘛！"躺在地上的猪无视一旁的人，顶着圆滚滚的肚皮，睡着，不动，像死了。专家转身看向猪圈内的猪食槽干干净净，问："今天都给猪喂了什么？"发顺在院子里有气无力地回答："就是芭蕉和谷糠嘛！""那应该没事，就是这猪吃撑了！""早上喂了多少猪食？"发顺回答："喂了不少呢，这猪能吃得很。"

猪没死，只是吃撑了不想动。猪圈外的李发康长舒一口气，教育发顺："以后一定要注意了，引以为戒，科学饲养。"

畜牧专家继续在猪身上比画打量："不对，这猪有问题。"

李发康说："有什么不对的，你扫一扫耳朵上的标识牌嘛，会有什么问题嘛！"

猪圈里的畜牧专家被李发康一驳，说："标识牌是对的，可这猪不对。品种不对，而且这头小母猪被劁过，根本不是母猪种。"

李发康勉力装出一副宁死不屈相道："怎么可能嘛！会不会是……搞错了？"

专家依据有理："劁猪的刀口都还在，况且这猪是小耳种，跟建档立卡猪不是一个品种。"

被专家当场戳穿，李发康支支吾吾，无语应答。一直在旁观的唐松感觉被糊弄了，而且是不能罔视的糊弄，厉声喝道："李发康，你给我过来。"

"怎么回事？"

"就是这猪，不是那个猪。"李发康前言不搭后语。

"到底这猪是什么猪？"

"唐主任，就是这猪，它不是原来的猪。"

"那原来的猪呢？"

"原来的猪原来也在这圈里……后来不在了……这猪才来了。"

"原来的猪哪儿去了？"

"原来的猪丢了，找不到了！"助攻，发顺瘫在客台上说。

"好好的猪怎么就丢了呢！"

"就是我们杀猪，猪挣逃，猪跑我们追，我们追猪跑，然后就丢了。"

再助攻，发顺瘫在客台上。

"啊，你们杀猪，你们竟然杀这猪？"唐松吃惊，"那猪呢，猪在哪里？"

"猪在山上。"

"猪怎么会在山上呢？"

"因为猪跑到了山上。"

唐松和李发康院中的对话，再加之发顺的助攻，一场杀猪、追猪、此猪换彼猪的闹剧呈现在人门面前。此时另一行人马，副县长王东和乡长兰正义闻声赶来。进门，唐松对李发康的批评教育立即转向了一脸疑惑的乡长兰正义身上："小兰，这种弄虚作假的面子工程一定要严厉批评，及时处理，该处分的处分，不能手软。"一脸疑惑的乡长兰正义受到迎头呵责更加疑惑："唐主任，怎么了？出什么问题了吗？"唐松冷着脸厉声道："怎么回事？你问问这个好干部李发康吧！"李发康在一旁低着头。

唐松转身对低着头灰溜溜的李发康拍拍肩道："李发康同志，好自为之。"

"王县长，看来这个脱贫攻坚的工作形势严峻得很啊！走，回县里。"

村口的车子再次启动，在山路上蹦跶而回。乡长兰正义的车还留守，兰正义还要留下处理问题，问题即指李发康。

还是发顺家中的院子，发顺冷着脸，李发康黑着脸，兰正义的脸更黑。玉旺不再抽泣，因为所有的人都黑着脸。老岩和二黑潜伏在门外，对于他们而言，门内任何事都是热闹。

兰正义道："发康，说说吧！怎么回事？"

李发康说："乡长，我也没办法啊！建档立卡猪丢了，为了迎检我才换猪的。"

兰正义道："好端端的猪怎么就丢了呢？"

李发康说："发顺他们杀猪，猪挣脱了跑进了山里。"

发顺抬起头说："这个我可以证明，猪是我们杀的，跟发康没有关系。"

兰正义勃然大怒道："闭嘴，没问你！"

发顺吃瘪，低下头继续挠头发，灰溜溜夹着尾巴。

兰正义道："发康，那说说接下来你打算怎么办啊！"

李发康支支吾吾地憋出一句："我也不知道。"

兰正义道："你这也算情有可原，关键是这事情露出马脚了。不处理你是不行了，惊动唐主任了。这样，处理你的事过几天再说，先把猪找回来。"

李发康委屈巴巴地说："这猪贼得很，找过了，找不到。"

兰正义道："猪找回来，是工作的失误。猪找不回来，就是工作的错误，你自己看着办。"

停在村口的最后一辆车也启动蹦跶着开走了，村子恢复如常。换个方式形容吧：刚刚打完一场必败之仗的溃兵收获更大的败果，进而使得自身陷入更加窘迫的局面。李发康和发顺坐在院子石头上，现在的李发康跟发顺一样了，一样的灰头土脸，一样的右手挠着头，左手掐着烟屁股。

猪还没死就意味着玉旺又有事可做了，在院角咔咔剁着芭蕉。

老岩和二黑适时摸了进来。绝大部分时候，发顺、老岩和二黑是一体的，都是热闹的一部分。

"猪回来，是失误。猪不回来，是错误。"这句话是两个极端的结合，朝着李发康重压而下。李发康深知失误和错误的最终定性，有什么本质的差别。

"要不，明天我们再去山上找找那猪？"李发康说，语气略软，带着恳求。

"找什么找，猪不是在猪圈里吗？"丢了一头猪又重新得到一头猪，发顺自然没有什么损失，他盘算着，发硬地拒绝着。

尽管气大伤身不好，不过发顺总能屡次成功挑起李发康的火。不要试图去点燃任何人心中的火把，引火自焚的人不在少数。李发康迅速被激起怒气，朝着发顺咆哮：“憨杂种，要不是你们造作，会有现在这么多事吗？”发顺被李发康揪着衣领提起来，再推倒在地。李发康继续咆哮：“憨杂种，一群憨杂种！社会好，政策好，好好过日子还不好？”

遇硬则软，发顺被推倒在地后就索性不起来，这是他的自保方式，任由李发康燃着怒火咆哮发泄。而一旁附和的老岩和二黑显得更为明智，躲着，不敢上前沾染怒火。不料李发康放过赖在地上的发顺，转而捏着拳头走向二人。“李书记别这样，别这样！”二人赔着笑脸，砢碜地后退，“别这样，这样不好，不好。”李发康继续逼近，二人退到墙根再无退处的时候妥协：“好好好，我们错了，错了！明天继续上山找猪，找猪！”

李发康得到想要的回答，随之软了下来：“不好意思，不该跟你们动粗的！”

“没有，没有。”二人继续赔着脸，顺便拉起赖在地上的发顺。一对三的男人之间的对局以李发康完胜宣告结束，玉旺还在院角剁芭蕉，咔咔咔的。

七

入夜，发顺家的人各自散去。

一天之中逐级传递的怒气还没有消除，从县扶贫办主任唐松到乡长兰正义，从兰正义到驻村干部李发康，再从李发康到发顺。这种逐级传递的怒气在传递过程中不断得到积累和加重，发顺承受着这股巨大的怒气。不过发顺并不是开阔之人，他消受不了。

所以，玉旺成为这股怒气的最终承受者。

两个人的落魄家庭，发顺充当着暴君。暴君必有暴行，首先发顺得先喝点儿酒，酒劲上头就趁着酒兴挑玉旺的毛病，以便为想要实施的暴行寻找合理的依据：一曰批评教育和指正，二曰拳头之下长记性。而玉旺最大的毛病在于一贯的示弱和一贯的隐忍，所以整日咔咔剁芭蕉喂猪成了发顺挑出的毛病。

"憨婆娘，大事不做，整日只会剁芭蕉喂猪！"发顺挑起。

剁芭蕉的玉旺受骂，无言之杠，往下剁的力度加大。"嗒嗒嗒。"今夜，发顺家又不得安宁。

最先传出发顺酒后没有条理污浊的叫骂声，叫骂声一直持续，越来越大声。其间伴随着锅碗瓢盆落地、玻璃器皿破碎的声音，玉旺隐忍不回应，发顺独角戏唱罢。紧接着就是拳头击打肉体的闷声、头颅撞击门板的砰砰声，且越来越大声，越来越凶狠。

邻里以及全村今夜又跟着不得安宁："发顺又发酒疯打婆娘了！""发顺疯了，打得这么厉害，会不会打死人？"暴行愈演愈烈，从未有过的激烈，因为能清楚地听到玉旺绝望的惨叫和求饶声："不要打了……啊……不要打了……"邻里乃至全村不由得为玉旺揪心："去看看吧！劝劝，不然发顺这畜生真把媳妇打死。"也有异议："别人家的家事别去掺和，别去沾到发顺。"

坐等，观望，持续的惨叫和求饶。

"嘭！……啊！……砰！"驻村未离开的李发康闻声而来，暴行止于李发康破门而人。嘭！一脚踢开门。啊！一脚踢在发顺屁股。砰！发顺在地上狗啃泥。发顺借着酒劲弹地而起欲反击，再次被李发康一脚蹬倒，在地上借酒耍起赖："管得真宽，管教自己婆娘也要掺和。"砰！又成功获取李发康一脚："你婆娘不是人啊！怎么经得住这么打！"李发康朝着地上的发顺咆哮："老子是干部，但也是你哥！"

李发康屈蹲，一把揪起发顺的头发，厉声斥责："你看看，你婆娘被你打成什么样子了，狗杂种！"

房间角落，玉旺倚着墙柱，脸肿着，眼青着，流着鼻血用袖子揩着。哭失了声，瑟瑟发抖抽噎着。地上散落着实施暴行的衣架、扫把和柴火棒子。

李发康指着墙角的玉旺道："打女人，一个大男人。滚过来！道歉。"

发顺赖在地上说："怎么可能跟一个女人道歉！"不容置疑，发顺话还没说完又再次获得李发康以暴制暴的一击。李发康揪着发顺的头发在地上拖行，拖到玉旺跟前，厉令："道歉。"

发顺不得不屈服，嘴角流血，面部狰狞，朝着玉旺大声喊："对不起，以后我不打你了！"这不算道歉，抽噎中的玉旺再次被狰狞的发顺刺激，浑身战栗，双手无力地向前挥舞："啊……啊……别过来，别打我……"

清官难断家务事，而现在李发康管了，最直接，以暴制暴的方式。平息好这场别人家的暴乱以后，李发康还要去村民小组长家，明天要组织全村的劳力上山找猪。

"发顺，你再打婆娘，我把你手脚卸下来。"李发康临走之前警告。发顺失了神，蔫在一边抽着烟不做回应，算是一种妥协。玉旺在另一边继续抽泣，李发康的眼睛扫过来，她干巴地咧嘴表示感谢。

"玉旺，这狗杂种以后还打你，你告诉我，过不下去就离婚！"听到李发康建议离婚，发顺瞪了李发康一眼。

绝不试图去赞美，只需要真实的描述。单纯地描述一个场景，从发顺家出来，李发康接着奔赴下一家，从一件事奔赴另一件与上一件毫无关联的事。着重于时间，深夜，狗都不吠的深夜。基层干部扮演着一个类似于父母的角色，喋喋不休，殚精竭虑，苦口婆心以换来民众早就该具备的觉悟。基层干部的工作类似于在琐碎的河流中浮沉，这种琐碎的处理，要么细致入微，要么身败名裂。

次日，天还未亮。发顺的疯叫声又将整个村子喊得不得安宁。这种疯喊还不同以往，是沿着村道疯跑的疯喊。仔细一听发顺疯喊的内容：

"哇呀呀！李发康，我婆娘跑啦！不见啦！"

"哇呀呀，李发康，你个狗杂种，你促我婆娘跟我离婚！"

"李发康，你个憨杂种！"

发顺的疯喊一直持续到天亮，重复性地奔走叫喊，以至于全村的人起来知道的第一件事情是这样的：驻村干部李发康建议玉旺和发顺离婚，从而导致了玉旺现在不知所终。

"宁拆十座庙，不毁一桩婚"的传统真理面前，村民一致认为发顺打婆娘是自家的小事小恶，而李发康一举则是大恶。这是大多数人的认为，可暂且成为正确。

疯喊到天明的发顺终在喊累的时候静了下来，木讷，两眼无神。现在他终于是一个人了，他从未想过会一个人。不过还想推脱责任或者是博取更多的同情，有气无力地嘟囔着："狗日的李发康！"

老岩劝解："发顺，怎么了？"

发顺捏着烟屁股说："狗日的李发康促玉旺和我离婚，玉旺就跑丢了。"

老岩问："那你婆娘到底跑哪里了？"

发顺道："昨晚那疯婆娘揩干净鼻血就往外跑，跑进了林子里，跑得太疯，我追不上她。

二黑附和："嗯，真的狗日的李发康。"

再次将行动轨迹倒叙到起初找猪的林子来，还是一样的场景描写：村北边是森林，最外围是退耕还林后村民种下的松林，往深处走，是人迹罕至的原始森林。为什么要旧景重提呢？因为据发顺的描述，昨晚玉旺就是趁着月色跑向这个方向的，并最终音讯全无。

外围的松林中，大规模的人群聚集。昨夜发顺家的叫喊，成为今早众人的谈资。议论纷纷的众人最终统一意见：玉旺失踪的原因可归结为，由于李发康这个外人擅自插手发顺家的家事。

乡长兰正义一大早便闻讯赶来，贫困村特困户丢了，这是天大的事。

此时兰正义正训斥着奔忙一夜的李发康："猪的问题还没解决好，现在你又弄出个丢人的事儿！太丢人了！"

李发康说："发顺都快把他婆娘打死了，所以我就……"

兰正义道："自己的事情都还没处理好，还有心思管别人的家事。"

旁观李发康被训斥的发顺这会儿又有了力气，恨恨地说："兰乡长，就是他要管我教育我自己的婆娘，我婆娘才丢的。他还促我婆娘跟我离婚……"

兰正义道："发顺，你给老子闭嘴！"

太阳出来，林子中的浓雾散开。村庄里的能动劳力组成的搜索队伍进入森林，本来是要找猪，现在还要找人。因为要找人，惊动了兰正义，兰正义带来了乡派出所的全体警员和消防人员。当然，还有一只警犬，以及若干只村民家中品种不纯的撵山犬。

"找猪和找人两件事碰在一起，开干！"兰正义一声令下。

山大了，再多的人也自然就少了。本来计划的地毯式搜索不奏效，所有参与此次搜寻的人员在林中铺撒开来，往森林深处找。边走边喊，这边的人喊着玉旺，那边的人学着猪叫。

"玉旺这个小女子怎么这么能跑呢！这么多人找都还找不到。"

"都快找了一天了，怎么还找不到？"

发顺、老岩和二黑又聚在一起，跟在队伍的最后面，他们三人又一样了，漫不经心。

"发顺，婆娘跑丢了，你怎么一点儿都不心焦？"

发顺说："死了最好，这疯婆娘！"

"发顺，我劝你还是好好找找，没了婆娘怎么过日子。"

发顺说："那疯婆娘是李发康弄丢的，他要负责。"发顺将责任推脱得一干二净。此时李发康正带着人在林子深处找，听不到。

"发顺，你是个畜生。"

进山搜寻的队伍在山中一直搜寻到傍晚依旧是毫无头绪，唯一的收获便只是越往深处走，地上散落的猪粪越多。村民跟兰正义打趣："兰乡长，派出所该发枪了，不然这野猪又要下山祸害人了。"兰正义道："莫要扯卵，找人要紧。""不过要说玉旺这小女子进山也应该走不了多远，怎么就找不到呢？"警犬在嗅了玉旺的衣服气味汪汪撒出数里后也在山中丧失了气味的方向，众人不禁为玉旺的安危担忧起来。

村民甲："林子里有豺狗和豹子！"

村民乙："林子里有吃人的狗熊！"

村民丙："林子里还有大黑野猪，也吃人！"

村民甲乙丙代表群众的声音，代表群众的猜测，玉旺的死因。因为找了一天了，丝毫不见玉旺的踪迹。

兰正义中断众议论："干部留下连夜找，村民回家，今晚找不到，明天接着找。"

村民回村，山中入夜。兰正义、李发康等一众干部继续留守山中，人命关天。消防和民警打着大电筒在前，兰正义和李发康打着小手电跟在后面。山中的夜里幽冷，林中的每一丝响动都会被放大得诡异。

"嗷嗷嗷！"猪叫声在夜里响起。

"你们听，猪在嗷嗷叫！"

"果然有猪在嗷嗷叫！"

众人闻声，手电筒齐刷刷朝着嗷嗷叫声的地方照，众人朝着手电筒照到的地方奔跑。约莫半小时后，离嗷嗷的叫声越来越近。手电筒所照的灌木丛中因为反射亮起数十双小灯泡："是野猪，很多的野猪！"有人惊喊。嗯，是的！灌木丛中亮起的小灯泡正是野猪群的眼睛反射着手电筒。与野猪在夜里不期而遇，众人愕然。野猪在夜里被强光所照，怔住三秒。待野猪回过神来，嗷嗷往漆黑中逃的时候，众人还在愕然中。

"还愣着干吗？追上去。"李发康喊，众人打着手电筒追上去。

森林，尤其是夜里的森林，那绝对是属于野物的领地。野猪群往山顶上窜，众人跟在后头追。野猪群至山顶，野猪群向下翻下了山梁子后不见了踪影。兰正义和李发康跟在最后，气喘吁吁地跟上来。

兰正义道："大半夜的跟着野猪瞎追什么？万一野猪转过头来咬人怎么整！"

李发康喘着粗气说："你看见了没？野猪群里夹着一头白猪？"

兰正义道："乱麻麻的！谁顾得上去看黑的白的。"

李发康喊住一个民警问："那你看见了没，有一头白猪？"

民警说："没有，光看猪眼睛了！"

"你……唉……"李发康问不出个结果。

"野猪群里夹进了家猪，家猪还不得被咬死！"

李发康把手电夹在腋下，双手揉了揉眼睛说："应该没看错啊！我就看见一头白猪夹在黑野猪中间。"李发康再揉揉眼睛，一拍脑门说："我敢肯定有一头白猪夹在里面！"李发康自我拍板，确定看见一头白猪，此猪极有可能就是发顺家跑丢的那头建档立卡猪。

"那猪呢？"兰正义打断李发康。其实众人与野猪群只不过在慌乱中照过一面而已。

山中搜寻人员在林中夜遇野猪群的消息成为第二天早上人们的谈资，议论纷纷的一致结论：发顺跑丢的媳妇玉旺有极大的可能已经死在了山上，根据玉旺踪迹全无以及野猪成群的事实可以正面得出悲惨的推测，玉旺死了，肉已经被野猪吃了，骨头也被嚼碎。同时也得出一致的同情和愤慨：把发顺这个畜生也丢到山上让野猪嚼碎，李发康这个多管闲事的间接杀人犯也丢到山里。

发顺在玉旺走丢次日，又伙同着老岩二黑，呼呼大醉，仿佛丢了的不是他的媳妇。呼呼大醉时坚持的醉话："玉旺，是李发康弄丢的！必须由李发康负责。"

李发康领着人在山中继续找，他走在最前面，背后是千夫所指。

一天一夜的山中引吭，留守山中一天一夜的搜寻人员累得够呛。乡长兰正义糊弄个理由一大早就回了乡上，其余搜寻人员散在地上，横着，倚着，侧躺着。玉旺山中走失，谁都没法安宁。

随着玉旺走丢的时间拖长，这支搜寻队伍的规模不断扩大。第二天，相邻的几个村的劳力加入进来。第三天，县上派来一支专业的消防队员。地毯式的搜寻在玉旺走失后第三天正式形成，林中已撒出去千余人。可是在千余双眼睛之下，丝毫不见任何一丝有关玉旺的踪迹。县上每天的指示大同小异——设法减小这事的影响。但是这事没法不大，这种类似于人间蒸发的音讯全无让这场千余人找一人的事件无边扩大，一直寂静冷清的山林在大规模的人群介入之后变得热闹又沸腾。

不断加长的失踪时间消耗着李发康的耐性，在山中坚持三天三夜的李发康灰心丧气，心里打着突，脑子发着木。眼前一黑，累晕之前仍然不屈从："活要见人，死要见尸！"如果搜寻的第一天是人和猪一起找，第二天就是单纯找人，第三天第四天就是活要见人死要见尸。而第五天，千余人期望着在林中张大鼻孔单纯寻找一具发臭的遗体，以告结这件费时费力的搜寻。可是没有，什么都没有。

当人们认为的玉旺的"死讯"满天飞的时候，发顺不得不接受玉旺已死的现实。酒越喝越发酸，接受死讯就意味着不得不悲伤，发顺不敢再扯着嗓子喊一个"死人""疯婆娘"了。

所以发顺从村子一路哭喊着上山去："狗日的李发康，你还我玉旺。"

发顺的这种哭喊来得快，去得也快。就像是刻意走走过场，在散落着千余人的林中哭号一气后，被老岩和二黑钳下山去。把悲伤哭喊出来不一定有缓释功能，不过能博取同情，这是发顺的目的。晕倒被抬走的李发康自然而然成为发顺这个可怜之人可怜的可恨制造者，这是一致认为，不可说服。

无所谓始，也无所谓终。发顺、老岩、二黑三人又继续成为一体，喝上了酒。

老岩说："给玉旺立个牌位供一下吧？"

发顺又开始醉话："不弄，浪费香火。明天去告狗日的李发康。"

二黑说："嗯嗯，人命，赔死狗日的李发康。"

八

玉旺走丢的第十天。

县扶贫办主任唐松的办公室热闹非凡，名为接待失踪者家属，实则是发顺率领着老岩和二黑在这里赖作一团。发顺的小盘算，以一条人命为筹码，肯定能在这里吃到一些甜头。唐松冷着脸，寻找着解决之法。办公室的皮沙发上，二黑穿着脏兮兮的袜子蹲在上面，老岩靠着，抽烟，吐痰。发顺跷着二郎腿，假装丧妻之痛。对，是假装。

发顺说："唐主任，都是李发康弄的鬼，我要个说法，我家媳妇死得不明不白。"

唐松冷着脸道："你媳妇不都没死吗？"

发顺说："那么多人找了十天都找不到，跟死了有什么区别？"

发顺继续一脸哭相："唐主任，建档立卡猪是李发康发到我家的，换猪迎检的猪也是李发康买的，我那可怜的媳妇也是因为李发康才弄丢的……"

二黑和老岩附和："是啊，是啊，我们可以作证，都是因为狗日的李发康。"

唐松好言细语："我们县里会仔细研究这个事情，尽快给你们一个满意的答复。"

发顺无赖道："我们好不容易来一次县里，今天必须要一个说法，不然就不走了！"

唐松无奈，也只得继续见证三人的无耻："那说说吧！你们的意见。"

发顺愤愤地说："李发康促我媳妇和我离婚，我媳妇才跑丢的，一定要处理他。而且李发康买到我家迎接检查的猪，我希望政府可以帮我变成钱……以后……政府再有什么发猪崽发鸡儿的，直接帮我变成钱发给我……还有就是……我媳妇死了，政府方面多少给点儿赔偿……"

唐松一听发顺一口气说出一系列无理的要求，冷着的脸转黑，"啪"地一拍桌子道："死了婆娘还狂了小鬼？李发康的事情我们县里会处理，你们的意见我们也会开会讨论。现在，请你们出去，我们要开会了！"唐松对三人下逐客令，不过三人丝毫不见要走的意思。唐松无奈，打通乡长兰正义的电话，愤愤地说："兰乡长，快来把发顺他们带回去。"转而对坐在沙发上的三人说道："你们喜欢待就待着吧！我要开会去了。"

"唐主任，唐主任！"三人看着唐松的背影。

还是唐松办公室内，二黑说："发顺，你狗日的不会说话！"

发顺说："要怎么说？我说的都是实话嘛！"

老岩说："本来可以弄点儿补偿款的，现在完蛋了。"

三人又开始百无聊赖没有结果的内斗。

玉旺走丢后的搜寻工作在搜寻十二天无果后宣告结束，玉旺成为失踪人口。李发康是躺在病床上被当作问题处理的，扶贫的母猪丢了，是工作的错误。处理基层问题的时候用不当的手段造成严重的后果，这是严重的工作错误。数错加在一起，李发康成为特别严重的，可以作为其他干部引以为戒的反面典型。革去公职——当李发康听到县上给自己的处理意见的时候，李发康瞬间释然："唉！"长舒一口气，"就这样吧！"其间，发顺率领的老岩和二黑三人的无赖队伍从乡上到县上再到市上，闹遍了所有他们认为可以管到这件事情的部门，以至于从乡上到县上再到市上的各个部门都一致认为——此人，无赖。避之不及。

卸去公职之后的李发康倍感轻松，他要离开这个地方。插手别人的家事从而导致别人媳妇跑丢了，他已背负着千夫所指的罪名。解释不清，不可说服。当李发康身无一物坐上离开的客车的时候，那个消失数月音讯全无的玉旺从山里回来了。

嗯，没说错！那个跑进山林里失踪数月的玉旺，那个千余人搜寻而不见的玉旺回来了。一同和玉旺回来的还有那头所谓的建档立卡母猪种以及母猪身后跟着的一群小猪崽。母猪嗷嗷嗷小猪呀呀呀，被玉旺赶着穿村而过。这一天，村里的人打开大门，玉旺和猪回来，像战士凯旋。

"玉旺不是死在山上了吗？怎么回来了？"

"怎么还赶着猪回来了？还有一群小猪崽子。"

"那群小猪崽是小野猪呢！"

"肯定是小野猪，大概是那母猪跑到山上跟野公猪配的种！"

"不是，玉旺不是死了吗？怎么又回来了？"问题又回到原点。

玉旺和猪继续在村中穿行，一路走，背后跟着的人越来越多，都想看一看这个失踪在林中数月的女人。

玉旺赶着猪回到家中的时候，发顺刚打包好行李，他准备到省里去上访。大门开，见玉旺进门，发顺一愣，接着一惊："啊！你他妈不是死了吗？"赶进院子里的猪嗷嗷，见玉旺不回话，发顺大声吼道："你他妈不是死了吗？怎么回来了，没死成？"玉旺的嘴嘟嘟囔囔了几下，发声："李……李发康……在哪儿？"见玉旺回来的第一句话就是问李发康，发顺愤愤地说："李发康都他妈差点儿把你害死了，你还跟我提他？"发顺挥手欲打玉旺。

不过这次发顺失算了。"啪！"玉旺响亮的一耳光抽在发顺脸上。挨了一巴掌的发顺发着蒙捂着脸向后退却道："这疯婆娘，真的疯了！"

天旋地转，天旋地转，这里的天旋地转指的是发顺在捂着脸的瞬间看到门外哂笑的人群。这当然很让人没面，发顺在此时酸软，瘫在地上。世界仿佛倒置，然后变了个色。

"李……发康……"

从山中归来的玉旺变得强硬，但是依旧痴傻。不过人们改变了说法，玉旺这是淳朴的无害。玉旺吆喝着从山中带回来的猪群，沿着山路走，最终被林海淹没。

列车向东走，驶出南方高原，革去职务的李发康在车上。换个环境也许是种逃离，而逃离偶尔是飞升。列车向东走，李发康的电话响，接通，乡长兰正义的声音："发康啊！误会啊！误会！发顺家媳妇回来了，建档立卡猪也回来了！"

李发康并不惊讶："回来就好，回来就好！"

兰正义道："我们乡里和县上已经更正了对你的处理，你可以回来了！"

"……"电话那头李发康不作声。

兰正义接着说："发顺媳妇回来，带回来建档立卡猪，还领回来一窝野猪的杂交崽子。乡上准备在村里建立一个野猪杂交的示范基地。"

"……"兰正义接着说，"回来吧！村里的工作需要你！"

"嘟……嘟……嘟"电话忙音，李发康挂断电话，列车驶出高原。

"唉，累了！结束了！"李发康自言自语，倚着车窗，睡去。

九

现在，我经常在电话里喊李发康："嘿，倒霉蛋！"

他回："滚屎！说人话！"

我喊："爸！"

他现在在沿海的某个城市的建筑工地，有时候扎钢筋，多数时候扛水泥。

我说："爸，村里的野猪养殖场弄起来了！村里的人都顺利脱贫了。"

我爸李发康说："那就好，现在国家政策那么好，好好过日子比什么都强！"

我接着说："玉旺养殖场的每一头猪，都是我爸！"

玉旺管养殖场的每一头猪，都叫李发康。

猪幸福

刘鹏艳

　　几个人蹲在地上，围成一个不规则的圈，劣质的烟草味道不断从头顶蹿出来，狼奔豕突。

　　一阵风来，烟逃得像在地里舞蹈，跳出一种袅娜而奔放的姿态，先是缭绕着挑高数米，然后一哄而散。风烟尽头，差不多一百岁的老槐树撑开翠绿冠盖，九尺长臂把一切都遮住了，连树下几个人的脸色都衬得绿莹莹的。这是近处才发现的细节，若是远远地，便只看到一棵树。况且这山里的树也太多了，再拉远些，就连合抱的老槐树也看不到了。于是这次密谋就落在巨大山体的绿色褶皱里，几乎不着痕迹。

　　要找树下这几位，是够费劲的，背靠大树好乘凉，加上由近及远地与身后山脊连成一片，青色叠着黛色，背景和前景摆在一起，结果么，自然是郁郁苍苍，然后，就变成了苍苍茫茫。这大山里什么都显得苍茫，太阳出来，苍茫得晃眼；太阳下山后，又苍茫得盲目。他们看惯了山的眼里又岂止是苍茫，简直是空，是没有——山叠着山，山摞着山，纠缠，蔓延，覆盖，一眼可望得到头？最后么，无论哪个方向的眺望，总归是变得短视。这是没得商量的，厚厚的屏障一样的东西，既没有形状也没有颜色、气味——偏偏这几样没有的东西糅在一起，就成了国家级贫困县的深度贫困村，叫扶贫干部抓耳挠腮，有时候气得心肝脾肺肾都错了位。

这里的地倒是不瘦，种什么得什么。

先前，方圆九百六十万平方公里闹饥荒的时候，外头没得吃，进山倒能混个肚圆。随便挖点儿什么，或是捋一把花花草草，再就是漫不经心地抓些活物，调剂着吃，轮换着吃，总归是饿不着。这也就把人养得心宽，很少犯愁。山上又不缺石头，就有人一块一块地凿出来，雕成佛的样子，供在家里、地里、林子里。不知什么时候，四处散落的石佛为这自然形成的村落赢得了名声。都知道石佛村的佛像好，尤其是弥勒佛，肚大、腰圆、面善、心慈。佛和山一样，是人的保护神。

那些年，若是遇上好年景，人也舍得在地里花力气。他们把汗水一滴一滴收集起来，再一股脑儿慷慨地流到地里。流淌之后，便能浇灌出五谷。绿油油的，或是金灿灿的，比漫山遍野的映山红还要醒目些。那时候的人也都跟土里的庄稼似的，土里土气，实实在在。若是从地里刨出土豆，就会抱着土豆笑成圆滚滚的一团；若是从土里种出玉米，就会抱着玉米笑出颗粒饱满的眼泪。

但那都是好多年前的事了。

再往后就不行啦，无论是人工雕琢的佛还是天工雕琢的山，只能眼睁睁地看着，年轻力壮的人都不肯留在地里干活，地么，也就渐渐老了，荒了，和人一样，见钱眼开，喜欢经济作物。倒是一些有钱的老板跑进山，把地养得花里胡哨的，种啥的都有，只是不种粮食。这一来皆大欢喜，人和地都解放了。

解放了的人，多半不在自家地上，但也有例外，比如这几位，晓得山外的钱也不好挣，莫如自家地头上自在。眼下这几位蹲成一只桶，头抵着头，绝不让肥水外流的架势。

"这主意不赖，左右能多出好几百哩。"老癫子同意，反正他抽了几十年的风，就连新来的书记也是知道他这号的，大不了躺在地上口吐白沫，到时候谁能奈何他？

"你奶奶的，顾头不顾腚，"长锁往地上啐一口，接着眯起眼，仰头，像匹老骡马打个响鼻，"那个啥黑毛猪董事长么，自然是不怕的，老余呢？"

一年前到村里蹲点扶贫的那位胖胖的第一书记姓余，听说是县上公安局的副政委，老话说"生不入公门，死不入地狱"，老余头上的帽子不大不小，但因为有枚沉甸甸的国徽压着，招惹他总是不大妙。

"怕他个屁咪！"玻璃花瞪着一只眼，另一只眼也瞪着，不过是假珠子，两只眼对不上焦，"县公安局能有地方关你？"

也是么，屁大的事情。

于是就定下来，几家的猪都交给玻璃花，要是有人来检查，也由玻璃花出面周旋。这几位里，自然是他灵光些，先前上山炸石头，把一颗好好的眼珠子炸没了，倒不影响他思维的"先进性"——这也是他颇得意的地方——是他首先抓住石佛村的新时代发展方向，把祖上传下的雕佛的手艺拿来雕财神。因为财神卖得俏，让他很是风光了一阵，不过家里乱七八糟的花销也是够大的，因此并没有真正富起来。

几家都是建档立卡户，领猪崽子的时候就说好的，吃啥，圈哪儿，在谁家的山头放养，怎么配合防疫检验，合同里写得明明白白，只不过这几位都不大识字，签的时候也没细看。"不用看的，都是格式合同。"那位长得像唐僧一样细皮嫩肉的董事长，也不知姓甚名谁，当时是这样给他们说的，"我们公司，"他推推鼻梁上的金丝眼镜，指着白纸黑字的"甲方"一栏，"在县委县政府都签了军令状，是县里的'十大扶贫企业'之一。"

"乙方"可不关心这个，他们更关心收购价。数字自然是识得的，装模作样地瞅一眼，嚯，三十六块五，比市场价还高出一大截子呢。于是大笔一挥，签上大名。这事成不成都没啥损失，反正老余说了，就是有损失也算在他头上，否则他这个扶贫队长没脸见人哩！

老余肯定是要脸的人，不过眼下猪要出栏了，收购价噌噌往上涨，再按原来的合同价出手，咋也不上算。养猪本来就是为了脱贫致富么，当然是给的钱多才谈得上富哇。

有毛病没有？

是这个理呀！

这几位都是十分明理的人，于是圪蹴在老槐树下商量了老半天。商量的结果是，致富第一。长锁站起来，捶捶老腰，望着山下吐一口气道："奶奶的，大不了再买头猪！"他油然而生的底气是因为玻璃花说山下的猪便宜得多，这种偷梁换柱的事情从来就屡禁不止。城里人嘴刁，吃猪肉要分山上山下的，他们可不管那么多，都是猪么，还能吃出天鹅肉的味道？

长锁看见山下的盘山公路羊肠一样扼住山的脖子，远远地，一道一道缠上来，绕到近处，反倒看不见。这让他生出一种奇异的安全感。进山不容易，进石佛村就更难，他还记得签合同那天，"甲方"带了一支扛着红旗的队伍过来，由老余领着，在村里上上下下走了一遭。真是上上下下——石佛村依山而建，从村头到村尾，海拔相差几百米，坡陡弯急，步步惊心。有个长得挺好看的姑娘，本来是扛着旗子打头阵的，没走几步腿就软了，只好倚着身后的峭壁，脸色苍白地坐在半道上。长长的队伍尾巴甩出去折了个漂亮的 S 形。"哎，怎么不走了？"后面的喊前面的。压阵的董事长一抬头，正好看到迎风招展的红旗上。"Z 县黑毛猪食品开发有限公司"十几个金色大字飘忽不定，别有风情，于是歪头对随行的摄影师说，这个角度还是不错的。

咔嚓。咔嚓。咔嚓。

那天"甲方"拍了不少照片,这组摄影确实在审美形式上高出一个海拔。据说董事长后来一锤定音,在所有平面广告和公司画册的首页都印上了这张构图和意境都非同凡响的大片。一方面是宣传企业的文化,所谓人文之美;另一方面也是宣传企业的黑毛猪——统统来自海拔超过千米的高寒山区。肉质之美,可想而知。当然这些都不是陪在左右的老余所关心的。老余忙着介绍石佛村的山地投影面积和平均海拔,贫困人口有多少,适合养猪的有多少,能保证的黑毛猪供应量能达到多少……他肥胖而灵活的身躯上蹿下跳,让一队年轻人都惊讶不已,关键是他脚下不停,嘴上也不停,嘚啵嘚啵说个没完没了,这得是多好的身体素质呀。"甲方"董事长频频点头,当场签了一批又贫困又适合养猪的"乙方"。

长锁他们几家,都是那批成为"乙方"的贫困户——各有各的贫困,这就不说了,单说他们几家相同的地方:都缺钱。这几家住得离村部也远,老余不可能三天两头往山上跑。据说老余这阵子忙得脚不沾地,正联系"1+3"的事,也可能忘了黑毛猪。长锁之所以觉得玻璃花组团转卖黑毛猪的计划没有大毛病,跟这个也有关系。

原先,石佛村上上下下有二十来个自然村,住的地方么,也是七上八下。长锁讨媳妇那年,就是依着地势切坡建的房。和村里大多数人家的房一样,从外面看,是土坯房,进去一瞅,好家伙,一整面墙都是沧桑的岩石,跟进到历史悠久的地质博物馆似的。夏天下大雨,或是冬天下大雪,人都有可能埋在里面出不来——但因为考虑到建房的成本问题,历来也都这样凑合着。在长锁他们看来,比塌方更讨厌的是,没房子可塌。比如长锁的媳妇,嫁进来的时候就说得很明白:"俺不图你啥,好歹有个栖身的地方吧。"这样一栖也栖了几十年,长锁和那面时不时往外渗水的花岗岩还有了感情哩。

不过到了老余来村里的时候,因为要搞"责任上墙"——把扶贫工作队的责任制度挂在墙上——长锁他们家,以及像长锁他们家这样的老屋里的岩石墙壁，让老余十分膈应。责任墙上写得很清楚嘛："一过线(收入过线)""两不愁(吃穿不愁)三保障(住房安全、基本医疗、义务教育有保障)"，村里人多少年还住着这样的房子，让他老余这个扶贫队长咋交代嘛！

于是有了量身定制的"1+3"惠民住房改善计划——大概是为了方便长锁这样不爱动脑子也动不了脑子的庄户人记忆，老余把石佛村的村庄规划精简成了数字编码，也就是一个中心村庄加上三个自然村庄，把所有分散凌乱、住房安全性差、交通管理不便的村民集中在四个安置点上。这一来，老余忙得昏天黑地，黑毛猪的事么，就成了"黑地"里的一个小小的黑点儿，反倒看不见啦。长锁兴兴头头地回家和媳妇一合计，觉得这事能成。

媳妇是好媳妇，听长锁啪啪算账，也不多话，末了点点头道："俺晓得了。"起身去烧锅。往厨屋走的时候，纤薄的身板微微侧了侧，轻轻丢下一句："其实，多那几百，也发不了财。"长锁眉头皱起来，刚想说什么，媳妇抬脚出去了，背影轻飘飘的。

听到隔壁轻轻的叹息声，长锁心里老不得劲。

这事弄的。

呆坐一会儿，长锁想起黑毛猪董事长来他家的时候，媳妇欢喜的样子。

那天老余陪着黑毛猪董事长，欠身哈腰地往屋里引，一边提醒脚下当心，一边介绍长锁家的困难。媳妇挖挲着手，抻着脖子往这边看。家里一来人，她就往边上躲，除了端茶送水，没有多余的话。但是那天她看到黑毛猪董事长，眼里竟放出光来，殷勤而又不大合时宜地问道："你看着怪年轻呀，多大啊？"黑毛猪董事长双手接过长锁媳妇送上来的茶，白净的脸上浮起一个略略诧异的笑容："嗯，大妈，我三十了。""属大龙的？""差不多。"

媳妇笑眯眯的，一会儿工夫，进来添了好几回茶。长锁都有点儿不好意思了，又不是什么好茶么，一壶陈底子茶末子，意思意思得了。

长锁明白媳妇心里想的啥。

黑毛猪董事长斯斯文文的样子，可不像从山里出去的，一看就是大城市的派头。但老余介绍说，人家是地地道道的 Z 县人，老家就在石佛村隔个山头的燕子河。县里提倡返乡创业么，十八岁就出门远行的黑毛猪董事长，如今衣锦还乡。

媳妇就感叹：到底要出门呀，娃娃大了，到底要出门才有出息。

可是，想想，坐在背静处的媳妇又默默地流出眼泪来。

他们家的小俊要是还活着，也是这样白白净净、斯斯文文、举手投足一副大城市的派头吧？媳妇盯着儿子的遗像，红红的眼圈瞬间被漫无边际的悲戚灼伤了。

长锁还记得自己送儿子出门的那个清早，沉默的山林还没有从微芒的晨曦中醒来，媳妇就早早煮了鸡蛋和玉米，馏了包子和馍馍，端放在家里那张积了多少年油烟又被胳膊、袖子、抹布和各种老物件摩擦得闪闪发亮的饭桌上。"吃饱了有力气呀，"媳妇催他们，"吃饱了不想家哩。"仿佛，从此这个灰扑扑、乌糟糟的家，便有了崭新而光明的期待。

沾染着露水的清晨在他们父子脚下一步步走得亮堂起来，林子里鸟语啁啾，初升的太阳也被鸟啄活泼地轻啄出斑点似的，影影绰绰地在林间投下斑驳的光影。目送儿子年轻的脚步渐行渐远，长锁心中充满了对陌生远方的敬畏和憧憬。这条出山的路，长锁本人走了很多回，但从没能走得这样远过——儿子即将远赴的那座繁华锦绣的海滨城市，不仅是个遥远的地理坐标，更是个迢递的心理坐标，一辈子在大山腹地来回逡巡的长锁并没有太多的资源帮助儿子孵化未来，送儿子出山，也许是这个父亲所仅能做到的。

长锁和媳妇都有理由相信，儿了会像那些从 Z 县走出去的不服输的年轻人一样，在一个更为广阔的人生舞台上闯下一片天地，而这个家所需要的，只是时间。

时间一分一秒地过去，然后是一天、一月、一年，接下来是更大的时间跨度。时间对于所有人都一视同仁，既不特别慷慨，也不特别吝啬，均匀地分布在人生的每一个脚印上。儿子走得踏实。这个从大山里走到大海边的年轻人有一股子平地上的人没有的拼劲儿哩。儿子的勤奋让他不断给家里捎来好消息——找到工作了，转正了，加薪了，升职了，有女朋友了，开始攒钱买房了……长锁和媳妇都认为从山里走出去的儿子最终会在海边建造出一座属于自己的堂皇的城堡，他会做那座城堡里真正的主人，然后把自己奋斗的故事讲给他的孩子们听，一代又一代，彻底净化血液里土腥的气味。这简直是他们夫妻俩最宏大的心愿。或许儿子会把他们接到海边去，即使不接他们过去也不打紧，像每一对掏心掏肺的父母一样，他们只要远远地看着他就好。

不过，这正蓬勃生长的一切，最终被吊诡的命运拦腰截断。

七年前，因为一场车祸，儿子的生命突兀地停留在二十三岁，并没有更多的时间留给他和"未来"一起拼搏和奋斗。长锁夫妇也没能看到儿子海边的城堡，甚至，领回儿子的骨灰，连他们在山里仅存的那所老房子也坍塌了，只剩下暴雨肆虐后的一堆废墟——幸好，塌方的时候人不在家。

长锁和媳妇坐在废墟上抱头痛哭了一场，怀里，儿子的骨灰盒冰凉冰凉的。

后来的房子还是建在这面坡上。一是没钱。断瓦残垣里扒拉扒拉，能用的还能派上用场，比重新找地方拉架势省下不少。再就是，媳妇也不愿意往别处搬。媳妇的心思浅得很，一眼就能看出来，她恋着这个地方哩。长锁想想也是，或许，再没有那么大的雨了。他们结婚这么多年，房子住了这么多年，这是头一次，也是最后一次吧——冥冥中，好像是儿子用他年轻的性命换了他们老两口子的命呀！

媳妇抱着儿子的骨灰盒不撒手，眼泪一颗一颗往下掉，长锁都担心那单薄的盒子经不住这样滴水穿石的眼泪，迟早会砸出坑来。就劝，劝媳妇放下来，放下来才好过日子。可得到的话是："俺肚子里掉下的肉，没了，哪还有什么好日子？"

这些年，总归是过得没滋没味，也不独独是因为缺钱。

走到厨屋，长锁发现媳妇并没有在那里。倒是屋后的猪圈那边，传来媳妇"啰啰啰"的声音。"你呀，长得这样好，不是俺夸口，算得上猪里头的美男子哩，呵呵，你吃得慢些么，又没有旁的猪跟你抢……"媳妇和黑毛猪说话，"这就要牵走啦，倒怪舍不得哩。不说别的，喂你，俺是花了养儿的心思呀……"絮絮叨叨的，像是对面有个听得懂人话的猪。

猪哼哼，埋头吃得欢实。也许听懂了，一对蒲扇耳朵支棱着前后摇，倒是不耽误吃。吃着，听着；听着，吃着。哼哼。看来是懂了，懂了更要埋头吃，不然还能咋办？媳妇啧啧嘴，拍手进屋，扭头见到长锁，吓了一跳，捂着心口说："你悄没声儿地站俺后面做什么？"长锁嘿嘿笑一声道："你先喂的它，俺还没吃呢。""这就做。"媳妇低头进屋，猪在身后哼哼。

媳妇有高血压，常年吃着药，虽说她一贯的好脾气，长锁倒也不敢惹她生气。跟在媳妇后面进屋，长锁嘀咕："要不，算了吧……俺先也是不同意的，你知道玻璃花那人么，就剩一只眼珠子倒比两只眼的转得快。他说山下联系好了的，不从村部那条路走，神不知鬼不觉……"媳妇忙她的，也不正眼看长锁："俺不管人家，兴许人家就缺那几百哩。"转个身，从缸里舀瓢水，"哗啦"倒进锅里，"俺只说俺们家，有这几百和没这几百是吃得好些，还是喝得好些？"砧板上刀子"噔噔"响，媳妇板着脸，"关键是心里不得过呀，人家问起来，这好说不好听的。"撩起围裙擦擦手，媳妇到底回转身子，抬起眼皮看了长锁一眼，"还有就是，让余书记作难。"

长锁点头"哎"一声，把锅铲子递给媳妇说："俺也是这样说，余书记是好书记么，一心一意为俺们拉项目，为个黑毛猪，上上下下跑得腿都细了一截子。把他撂到凶里，不合适呀。"

"不合适你还跟他们瞎起哄。"

"你看么，住这一抹边的几家子，都同意了，俺孤一个儿说不做这事，可遭人恨？"

媳妇想想，锅铲子在手里掂了几掂，终于还是说："人家做人家的。"背转身，又在灶前忙起来，"俺们无儿无女，光屁股蛋子，要钱做什么？"是这话，长锁反驳不得。

过些时日黑毛猪验收，那几家果然被老余骂得抬不起头。

也不是骂，老余在部队上就是做政治工作的，转业回来还是做政委，搞批评教育熟门熟路，自成一套。先是把玻璃花叫到村部，让他把当捐客的佣金吐出来："猪是大家的，你凭啥一斤肉多挣一块五？你这不是带头致富，你这是割乡亲的肉哇。"玻璃花还嘴硬："俺算是劳动所得吧，这前前后后跑上跑下的，俺容易吗？国有厂还吃回扣哩。"老余啪一拍桌子道："你有理，可有脸当着乡亲们的面把这点儿猫腻端出来说？老癫子是你亲家不？他的肉你也敢割？回头叫你儿子把他老岳父拉你屋里，就躺你铺上，一天抽三回羊角风看看。"

老癫子当然也不情愿把装到兜里的钱掏出来，但玻璃花回过头来做他的工作："算俺多事，你看这事弄的，里外里二斗米，不过你也不吃亏，差价总归是赚到手了。"玻璃花指着黑毛猪合同给老癫子"普法"，说老癫子不会写字，签合同的时候摁的是手印，这就更麻烦些。"你想哇，老古书里那些下大狱的，可不让你签啥名呀，血呼啦地摁个手印，这就去吧。可见手印比签名更有威慑力，起码看着就能吓唬人，要不签合同的印泥咋弄成血红血红的哩。一斤黑毛猪肉三十六块半，这是写进合同摁上手印的，如今猪没了，你不得把肉钱赔给人家？"

这样一家一家突破，到底收齐了猪肉赔款。老余另还赔了笑脸和一桌酒饭给黑毛猪董事长，这是在村外发生的事了——老余回县城的时候在县里最高档的大酒店自己掏腰包买的单，村里人并不知道。老余喝了整一斤白酒，把自己喝得扶墙走，边走边跟黑毛猪董事长赔礼道歉："山里头的人就这样，素质不高，眼里么看不到半寸光。你有知识，有能耐，宰相肚里能撑船呀……"话没说完，就弯腰哇哇吐起来。黑毛猪董事长赶紧搭把手，一面给老余捋后背，一面递上漱口的矿泉水，说："理解理解，我也是山里走出来的。"

第二天老余从床上爬起来，捂着四分五裂的脑袋，努力回忆昨晚的场景，一时还没能从天上掉馅饼的美梦中回过神来——黑毛猪的事，咋弄的？热辣辣的光线从没拉严实的窗帘缝隙里透过来，像一根根针刺进老余晕头转向的脑壳，他隐约记得自己昨晚倒下前的最后一句话是："猪……在，我在……"

老余梦里都惦记着黑毛猪的事，一群猪跟在他后面幸福地哼哼。醒过来，脑袋边上还缭绕着猪的哼哼声儿。咋弄的？使劲拍拍脑袋，溯溪而上的记忆好像拨开一道清亮的流光，再然后，哗哗地，这才打开拥塞的闸门——"我也是山里走出来的。"老余到底记起来了，黑毛猪董事长给他说的是，猪不是目的，是手段，是帮山里的乡亲们脱贫致富的手段，咱这是向猪要幸福哇……老余翻身坐起，果然见床边塞着一只黑胶塑料袋。老余心里一热，那是昨晚他提到饭店去打算当面交给"甲方"的违约金。

黑毛猪算是在石佛村蹲下点了。

老余交代玻璃花、老癫子他们："给脸要脸啊，人家仗义，咱不能不识数。这打脸的事，断不能做第二回。"

他们都跟着捣蒜似的点头说："是是是，不能做，不能做。"

"能好好养猪不？"

"能，能。"

"能踏踏实实脱贫致富不？"

"能，能。"

老余一拍大腿道："口头合同也算数！都是站着撒尿的老爷们儿，可得让咱这张脸有地方搁。"

转眼又是一年，黑毛猪董事长还到长锁家来亲手送的合同。老余和他说了，这一抹边几家人，就属长锁家有觉悟。长锁家墙壁上，老挂钟边上那幅从未随时间变老的年轻的遗像，也让黑毛猪董事长特别有感触。别说，相框里的那个年轻人白白净净的，戴一副眼镜，斯文而有志气的模样，如果假以时日，或许也会长成富贵还乡的样子。黑毛猪董事长接过长锁媳妇手里的热茶，反光的镜片上腾起氤氲的雾气。"大妈，您养的猪好哇，今年再加些任务可行？"

"行么行么，"长锁媳妇欢天喜地，搓着那双粗糙的农妇的手，迎着一束光似的抬起头来，额上的纹路都嵌着喜悦，"俺保证，把猪养得膘肥体壮。"

老余在一旁笑着补充道："今年村里的'1+3'一期工程也能竣工了，你家可是第一批。我来做个保，搬新房归搬新房，咱的黑毛猪还是要放养，嫂子辛苦些，别怕两头跑。"

"不怕不怕，"长锁媳妇脸上的笑纹更深了，一条条刀刻的沧桑，线条却那样柔软，"俺又没得其他的闲事做么，养猪，就养猪。"

屋里热热闹闹的，长锁真想哭咧，他好久没看到媳妇这样松软的笑容了。

送黑毛猪董事长出门，长锁给老余递根烟，两人就站在坡上对了火，脸对脸地抽起来。

"这烟不孬哩。"老余眯起眼，享受着缭绕的烟雾。

长锁嘿嘿笑道："余书记的政策好。"

"瞎说，是国家的政策好。"老余纠正长锁。

"当然，好政策也要靠人来执行。"说着自己先笑起来。

一阵风吹过山坡，满山的绿叠成层层波涛，老余心情不错，今年实现"村出列"大有希望哩！

长锁家领的猪崽子最多，老癞子他们够眼红的，都说老余偏心，把"猪幸福"都给了长锁家。老余仰天打个哈哈，摇摇大手："一巴掌伸出去，指头还有长短呢，我就偏长锁家了，你们有啥意见？我又不傻么，支持我工作的，我自然要偏点儿心眼子。我看这往后还有谁扯我的后腿？"老余的笑爽朗而狡黠，哗啦一把撒在青黛的山林里，像撒出一把金色的种子，挺起的大肚腩一颤一颤的，把自己笑成了一尊弥勒。

找呀找幸福

余同友

一

　　王功兵坐在路边石头上等李朝阳时，满心里不耐烦。本来说好了，五点多钟就能接上人，结果，到六点了，还没见到那人一个鬼毛影子。王功兵看着落日把西山都染红了，一毫毫渐渐往下滑落了了，他想，要是太阳全部掉下去看不见了，那个叫李朝阳的家伙还没来的话，他就立马发动他的"爬山虎"小四轮，一秒也不耽搁，直接回到幸福村。

　　山里的落日像一面大铜锣，敲出满天的晚霞，敲着敲着，哐当一声，就把自己敲到地底下去了。这节奏，这时间点，作为山里人的王功兵很熟悉。当他从石头上跳下来，甩掉烟头，用铁摇把起劲地摇动车子时，落日果然就哐当一声不见了。但摇了好几把，车子就是没能发动起来。他这辆二手小四轮已经开了十多年了，算是超期服役，最近老是闹情绪，很不配合他。王功兵恨不得踹它一脚，这个臭铁疙瘩。当然，骂归骂，他可舍不得不要它，他要靠这个铁疙瘩做营生呢。他定下心，蹲下马步，深吸一口气，左手卡住油门芯，右手蓄足了力气紧握摇把，使劲地抡圆了摇，一圈两圈三圈，越摇越快，哗啦，它终于哼出了声，启动了。两只车前灯虽然只有一只是亮的，但照在狭窄的山道上还是挺亮堂的。他爬上驾驶座，刚准备踩油门时，猛然发现，车前头立着一个黑影，他一惊，以为是头大野猪，再一看，是个人，这个人伸展开双臂，像要抱住四轮车似的。

"你是来接我的吗？我是李朝阳，幸福村新来的扶贫工作队队员。"来人一个大头凑过来，并且毫不生分地一屁股坐在王功兵身边，将随身拖着的一个大皮箱扔到了车斗里。他嘿嘿笑着，灯光里，露出一嘴白牙。

王功兵看了这个人一眼，这家伙理了个平头，三十多岁的样子，一张圆圆脸，一看就是个新雀蛋子。他气呼呼地说："你们干部不是最有时间观念的吗？说好的五点来接你，你看看现在都几点了？"

李朝阳连连拱手说："对不起，对不起，是我在乡政府耽搁了一会儿，让你久等了。"

其实，王功兵平时也没有那么强的时间观念，在这山里，早点儿迟点儿，根本没什么大不了的，但王功兵今天就是要讲究讲究。

早上的时候，村支书王仁杰来喊他，让他去山脚桥头那里接新来的扶贫工作队队员、幸福村党支部第一书记时，他就故意刁难道："你得问问他几点到，我总不能痴汉等丫头，一等一下午吧，我还得拉货挣钱吃饭呢。"

虽然捋起来，王仁杰还是王功兵的叔叔辈，但面对这个犟毛驴，王仁杰只好当着他的面打了个电话给乡政府文书，弄清了李朝阳到幸福村山脚下的大概时间。他对王功兵说："新书记五点多到，清楚了吧，你一定要把人接到啊，少不了你的钱的！"

看着新来的这人一个劲儿地打躬作揖，王功兵撇撇嘴，暗地笑了笑，正准备开动时，那个人却腾地跳下车，喊道："等等，等等。"

李朝阳跑到桥头边的山崖处，打开手机电筒，上上下下左左右右将石壁照了个遍，边照边喊："不对啊，不是说桥头一百多米处的山崖下有块碑吗？我来之前在县志上看了，县志上还有张照片，那山崖可不就是这山崖吗，但碑呢？那块石碑怎么不见了？那可是刚解放就立的一块碑啊，都快成文物了。"

看着李朝阳一惊一乍的样子，王功兵更不屑了。李朝阳说的那块碑他来来往往不知看过多少遍了，它的来历他早就听得耳朵生老茧了。要说，那块碑上的字还是王功兵他太爷爷刻的。刚解放那阵，县委书记是山东南下干部，这个人是个干实事的，他了解到这个全县最偏僻的山村，只有一条羊肠小道进出，他便下了决心，要给山里人修一条板车道。在修路开始之前，他让做石匠的王功兵的太爷爷在山脚下刻了一块碑，就两个字——"幸福"，字是县委书记亲笔手写的，他对村里人说，希望这修的是一条通往幸福的路。后来，路修通了，村子也改名叫幸福村了，名字是个好名字，但村子里的人并没有感到幸福。山穷水恶，人瘦毛长，还幸福呢，村子里的人编顺口溜说："不到幸福想幸福，到了幸福不幸福，离了幸福才幸福。"

这么多年过去了，山还是那座山，路还是那条路，这块碑离村子九公里，可我王功兵离幸福还是那么遥远，何止九公里，九百公里都不止。正因为这样，王功兵心底里其实一直对这块碑有意见，他觉得那"幸福"两个字是对他和幸福村里贫困户们的一种讽刺。幸福个屁呢，他根本不管这是他老祖宗亲自刻的碑，只要在这里歇息，他就故意蹲坐在碑上，当屁股底下的石凳子坐。你作践我，我也作践你，每次看到碑，他都想骂一句，去你大爷的幸福！

有一年，王功兵领着女儿王琼瑶从南京治病回来，走到那块幸福碑时，两人都累了，便在碑上坐下歇息。父女俩满面尘灰，背着的蛇皮袋里装着衣服、脸盆、水瓶等等。那一次去医院，王琼瑶住了一个月的院，花光了王功兵所有的钱，可她的病情却看不出一点儿好转。王功兵郁闷得很，但他不想让女儿看到自己的绝望，一路上照常说说笑笑。回来的路上，他不舍得买火车卧铺，两个人硬撑着坐硬座，这刚一到山脚歇息，立即就睡着了。等他们醒来时，却发现乌云盖天大风狂吹，很快铜钱大的雨点就啪啪啪地落下来了，跑又没地方跑，躲又没地方躲，两个人很快成了落汤鸡。瓢泼大雨中，王琼瑶埋在王功兵的怀里哭泣起来，王功兵抹抹脸，也无声地哭了，泪水和着雨水流。一道闪电横空而过，照亮了他们身下的幸福碑。王功兵的驴脾气又上来了，他恨这块碑，恨碑上的这两个字。他摇摇石碑，发现它原来埋得并不深，加上许多年的雨淋风吹，这一摇就晃动了，他一用力，石碑就倒了。就这样，他还不解气，它躺在这里，到时候来来去去还是碍眼，便抱了它扔到一旁的山沟里，这下好了，眼不见为净。

现在，这个新来的书记，别的不急着问，却一惊一乍地关心一块石碑，看来也是一个专搞虚头巴脑的货。这样想着，王功兵决定给这个省城下来的小年轻一点儿颜色看看。待李朝阳上车后，王功兵突然松开刹车，猛踩一脚油门，小四轮车"轰"一下往前冲去，将毫无防备的李朝阳差点儿甩出车窗外。

"抓紧了！"王功兵吼道，一边说，却一点儿也不减速。

独眼的车灯把山里的黑夜挖出一个大洞，照着两边的树木、峡谷，山路颠簸不平，更要命的是又弯又陡：弯的地方几乎是九十度直角，一个转弯，让人感觉不是转弯，而是直接将车身射进峡谷悬崖；陡的地方简直就是悬挂在绝壁上爬行，似乎轻微的一阵风就会将车子吹翻。王功兵用眼角的余光迅速瞄了一眼李朝阳，果然，这家伙一脸紧张，一双手死死握着车门把手，额头上冒出一粒粒绿豆汗。这就对了，还以为你不怕死呢。王功兵想，这下你还幸福吗?

王功兵的车子开到王仁杰家门口时，他看见李朝阳的两条腿下车都不太利索了，一定是刚才抖动过度了。

李朝阳艰难地从车斗里拖下皮箱，强打着精神说："大哥，你这车技也实在太好了。"

王仁杰迎了出来，老远就伸手，紧握李朝阳的手说："哎哟，李书记，辛苦辛苦，欢迎欢迎。"

王功兵并不将车子熄火，在一旁站着说："别光顾欢迎了，快把我车钱给结了吧。"

王仁杰说："急什么，记个账，回头一把结，还少了你的钱不成？"

王功兵伸出手说："不行，我不记账，你们这帮干部我信不过，必须现结。"

王仁杰问："多少钱？"

"四十。"王功兵说，"本来要五十，因为是接的扶贫领导，优惠十块。"

王仁杰说："你拉倒吧，平时跑一趟都三十，你以为我不知道行情，三十！"他说着，从口袋里掏钱。

"不贵，真不贵，这一路坐过来，像坐过山车，刺激，过瘾！"李朝阳说着，抢先把四十块钱递到了王功兵手里。

王功兵接过钱，爬上驾驶室走了。车灯暗了，车子的轰鸣声还在响。

看着王功兵走远的方向，李朝阳问王仁杰："王书记，这人叫什么名字？"

王仁杰摇着头气愤地说："说起来还是我远房的侄子，叫王功兵，这家伙是头犟驴子，专门和政府、干部们作对，你让他往东他偏要往西，你让他杀狗他偏要撵鸡。"

李朝阳说："哦，可是看起来很能干啊，他是贫困户不？"

王仁杰说："要是对照条件，他应该算是个贫困户，别看他开着小四轮，却是穷得卵子打板凳。"王仁杰说着，意识到自己说了粗话，猛地刹住了话题。

李朝阳说："那是漏报了？"

王仁杰说："不是，这家伙自己死活不愿意承认自己是贫困户，就是不愿意建档立卡。"

李朝阳惊奇地说："还有这号人？不是说很多老百姓都不愿意脱下贫困户这顶帽子吗？"

王仁杰说："所以，他是个专跟你反着来的犟驴子啊。"

李朝阳说："哦，回头我倒要见见这个人。"

二

出乎王功兵的预料，连着三天都没有人来家串门。往常，只要村里派个新的工作队员来——这些年村里前前后后起码来了有十多个各种各样的工作队员了，谁叫幸福村是个有名的贫困村呢——村子里就有一些人会钻到他家里来，余来苟啊，马德才啊，张五四啊，向他报告这个新来人的情况，向他讨主意，或是掇弄他去抵制新官上任的那三把火。虽然明知道这帮人是拿自己当枪使，但王功兵就是愿意出这个头。看到那些干部们落荒而逃，他就高兴，心里头那一股无名之气才能消停一阵子，那个爽利劲儿，比喝一顿好酒还要爽上十倍。

这个早晨，王功兵特意推迟了出工。本来，他每天早上起来，就整理货品，摇响四轮，然后开着车去附近几个村吆喝，当然不需要他自己扯着嗓门吼，如今都是录好了声音的电喇叭循环播放："水果蔬菜，咸蛋海带，种子化肥，衣帽鞋带，应有尽有，要买赶快……"可是，早饭吃过了，烟都抽完三根了，茶水也快喝淡了，还是没有一个人上门，王功兵有点儿奇怪。他的老母亲也奇怪，奇怪的是他怎么不急着出门做生意去，她说："功兵，你今朝在等人？"王功兵摇摇头说："不等人。"

这时候，女儿王琼瑶又在打她的架子鼓了，她一打架子鼓，准是八点半。王琼瑶虽然是个脑瘫儿，走路摇摇晃晃的，但时间观念极强。半年前，一个省城来支教的老师听王琼瑶打了一次鼓，指导了她一下，然后就鼓励她说，每天至少要打两个小时。而且，她这样一个残疾人，最好是在每天上午八点多开始练起，因为这段时间，人的元气最充沛、精力最集中，最容易取得训练效果。王琼瑶听了这话，当了圣旨，就每天雷打不动地，八点半在家的二楼准时打响她的架子鼓。她的手脚并不十分协调，加上整个身体呈现左高右低的形态，所以坐在架子鼓前打鼓时，显得格外手忙脚乱，让人眼花缭乱。

咚咚咚，咚咚咚，咚咚咚咚咚咚……

八点半，够迟的了，看来自己不得不出门了，王功兵第一次觉得女儿这架子鼓敲得有点儿烦。他慢腾腾地发动了小四轮车，拧开了电喇叭："水果蔬菜，咸蛋海带，种子化肥，衣帽鞋带，应有尽有，要买赶快……"

咚咚咚，咚咚咚，咚咚咚咚咚咚……

架子鼓的声音在身后撵着王功兵的耳朵。

车子出了村，王功兵有点儿走神。他回头望了一眼自己的家，三层小楼在村子里高高矗立，还是挺显眼的，虽然没有装修，二三楼的门窗也都用塑料纸封着，像座破败的烂尾楼，可是它高大啊。当年起楼时，王功兵不顾老婆赵红梅的反对，非得要坚持起三层，而且每层都有个大露台，他有他的打算。他对赵红梅说："我要建一个露天餐厅、一个露天花园，还有一个屋顶游泳池，听说新加坡那地儿就有个巨大的楼顶游泳池，能够供几百个人在里面扑腾，世界各地的人都去看新鲜。"那时候，王功兵心比天高，他觉得这世上的事，只要自己想干就一定能干成。他也确实差点儿就成功了，如果不是后来突如其来的变故。

王功兵脑瓜子灵活，高中毕业后，他没有像别人那样出去打工，而是做起了贩卖野生白芷的小本生意，那几年药材行销，收购药材的人少，他赚了人生第一桶金。有了钱后，眼看着收药材的多了，没什么利润了，他就买了辆小四轮车，拉着小百货，走村串户，成了现代货郎。他这个货郎有一套生意经，既零售，又换销，所谓换销就是货换货，遇上那些没有钱的买主，就可以拿家里的农副产品换取他们需要的东西。稻谷也可以，茶叶也可以，香菇也可以。他做生意不要奸，不使滑，很快在十里方圆赢得了好人缘，生意越做越上道儿，经营的品种也越来越多，从最初的百货小商品扩展到农资、电器、小五金等等，总之，什么来钱卖什么。有一回他喝了几杯酒后，碰到一个乡里干部，他牛哄哄地对那个乡干部吹牛，他现在除了军火、毒品和人不卖以外，其他啥都经营，把那个干部气得直翻白眼。这话虽是吹牛，但那时王功兵在幸福村确实是个牛人。牛人有了钱，娶了媳妇，就起了这么个大楼房，房子要建成什么样？他买了本大挂历，那上面净是欧洲家庭别墅的照片，他对施工的人说，就照着这上面的样子建。于是，就有了那巨大的空中露台。

王功兵起房子的时候，老婆赵红梅正怀着孕，按照他的算计，楼房的毛坯起好时，老婆就该生娃儿了，到时可算是双喜临门。可是，赵红梅分娩时出了问题，她肚子刚痛时，王功兵就拉着她去了乡卫生院。本来，村子里生小孩子大多请个接生婆回家就可以了，不用费劲巴力地去医院，但王功兵不放心，他认为乡里正规卫生院应该更可靠些。到了卫生院，负责妇产科的医生过来草草看了下，就走了，说是还没到时候，早着呢，至少得到第二天晚上。王功兵也就耐心等着。可是，赵红梅的肚子却越痛越厉害，到了晚上，她痛得呼天喊地，脸上汗如雨下。王功兵知道赵红梅不是个娇惯的人，平时很能扛痛的，他赶紧去找妇产科医生，却怎么也找不到人，值班的医生打电话找了一遍，也没找着。后来，王功兵才听说那个医生当天晚上是偷着去打麻将了，为了不受影响，她关了手机。赵红梅嗓子都喊哑了，身子底下开始流血，随后出现昏迷状态。医院值班医生这才慌了，找来了院长，经过诊断，这应该是胎位不正所致，产妇母子双双危险，立即喊了车来，一路疾驶到五十公里外的县医院。

坐在车上，赵红梅呼吸困难，像一条甩上岸的鱼，她已经喊不出疼了，连睁开眼睛的力气也没有了，她只是偶尔挣扎着睁一下眼睛，看一看王功兵，眼泪无声地流下来。王功兵不停地催促司机："快点儿，快点儿，你他妈的快点儿啊！"他攥紧赵红梅的手，对她说："红梅你别急，马上就要到了，你要坚持住，把孩子生下来，我还要带你去新加坡看楼顶游泳池呢。"赵红梅闭上眼，嘴角似乎挂着笑。

到了医院，赵红梅立即就被送进了重症监护室。抢救了十几个小时，孩子生下来了，老婆赵红梅却没保住。更让王功兵绝望的是，医生告诉他，因为难产，这孩子脐带绕颈加上在娘胎里长时间呼吸窘迫，先天不足，很可能是脑瘫儿。听到这句话，王功兵不知道自己是怎么扶着赵红梅的遗体回到乡里的。刚到乡政府，他跳下车，咆哮着，冲到了乡卫生院，去找那个杀千刀的妇产科医生，那个女医生事先得到消息，早躲起来了。王功兵一拳头将卫生院的玻璃窗砸了个洞，自己的那只手也成了一个血馒头，热热的血喷溅了他一头一脸，他像个血人，对着天空怒吼。

那几年，王功兵一直要告那个医生，但那个医生不久就悄悄调走了，听说她的姨夫是县里的一个领导。王功兵本来就仇视那些当干部的，这一下更是见到个凡是干部模样的就恨不得扑上去连皮带肉咬上一口。

脑瘫这种病根本治不了，王琼瑶从小没妈，体质又弱，十五岁前，隔三岔五就要生场病。王功兵不甘心，每年只要挣了钱就带着女儿王琼瑶去全国各地的医院诊疗。因为这，王功兵立即从幸福村的冒尖户变成了穷光蛋。

三年前的那个夏天，王功兵又一次带着王琼瑶去上海看病，傍晚的时候，他们走到黄浦江边去看对岸的东方明珠。正散步闲逛，父女俩看到一群人在江边露天演出，有一个小女孩，头上扎着发带，脚踢手打，双手挥舞，几面桶一样的大鼓在她身下发出激昂的音响。王琼瑶看呆了，她大概是被那小女孩狂野的样子吸引住了，她半天不舍得走，目光灼灼地直盯着那女孩看。

王功兵问她："你也想打那些鼓？"

王琼瑶先是点头后又摇头："不，那是城里有钱人玩的，再说我又这样子，我要是玩这个，那还不笑死个人。"王琼瑶知道王功兵有时挺疯狂的，会做一些让村里人看不懂的事。

王功兵果然犟驴劲儿又上来了："凭什么呀，城里人玩得，我们贫下中农就玩不得？"他拉着王琼瑶到了附近街上的琴行，才知道那玩意儿叫架子鼓，打听了一下，最便宜的一架鼓也要一千块钱。他摸摸瘪瘪的口袋，惭愧地拉起王琼瑶走开了。

过了几个月，王功兵却不声不响地驮了一组架子鼓回来，就架在二楼的露台廊檐下。"敲吧，城里人能敲，我们也能敲。"他笑着对王琼瑶说。

听说这玩意儿花去了一千多块钱，王功兵的老母亲心疼得几天没睡着觉。村里的人一拨一拨来看这稀罕东西，个个拿起鼓槌四六不着调地敲几下，他们都不理解王功兵为什么舍得花钱买这个既不能吃又不能喝的东西，也许，在整个幸福村，也只有王功兵才能做得出来这样荒唐的事。

从此，深山里的幸福村就早早晚晚响起了架子鼓的声音。王功兵听着这鼓声，就觉得它在说话，它是在替自己说话。有很多话他不知道怎么说，但一直压在心底里，像压着一块大石头。其实，那天离开上海滩那家琴行的时候，他就下决心一定要给女儿王琼瑶买组架子鼓。

王功兵并不是赌气。当时，他想到了自己小时候经历的一件事。那年夏天，他读初一，校园里刚刚时兴起穿运动鞋，红圈白面橡胶底，穿在脚上，就像安上了哪吒的风火轮，班上许多同学都有了。他羡慕得淌口水，梦里几次穿上它，笑醒了，脚上依然光溜溜的。去供销社商场看了好几次那鞋，可家里没钱给他买，他就决定自己挣钱买。他得到了一个消息，有一群地质队勘探队员在幸福村的山脚下扎营，要勘探这里有没有金矿。他们二十多个人就在山脚下住宿，当然少不了吃饭，所以附近的人家就将家里的蔬菜拿去卖给他们。听说他们很大方，买菜时从不还价，也不打白条。王功兵征得母亲同意，在自家菜园里砍了一担新鲜的莴笋，捆扎得整整齐齐，一头一捆，挑着去探矿队。刚开始挑担，几十斤的东西并不显得重，可走了一半时，莴笋就不是莴笋了，就成了石头。上岭下坡，肩膀上的担子变得越来越沉，天又热，他气喘吁吁，汗落如雨，两个肩膀头磨破了皮，汗水一渍，又辣又痛。他几次想打退堂鼓，但一想到弹力十足风火轮一样的运动鞋，就又咬牙坚持着。从村里到山脚九公里，那个时候他觉得这一段路是多么漫长啊。他头昏眼花地挣扎着将莴笋挑到探矿队时，那个厨师正在吃午饭，饭菜的香味扑鼻而来，他面前有好几盘菜，甚至还有一瓶长颈子的啤酒，泛着金黄的泡沫。厨师翻弄着那两捆莴笋说："我们刚才已经买了两捆莴笋了，我们的工作队员总不能餐餐就吃一个莴笋吧，你还是挑到别处卖吧。"

厨师照例是个胖子，说话也轻声细语的，王功兵大失所望。他磨蹭着，哀求着那个厨师："这个莴笋腌着吃也好吃的，你看，这么壮实的莴笋，一根能炒一盘。"

那个厨师不再理他，转身坐下，喝一口酒，吃一口菜，嚼得满屋喉咙响。他看见王功兵目不转睛地看着自己吃菜喝酒，便夹起一牙琥珀状的东西送到仰起的嘴里，有点儿像表演，不料，手和嘴巴的配合没有形成默契，手一抖，那牙菜掉到了地上。胖厨师看了看地上，又看了看王功兵一张一合的嘴巴，突然笑着指了指地下，对王功兵说："这是松花皮蛋，可好吃呢，你要不要吃？捡起来洗洗是可以吃的。"

王功兵愣怔了好一会儿，才明白那个胖厨师说的是什么意思，他挑起两捆莴笋就往回走。走到幸福碑的时候，少年王功兵再也控制不住自己，放下担子，他扑倒在石碑上，号啕大哭起来。他觉得特别委屈，不仅仅是因为没有卖出去那两捆莴笋，而是那个胖厨师的眼光、语气、神情和举动都让他特别受伤。那个人，竟然让自己吃他掉在地上的东西，在幸福村，只有狗才去吃别人掉在桌子底下的东西啊，那个人为什么要那样？难道一个人贫穷了，就只能得到狗一样的对待？

那一场遭遇，让王功兵认识到，再穷，也不能轻贱自己，再穷也不能失去了尊严。从此，他也格外敏感起来。几年前，听说要对贫困户建档立卡，他就不同意将自己定为贫困户。"谁说我是贫困户了，你看我这大房子，我这小四轮，我不是贫困户！"他对上门来的干部们吼道。

咚咚咚，咚咚咚，咚咚咚咚咚咚……

小四轮出了村后，鼓声渐远。王功兵心想，大概那个叫李朝阳的家伙被自己那天的飞车表演吓坏了，他还没有回过神来，所以还来不及烧他新官上任的三把火。

但让王功兵没想到的是，这天晚上，他开着小四轮收工回来时，没见到来串门的邻居们，倒是那个李朝阳站在院子里笑眯眯地等着他。

三

王功兵说："什么，听听我的意见？你抬举我了，我没别的意见，就一条，你能把进山的路给拓宽了，能走小中巴车，而且一直通到家家户户门口，那你就是真菩萨，别的都是虚的。"

他以为李朝阳听了这话会生气，哪知道这家伙仍旧笑嘻嘻的，点点头说："这个意见，大家伙儿都说了，这几天我可是把村里的所有贫困户都走访了一个遍，你还有没有其他什么高见呢？"

王功兵才明白为什么余来苟那些家伙这几天没来及时报告了，他说："你还当你是孙悟空啊，有三头六臂？你能把修路这一件事做好了，我王功兵就佩服你一辈子！"

李朝阳说："反正我在幸福村要待三年哩，你等着瞧。"他说着，在王功兵家的院落里、屋子里转悠起来，像是不经意地问："听说，你原来想弄个楼顶游泳池？"

王功兵说："是村里书记他们当笑话说给你听的吧？我知道他们天天在说我笑话。"

李朝阳说："大哥，我不认为这是笑话。对了，你现在还要改回名字吗？你要还是想改，我这就去公安局以组织名义出面帮你跑这事。"

王功兵说："你帮我跑，为什么？"

李朝阳说："这是你的权利啊，事关一个人的尊严哪。"

王功兵愣了一下，他沉默了一会儿说："算了，过去那么多年了，我这把年纪了，不可能再又能文又能武了。"王功兵知道这一准儿是王仁杰说给李朝阳听的另一个关于他的笑话。

那是王功兵当年刚做生意时，去乡派出所办身份证，他本来给自己取的名字是"王功斌"，文武斌，寓意自己又能文又能武，从小学到初中到高中，他都一直叫这个名字。可是，派出所那个民警问他叫什么名字，他喊出"王——功——斌"三个字时，到了民警手里记成了"王工兵"，三个字错了两个，他赶紧提醒民警："是功夫的功，文武斌的斌，文武双全的意思。"民警有点儿烦，顺手将"工"字边加了个"力"，对"兵"字却拒绝改。他说："什么双不双全不全的，你一个农村人讲究这个有屁用，'兵'字多好，简单好写，就这样了。"气得王功兵说不出话来，他想再和民警理论理论，但他听说这个民警脾气坏得很，得罪了他，身份证说不定几年都办不下来，而他又急需这身份证外出，便只好忍气吞声，认下了这个错误的名字。一个月后，当王功兵拿到身份证后，他久久地盯着那个"兵"字，不由得气不打一处来，他逢人就说："可惜啊，我本来文武双全，这下活活被干部们搞坏了，文是文不成了，只能一辈子做个武夫了，还是个小兵！"

因为这改名字的事，王功兵更加对所有的干部们都冷眼相对，他认为他们全都是糊弄老百姓，根本不把老百姓当人看。所以，只要有乡里的干部到幸福村办事，他碰上了，都故意扛着大铁锹，骂骂咧咧，目不斜视，旁若无人，像一只好斗的公鸡，耸着翅膀从干部们身边走过，像是随时准备着给他们一铁锹似的。

这么多年了，王功兵"文武双全"的故事早成了幸福村的笑料，每来一个外地人，就要被重新演绎一次。别人听了，也都哈哈一乐，大不了说一声王功兵是个怪人，当成个笑话去听。但还是第一次有人认为这"事关尊严"，王功兵不由得再看了这个小年轻一眼，他觉得这个省城下来的干部面目似乎也不是那么可憎。

这个李朝阳真是个自来熟，他转着看着，一点儿不见外，竟然几步就转到了王功兵家的二楼露台上。

露台上，王琼瑶正坐在架子鼓前看书，她的身后是大山，青绿的大山之上，是高天流云，她的身前是幸福村的田畈，一条小河弯弯曲曲地流过。

李朝阳转身对跟着上来的王功兵说："老哥，这儿真要是弄个游泳池，那可是美极了，你看，青山绿树和蓝天白云会倒映在水里的，到哪里找这样好景致的大游泳池？"

王功兵将头扭向一边，他有点儿恼怒李朝阳不经他这个主人同意就上了二楼，倒不是二楼有什么机密，而是相比一楼，二楼就更像一个破败的废墟。大露台上空空荡荡，当年剩余的建筑垃圾还随意散落着，一群麻雀把这里当作它们的乐园，星星点点的鸟粪在围墙上凝结成了恶心的小型粪堆，他认为这个李朝阳是在存心出他的丑，看他的笑话。

谁知道这个家伙还不满足，他走到王琼瑶面前，眼睛放光。"真没想到，咱们幸福村还有这东西！"他说着，俯下身对王琼瑶说，"原来，每天的咚咚咚是你打出来的，打得真好，能不能让我也试试？"

王琼瑶刚让开身，李朝阳就拿起鼓槌，双手上举，闭上双眼，突然，像接收到了某个指令，猛地一槌，哐，咚，咚咚，两只鼓槌雨点般落在鼓面上，他的身子也跟随着内心音乐的节奏上下起伏左右扭动，像一条鱼畅游在激流里。

哎哟，王功兵心想，这水平，连他都清楚那是要比每天苦练的王琼瑶高出好几个等级的。一旁摇晃着身体的王琼瑶早已听呆了，这孩子，一发呆，口角就流口水。王功兵赶紧趁李朝阳双眼似睁非睁的时候，迅速上前，用衣袖擦去了女儿口角上的口水。

李朝阳敲下最后一记鼓槌时，王琼瑶咧着嘴笑了，双手直鼓掌，如果不是站立不稳，估计她要跳起来向他三呼万岁。

李朝阳的额头上又冒出了汗珠，他是个容易出汗的人，但他的面容在傍晚的风中，似乎散发出一种让王功兵说不出从何而来的微光。怎么说呢，这个人不太像他以往仇视的那些干部。"原来，你就是玩这鼓的？"王功兵问。

李朝阳站起来对王功兵说："会一点儿罢了。其实，我最会玩的是铜号，我没想到咱们幸福村还有人会敲架子鼓。我下次回家一定要把我那把铜号带来，给架子鼓凑个兴。老哥，我走了，有困难一定对我说啊。"

王功兵条件反射似的立马不爽，他说："有困难？我没困难，我的困难就是进山的路太窄。"

李朝阳笑笑，也不解释，又朝王琼瑶说："姑娘，好好练，下次我给你组织一台个人演奏会。"

李朝阳前脚刚走，余来苟、张五四几个人就来了，王功兵忙着补车胎，他有点儿不想搭理这几个厌货，可这几个货就是赖着不走，看着他在院子里修车。他们围在旁边，七嘴八舌地把话题拼命往这个新来的李朝阳身上引。

"这个新派来的人，是个从来没听说过的单位选派来的，好像是什么做窗帘布的，这也是个正经单位？"

"什么做窗帘布，我问了我儿子，他打听清楚了，这个李朝阳的单位叫文联，具体搞什么我也不知道，反正就是写写画画唱唱跳跳的，他是那里面的一个什么创作联络部的部长，简称创联部，不是窗帘布。"

"上面对我们幸福村太不重视了啊，派的都是没权没钱没用的部门哪，我们幸福村就是后娘养的，那些电力、税务的就从来派不到我们幸福来。"

"我们又不需要窗帘布，你哪怕是电信、联通也好，最不济，一家发个手机总可以吧。"

王功兵被他们鸡一嘴鸭一嘴地吵得头痛，他上好轮胎，正要轰赶他们时，王爱莲顶着鸡窝头又一头扎进了院子。

王爱莲一看院子里有人，喊了一声哥，就在院门口的一堆废柴桩上坐了下来，看样子是要打持久战。其余几个人一看这阵势，立马撤退，把空间让给了王爱莲。

王功兵看了一眼院墙，他把地上的一个酒瓶提拔到墙上，数了数，然后对王爱莲说："你这是第十二次上门了。"

王爱莲假装吃惊道："怎么，我这么重要，每来一次，你都要记一次数？"

王功兵说："你来一次，我这个墙头上的酒瓶子就多了一个，不过，这是最后一次，下次你要是再来，我这个酒瓶子就不是放在墙上了。"

王爱莲说："嘻嘻，哥，我知道，我要再来，你总不会把瓶子直接放到我头上吧。"

王功兵真是拿这个女人没办法。"那可不一定。"他说，"我不是早跟你说了吗？我不同意的事，你也不能逼我啊。"

王爱莲的老公是个扎匠，也就是用竹丝糊上红红绿绿的纸，扎成纸屋纸人纸马之类的冥器。山里人信这个，只要家里有老人殁了，都要买上一套，在墓地前烧。王爱莲之前在城里服装厂打工，日子本来过得不错，没想到她老公一次开摩托车回幸福村，一个大拐弯没注意，直接摔成了高位截瘫，下半身毫无知觉、不能动弹。王爱莲只好从城里回来服侍老公，但日子不能这么过啊，这个女人不愧在城里摸爬滚打过几年，脑子活，她进了一批五颜六色的铝丝，让老公坐在轮椅上编些工艺品，什么摩托车、小轿车、水立方、长城、鸟巢，然后拿到镇街上卖。这个东西不实用，就是个空看的，不好卖，她就打感情牌。一到晚上，就在县城的热闹地块铺开席子，摆着一地的工艺品，让老公坐轮椅上现场编织，她自己就在一旁唱歌，她嗓子不错，会唱许多歌曲。这一唱，就有人围观，顺带着就把那些长城、鸟巢卖出去了。可是，唱了一年多后，这招不大灵了，毕竟，县城就那么些人，新鲜劲一阵风过去了，他们就不买账了，王爱莲唱得再怎么凄惨，也没有人围上来听了。王爱莲突然想到了另一招，那就是让王琼瑶跟她干。王琼瑶什么也不要做，就打着架子鼓，又玩了，又把钱赚了，多好的事呢。她这样跟王功兵说时，王功兵这头犟驴就是不愿意，他一听这个就反对："那不成，那成什么了？说白了，那不就是要饭吗？树要皮，人要脸！我王功兵家穷死不当官，饿死不要饭！"

　　本来王爱莲吃了闭门羹就该知难而退了，但她有一次趁王功兵不在家，偷偷地把王琼瑶带到了县城，结果发现王琼瑶一出场，不管是水立方，还是鸟巢，立马销售量大增。她分析：一是架子鼓有气势，一敲就拢住人；二是脑瘫女孩敲架子鼓更吸引人，王琼瑶那副努力的样子，再配合着她王爱莲的如泣如诉的歌唱，人家以为他们是一家人呢，同情心立马飙升，还还个什么价呢，买、买、买就是了。当晚还有个什么电视台记者要采访他们，但王爱莲害怕王功兵看到了发脾气，只好谢绝了。因为尝到了这甜头，所以王爱莲一次次地上门来做王功兵的工作，可王功兵的工作谁能做得通啊。这家伙认准了这是个要饭的营生，要饭这个丢脸的事，他王功兵不可能答应的，弄不好，他真有可能把那酒瓶扔到自己头顶上的。

　　王爱莲看着墙头上立着的那一排酒瓶子，风吹过来，酒瓶里灌满了空气，竟然发出了呜呜之声，像一个人吹着排箫。她听了半晌，无计可施，只好从怀里掏出一个东西，递给王功兵："好吧，我认输，你把这个送给琼瑶，我特意编给她的。"

王功兵一看，是个用铝丝编织的架子鼓模样，活灵活现的，王琼瑶一准儿喜欢。他说："你编的？你现在也会编这个了？"

王爱莲说："是啊，我老公教我的，我现在编起来不比他差。"

王爱莲走了，王功兵端详着那个小小的架子鼓，月光照下来，光在鼓面上跳动，像是要敲出好听的音乐来。

四

经朋友介绍，王功兵在县城做了二十多天的活。县城里在搞大拆迁，建筑垃圾要集中运走，王功兵就开了他那辆"爬山虎"小四轮，没白没黑地拉那些房屋残骸，每多拉一车他就想着银行贷款的数字会少一些。这些年，为了给王琼瑶治病，他不但没余下钱，还欠了亲戚朋友好些钱，银行贷款也有好几万，加起来有十来万。这些欠下的钱，让他感到背上时时驮着几座大山，压得他几乎没有脸面见人。而他王功兵活了半辈子，要的不就是一个脸面？

所以，挣外快还债，是王功兵眼下的第一要务。

二十多天后，王功兵从这次挣下的一万块钱中切出了八千块钱，一半还银行贷款，一半还借钱的亲戚，每次还了一笔钱，他的心情都十分愉悦，所以，当天他是一路吹着口哨回到幸福村的。

可是一回到村里，王功兵就看见许多人在地里忙活着，一个个撅起屁股整地，起垄，这时候种油菜还早了点儿，他们种什么呢？

到了晚上，王功兵特意邀了余来苟、张五四、马德才几个来家喝酒，一问才知道，他不在的这些日子，李朝阳和王仁杰开了几次村民大会，商量着要抓扶贫产业。

商量了很多项目都没商量出结果来，先是有人提议养牛、搞养殖，张五四第一个反对。他前些年养了五十多头猪，想大发一把，也起个楼房，结果发猪瘟，亏得本都没了。又有人说种果树，刚一提就被否定了，桃三李四柑八年，即便嫁接，从种下去到盛果期也得有好几年，而且水果市场变化太大，销路不好找。后来据说那个李朝阳不声不响地去周边考察了一遍，最后定下来，要种白芷。

于是村里又开了一次村民大会，李朝阳扳着手指头给他们算账：邻县的一家药材公司答应先赊给村民种子、肥料，提供种植技术指导，而且药材收获后包回收，种不愁，卖不愁，粗算下来，一亩地能赚上个三千多块钱，比种油菜划算多了。至于土壤条件，李朝阳说他请了技术员带了土样去检测，正合适。

李朝阳这样一说，大家伙儿都有点儿心动，但还是不敢签协议，以前村里也搞过集中种植，有一年种荷兰豆，说是一家蔬菜速冻厂包收购，大家兴致勃勃地精心种植，荷兰豆果然大丰收，结果那个厂倒闭了，荷兰豆烂了一地。村民们只好自认倒霉，气不过就骂几句荷兰人，好像都是荷兰人惹的事，虽然他们压根儿不知道荷兰豆和荷兰人有没有关系。后来还有一年，乡里号召种黄姜，也是干的时候热火朝天，派来的技术员先开始也还尽心尽职，但过不了一阵子就想和王爱莲"打皮绊"，天天有事没事就往王爱莲家里跑。王爱莲烦不过，就拉着老公上街卖唱带卖工艺品，那个技术员见王爱莲走了，也就不见了人影。技术指导没跟上，产量低，质量不符合要求，厂里要赖不收购了，村里人吃了一年的腌黄姜，个个伸出舌头都是一股黄姜味。那玩意儿火气大，吃得人人眼珠子红得和兔子一样。

这会没能开下去，李朝阳又找到了那家药材公司，将老总带到了幸福村，当着面，将口头承诺变成了书面协议。这样一来，大家伙才没什么犹豫的，然后由村里出面造册登记，凡是畈上有田的都通知到了，和村里签订种植白芷协议。

听到这里，王功兵的脸阴沉下来，都快要下一场大暴雨了，他家畈上也有一块田啊。他问老母亲："村里有没有通知我们家种白芷？"

老母亲说："没有，没人通知。"

王功兵喝了一杯酒，强压下情绪，装着满不在乎的样子对张五四他们说："这就对了，反正我是不会种白芷的。"

"那你种什么？"他们问。

王功兵手一挥，说："我种油菜。"

张五四他们走后，王功兵气不打一处来，这肯定是王仁杰故意漏了他家，不通知他家种白芷，还叔呢，就这点儿气量。王功兵后悔自己没早点儿下手，其实，他以前贩过野生白芷，知道白芷不仅是一味中药，还是常用烹饪香料，更是一种美容原料，现在在市场上行销得很。这东西分很多品种，其中一种亳白芷以前在本地区广泛种植过，他原来计划今年自己先试种一亩的，没想到，李朝阳和他想到一块去了，还很快就组织起来了，看来，这个搞"窗帘布"的除了会打架子鼓，还有别的两把刷子。现在，王仁杰既然没通知自己，自己就绝不可能去上门求他，这点儿脸面必须要保住。但，不种白芷，损失的是自己啊，想什么办法呢？王功兵感觉自己上火了，他到厨房腌菜坛里去摸酸萝卜，洗去浮沫，啃了一口，酸得牙根一紧，心肝肝都被酸倒了，他狠狠地骂了句："王仁杰，你缺德！"

大概是张五四他们把王功兵的话传了出去，第二天，李朝阳就带着王仁杰上门来了。他一进门就说："大哥，白芷你得种！"

王功兵说："为什么？"

李朝阳说："这东西得连片种才好，你那田就在畈中央，你不种，还怎么集中打药、喷灌啊。"

王功兵心想，这样啊，机会来了。他不看李朝阳，盯着王仁杰说："这会儿求我来了，早先为什么不通知我，还不是生怕我沾了光。我不会种的，你就是产出金子，我都不会种的。"

王仁杰气得脸涨成了猪肝色，他对李朝阳说："你看，我说的吧，这个犟驴子能听劝？"他一跺脚走了。

李朝阳皱着眉头，看看王功兵一副油盐不进的样子，只好摇摇头也往外走，走了几步，又转回头，说："我想再到你家二楼看看。"

王功兵说："有什么可看的，不就一个破露台嘛。"

李朝阳说："就你这露台把我想死了，多好多大的地方啊。"他说着，不等王功兵同意，噔噔噔地爬上楼，把大露台左左右右看了又看，又一边走了个来回，嘴角带着点儿神秘的笑，走了。

王功兵看着李朝阳走了，心里有了主意，他立即烧柴火灶，把铁锅烧红了，将几斤油菜籽倒进锅里，不停地翻炒，炒熟了才盛起来摊凉。

第二天，王功兵没有出摊，他大张旗鼓地把畈上的那一亩田翻了，告诉左右隔壁自己要种油菜，到了下午，他果真将那炒过的油菜籽背到田头抛撒。

李朝阳一路小跑过来问："大哥，你还是要种油菜？"

王功兵说："我这不是在种了吗？"

李朝阳说："这样，你种白芷，我让王仁杰书记当面给你道歉，你看可以吧？我知道你的，大哥，其实，你要的是尊重。"

王功兵说："你说话作数？"

李朝阳说："当然。"

王功兵说："那好，什么时候？"

李朝阳说："现在。"他说着，拨打了王仁杰的手机。

不一会儿，王仁杰跑来了，他手里拿着两张纸，快快地对王功兵说："大侄子，你看，这两张纸，一张是我的道歉信，一张是种植白芷协议书，道歉信你是要我贴在村口呢，还是要我现在念给你听？"

王功兵一看这情形，知道这一准儿是李朝阳先前就给王仁杰做了工作，否则不会准备这么齐全的，还两手准备呢。他不由得又看了一眼李朝阳。这会子，余来苟这帮子捣蛋分子纷纷都围过来了，王功兵便接过两张纸，先在那份种植协议书上签了字，随后将那份王仁杰的道歉信看了又看，随后塞进了裤子口袋里，他伸手问王仁杰："白芷种子呢？"

王仁杰说："随我到村部拿去。"他一边走，一边冲着围观过来的人说："看什么呢，没看过种油菜？"

王功兵冲着余来苟偷偷做了个鬼脸。

余来苟到底忍不住，他大声喊："你这刚撒了油菜籽，跟着种白芷，油菜、白芷一块长，你还收个屁白芷呀？"

王功兵大声回："怎么办呢，那还不是给干部们一个面子呗。"

王仁杰走在前面像没听到他们对话一样，从后面看，他脖子上的两根筋像插着的两根筷子，硬邦邦的。

五

李朝阳回了省城几次，这次回来总算带回了铜号。王琼瑶念叨了好几次，每一次见到李朝阳出山，再进山，就要问王功兵，那个干部有没有带铜号，他可是说过要带铜号来的。王功兵被问得烦了，就怼女儿："人家放个屁你都当香的，干部说话要能相信，老母猪都能飞上天了。"

李朝阳背着金黄的大铜号，像背着一朵盛开的大喇叭花，径直到了王功兵家的二楼露台上。王琼瑶早就敲起欢迎的调子，这节奏怎么那么熟悉呢？王功兵在楼底下听了好一会儿，也没听清楚王琼瑶敲的是什么曲子。真是的，这孩子肯定敲得不对。王功兵摇摇头，忽然又想起，自己这些年根本就没有认真听过一首歌，哪有那个时间，又哪有那个心情呢？而读书时，自己还是班级的文体积极分子呢，元旦晚会上自己总要带头唱歌的。

在王琼瑶的架子鼓咚咚咚的声音中，很快加入了铜号嗡嗡嗡嘟嘟嘟的声音，这一下，王功兵终于听出来了，他们是在合奏一曲《幸福》：

> 你是我生命中一盏灯
> 照亮所有迷惘角落
> 是你流淌着爱
> 是爱浇灌着我
> 幸福是风霜雨雪都经过
> 再把阳光收获
> 是你付出了爱
> 是爱教会了我
> 幸福是不管一路多颠簸
> 双手依然紧握
> ……

这歌原来王功兵也不知道，是王琼瑶从网上下载的，告诉他说，将来要是幸福村也要唱村歌的话，就可以用这一首现成的，这可是歌星毛阿敏唱的呢。王功兵当时装着不以为意，心底里却记住了，有意无意的，他经常一个人偷偷地哼着这首歌的旋律。

一曲终了，李朝阳下楼来，直接对王功兵说："大哥，我看上你家这大露台了。"

王功兵说："怎么了，你要在我这里开个音乐会？"

李朝阳一拍手说："还真让你说中了。"

王功兵看李朝阳那神情不像是开玩笑，他笑了："哈，你要真弄，我就让给你。"

李朝阳说："这可是你说的，君子一言，驷马难追，不准反悔的。"

王功兵说："我又不是干部，还能不讲信用？"

李朝阳坐下来，拉了王功兵也坐下来说："大哥，我跟你好好谋划谋划。"

王功兵这才知道李朝阳的主意。李朝阳告诉他，在省里几家扶贫帮扶单位的努力下，幸福村公路拓宽改造工程资金落实了，这回的标准比之前高，不仅拓宽，还全部浇筑柏油，两个星期后，就开始施工了。而这样一来，至少有半年，王功兵的小四轮出不去进不来，要耽误他的生意，让王功兵有个思想准备。

听到这儿，王功兵的心里确实往下一沉，他现在挣钱还债主要靠的就是那辆老爷小四轮，一旦路不通了，他进不了货，那还不是死翘翘了，但修路这事又耽误不得。他没多想，表态说，只要能修路，他自己的损失自己想办法。

李朝阳说："我有个主意，你看，你种白芷的技术那么好，全村那些种植户就数你掺了油菜籽的那块地长势最好，这个白芷我觉得可以大干，但目前这样种植不行，我们也得引进地膜覆盖等新技术，这样就可以将风险降到最低，确保增产增收。眼下，药材协会在皖南那边开办了个新型白芷种植培训班，我们想派你去，反正你也开不了小四轮了，不误你的事。"

王功兵想了想说："不会这样简单吧，你肯定会有别的幺蛾子。"

李朝阳哈哈大笑："大哥，还真有别的事，但绝对是好事。"他指指楼上："你这么大的一个地方，闲置了那么多年，可惜啊。我估摸着这游泳池暂时是搞不成了，但我们可以搞点儿别的，我想了个项目，就用扶贫资金，在你这楼上建立一个幸福村工艺品编织扶贫车间。"

"编织什么工艺品？"王功兵问。

李朝阳说:"王爱莲那里不是有现成的技术吗?"

王功兵忍不住笑了:"就那?那是要饭的技术还差不多。"

李朝阳说:"别忙着笑,你听我说。"李朝阳拿起一根树枝在院外地上画起来,"你看,我了解了一下,咱们村像你家琼瑶这样生活不便的有几十位,其中能学会编织铝丝工艺品的应该有二三十人,我想将他们集中起来,一面学习编织,一面呢,可以办个残疾人艺术团。你想,王琼瑶会架子鼓,王爱莲会唱歌,尤其是山歌,她老公还会拉二胡,再弄几个会吹笛子会打锣的,不就能整出个艺术团来了?"

"说来说去,你还是要带着他们上街敲锣打鼓地要饭?"王功兵瞪大了眼睛,像一双牛眼睛。

李朝阳说:"不,不,不,我是这样想的,这个艺术团既是村民们陶冶情操自娱自乐,也是一种商业上的引流和背书。"

王功兵皱眉说:"你说什么啊,我不懂。"

李朝阳说:"简单点儿说吧,我要让这个艺术团成为网红,带动我们的铝丝工艺品销售。我已经和我们文联领导说好了,也得到了领导的支持,马上就会派知名的导演、音乐家过来,辅导和培训我们艺术团的人,保证编排出几十个叫得响的节目,通过各种网络媒体发布。这个可是最好的广告啊,你就等着看好戏吧。"

王功兵说:"那,王爱莲能同意?"

李朝阳说:"人家就等着你这句话呢,她本来是要和我一起来的,但她说怕你一酒瓶砸到她头上去。"他说着,掏出手机,拨打王爱莲的电话,笑着说:"你过来吧,安全了。"

像变魔术一样,不一会儿,王功兵看见村口的山岩拐角的地方,走来了一队人,打头的是王爱莲,她推着坐在轮椅上的老公,后面是身有残疾的马张根、盲人史七斤、患了脊髓炎腰椎弯成 S 形老也长不高个子的黄铁牛……

有十来个人，王爱莲扯着嗓子带头唱，看来这都是李朝阳事先安排的，她唱的还是那首毛阿敏的《幸福》，她老公拉着二胡伴奏，黄铁牛敲着不知从哪里捡来的破瓷盆，其余的人则跟着王爱莲吼唱，吼秦腔一样，喊得山野里群山回响。最后面是一辆板车，板车上堆着五颜六色的铝丝，他们缓缓走着，歌声越来越近。

李朝阳站起来，取下背上的铜号，鼓起腮帮子吹了起来，楼上的王琼瑶架子鼓也敲了起来。

在这热烈而又抒情、高亢而又悠远的曲调中，他们走近了。

王功兵掉头往屋后走，李朝阳说："哎，干什么，你别走哇！"

王功兵背过身偷偷抹抹眼睛说："我不走，来客人了，我总得把楼上打扫打扫干净吧。"

六

白雾从山脚慢慢飘到了山腰，先前被笼罩在雾中的田野露出了土地的颜色，前不久竣工的那条通往幸福村的九公里盘山公路也露出了长蛇般的身影，当然，如果你把视线再聚集，你就会看见王功兵的身影。

王功兵一早就坐在田地里了。去年的白芷收成不错，家家都挣到了钱。王功兵虽然因为修路，半年没有开动小四轮，少了这部分活钱，但因为扶贫车间厂房出租有收入，白芷又卖了五千多块钱，他的收入没减反增。最让他高兴的是，王琼瑶也挣钱了，她学着做铝丝编织，跟着李朝阳请来的导演排练节目，还负责电商平台直播。王功兵搞不懂，王爱莲搞起的这个残疾人工艺品厂，竟然通过网络，一件接一件地往外发货，王爱莲这个女人虽然有时有点儿虚荣，说点儿大话，但那一件件卖走的东西，收回的一笔笔货款可是实打实的呀。一年下来，连王琼瑶挣的都比王功兵还多，这才真是一部电影里说的，他们是玩着也把钱挣了。

不管王琼瑶怎么解释，王功兵总认为网络直播那东西还是太缥缈了，看不见摸不着就把生意做了，真像山里的雾一样，你知道它什么时候来，什么时候又走了呢？他认为还是地里长的东西让人踏实。

自从参加了新型白芷种植培训班，王功兵就成了幸福村白芷种植带头人，整个村从原先的几十亩种植面积一下子扩大到两千多亩，俨然是一个白芷种植专业村了。除了整块的田地种上以外，田间地头、塘边沟畔，全都被村民们种上了白芷。在签订这一年的协议时，王功兵在会上发了话："现在我们不愁销路，又不愁技术，技术全掌握在我手里啊，我这技术是核武器技术。别笑，你们也看到了，去年我那地里又种油菜又种白芷，最后我的产量不还是最高，质量不还是最好的吗？这说明什么？说明我王功兵技术没白学啊，你们还信不过我？所以我今年把家里所有田地全种上白芷！"

王功兵这样一说，全村的种植面积呼啦啦就涨上来了，在他们的影响下，周边其他几个村也有人过来参观，也要种植白芷。幸福村这么多年来第一次成了被外人参观的对象，王功兵虽然有点儿得意，但自己在会上把大话说出去了，心底里还是有点儿担心，假如种不好，那他就别想在幸福村里待下去了，更没办法向村民们交代啊。他表面上照旧嘻嘻哈哈，其实，整个心思都扑在了白芷地里。

白芷种植新技术虽然产量高，但管理更要精细，每一个环节都不能出岔子。王功兵从下种开始就没好生睡过一觉。下种要在白露前后，早了，发育太猛，影响药效；晚了呢，冬季山里温度低，雨水少，影响出芽率。这可不能马虎，王功兵要求大家伙儿松整好土地后，一步一步按他讲的播种要领去做。

王功兵在地里头吆喝："首先要控制窝穴的间距，左右一尺，前后八寸到一尺。你们还记不住的话，就看我的，这是我老王发明的技术。"他说着，开始示范，用前脚掌轻轻地点踩出窝穴来，边走边踩，不但效率高，间距适合，窝底还少有明显的缝隙，这有利于种子和土壤亲密接触。这一招让余来苟佩服不已，村里派出去学习新技术的不止一人，但只有王功兵这家伙会想出这鬼点子。下种子也有技巧，白芷种子是小叶片状的，抓在手里像一把碎纸片，每个窝穴里放上五六片种子，盖土就要注意了，要把土捏碎，碎如细沙，轻轻地撒上去，既要把种子全盖住，不然易被风吹跑，又不能太厚，厚了苗芽钻不出来，成了哑种。

白芷种下去，王功兵刚松口气，过不了两天心就又悬了起来：这种子能不能如期发芽呢？

他几乎每天都要到基地里去看看，不仅看自家的，还要看别家的。差不多二十多天过去了，放眼一望，那些青绿色的小点点从泥土里冒出来了，一簇簇，一窝窝，像一只只绿色的小手。王功兵一窝窝地看，村民们也跟着他看，一边看一边听他介绍管护要点儿。

白芷长到半尺高的时候，地气回暖，春天到了，这个时候开始疯长，几乎一天一个样，但问题又来了。因为一个窝里没有苗不行，苗太多太密也不行，会影响后来的成长，得间苗。间苗怎么间？学问可大呢。眼看着几千亩面积，这一个个地去现场教他们也不现实呀。李朝阳琢磨了几天，找来广播电视台的人员，在村里架起了大喇叭，村部里一喊，全村都听得见。

现在，王功兵就在大喇叭里喊："喂喂，大家伙儿注意了，这间苗要点啊，每一窝保持三到五棵苗，间距要均匀。最弱的苗要去掉，别舍不得，另外，每窝留下的苗不能少于三棵。后期可能还有公苗，公苗会捣蛋，到时还要除一次。"

王功兵这边喊完了，关了大喇叭，才走到田里，就有人冲着他喊："白芷苗还分公母？王功兵你就说说怎么分出来的？"

王功兵背着手，走来走去，冒出来一句："别急，到时候再告诉你们。"

清明前后，白芷苗又蹿高了，到人膝盖了，小狗跑进去，都淹没脊背了。王功兵发现白芷中的公苗了，他在大喇叭里喊："战斗机里有公鸡，白芷苗里有公苗，公鸡不下蛋，公苗不长根，所以大家注意了，把公苗都要揪出来。怎么认识公苗呢？注意了，公苗上面枝粗叶大，下面根大须多，它比别的苗高，苗秆像竹子一样会分杈，颜色也是灰白色。再重复一遍……"

余来苟等王功兵关了广播，指了指手中的《白芷栽培技术要点》说："这上面也没说什么公苗母苗呀。"

王功兵轻声说："这帮家伙你跟他照说书上的他不懂，'公苗母苗'是我打个比方，我这样一说啊，他们才记得住，而且动作快，生怕公苗吃了母苗。"

余来苟一拍脑袋："你幸亏只叫王功兵，要是叫文武斌，恐怕把一村人卖了，我们还帮你数钱呢。"

这两人的对话被李朝阳听到了，他快步跑到王功兵家，爬上二楼望向村前的田野。果然，白芷地里，已经有人在弯腰间苗了。他拍拍手对编织车间的王爱莲说："怎么样，王厂长，工间来一个？"

王爱莲说："来就来一个。"

二十个残疾人离开工位，齐齐聚集在露台上。王爱莲冲王琼瑶点点头，于是，"哐"一声鼓响，拉二胡的拉二胡，敲锣的敲锣，唱歌的跟着唱歌。歌声不断，李朝阳按捺不住，从盒子里取出铜号，也跟着他们吹了起来。

王功兵心想，今年的白芷一准儿长得好，为什么，因为，白芷们都是听着音乐长大的呀。

秋天，收获季到了，王功兵像个军事指挥员指导采挖，因为采挖时间太有讲究。挖早了，白芷根部营养转化没到位；挖迟了，白芷根部会发新芽，耗费了营养，而要挖得不早不晚得有好眼力。王功兵天天走在田畈上，察看白芷的茎叶枯萎的程度，又扒开泥土看根茎。哪家该挖了，他就通知哪家。

果然，音乐没有白听，圆锥形的白芷根，个顶个的壮实、匀称，像一根根大人参，通体散发着特殊的药材香味，这浓烈的香气在幸福村的上空整整飘荡了一个多月。

邻县的药材商来收购的时候，也大大夸奖了一番，说这是他们今年收到的最好的白芷。为此，他们还主动将收购价从每斤八毛涨到了每斤九毛。

王功兵家里的欠债还得差不多了，再有一年，他就可以将"负翁"身份摆脱了。最后一家白芷收购结束，幸福村的田野陷落在温柔的夕阳里。他坐在田埂上，吸着烟，看着脚边的土地，一只蚂蚱在跳跃，一条蚯蚓在钻洞，不远处的一只八哥在啄食草籽，微风将泥土的气息运送到很远的地方，又运回到人的心里。王功兵不禁伸手捏了一把泥土揉搓着，泥土潮润、细腻、松软，似乎可以食用。做了这么多年农民，他还从来没有一次这么从心底里感受到泥土的可爱。几十年来，他一直想着的就是离开土地，如果不是女儿得病，他肯定也会到城里去的，像很多村里人一样，做建筑工，做保安员，只要能离开土地。而眼下，你用八抬大轿请他去城里他也不去啦！

他突然想到一个很哲学的问题，一样的土地，为什么会有不一样的力量？现在，他从土地里感受到了一种力量。以前，虽然他见到干部们都故意横眉冷对，其实，他知道自己是虚弱的，自己并没有力量，随便来一场病、一场灾，自己所有的挣扎与努力都无济于事。为什么自己那么渴求尊严？是因为祖祖辈辈都被贫穷的生活压迫怕了。在贫穷面前，哪还有什么尊严可言？

而现在，土地深处的力量正一波一波地传导到他身上来，他感觉到自己浑身都是气力。

七

王功兵是提前一天才得知李朝阳要走的消息。

三年了，李朝阳挂职期满，就要离开幸福村了，考核等程序都走过了，但具体哪一天走，他一直没有说。那天，王功兵开着新买的皮卡车去乡里，无意中听乡文书说，李朝阳单位第二天要派车来，接他回到省城去，乡里征求李朝阳的意见，要不要在村里或乡里举行一个欢送仪式，结果李朝阳没同意。他说他就一个人悄悄走算了，乡亲们眼下都忙着种白芷，就不要兴师动众了。

第二天王功兵看见李朝阳还跟个没事人一样，在村子各处转转，和余来苟拉了拉家常，还到王爱莲扶贫车间买了几个小工艺品，说是带给同事的。他选了几个后，还不满意，就问有没有更有特色的。

王爱莲想想说："最近又开发了一款，就是可以用铝丝编织人像，类似于人像剪影。"

李朝阳说："这个好，那你给我编一个？"

王爱莲问："编哪个的剪影？"

李朝阳说："那就编个老王吧，这两年幸福村的事多亏了老王哪。"

王爱莲构思了一下，着手编起来。她编了一个人，歪着脑袋，拧着脖子，腰弯腿弓，左手持一簸箕，右手做挥洒状。

李朝阳一看，乐了，这不就是王功兵当年不种白芷种油菜的场景嘛，形象，传神。

半下午的时候，一辆小车滑进了幸福村村部，不一会儿，李朝阳拖着他那个巨大的皮箱，背着巨大的铜号，上了车，走了。

小车在山道上行驶，新铺的柏油路，平展结实，虽然免不了山道弯弯，但不少地方裁弯取直、降坡增宽，路况已大大改善了，下山的时间也格外快，到了山脚时，车子开不动了。

李朝阳下车一看，呆住了。

一块碑立在山崖边。旁边，停着王功兵的皮卡车，车边摆放着架子鼓，鼓后坐着王琼瑶，左边，王爱莲的老公坐在轮椅上，手里提着二胡，再过来是王爱莲，后面是残疾人艺术团全体成员。王功兵靠在石碑边吸着烟，石碑上"幸福"两个字被重新描红了。果然是好书法，这一描，更清晰了，铁画银钩，力道十足。

李朝阳说："这就是我三年前刚来时要找的幸福碑？"

王功兵点点头说："嗯，就是这块。"

李朝阳说："老王大哥，谢谢你帮我找到'幸福'碑。"

王功兵说："不，不，李书记，应该谢谢你，是你让我找到了幸福。"

李朝阳用手抱住那块石碑，双手抚摸着碑文，久久不语。

王功兵一挥手，顿时，鼓、琴、锣、笛、镲一齐奏响，众声高唱，唱的还是那首毛阿敏的歌：《幸福》。

这曲调一起，李朝阳禁不住泪水涟涟，像往常一样，他立即拿起了铜号，走进他们当中，加入了演奏的行列：

　　　　你是我生命中一盏灯

　　　　照亮所有迷惘角落

　　　　是你流淌着爱

　　　　是爱浇灌着我

　　　　幸福是风霜雨雪都经过

　　　　再把阳光收获

　　　　是你付出了爱

　　　　是爱教会了我

　　　　幸福是不管一路多颠簸

双手依然紧握

你是我枕边一场梦

梦醒时天就亮了

你是我生命中一盏灯

照亮所有迷惘角落

是你流淌着爱

是爱浇灌着我

幸福是风霜雨雪都经过

再把阳光收获

是你付出了爱

是爱教会了我

幸福是不管一路多颠簸

双手依然紧握

双手依然紧握

主动失踪

吕翼

一

红谷县的街头巷尾在迅速传播着这件事。这不是一般的人咬狗的那种事，是大新闻！什么大新闻呀？霍家冲出事了！出什么事？他失踪了！一个人失踪了，就是大新闻？是不是有些夸张？红谷县的人失踪，也不是没有过，也不是一回两回。早年有孩子被野狼叼走，有过客从溜索上坠江，有失忆的老人不知还家……多了。霍家冲失踪，怎么就是大新闻了？真是怪事。

不知道霍家冲的人，当然会满不在乎。知道霍家冲的人，就只能有一种理解，那就是，真是个事了！霍家冲是县委常委、副县长。这样的人，很特殊。这个叫作霍家冲的人，在这个位置上，屁股还没有坐热，就出事，的确让人意外。这消息，像是个加了超量火药的炮弹，"嗖"的一声蹿上天空，又轰隆隆地落下，在这个不大的县城里炸开。听到这消息的人，一部分惊讶，一部分紧张，一部分好奇，还有一部分，是幸灾乐祸。一个地方上的官员失踪，这在眼下，并不少见。出事了嘛！干坏事了嘛！打开手机，打开电视，打开网站，随时都有比这更大的新闻爆出。大伙儿对这样的事，耳朵听麻了，眼睛看花了，心头想烦了，再遇到这样的消息，也就是笑笑，点点头。但那是其他地方发生的，是遥不可及的，是和自己无关的。有的则是记者为博虚名、为赚稿费、为获取流量，熬更守夜，抠脑壳，用咖啡、香烟熏出来的。

霍家冲的事，是发生在红谷这样的小县城，当然就不一样了。

如果真有此事，绝不是好事。眼下最不是好事的事，肯定和腐败有关。钱、权、色，这样的字，个个都自带糖衣，又饱浸煞气，谁深入接触却不准确把握，谁就倒霉。如此推理，红谷县将要拿下的第一大老虎，会不会就是他霍家冲？

"打开这个黑暗的箱子，更多惊心动魄的故事，将会陆续上演。"天太热，有人扇着扇子，肯定地说。

霍家冲刚吃三十八岁的饭，是刚出山的日头。霍家冲老家在金沙江边的马腹村。站在村子里，抬头是入云的高山，低头是凶险的金沙江。远远看去，房屋就是一两片枯小的树叶，在云雾里藏来躲去。土地瘦，只出土豆、荞麦。常年吃的，除了这些就只有干腌的萝卜缨子了。就是到了现在，也不通公路，人们从那里进进出出，得牵紧之前就固定好的藤蔓，如蚂蚁一样慢慢爬行。稍不慎，就得落崖。打记事起，这鬼门关，收掉的人就不少。这路不是政府不修，而是从金沙江边修一条毛路到那个地方，初步估算，至少得上千万的钱才行。如果铺水泥，成本更大。曾经有一年，北方的一家媒体意外地摸到这个地方，看到村民生活得艰难，吓了一大跳。从未有过的意外，致使他们下了决心要关心民瘼，为老百姓呐喊，便咬着牙巴骨，在这里住了好几天，写出一篇很长很有分量的文章。文章发表后很快传开，全国上下一片哗然。县政府承受不了这前所未有的压力，便千方百计，要让村民们全搬出来，但居然没有人愿意，有的老人甚至提早躺在棺材里，装死，哭：金窝银窝，不如我自己的猪窝狗窝……县政府没有办法，只好让交通局做了项目。钱要到了一部分，便开始修路。可是，那山崖上的石块，全是青石，錾子下去，就是一个小白点儿。好不容易抠了个坑，放了炸药，一背篓炸药，就炸开茅坑那么大一点儿。施工方费尽九牛二虎之力，终于在绝壁上抠出了两三里长那么一段。可岩石凿开，成堆掉下，堵断了溪流，砸倒了林木，半座山的生态就被破坏了。又有人把这事往上捅，中央环保督察组下来了，一看，得了！这个时候了，还有这样生活艰难的百姓！遂勒令整改。事情越弄越糟糕，县里乡里一团糟。霍家冲在这样一个节点上出道了，刚当上副乡长的他，背着一罐苦荞酒，提着马灯，一家一家走。烟抽了好几条，酒喝了好几罐，嘴皮子磨破了，终于做好了村民的工作，大伙儿终于同意搬出。他功劳不小，组织部下来认真考察了一回，这家伙能干事，有基层工作经验，不作假，不偷懒，吃得苦，吃得亏，受得气。就给他从副科级提到了正科级的岗位上。山外的人，都为那屙屎不生蛆的地方，能出一个正科级干部而感觉到惊讶：

"上天有眼，居然能眷顾到这样的地方！"

"组织是公正的，真没有亏待认真干事的人。"

是的，晓得他的人，都会说："这个人不错，他在哪里工作，就是哪里的福分。"

后来霍家冲上了副处，岗位引人注目。大伙儿都羡慕他而不是嫉妒他，赞美他而不是否定他，就连市里管干部的副书记，在宣布他就任的干部大会上，也忍不住大声说："霍家冲这个干部提拔得好，从考察公示到任用，就没有一封举报信，就没有一个举报电话，所到之处，反响均好，要是我们的干部都这样，何愁干不好工作！"

大伙儿觉得他应该上，在脱贫攻坚的关键节点上，也只有他才能上。大伙儿看好的是他的态度、他的能力和他的为人。但大伙儿不知道，在下了班以后，在八小时之外，他霍家冲到底干了些什么。逢年过节，会不会开着车，拉着公款买的东西到处送？提着大包的钱到处送？做项目的时候，是不是也潜规则？给领导、领导的家属、领导的下属、领导的朋友，送上些好处，或者神不知鬼不觉地在预算里加一笔呢？会不会在八小时之外，溜到酒店、会所、歌厅、按摩店去过花天酒地、骄奢淫逸的生活？

往坏处想，是很多闲人的癖好。不断地有人往坏处说，肯定是一些人有意而为之。他们藏在暗地里，一碰头就开始分析这事，一有空就打开手机，看第一时间蹦出的新闻里，是不是有霍家冲被纪委监委纪律审查和监察调查的消息，是不是有金沙江里突然出现无名尸体的消息……

深夜。县委办书记办公室，灯一直亮着。县委高国书记在屋里走来走去，县纪委靳开书记则坐在茶几边陷入沉思。霍家冲突然没有音信令他们不安。本来，一时打不通一个下属的电话，也不值得大惊小怪的。可眼下是非常特殊的时候，要知道，省党风廉政专项巡察组刚进驻红谷县！快两天了还联系不上，怕不见得是好事。此前，高国书记让秘书把电话打到了霍家冲的家里，打到他的朋友那里，打遍了全县的所有乡镇，还有霍家冲原来所工作过的背篼乡，居然没有他的一点点消息。而靳开书记也让纪委党风廉政室想办法找他。如果不往基层打电话，就是一年半载，大伙儿都不会知道霍家冲这样的领导消失。县里两个部门的电话一打，就明白地告诉下边的人：这个人不在了，这个人一定是有什么问题了！于是乡镇机关的同志开始互相询问，乡镇与乡镇之间互相打探，越问越麻烦，越麻烦越神秘，越神秘越追问，越追问越说不清。

现在还是没有霍家冲的任何消息。江边没有无名尸体，路上没有交通事故，暗巷背街也没发现哪里掉一只鞋，或者几滴血迹。再打电话，拨了几十次，都是："对不起，您拨打的用户已关机！"高国书记亲自拨通了霍家冲妻子肖玲的电话，想从语气里嗅出些蛛丝马迹。这个在扶贫办工作的女人，一听到高国书记的声音，一下就哭了出来：

"书记，请您救救霍家冲……"

高国书记连忙安慰："别哭，别哭，小肖。你仔细想一想，霍家冲到底会去哪里？他可是个有想法、特别有定力的人，他应该是去办什么事去了……"

哪能不哭，一个女人，哪能承受这么大的事。肖玲抹着眼泪说："现在大街小巷的人，都说霍家冲不在了，被你们'双规'了……"

高国书记倒一下变得被动，他只好说："在事情的真相还没有出来之前，我们什么也不要轻易相信。有什么情况，你第一时间告诉我……"

纪委靳书记说："启动公安侦查吧！先通过手机信号定位，看他在哪里。"

"好吧……"高国书记话虽这样说，但心里还是不情愿，因为他知道，霍家冲这样的干部，事情应该没有这样复杂，也不是现在所想到的这样简单，"动静不能大。通知外宣、网络，注意舆情引导，控制负面声音。"

二

故事回放。前天早上，县委常委会议室。

"啪！"一声巨响，偌大的会议桌突然震动，桌上高矮不齐、大小不一的水杯，全都跳了起来。高国书记面前的插画白瓷杯子被震翻，褐红色的茶水在桌布上迅速流淌开来。

是地震了吗？是崖垮了吗？会议室里的人全都目瞪口呆。霍家冲立即把目光投向会议室的顶灯。顶灯没有固定，是一根胶线连着的。如果地震，它会在第一时间晃动。现在，那灯却一点儿也没有动。他在乡下工作多年，经历过大的地震有两次，小的地震无数次，他有快速判断地震的经验。于是他在屁股刚抬起来的一瞬间，又坐了下去。

对面正中位置上的高国书记，满脸铁青，一动不动。人们左看右看，前看后看，再看看高国书记拍在桌上还没有收回的手，才明白震源的来处，便又迅速落座。他们为自己的失态而略显惭愧。

高国书记在这脱贫攻坚推进会上拍桌子，是有原因的。全国脱贫攻坚任务最重的是云南，云南最重的就是这金沙江岸。任务重，时间紧，脱贫攻坚工作进入深水区，可很多干部不堪其苦，在下面打小算盘。十多个年过五十岁的干部，一再提出要离开岗位。有的提出来退居二线，有的提出转人大、政协，或者任个调研员什么的，有的干脆提出要直接退休。当组织部长把这事作为一项议程，向常委会作汇报时，高国书记便有了这明确的表达。有利益可捞的时候，好多人千方百计巴结相关领导，想提拔，想上重要岗位，想做项目。为达到目的，啥臭招都可以使出，啥绝办法都会用。现在局势不一样了，在任何岗位上都没有利益可图，都没有好处可占，有的只是无限的难事。脱贫工作要推进，要突围，要完成任务，下基层多了，周末得不到休息了，加班补助没有了，一个个就往后退，就要躲，就要赖。要是在战争年代，这些人不是怕死鬼是啥？这些人上了战场，怎么能打胜仗？恐怕枪还没有响，人就跑光了。

桌子拍了，茶水翻了。看一个个吓得目瞪口呆，高国书记又有了些歉意，他还没有收回的手，在空中挥了挥，往下按，示意大家坐下。他原本是不想拍桌子的，此前的民主生活会上，有同志明确提出过这个问题，希望他遇事要冷静。爱批评干部，常发脾气，这是作风粗暴、工作方法简单的表现。当前工作压力大，在座的也够呛。就今天而言，大家屁股都没有挪一下，就已经开到第三个会了，议题也在二十个以上。讨论的事情很多，每人都得认真听，认真记，都得发言表态。每议一件事，参会的常委都得发言，须明确表态：是，还是不是。甚至，涉及项目上的事，分管文秘的办公室副主任还拿着会议记录，请大家依次在上面签字，表示同意，都只差抹印泥、按手印了。工作的依规依矩，让大家更是小心，甚至如履薄冰，生怕掉进冰凉的窟窿。大家都觉得难，但工作要推动，不这样干，还不行。每次霍家冲都签字，都同意。但他觉得，有的话并不是一定要在台面上讲才行，特别是高国书记要他汇报金沙江上希望大桥一直没有合龙的问题。这事里面的疙瘩太多，向外说明的时机还不成熟，霍家冲觉得还不适合在会上说，便没有往深处讲。会议结束前，高国书记又把霍家冲批评了一番。原因是霍家冲迟到了十分钟，而且会务秘书打去电话，居然不接。

"一个连会议时间都无法遵守的干部，你算讲什么规矩！你用什么在你的下属面前树形象！"

"加大问责力度，软、懒、散，甚至不作为的干部，是整治的重点，不能只吃不屙，也不能吃家饭屙野屎，还不能霸着茅厕不屙屎！让干部能干事，主动干事，干好事。只有干，只有身体力行，才会凝结人心，脱贫才有希望！"

高国书记讲得一脸沉重，霍家冲笑了笑，没有做任何解释，高国书记也没有要听他解释的意思。霍家冲理解高国书记，一个主要领导，在这样高寒冷凉、自然条件差、欠账大、人心却异常复杂的地方工作的艰难。他霍家冲，责无旁贷要干好自己的本职工作，责无旁贷要为这个人负责。再苦，再难，再委屈，他必须承担下去。他是县委班子的老大，他是他霍家冲的主心骨，是他政治生命中的最重要的人，恩人。

去年，霍家冲还在苦寨乡任党委书记。"五一"节期间，乡上放假。好不容易有三天休息时间，乡机关的人全都瞬间消失，回家。这种时候，主要领导是不能走的，只能主动留下来值班。往往，一些意外的事，正好会在这种时候发生。森林着火、牛马遇盗、山体滑坡……什么都发生过，什么都有可能发生。霍家冲在院子里走来走去，机关里安安静静，啥事也没有。他觉得闲极无聊，跟办公室说了一声，便自己骑了辆摩托车，弯弯绕绕到了金沙江边。他将车停在路边，在一块大石头上坐下。远远近近的金沙江，尽收眼底。金沙江两岸山高坡陡，河底水流湍急，奔腾汹涌。河这边的公路，到了崖边便断了。仔细看去，河那边也有隐隐的路，从山的褶皱里伸出来，到了崖边，便像刀子砍了的绳，断了。要知道，金沙江的这边是云南，对面是四川。站在河岸上，两边的人可以看得清男女老少，但这边的人要过去，那边的人要过来，真是很难。要过河不是没有办法。是有几根钢索挂在两岸之间，上面挂一个铁筐子，人蹲在里面，负责的人开动柴油机，"轰隆轰隆"就可以慢慢扯过去，"轰隆轰隆"又慢慢扯过来。使用钢索之前，用的是崖上拽来的木藤，用桐油光一下，防腐。人像猴子一样，双手双脚扣在上面慢慢爬。有时手酸，有时藤朽，人一旦落下去，像片树叶消失在河里。后来是用人拉。要过对面去，对面的一帮人抓住棕绳拉。要从对面过来的，这边的人抓住棕绳往回拽。河里也有牛皮筏子、小木船，能载三五个人，但河流性格暴躁，常出人意料，这种方式能过河的人并不多。恐怖吧？是恐怖。现在可不一样了，现在是架桥了。在这样的河上架桥，技术上有难度，资金上也有难度，但对于眼下这个大国，也不是没有办法。只要是涉及老百姓的事，从上到下，观点都是一致的：干！两省之间的意见，也是一致的：干！最近，两边有些沟通，真的要在这里架座桥。霍家冲当然高兴了，自己能够为两岸的桥梁建成，流些汗、出些力，算是三生有幸。

　　霍家冲坐在岸边，想着打桩的深度，桥梁的宽度，建设时的危险程度，手机突然响起。他看了看，陌生的号码，他正在思考问题呢，不想接。不料一会儿，手机又响了，还是那个。应该是有啥要紧的事吧！他还是怕耽误的，要是哪里塌了方，哪里交通出了事，哪里房子着了火，他都有责任的。

　　霍家冲接通，那边是个男人的声音：

　　"喂，是霍书记吗？"那声音不太像是本地人。

　　"我是，请问有啥事情啊？"

　　"下大雨了，我家的房子塌了一半。我来乡上找你，你影子都没一个啊！"

"大雨？伤了人没有？我下村啦，回来给你处理。"人是第一位的，霍家冲的考虑并没有错。

"你下哪个村？"

这人管得也太宽了，乡党委书记下哪个村，也是你问的吗？这话霍家冲当然不会说出口。他想了想，还是回答："我在金沙江边呢，背篼村。我晚上回来。如果事情严重，如果急，你去办公室，有人接待你，你说清楚，他们会帮助你的……"那边说了句什么，便挂了电话。霍家冲没太听清楚，便和乡办公室打了个电话，如有人来，让他们好好接待，不可懈怠，便顺着河岸小路走。这样的路，细得像羊肠，弯得像扭曲的蛇，起伏显隐如画家笔下的意境。这样的路，恶狼走过，野兔走过，人走过，霍家冲走过。霍家冲对这样的路非常熟悉。低头看去，就是怒吼的金沙江。往旁边横走七八百米，有一片村落。这是背篼村，县里最贫困的村。

霍家冲选了个高处坐下，这里可以看到金沙江对岸的大片悬崖村落。河水在怒吼，像一把永不停歇的电锯，剧烈地往深处切。在这样的地方架桥，没有三五个亿的钱，想都不要想。要把这么多的钱往这样的穷乡僻壤里撒，值吗？上边愿意吗？这是霍家冲很小的时候就想过的问题，现在他还在想。二三十年过去，这种想法，如癞蛤蟆想吃天鹅肉，异想天开。

想着两岸沟通的难，想着每年从溜索上、牛皮筏子上、木船上落下去的乡亲，霍家冲心口疼，惭愧像条虫，在脸上爬来爬去。

"小伙子，背篼村怎么走？"

突然，有人在后面喊。霍家冲回过头，一个陌生的中年男人大步赶过来。这人四十多岁，一脸冷静，目光沉稳，仿佛有些重量。后面跟着一个年轻人，年轻人提着个包，显得谨小慎微。

一听声音，就是外地人。一看，就是有身份的人。这个霍家冲懂。

前些年，在这山山岭岭，陌生人并不少见。他们经常来金沙江边。不止一个人，而是很多人。他们都因为这条河而来。有人要在河上修电站，有人要在岸上设码头，还有的呢，是盯着这里的矿石。别看这两岸怪石嶙峋，连草都长不好一根，可里面有含量很高的铜、铁，而那河里随波逐流的沙砾里，居然含有金！黄金哪，可是不得了的事。还有的人，则开启了河道上的航运，这金沙江之尾、长江之源头，可有不少的东西，要送往下游更多的地方……围绕着这些，各种各样的人，跑断了腿，明里暗里，使了各种各样的招数，不达目的不罢休。一时间金沙江上下，热闹非凡，黄金水道，令人羡慕。最近两年，经济形势发生变化，地覆天翻，好多公司都关了门、关了手机，躲债去了。现在钻出这样的人来，显得十分稀有。

不管以哪种方式，不管他干啥，只要合规合法，能把钱投在这里，霍家冲还是很感谢的。

霍家冲停下来，诚恳地笑，从包里掏出烟来，给那人递。那人接过，嗅了嗅，看了看牌子：

"本地产的？"

霍家冲笑："这烟不贵，不错的，尝尝。"

掏出打火机，给那人点燃。那人深深吸了一口。

"来劲。你呢？你怎么不吸？"

"我不抽。"霍家冲说，"带上一包，和老乡好说话。"

那人看了霍家冲一眼，狠抽了一口，却仿佛要咳："我本来也不抽烟，为了和你好说话，就抽了。"

这人有些逗。他问："请问您是……"

"我是乡里的工作人员，值班嘛，坐不住，到这里看看。"

"值班的人跑到这里？也不怕上面查岗？"

"老是坐着喝茶，那不叫值班，那叫应付领导检查……"霍家冲突然发觉这人问多了，他有些警惕："你干啥的？来投资吗，还是收山货？"

"手上有点儿闲钱，想找点儿项目。有没有，推荐一下。"那人一脸的恳切。

霍家冲笑。霍家冲说："有项目，只怕你做不了。"

"很大吗？"那人好像很感兴趣。

霍家冲指了指金沙江对岸莽莽苍苍的大山道："这边的人过不去，那边的人过不来。你说，你们家要是世世代代都生活在这里，是啥感受？"

"你要我做啥？"那人步步紧逼。

霍家冲说："你不是要做项目吗？要是能在这里修一座大桥，让这边的乡亲过去买那边的野生菌，让那边的兄弟姐妹们过来吃水果，让亲戚能互相走动，让生意能做起来……你说，这个项目大不大？值不值得做？"

"是很大。"那人上下看了看，眉头紧锁。

"吓到了吧？"霍家冲笑。

那人说："你估算一下，得多少钱？"

霍家冲不说钱。在这个项目上，一开始就说钱，显然是没有任何意义的。对着空阔的河谷，霍家冲给他讲这座大桥的高度、长度，需要的钢筋、水泥、石料、工时的数量，需要工程师的专业程序，还有跨江修建的各种风险。

霍家冲对这活儿太熟悉，说起来侃侃而谈。末了，又摇摇头："太难了，我们报过至少五次以上的项目，都没有结果……靠个人，难。"

那人凑近霍家冲说："只要有搞头，难度越大越好。别人做不了的，我做，不是就更赚钱了吗？兄弟，这程序我懂的。"

那人说着，用右手的拇指与食指捻了捻，表示手里有钱。

这动作有些恶俗。霍家冲内心突然怄火，想发作。不过他还是控制了一下，说："老兄，金沙江两岸的人，数千年来，都被这条河阻隔。

人与人之间，民族与民族之间，都给隔断了。隔断的，不仅是商贾往来，更多的是人心。能互相往来，互相沟通，没有阻拦，没有障碍，是祖祖辈辈都梦想的事。你要是能做好，你要什么支持都行，我给你当牛做马都行……可是，我看你的初心不对。为了钱，被金沙江淹死的可不少！"

霍家冲越说越激动，他咽了咽气，但咽不住，便往地上狠狠吐了一口口水，转身就走。他想去看看村里的情况。前几天刚下过暴雨，虽然这里没有上报灾情，但他还是很担心的。

提包的小伙子说："唉，你怎么能这样对待……"

还没有说完，那人连忙止住。

第二天，县委召开全县的干部大会，市委组织部部长在会上宣布新任县委书记。霍家冲是乡党委书记，坐会场的第一排。这个叫作高国的新任县委书记目光和他对视了一下。高国书记没有任何表情，但霍家冲脊背发凉，血液停止了流淌，为昨天的失态而紧张。他不知道，自己下一步面临的将会是什么，命运之门里，迎接他的会是什么。八成是着了。如此犯上，会有好果子吃吗？但霍家冲又想，我没有犯错，我没有做对不起他高国书记的事，也没有做对不起老百姓的事，虽然值班下了乡，但那不算是离岗吧。如果连这点儿事都要斤斤计较，那也只好随他了。霍家冲暗地里肯定了一下自己，紧张的心情为之而略有松弛。

随便吧，身在江湖，由不得自己。他想。

组织部部长讲完后，高国书记就做了表态，更多的是强调政治意识和责任意识，同时也提出，要努力干，只有干，才有希望，只有干，才能成大业。此后，明里暗里，高国书记没少下乡，对金沙江实地做了多次的踏勘，多方听取基层的意见。他领着霍家冲，跑了好几次省里，甚至去了一次国务院的发改、交通、财政等部门。一年后，这个叫作连心大桥的项目终于落地。

其间，霍家冲被提拔为县委常委、分管扶贫和交通的副县长。这事的起因、经过，高国书记没有在任何场合透露过，霍家冲也没有跟任何人说起。宣布任职后不几天，霍家冲到高国书记办公室汇报工作。秘书备好茶水退出，办公室就他们俩。霍家冲说了些感谢栽培的话。

高国书记说："是呢，你准备怎么感谢？"霍家冲从衣袋里掏出一个巴掌大的袋子，打开，是一颗色彩绮丽的南红玛瑙，雕的是一尊佛。

霍家冲说："这是一颗少见的南红，石头是我在山上找到的。您知道的，这一带山沟里有不少。工艺出自一苏州匠人。请书记鉴赏。"

高国书记接过，看了看，点点头，又摇摇头道："好是好，可惜太小了。"

霍家冲说："像这么大的，已经十分稀罕了。"

高国书记看着他，不语。

霍家冲急了，看来，这领导功夫不浅。他掏出手机，打开相片道："这里还有块石头，金沙江奇石，经过急流冲刷，反复磨砺，色彩出来了。您看，图案像是个仙人，脚下的是云彩，我取了个名，叫平步青云……"

高国书记面无表情道："还有吗？"

霍家冲急出了汗。看来这领导不好对付，真不知道他有多深，忙说："还有，还有……只是还没有找到更好的。如果书记喜欢，我陪您下去……"

"啪！"一声巨响，霍家冲一脸茫然，不知所措。原来是高国书记拍桌子了。他用手指着霍家冲道："霍家冲，我算是看岔眼了！红谷县之所以这样贫困，原来是有你们这种人！"

霍家冲不知道事情怎么会往这个方向走。老实说，他手里这些东西，都是他在工作之余，自己在江边弄到的，从成本来说，也值不了几个钱，无非稀奇一点儿而已。一直以来，他霍家冲不是靠送礼走上仕途的，但这下说不清楚了。

仿佛天助，高国书记的座机电话突然响起。高国书记看看来电显示，便挥手让霍家冲回避。

霍家冲弄巧成拙，通夜难寐。思来想去，他觉得书记太高了，精于计算，处处迷宫。他不知道自己怎么就陷了进去，不知道自己怎么才能在书记的棋盘里平安运行。

第二天一大早，霍家冲就赶到高国书记办公室外等候。高国书记一进办公室，他就连忙跟了进去，双手递出一份厚厚的手写稿。高国书记并不看他。

霍家冲说："书记，对不起，我错了。我来向你认错，做自我检讨。"

霍家冲一直说，高国书记一直听，听了半小时，霍家冲终于说完。高国书记说："你这还算诚恳，你戴罪立功吧！否则你从哪里来，还得到哪里去，甚至去得更远！"

从哪里来，到哪里去。那他霍家冲就回去当党委书记。再回，就当乡长、副乡长、教师。再回，就是一般的村民。要是罪恶到了极致，肯定就回到出生之前。霍家冲知道事情的严重性，他唯有勤勤恳恳，踏实工作。

但他想不到的是，每次高国书记都要盯着他，就连迟到了一会儿，也盯得这样紧。

他心里一动，一个念头产生了。

高国书记宣布散会时，霍家冲的笔记本早已塞进了手提包。他谁也不看，大步出门。县纪委靳东书记走在他的旁边，看了他一眼。霍家冲感觉到了，却没有慢下步来。相反他走得更快，噔噔噔离开了常委会议室。霍家冲迟到有他的原因。金沙江边修桥的事情。承包方找他，给他打电话，发短信，找不到就在办公室楼下等，在他家的单元门边等。他一直在躲，一直在回避。一个领导干部，应该如何把握底线，如何与老板们打交道，他懂的。但那些人，如何攻破堡垒，达到目的，策略上似乎更胜一筹。霍家冲在明处，那些人在暗处，的确防不胜防。就连霍家冲喜欢吃烧洋芋、吃苦荞饭、穿乡村女人纳的布鞋这样的小细节，他们都关注到了。

为此，常常有人在他住的小区门岗上放这些东西。逢年过节，就以此为由头，往里塞茅台酒、塞手表、塞高档的衣服购物单，弄得他头都大了。后来他有经验了，只要是有寄送给他的包裹，都让秘书过来签收。如有意外，便送交纪委。后来就很少有人再干这事儿了。可今天中午，要上班了，他刚开门，就有一个妖娆的女人，穿得又薄又时尚，堵在门边，给他递来一个纸箱。他吓了一跳，刚反应过来，那女人却跑掉，风一样迅速。他追不到，也不大好追。一个县处级领导，在小区露天的院坝里，跟着一个女人大喊大叫，恐怕有一百张嘴也说不清。他把门卫叫来，埋怨了几句。想想，干脆直接让纪委的人来清点好了，抬回去。一般情况，不能提升到这样一个层面。这是万不得已的事情，于他，这是保护自己最下策的办法了。

"我没有动一个指头，你们验一下上面的指纹。"霍家冲对带队前来的纪委副书记说完，便自己开会去了。

他由此而迟到了十分钟。

三

现在，霍家冲边出会议室，边叫秘书科给自己调车，要到马腹村。两分钟后，霍家冲走到大门口。秘书科回话，说平台上没有车。不是没有车，有三辆车在，但驾驶员一个生病住院了；一个家里孩子放学了，没带钥匙，刚走；还有一个驾驶员，没报备，但电话打了两次，都没接。

霍家冲说："那就算了。"

车改之后，领导们没有专车了，县处级领导用车，都得在机关事务局的平台上调用。马腹村是县里最远的村落，路难走，超出了去其他村的难度，驾驶员去一次烦一次。原因是，按规定县内不能报销出差费，吃饭、住宾馆还得自己掏腰包。

秘书感觉到了霍家冲的不快，连忙说："霍副县长，你在哪里，我开私车送你去。"

霍家冲说："不去了。"

霍家冲不是不去，他是不想麻烦别人。他给妻子打了个电话，说有急事要下乡，今晚不回家了。接下来肯定是妻子的抱怨，但不等那边说话，他就挂掉电话。女人嘛，娇惯不得的，你给她一寸，她要的是一尺。转过几条巷子，来到县客运站。还好，最后一趟车刚刚发动，他一步跳上去。身手还算敏捷，他在最后一排坐下，心里默默地为自己点赞。自从当上乡里的副乡长那一天开始，他就很少坐客车了。到县里这一段时间，直接就没有坐这样的车了。车上多是打工回家的、到乡下走亲戚的，或者是做各种小生意的。各种味道混合在一起，闷，但霍家冲觉得亲切。得承认，他就是在这样的环境里长大的。他张大鼻孔狠吸一口，突然发呛，赶紧捏住要咳的喉咙。

掏出手机，摁了一下，关掉，霍家冲恶作剧似的笑了一下。车开动没多久，睡着了。

摇摇晃晃，近两个小时后，客车到了马腹村。霍家冲揉揉眼睛，跳下车，夕阳从对面的山垭口上斜射下来。空气黄黄的，很糯，人肺就爽，山山岭岭色彩斑斓，好看。

霍家冲原来就在这里工作，对马腹村的情况，熟悉得像自己掌心里的纹路。村里有几个姓，总计有多少人，哪家的老人刚刚仙逝，哪家又添了个娃，他一清二楚。上个月他来村里，和村主任刘仁贵有过一次长谈。刘仁贵是他小学时的同学。四十岁刚出头，十多岁就跟爹干活儿，取石，錾磨，砌房，甚至在石头上雕刻花鸟人物，做得有模有样。初中没有毕业他就辍学了，跑到广东的一家建筑公司打工。十多年后，居然在那儿当了老总，赚了个盆满钵溢。是霍家冲把他叫回来的。刘仁贵一回来就被选上了村主任。这个有想法、有精力、见过大世面又有技术的中年人，带着全村人很是干了些事，村里人也多多少少能找到些钱。最近两三年，村里的事情突然变多。对于一个干事的人来说，就是要事多，事不多，就没有机会，就难以发展。但问题是，这些事跟以往完全不一样了。教育的事、卫生的事、住房的事、民政的事、交通的事、产业的事……这些事，要上墙，要上网，要公开，要有痕迹，要守规矩。上面千条线，下边一根针。此前，刘仁贵荣归故里，有乡里的领导支持，自己又过硬，激情满怀，干得风生水起，成绩斐然。有人曾经预言，下届的乡政府，刘仁贵肯定是副乡长无疑。可是，现在不好干了，早上睡觉睡到自然醒的情况没有了，鸟儿一叫就要出门，太阳落山还回不了屋。很晚回到家里，茶没有喝一杯，饭还没吃一口，早有三三两两的乡亲坐在他家里，等着说事。麻烦的是，村里的钱不能乱用，喝酒抽烟不能报销，婚丧嫁娶不能越规，逢年过节走访一下领导、办事的弟兄，都不行了。花自己的钱，也不行。每年都有纪检的下来，有审计的下来，既明察，又暗访，不仅提要求，更重要的是，翻账本，查资产，称斤算两，过针过线。村上就是买把扫帚，称斤茶叶，都要层层报批，手续完善。刘仁贵原本是办了个建筑公司的，有大把的钱可找。现在不行了，一是没时间，二是不好操作。曾有一次，乡里来人，对建档立卡的贫困户进行核查，有几户和自己靠得近，被查出不够条件。乡里要求进行公示，然后剔除，还对他进行诫勉谈话，问责。不想晚上他拖着疲惫的身子，刚一推开家门，早就坐在屋里的一大帮亲戚，呼啦啦站起来，团团围住他，指鼻子的指鼻子，扯衣服的扯衣服，叫的叫，闹的闹。有人说他当了官就忘记了亲戚；有的说他有了钱就没有了恩情；有的说你刘仁贵小时候跌了崖，要不是我某某，你早就让饿狼捡走；有的说悔当初给他做媒，将最漂亮的侄女都嫁给了他。他没有说话的机会，他没有反驳的权利，他只有捏着鼻子承受。

刘仁贵的内心动摇了，不想当啥村干部了，他饿不死，冷不死，要是不上霍家冲的当，不回来，他的钞票数，怕是现在的十倍百倍。出入高档会所，穿名牌，坐豪车，没啥不可以的。现在起早贪黑，没日没夜，没有周末，少有休息，一个月下来，工资才一千元多点儿，不够他请一桌客，不够他喝一瓶酒，不够他喝一次茶。图啥呢？不图了。再图就不是组织的人，就不是为人民服务的人了。他跑到县政府，推开霍家冲办公室的门，把印章往桌上一扔，转身就走。霍家冲追到马腹村刘仁贵的家里，给他讲变化、讲未来、讲小时候的初心、讲如何破解眼下的困境。

说到半夜鸡叫，刘仁贵脸色稍解。他沉吟了一会儿说："你说的我明白了些，工作中严格我不怕，也不怕要求高。我担心的是，你们上边风刮得太快，不好干。你的前任张副县长，不能说不敬业，不能说不努力。前年要我们集中精力种玛卡，种子据说还是从秘鲁安第斯山脉运来的，花了不少钱。我们不种土豆了，一心一意种玛卡。去年说玛卡卖不掉了，让我们种枝果，我们就种枝果。今年却要我们挖掉枝果种甘蔗，说这里的红糖品质好，在全国数一数二。可现在，甘蔗收了，红糖榨出来了，又不值钱了……我怎么向村民交代？嗯，你说？你们拍拍脑袋，今天一个主意，明天一个主意，我们下边怎么干？"

霍家冲想不到，刘仁贵肚里会有这么多怨气，一时不知道如何回答，便绕山绕水给他讲经济学。但刘仁贵不听那些，说："你这是书本上的，是教授们坐电脑前编的，没用。"

刘仁贵又问："县长大人，还有其他要说的没有？"

"我说得还不清楚吗？"

"那就请你离开。"

"我要是不离开呢？"

"那就只能是我走了。"

霍家冲站起来说："老同学，等等。我给你讲个故事吧！"

两个老同学在上小学的时候就喜欢听故事，听村里的老人讲本地的掌故，听老师讲书本上的故事，要是再也没有故事听了，两人就一个讲给一个听。书本上的讲完了，就编。一个比一个编得好，一个比一个会说，栩栩如生，悬念迭起。但后来，两人在一起的时间少了，忙生计，偶尔见面，也没心肠讲故事。现在霍家冲要讲故事，显然意义非同一般。刘仁贵站住，他不是要听霍家冲再嚼什么筋，他冷着脸，不吭气，他想看看这霍家冲，能表演出什么二百五。

霍家冲说，从前，有一种叫作蝜蝂的小虫，善于负重。爬行中每遇到东西，就抓放在背上。一路走来，背负的东西日益沉重，再劳累也不停止，最终被压倒在地，无法爬起。有人可怜它，替它拿掉背上的东西。可是，如果它还能爬行，又会像原先一样，抓取物体，再继续行走，直至用尽全身力气，直至跌落到地上被压死。

这是柳宗元写的故事。刘仁贵点点头说："你说得对，眼下这种人不少。"

看来刘仁贵是听懂了。霍家冲放下心来，预备听他的道歉和对下一步工作的思考。刘仁贵笑，可那笑里挂有霜花。刘仁贵说："县长大人，我一个大老粗，经你点拨，我明白了。有的人呀，端上国家的饭碗、吃饱穿暖还不够，还想当官。当了乡官不够当县官，当了县官不够，想当市里的、省里的官，甚至再往上。能力才那么一点点，背负这么多东西，背不动，就让下属替他背。身累，心累，他不被压死才怪！"

霍家冲愣住了。

"我听懂了，看来，我这个决定是对的。"刘仁贵大步往外走。

想不到这家伙这样顽固不化，霍家冲说："我最后问你一句，你到底干不干？"

"不干！我不是蝜蝂！我这种没有文化水平的人，有点儿小钱就够了，地位和名声，会将我压死。"刘仁贵说得咬牙切齿。

霍家冲笑了，他笑得很轻松，说："你不干也行。按照规矩，领导干部离任之前，是要进行审计的。你准备好，明天一大早，纪检和审计的就来。他们那一关过了，给你一个清白，你就安安心心地去做生意。

井水不犯河水，一辈子都行。"

霍家冲说完，扭头就走。这下轮到刘仁贵发愣了。夜里两点多，睡梦中的霍家冲感觉到了异常，是什么那样的迷乱，那样的吵闹，像是金沙江涨水，又像是无数人来上访。白天累够了的他，连睡觉也十分够呛，慌乱中醒来，才发觉是手机在不停地响。是发生什么天大的事情了吧！

"你好，我是霍家冲，请讲！"

那头迟疑了一下："霍县长……"

霍家冲一听，知道是谁了。他很清楚，这个人屁股里夹得有屎，害怕了。他为自己这一招而有些得意，心里一乐，却眉头一紧，将声音压住，拖得懒懒的、冷冷的：

"你是谁呀？半夜三更给我打电话，是涨水了吗？是地震了吗？是火烧房子了吗？"

刘仁贵说："我想了半夜，你说得是对的。我们的理想之火不能熄灭，哪怕困难再大……"

"呃，"霍家冲停顿了一下说，"你想好啦！我得看看纪检、审计的工作是怎么安排的，能不能暂停一下。"

此后，刘仁贵没有再说搁担子的事，而是更加积极地投入工作。两人见面，心照不宣。有一次，霍家冲在刘仁贵家里吃饭，照例端了一大碗苞谷酒。

刘仁贵直着舌头说："霍家冲，你也太狠了点儿。"

霍家冲笑，却不接话。他知道，刘仁贵在某个项目的招标上，程序不太严密，但已做了弥补，其他也没有啥。他就说了那一句话，刘仁贵便时刻铭记，以此警醒，也就够了。霍家冲抿嘴一笑，为自己的小小计谋而得意。上面一直在强调领导干部要有基层工作经验，这也算得上是小小的基层经验吧！霍家冲微笑，举起酒碗，咕噜就是一大口道：

"心头有事心头惊，心头无事冷冰冰。"

现在，霍家冲就站在马腹村村公所的院子里。这几年，村级组织加强了，小小的办公楼，小小的院子，都是新修的，被打理得干干净净。院墙上，挂了些展板，红红绿绿，透着些生机。从窗外看进去，村公所会议室里挤满了人。刘仁贵坐在中间，大声地说着什么。他动作有些大，显然是情绪激动了的原因。任何人的成长，其实都需要磨炼，需要时间来考验，刘仁贵能坚持下来，霍家冲是满意的。精准脱贫到了关键时候，村级组织是焦点，是磨心。

只要干事，只要把事情往前推，基础再差，也没有发展不了的。霍家冲想。

四

转了几个弯，下了几个坎，霍家冲来到了渡口边。小水泥房子前，一个老人坐在长条木凳上，端着个土茶碗，看着河对面的山脉发呆。

金沙江沉重而巨大的流淌声将霍家冲的脚步声、喘息声全给淹没了。金沙江就是这样，老是步履匆匆，老是喘，打霍家冲记事起，便是这样。响声太大，以至于他走到老人的身边，老人还一动不动。老人七十来岁，须发皆白，从背后看去，还算硬朗。霍家冲一边走过去，一边叫：

"龙叔！"

霍家冲叫第二声的时候，老人听到了，他转过身来，招招手，让霍家冲坐下，给他倒了一碗茶。茶是苦丁茶，多喝，降燥。

"看你累的，当了县长，要注意身体，多歇歇！"

"是副县长。"霍家冲纠正。

"不是迟早的事吗？"龙叔说，"当了县太爷，不要还和老百姓一样，起早贪黑，累成狗。家里老婆孩子顾不了，亲爹亲妈顾不了，自己的身体顾不了。哪成！就是我，也好几个月没有见你了。"

霍家冲笑道："龙叔，我，这不是来了吗？"

"是不是又为这桥？"龙叔问。在龙叔眼里，霍家冲是个十分节约时间的人，说准确点儿，是个目的性很强的人。他的出现，一定是和某件事情有关。

桥的事，是烦。霍家冲点点头。这条奔腾的金沙江在霍家冲的记忆里，比创伤还更深更痛。从他出生那天开始，就听到这条河巨大的吼声。从他睁开眼睛那一天起，就看到了无数的旋涡与急流。从他能听懂话时起，就感觉到这条河与两岸人的命运紧紧相连。金沙江两岸的沉与浮、爱与痛、善与恶，都与这河密不可分。就是自己的婚姻，自己的成长，也与这条河分不开。怪了，一条河的力量居然会这样强大，这样桀骜不驯，这样的不顺遂人的心意。后来霍家冲知道了，强大的东西从不会眷顾弱小。人在金沙江面前，是这样的无助，这样的渺小，这样的无能。多少年以前，河两岸的往来，就是一根长长的藤条，人像蚂蚁一样，小心地从上面爬来爬去，胆大的不要命，想过去就过去，想过来就过来。胆小的，根本不敢冒这样大的风险。站在河边，牙就敲帮帮，腿就弹三弦。有爬到中途、手脚酸软而坠入金沙江的，也有绳索腐朽、突然中断而发生意外的。后来有了金属，藤条换成了钢索。再后来，钢索上加了个铁笼子，就更安全了。再在后来，铁笼子底上装了滑轮，装了柴油电动机，一推电闸，铁笼子就慢慢移动，安全多了。龙叔有着个人的苦难史，他在十多岁的时候，负责溜索活计的父亲落江而亡，没了下落，他就含着眼泪，接替父亲。多少年的溜索管理中，龙叔也遇到过很多风险，冬天在冷风里冻病，夏天在高温中昏厥。也曾有失手，几次差点儿掉进江里。但他居然没有死，活了下来。他知道是河神在保佑着他，他知道是父亲在护佑着他，他知道是这溜索离不开他。如果他走了，真的再也没有人能管护这溜索了。眼下这村庄里，年迈的已经老眼昏花，勾腰驼背。年轻的要么在校读书，要么外出打工，谁也不会守着这荒凉的大山、固执的河流一辈子。

河流汹涌，也不是一朝一代的事。据传，当年石达开就从这里走过，几次要从这里过河，都因河流太急，而无法使用木船和牛皮筏子。他们也试图从溜索上渡过，但每次过的人太少，过去一个，就给那边的人捉住一个。石达开只好放弃，改去上游的大渡河边。龙叔的爷爷的爷爷那一辈，就经历了那一段血雨腥风。后来，红军长征时，也有一部分从这里过河，那时正值枯水季节，红军既从溜索上过，也动用了木船、皮筏。龙叔每每说起，便有些自信和骄傲。

龙叔和这河流有了感情，有爱、有痛，还有不舍。龙叔白天能看到它蜿蜒地流淌，夜晚能听到它不止的吟唱。闲暇时，他还可以下到河湾里，捕一些鱼虾煮汤。或者到沙滩上，找几块好看的石头，背回放到院子里。河里有金，但淘金需要技能，需要长时间的坚守。龙叔做不了那个。同时他觉得，只要是个有心人，处处都会有黄金。这些都是河流的给予，也是上天的恩赐。这条河两岸往来的人，有的外出打工，有的做生意，有的走亲戚，有的是读书。他们不断地往来，像河流一样流动。要是没有了这溜索，没有了他龙叔，他们中间就没有了连接。他们都是些坚强的人、坚忍的人、懂得感恩的人。他们有时会给上龙叔一包烟、一捧核桃、一棵青菜，或者几元钱。这些都不是龙叔看重的东西，龙叔能养活自己。但要是拒绝了，倒说看不起人，会闹矛盾。这样就不是龙叔的初衷。再拒绝，费话、费力，也费心。

龙叔此前有过媳妇，有一儿一女。大的还不到十岁时，她将孩子放在家里，一个人过江去给孩子买甘蔗。龙叔不要她去，说让四川人送一捆过来就行了。但媳妇不只是想买甘蔗，是想过去看看那边的亲戚。媳妇回来时，一捆甘蔗背在背上，到了溜索的中段，累了，手松，就落入江心。树叶一样打了两个旋，就不见了。龙叔顺着江走了几天，也没有媳妇的一点儿影子。龙叔喊了三天的魂，烧了一堆冥纸，也没有媳妇的半声回应。后来，龙叔老了，孩子们也长大了。孩子们都不愿意待在这个地方，更不要说一辈子了。儿子在外地教书，假期才会回家一两次。女儿嫁出大山，虽说是农村，但是在大坝子，好几次要接他走，他不愿意。女儿没有办法，就只能在想起他的时候，给他打打电话，寄几件衣服或者食品什么的来。

扶贫上有了项目，霍家冲在乡街子的旁边弄了一片地，建了三百套安置房，小区里种了树，有凉亭，有锻炼身体的场地。龙叔名正言顺地被纳入了搬迁的范畴，可说破了嘴皮，龙叔就是不搬。

"安置房里有水有电，有厨房，在卧房，有卫生间……"刘仁贵说。

"这里天做被、地为床、月亮星星做灯，有什么不好？"龙叔说。

"这里哪像是家，这只是临时工作的地方啊，夏天热得长痱子，冬天冷了患风湿……生活还是有些质量才好。"刘仁贵懂得这些。

"我住在这里，就能听到你龙婶说话，就能看到你龙婶忙前忙后的身影。"龙叔说，"这些年老是觉得她还在。"

"挂张相片不好吗？想要多大，我给你冲洗多大，再装个好看的框。"刘仁贵说。

"哪有相片，那年头，我亏欠你龙婶了。"

龙叔总有些理由。村里要做的，也只能这样了。对其他违章建筑，村里的可以强拆，但对于龙叔这两间破房子，他刘仁贵不好下手。要给龙叔在原址上修，也是不可能的，因为下一步过河大桥一修，脱贫工作结束，这样的破房子，绝对是不能再保留的了。大伙儿都知道，龙叔内心还有一个担忧，就是怕失业。当年集体经济时，生产队给他的是工分。土地承包后，他不种地，还管溜索。没有工分了，过河的人就给他交通费。每过河一次，给三元钱，他也还过得去。如果是晚上有急事要过，或者送大件过河，价格就不一样了。也有人会随手给他塞来一包香烟，龙叔谦虚几句，也就不推辞了。龙叔是这条河上的大王，在这条河上，他做的都是好事，是帮人引渡嘛。没人会说他的不是，没人会找他挑刺。

可是不离开也不行，个人再有感情，再有理由，也不是最大的理由。多少年来，村里人一直在做梦，说要是在这里建一座桥就好了。眼下，这事真能成了。金沙江虽为天堑，但和海面路段长达四十二公里的港珠澳大桥、海上路段长度二十五公里的青岛海湾大桥相比，根本就算不了什么。这猛虎都能跃过的峡谷，不应该成为人们的阻碍。霍家冲打记事起，就一直在琢磨这事。很小的时候，他和刘仁贵就有过这个梦想，将来有一天，在河上架一座大桥，让人们不要因为这条河的阻隔而伤心，而贫困，而丢命。后来机会来了，他当了乡里的领导，再后来，他当了县里的领导，他有能力协调这样的事，他有权力安排这样的工作。他和刘仁贵一说，这家伙也兴奋得像是打了鸡血，上数五代人，他们家也有人落水而死，也因大山的阻隔而代代穷困。他俩在高国书记的指导下，找发改委、交通部门立项，找财政协调资金，考察国内有经验的建筑企业。这些工作件件落实，风生水起。可是，他没有想到的是，龙叔听到这个消息后，整天丧嘴垮脸，拍桌子踢板凳。要修桥、修路，将占用龙叔的一部分土地，可村里按照最优惠的政策给予补助，龙叔居然都不同意。他不高兴，他反对修桥呢！这就怪了，因为金沙江而亲人丧命，因为闭塞而子女离开的人，怎么就反对这事呢！刘仁贵去说，不通。霍家冲就亲自上阵了。霍家冲话说了一背篓，龙叔不吭气。

"叔，走一步天宽地阔。"霍家冲说。

霍家冲给龙叔抽出一根烟道："龙叔，桥修好后，你这溜索我们不拆，留作文物，还挂上你的照片，写上你的故事，让人们参观。"

龙叔不吭气。

霍家冲说："龙叔，我们给你申请低保，你每月的生活费，不会少。"

龙叔还是不吭气。

有人来要过河，他打开铁笼子，招呼进去站好，系安全带，发动柴油机，推上闸阀，随着轰隆隆的声响，溜索缓缓向对岸移动。

龙叔的内心是复杂的。这样的复杂的结，是谁也难解开的。

现在，霍家冲来到龙叔的小屋面前，龙叔主动问他是不是为了这过江大桥时，他就说是。

河上建桥的事，虽然艰难，但也不能说没有推进。眼下，金沙江这边，修了三分之一。金沙江那边，也修了三分之一。这两边都修了三分之一的桥，半年前停了下来，不再有动静，成了烂尾桥。承包方层层转包，层层剥皮，最后资金搁浅。纪委介入，认真一查，其间的黑洞不少。更麻烦的是，承包方负责人突然跳河自杀，尸骨都没有找到一块。留下这麻烦，高国书记带领专门人员做过研究，霍家冲陪着县长跑了好些部门，试图东山再起，将大桥修好，但事与愿违。其中原因，非常复杂，事故环环相扣，矛盾互相纠缠。

纪委一直在查资金，一直在追相关领导的一岗双责。但在霍家冲看来，大桥没有如期完工，不是资金上的问题，而是人心的问题。人心！他脑海里突然跳出这样一个问题。是的，刘仁贵不想当村主任，就是人心的问题；龙叔不愿意修桥，是人心的问题；工程中出现的腐败，是人心的问题；自己的工作推不动，是人心的问题；那些人千方百计，要靠近他，要拉拢他，要给他送钱，送不了活人用的钱就送死人用的钱，也是人心的问题；高国书记批评自己，自己又难以接受，难以领会，同样是人心的问题。

霍家冲给龙叔递了一支烟，自己也点燃一支。很久没有抽烟了，烟草复杂的味道让他难受。他咳了两声，硬硬地将烟雾咽了下去。现在他抽烟少，县里的机关，到处都是禁烟区，就连卫生间，也不让吸烟了。刚一掏出烟来，就会有人善意提醒。时间一长，干脆就戒了，省得麻烦。但他下乡还带着烟，到处都是乡亲，都是老同事，不递上一支还真说不过去。

"叔，你让我过河吧！"

龙叔转过身，整理溜索，给柴油机加了油。斜阳的余晖泼金一样落了下来，洒在龙叔的身上。龙叔老了，这把老骨头，再干十年，都怕够呛。霍家冲零距离地看龙叔，他突然觉得眼热，心堵。

霍家冲一个人过河，他自己觉得自己太奢侈，内心多少有些过意不去。掏了掏包，里面有两百元，他掏出来，想给龙叔，却又觉得不妥，便塞了回去。

溜索很高，鹰飞起来，其高度也就这个样子吧。霍家冲不是第一次坐溜索，但每次他都有这样的感觉。脚下是铺开的木板，从缝隙里依然可以看到遥远而混浊的波涛。尽管现在正是夏天，但冷风飕飕，让人发抖。

五

过了河，天暗得更快。当霍家冲爬过沟沟坎坎，赶到镇上时，天上像突然盖来一个麻袋，完全灰了下来。路险的地方依然险，沟深的地方依然深。霍家冲摸摸索索，进了乡政府大院。

乡政府大院干干净净，也安安静静。除了院墙上有几盏灯，办公楼里灯光也不多。周末了，估计工作人员大多都回家了。霍家冲的鞋子与地面摩擦，响声都有回音。这大山里就是这样，安静得像倒退了几个世纪。他有意识地将脚步踩得很重。

"有人吗？"霍家冲大声叫道。

一楼办公室里有个小伙子，从窗子里伸出头来，看见暮色里的霍家冲，问："你找谁呀？有什么事？"

"我上访！"霍家冲大声叫道。

小伙子吓了一跳，他立即奔出来，满脸惊讶道："深更半夜你上访？你是吃饱撑着了？你有啥子冤情？钱被典当行卷走了，还是老婆被人贩拐走了？"

"深更半夜？深更半夜咋了？你们的工资是按月领的，又不是按八小时来领的。所以，二十四小时内，我想上访，就上访！"

小伙子看了看他说："你说得有道理，你有啥子冤屈？"

霍家冲怒气冲冲地说："我要当低保户！"

"老兄，低保户也是想当就当的？那是有标准的。穷了，没有吃，没有穿，或者生了大病，才适合的！"小伙子笑了，"再有，你这样子，哪像穷人？别天天享受党的恩惠，到处骗吃骗喝，不记恩情。"

"我女朋友在金沙江那边，经常我过不去，她过不来。我上访！"霍家冲又说。

那小伙子先还客气，一听他说过河的事，气冲上来了："呵呵，你连这个都要上访！我告诉你，为了这座桥，我们全乡干部，三年没有提拔一个，三年没有上调一个！我们付出的代价多惨痛！你倒来找我们的碴！我们还正想上访呢！你是哪里的？你是干啥的？"

的确是，据说这边县委给乡里的任务是，不脱贫不脱钩。而这里要脱贫，必须路通桥通。现在从县里到乡里的路通了，从乡里到金沙江大桥的路通了，但桥一直没有通。这桥是两个省分别立项共同出资修建的，一边出事，另一边也跟着遭殃。

"我没有老婆，给我发一个！"霍家冲振振有词。不过他说的时候，脸红了。这话是一个上访户经常在县政府大院里叫的。叫的时间一长，信访办才搞清楚，这人疯了。为了得到低保，他日思夜想得不到，脑子就坏掉，患了精神病。

正闹着，三楼的一个窗户打开了，一个女人在上面说："小崔，啥事这样闹？"

这个叫作小崔的人把情况三言两语说了。那女人说："和他好好说，如果事情不急，让他明天再来。"

"我要见你们乡长！"霍家冲吼道，"我还饿着呢，都走不动了！"

小崔估计心烦了，举起手，又慢慢放下，作了一下引导："如果饿了，我炒饭给你吃吧！"

"让你们乡长下来，陪我吃！"

"你这也太过分了！"小崔说，"对不起！你回去吧！"

霍家冲还想说啥，楼上咚咚咚走下个人来。黑暗里，那女人个子高高的，十分结实，一看就是长年生活在乡下的那种。

那女人说："我就是乡长，我陪你吃。"

那女乡长走在前边，霍家冲跟在后面，进了餐厅。小崔叫来厨师，叮叮当当开始做菜。霍家冲说："煮几个毛皮洋芋，来碗腌辣椒就行。"

女乡长说："不急，有啥事一边吃一边说。"

那个叫作小崔的人，十分意外。这乡长，怎么这么客气呀！他附在女乡长耳朵边说："要不要来壶泡酒？"

"公务接待，不用酒的。"女乡长对小崔说，"你去守电话吧，这里的事我来办。"

当小崔在门口消失了，两人互相指了指，哈哈大笑了起来。

女乡长指着霍家冲说："你这个人真逗，到我这里来上访，想当贫困户！还要让我给你发老婆！我只要把你的财产一公示，你怕要成为网红，怕要笑死一大堆人！"

"我说的是十年前，"霍家冲说，"蓝焰，那时候我没有家，没有老婆，没有车，没有房子……"

"十年前？"这个叫蓝焰的女乡长眼眶红了。

是呀，换谁也难以启齿的那段往事。蓝焰是金沙江西边的人，霍家冲是河东的人。两边相比，河西条件要差一些。刚上小学时，蓝焰的父母便把蓝焰送到河东读书。蓝焰住在亲戚家，每个星期，或者更长的时间，蓝焰才会回去一次。蓝焰和霍家冲就在一个班，两个人学习都不错，两人都在暗里较劲，恨不得尽快超越，将另一个落得远远的。从小学到初中，从初中到高中，再到河东市里的大学，两人都在互相竞争。这样的长时间在一个班，两人的学习都不相上下，两人肯定就有故事。这不，两人从对立、猜疑、嫉妒，再到关注、好感、暗恋，最后居然就好上了。可当两个人坠入爱河后不久他们就毕业了。两人各奔东西，蓝焰回河西中学教书，霍家冲在河东的乡政府办公室。到了谈婚论嫁的时候，霍家冲要她到河东，工作上的事，他会找人帮助。蓝焰则要他到河西工作，因为她们家只有两姐妹，父母希望霍家冲入赘。两人谁也没有说服谁，一个坐在河东的岸边，流泪，往河里扔石头；一个坐在河西的岸边痛哭，不肯回家。那几天，龙叔吓得腿都软了。他生怕年轻人不省事，一步跳到河里就麻烦了。此前这样的事情不是没有过。他一会儿溜到河东，把霍家冲叫到河滩，一起捡河浪冲来的好看的石头，告诉他人生要美好就得在惊涛骇浪中历练，还要不怕被抛弃；一会儿又溜到河西，拉着蓝焰一起爬山，他们站在高高的山顶，龙叔手指苍茫的群山，告诉她说脚下的山虽然高，但太平凡了，人生还有比这高的山峰，人生的风景比这更美，而爱也是。事实上，这样的道理他俩都懂，只不过龙叔在这个节点儿上，制止了他们往死的方向去想。他们不死了，而是往活的方向努力。他们在各自的工作单位拼了命，都在不断地进步，得到了认可。霍家冲当了副乡长、乡长，被提拔为县里的副处级干部。而蓝焰也通过公务员考试，从学校走到乡妇联，再下到金沙江边，当了副乡长、乡长，县政协副主席的岗位也早给她预留。他们互相很少联系，但对方的一举一动，都清清楚楚。他们各自成了家，有了自己的生活，有了自己的爱，也有自己的痛。

　　他们因为修这金沙江上的桥而在公共场合见过几次面，各自站在自己的立场上，针锋相对，矛盾之后再形成统一。工作告一段落，大家就各走各的，互不影响，少有牵挂。都老江湖啦！每次见面，他们并没有太多的尴尬，两人配合得很默契，仿佛之前就背过台词似的。

"听说你也不太顺利，上了副处级，工作反而步履维艰，没有了此前的风生水起。"几个简单的炒菜上来，蓝焰给他舀了一勺炒肉，不沥油，她知道他喜欢这种油乎乎的感觉。

霍家冲饿狠了，将又香又辣的油汁往饭里搅拌了两下，就往嘴里塞。一碗饭咽下了，喝口汤，没有先前的抓心了。他自我解嘲："工作都顺风顺水，就没有意思了。我记得小时候，有天夜里，梦到有人扯着我的腿不放，疼醒了，好害怕。第二天告诉我爹，他不说话，拿来一根皮尺，往我身体上下一量，抿出一截说，你长高了。后来，每有疼痛的时候，我就这样理解，甚至常常希望疼。"

霍家冲的语言常常出彩，这是当年蓝焰看中他的原因之一。语言出彩，并不只是嘴唇薄，关键脑子里得有货。

"你呢？你疼不？"霍家冲问。

怎么不疼呢！一个女孩子，要在这样偏僻、荒凉、贫穷的地方，与村民们一起耕作，一起解决问题，真的不容易。好多从县里、从州里下派来的干部，待上一年半载，都走了。只有蓝焰，就快待了十年了。蓝焰的丈夫在州里工作，孩子生下来就是丈夫照管，从幼儿园读到小学，其中的辛苦自不必说。蓝焰要从乡里到州里，越野车也得跑三个小时。遇上下雨下雪、泥石流、山体滑坡，就更麻烦。近两年，脱贫攻坚任务更具体，脱贫时间按倒计时来算，她就更离不开了，一两个月难得回家一次，回一次很快就要离开。虽算不上什么生离死别，但她这种与家人的生活方式，的确不是太正常。孩子和她陌生了，她在与不在，孩子都不在意了。丈夫也对她意见很大，最近，二胎政策放开，丈夫希望她能再生一个，问题又出来了。蓝焰一口拒绝。沟通失败，丈夫对她更加冷漠了。她一月俩月不回去，他也不会给她打个电话，不发一条微信。更麻烦的是，前几天，有闺密支支吾吾给她打了一个电话，要她注意这注意那。她听了半天，明白了，丈夫有了外遇。她的心里像是有人突然死死捏了一把，好一阵儿没有喘过气来。她脸色苍白，虚汗直流，目光呆滞。当时她正坐在一个农户家的火塘边，一边询问一边填扶贫的调查表。她的样子，把此前很反感她的那家人吓坏了。女人要扶她躺下休息，男人却烧起松柏、香烛，打起羊角卦，围在她身边，又是跳又是唱，善良的一家人是要给她驱鬼呢！她摆摆手说："我是乡里的干部，不能信这些呢！"她内心清楚真正的鬼在哪里，真正的鬼是啥。但那家人根本就不听她的，说今天不将鬼咒走，他们家就对不起乡长。甚至说如果他本人法力不够，他们就要去凉山深处请祭司来。

"真正的鬼是穷鬼。"蓝焰说，"穷鬼不是单一的一个鬼、一种鬼，它们是一个群体，它们身边还有懒鬼、病鬼、饿鬼、嫉妒鬼、霸道鬼等，它们以穷鬼为核心，围在穷鬼身边，给它添油加醋，出谋划策，助纣为虐，什么方法坏就用什么方法，什么事情脏就干什么事情，什么手段绝它们就用什么手段。如果我们制服不了它们，它们就会占领整片大山、整条河流、整个山寨、整个屋子，甚至我们的内心。那样，我们就吃不上饭、穿不上衣、住不上房、读不上书。那样，我们就只能等死——不，死都死不了，我们只能承受它们的羞辱，永生永世。"

一家人听到这话，一下子呆住了。他们为什么穷？是因为男人整天喝酒，不种地，不养羊，也不外出打工，醉了就打女人，或者一两天不会醒来。这样不穷才怪。蓝焰突然发觉自己从未有过这样的口才，从未有过这样的说服力，从未有过这样的思想，她几句话就抓住了事情的要害，自己瞬间变被动为主动。看来，悲伤的情绪居然会有着让人想象不到的创造力。

回乡政府的路上，蓝焰的心又开始疼。当年和霍家冲分手后，蓝焰发誓不再找男人。那种誓言可以理解，青春期嘛，说啥都行，过激往往是年轻人的毛病。那个在交通局当工程师的男人，一直就盯着她不放。

每天都在她上班之前，去她住处的楼下，等她出门来，陪她到单位，自己才去上班。每到下班时，提前就在单位门口等着，陪她回家，或者到她赴宴的地方，然后独自回家。蓝焰从住处到单位，不算远，但要经过一条偏僻的小巷。好几次，要不是他在场，可能还真会出事。那巷子里有几家酒吧，见女人就胡乱出招的小混混，还不少呢！蓝焰的以身相许，是两年后的事了。当她得到霍家冲结婚的消息后，信念终于动摇。而他们结婚，是因为蓝焰当了副乡长，分管交通。工程师帮了她很多忙，项目的争取、图纸的设计、经费协调，工程师都起到了非常关键的作用。

有这样的男人，还会有什么不可靠的？于公于私，都是大好的事情。蓝焰在心里掂量了一下，眼下这个男人，恐怕比那个霍家冲实在多了。霍家冲太聪明、太固执，密不透风，太像一个官员了。即使和他结了婚，不见得就会有多幸福。林里的果子最好吃的，并不是在季节的最开始。这样一想，她像是吃了颗定心丸，安安心心地把自己嫁了出去。结了婚后，他们很幸福，他们如期生了个大胖小子。蓝焰在乡下工作，带儿子就是丈夫的事情了。日久天长，儿子和丈夫更亲，好像见她不见她，都无所谓了。

"你为什么喜欢我呀？"蓝焰问。

"喜欢你的大屁股。"工程师直言不讳，说得很精准。看来，工程师目测不止一次两次。

工程师精于计算。蓝焰突然感觉到，丈夫每每跟在她的背后，好像都是在计算着她身体各个部分的面积、体积和重量，计算着他看得见和看不见的地方。蓝焰的脸瞬间绯红，她按住丈夫就是一场好打，直到丈夫再三告饶。蓝焰出生在乡下，小时候没少放羊、砍柴、追野兔，腰腿结实一些倒是真的，胸部丰满一些也是真的。丈夫待她发泄得差不多了，才说："我们老家有句话说，屁股大的女人，能生娃。"

蓝焰认真地说："可是，我们只能生一个呀！"

"只能生一个就生一个，可以生两个就生两个。"工程师说得也没有错。

本以为就这样下去，可国家突然来了政策，可以生二胎了。这消息对于男人来说，是好事。可对于大多数女性来说，相当于灾难。当工程师从州里坐车，风尘仆仆到乡政府，和她商量生二胎的事时，蓝焰一脸茫然。她天天和老百姓宣读这些政策，可她就从没有考虑过居然和自己有关。现在工程师一说，她一口就否定了。的确，她在乡下工作，在任务这么重的节骨眼上，如果花两年时间去生一个孩子，她的工作怎么能接上？怎么能干好？她说了很多道理，希望工程师能够理解。工程师一言不发，工程师是认真的，他是三代单传，一直梦想着在他这一代，会多有些香火。现在机会来了，他肯定不会放弃。

"你再生一个，也是在落实国家政策，也是在为国家做贡献呀！"工程师说。

蓝焰并不想执行这一政策，也不想做这方面的贡献。想不到的是，工程师在她身上失望之后，却在别人身上点起了希望之火。蓝焰捂在被子里哭了一个晚上，泪水流干，她算是理解工程师了。如果自己是一个男人，恐怕也会这样做。

现在面对霍家冲，蓝焰觉得自己又疼了，疼得无药可治，疼得无法控制。家里情况如此，而乡里更是纷繁复杂。要脱贫，就得抓种植、抓教育、抓产业、抓交通、抓就业，还得抓班子、抓队伍、抓规矩、抓思想建设……一个女人，把绣花的功夫都使出来了，一针一线、一行一列，她最指望的，是再过两年，当辖区内的一家一户都脱贫，她就可以回城了，就可以与儿子相守在一起。

这些话，蓝焰不能和眼前这个男人说。这个叫作霍家冲的男人，已经不再是自己的知己了。有些话，多一句都是累。即使掏了心，不见得能解决问题，反而授人以柄，让人笑话。但工作上的话要说，特别是金沙江边这半拉子工程，一定要往好里说，一定要往成里说。说它好，说它成了，它就会真的好了，会真的成了。这是她在一线工作多年的体会。

于是他们就开始说这修了一半的桥的事。他们一直说，说到半夜三更，说到草尖上的露水上来。但有些话只能点到即止，两个掌握着基层政权的人，有时像是亲密无间的好朋友，有时却又像是推太极的高手，你进我退，你来我往，绵里藏针，不肯善罢甘休。说到最后，霍家冲突然问：

"按照河西的风俗，如果收到来路不明的东西，估计是很多钱，或者珠宝玛瑙，怎么办？"

蓝焰睁大眼睛说："县长大人，你开玩笑吧？"

"真的，一大箱，很沉。"

蓝焰说："你找死！"

"是死要找我了。"霍家冲说近一段时间来，以各种方式给他送东西的太多了。那不是啥好东西，那是炸药。

"你给出出主意吧！"

蓝焰让他快退，急流勇退，找一个人大、政协副职那样的岗位，再不，调研员也行。

蓝焰说："你也不年轻了，要从政，得再早一些。再有，尽管你很了不起，但我觉得你定力还不够，要再上重要的位置，恐怕难。"

霍家冲突然后悔，在蓝焰面前，自己露得太多了。口一滑，什么都说出来了。说了这些，却又一点儿用也没有。

小崔一直往屋内伸脑袋。他先是搞不懂，一个上访户，乡长居然对他那么好。后来才发觉他们俩是熟人。再后来，他听到两人在说些婚姻上的事，才发觉他们之前是有故事的。他有些尴尬，觉得这个男人太狡猾，觉得自己不能再在他们中间打夹岔，暗地里跺了一下脚，正要回去睡觉，蓝焰让他去食堂，配合厨师再弄些吃的：

"烧烤吧！大竹签子串肉，苞谷烤酒。酒用角落最里边的那一坛。"霍家冲睁大眼睛看着蓝焰。

蓝焰笑："我请客，不花乡里一分钱。这是规矩，放心。"

很快，小崔弄好了，将火炉搬到廊檐下。小崔只好陪着，三个人，一边烤菜，一边举杯，硬是坐到太阳东出。

六

霍家冲回到家，已经是第三天下午了。屋里静悄悄的，里里外外看了一遍，一个人也没有，敢情妻子领着孩子，去岳母家了吧。洗了一把脸，烧了一杯开水喝下，往沙发上一靠，他觉得舒服了些。瞌睡像个黑布口袋，一下将他的头套住。

梦里也不舒服，原因是金沙江的水太响了，像一个又一个的闷雷在屋外炸响。老辈人说，干了坏事，会被天打五雷轰。村子里谁家的孩子不听话，做了不该做的事，常常会被大人拖到金沙江边，让他听响得怕人的声音："炸雷的声音比这大，你要是干了坏事，天地不容！"这种教育的方式毒辣得很，但很奏效，所以村子里多是善良之辈，违法犯罪的不多。

睡够了，醒了。霍家冲满意地打了个哈欠，摸过手机打开。一时变得好热闹，微信的声音、短信的声音、QQ的声音，此起彼伏，仿佛波涛滚滚的金沙江。霍家冲感觉又上班了，门被推开的声音、电话铃的声音、电脑键盘打字的声音……一直持续的，是电话的声音。他不想接，后悔开机。犹豫了一下，又怕有灾情和意外。再次打了一个哈欠，他接通电话。

是妻子打来的："你在哪儿？你现在在哪儿？"

"我在家里呀。你是不是带孩子去外婆家了？"

"你让我急死了！你到底去了哪里？"

"我这不是回来了吗？"这女人，不就是一宿没有回家吗？就惊慌成这个样子。

"你别走！你就待在家里，我很快回来。"妻子说。

刚挂掉，手机又响。靳东书记说："你终于接电话啦！"

"看来你没少打我电话。"霍家冲笑，"是有什么重要指示吗？"

"你让大伙儿急坏了！"靳东书记说，"高国书记做了指示，你再不出现，我们的搜救小组都要出发了！"

霍家冲吓了一跳，这祸惹大了，忙说："那我得快给高国书记报告，我没有失踪，是回了老家一趟。"

"你过来一下，我们要当面打开你上缴的箱子。"

"箱子？什么箱子？"霍家冲想了一会儿，才记起那天他上缴的东西。

"纪委出两个证人不就行了吗？"

"还是过来吧，我等着你。"

纪委书记和他虽然是同一级别，但他有监督同级党委的权力，所以霍家冲对他还得礼让三分，"好，您安排了，我很快就来。"

霍家冲换了件衣服，出门打车。半小时后，他赶到了县纪委。进了靳东书记办公室，靳东书记示意他坐下。屋子正中，就是那一个大大的纸箱。靳东书记说："我们先用仪器检测过，里面没有炸药和毒品，可以打开了。"

工作人员过来，用裁纸刀对捆绑住的包装袋和层层泡沫小心切割。是人民币，还是美元？是珠宝，还是文物？霍家冲不得而知，他心吊得老高，心怯，说不准，这东西比炸药和毒品厉害，将他霍家冲推到不可预知的高度。

纸箱打开，一切都出乎意料，一大堆发黄的冥钱，中间包了几块破砖头。

按照金沙江边的风俗，这是给亡人的买路钱，新亡人到了另一个世界，要通过很多关卡，必须用钱打通关节，大神小鬼才会开门让路。路边有土地神，河里有溺死鬼，树上有树神，草丛里有草鬼，不打发点儿，他们会死磨烂缠，不让通过，甚至会闹出些意外来。而死去多年的人，他们成了鬼，他们的吃喝拉撒，也需要人间的照顾，冥钱是最直接最有力的帮助。

靳东书记一脸铁青，嘴唇都有些发抖："居然这样……你也别放心上，这不是给你的冥纸，这是腐败分子给他们自己的冥纸！过不了几天，一个个都会落进我的瓮子。只是，昨天到今天，你不给组织报告，突然失踪。这一段空当，你去哪里了？是害怕了躲起来？还是干什么见不得人的事？"

"呃……"霍家冲不知说什么好。关掉手机，渡过金沙江，是他的恶作剧。一个小小的恶作剧，产生了这样的麻烦，这是他所没有意料到的。而某些人为达到某种目的，在他身上实施的种种恶作剧，更是他所意料不到的。

靳东书记早年在部队待过，转业后一直在纪检部门工作，办事斩钉截铁，说一不二，风风火火。他来红谷县当纪委书记，已经两年多了，对全县的纪检监察工作，熟悉得很。每个科级以上的干部，他都了如指掌，他们的前世今生，他们的爱好、性格，他们的财产，他们的成长方式，他都熟悉得很。每次高国书记要提拔干部，都要将他和组织部部长同时叫来，听他的意见。所以经他们提拔的干部，很少有带病的，很少有拉稀摆带干不成事的。对于霍家冲，靳东书记是熟悉的，是知道的。这样一个干部，放在哪儿都是优秀的，他都会把工作干好，但优秀并不等于没有毛病。毛病这东西，有时是股冷气，会让庄稼停止生长，会让人打抖打战；有时又是只蚊子，嗡嗡嗡飞来飞去，找准机会叮得人难受，让人不安，却又难以将其捉住；有时像某处渗出的水，多数时候不碍事，而一旦发作，会令大坝崩溃。靳东书记最关注毛病，他治愈过不少有毛病的人，也看到不少有毛病的人病入膏肓，无可救药地走进大牢。

霍家冲肌体健康，但毛病不少。靳东书记十分看重他，将心比心，希望他成长得更好些："工作中会有很多问题，也有很多不适应工作的人。人身体里这种东西，你怕它，它就不怕你，会来欺负你。你一身正气，不怕它，它会怕你。"

霍家冲点点头，笑了一下。该做啥就做啥吧。风来了，别只去躲雨；下雪了，别只顾防寒。

第二天，县政府网站发布了头条新闻，人们再次张大嘴巴。他们有限的脑袋里，无法将这些复杂的事情整理清楚。霍家冲还在，还在参会，还在发言，还在安排工作，还在下乡调研。视频和照片上的霍家冲，和往常没有啥不同的。发言的内容是，连心桥将在下月续建，并设置了倒计时，立下军令状，说明年春天，将建完通车。有人摇摇头，暗自嘀咕：唉，这个很能折腾，也时时被折腾的人，不晓得他又会干出什么让人意外的事来。同时也有人为自己的一惊一乍而暗自好笑，愿人好，才是真的好。啥事都往坏处想，箱子里恐怕不仅有炸弹，还有更多。

长鼓王

沈念

一

这次下乡，进大瑶山，老馆长托我找一只鼓，新馆长让我找一个人。

临出发前，老馆长下楼相送。快七十岁的老人一句话也没说，用皮肤变薄发白的手薅住我，身上的迟暮气息游进我的鼻孔。他的拐杖落在地上，身体一直微微发颤。前年一次不慎，他在浴室滑倒受伤，膝盖和髋关节粉碎性骨折，双粉，微创手术，打了四颗进口钉。医嘱挂拐十二个月，他干脆拒绝下楼，以离群索居的方式在一百多平方米的居室里行走江湖。这半年来，身体又出现变化，经常站立不稳，这次更是颤抖得厉害，像装了个分子震动机。

车跑了两百公里要进山了，我还有种异样的震颤感应，像一股电流在肌肤上跑来跑去。

我想起了老馆长第一次带我进山，讲过一个没有记载的传说：大瑶山峰峦叠嶂，树影扶疏，山岭中段有如一只神犬将奔爪伏。传说中，叫扶摇的神犬夜宿于此，遇狂风暴雨，地震河啸，为护住东西两边的几个村庄，成片田垄和百千民众，神犬变身大山，皮毛化成密林，斑斓纹路折叠为蜿蜒山路，炯炯双目矗立成遥遥对望的东西两座又瘦又高的峰岭。

时间野蛮，记忆混浊，老馆长编过太多民间故事，唯独这个无根无据的我记得最清楚。

一晃眼，他也老了，可大瑶山依旧林木繁茂，寂寂无声。山里也有变化，新修的平整山路，像条白色飘带给青绿的山腰镶上长长银边。偶有山泉叮咚林丛摩挲之声，随风跑过耳畔，发出阵阵空响。

当年我还是一个小学教师，喜欢摄影，获过几个奖，还能写豆腐块，借调到报社干了一年。其间遇上市政协做民间文艺调查，就跟着任副组长的老馆长下去采访，回来后图文并茂做了个整版，给他留下了深刻印象。借调结束，老馆长问愿不愿去文化馆。就这样，这位永城文艺界的老专家成了我的伯乐。

老馆长是个闲不住的人，没事就往山里跑。我调到文化馆做摄影专干，跟着他跑了几年民间文艺的搜集整理工作，合作出版了好几本专著。我拍照，他撰文，有时我也参与写。回头想想，真不容易，采访出版的课题经费，都是他跑宣传部、财政局申请到的。后来轮到我跑经费，才知道那个烦琐，当年老馆长闷着头跑，从无半句怨言，固执得很。

有了这层关系，我与他自然走动勤密。他的独生女留学出国，毕业后嫁在国外。他退休赋闲，孤独无事，我常拎些时令水果登门，他有了好酒，也主动召我小酌，说人生过往，也谈时局国策，更多的是聊永城民间的风物人事。

那天从省城参加完一个摄影展回单位，刚走进院子，似乎听到有人叫我的名字。声音耳熟、急切、颤抖，像是跋山涉水而来。四下探看，穿过大樟树下的那块三角空隙，我看到老馆长站在他家阳台上，隔着防盗网招手。

我踮起脚挥挥手，以示回应。

这棵遮阴蔽日的大樟树是镇馆之宝。二十世纪八十年代，老馆长选这个地方建馆时，看中的就是这棵有两百多年历史的树。大树底下好乘凉！老馆长走到这片荒坡，眼珠就粘住了这棵树。后来几家单位争这块地，争议到了市长办公会上，从农家女成长起来的市长，最后把票投给了文化馆。市长做了批示，老馆长倒背如流：国家发展社会进步，文化事业不能落后，不能失去根基，做群众文化的同志应该像大树，向下深扎大地，向上枝繁叶茂。

我噌噌跑上老馆长家，他在门口迎候，拎着一双格子布纹拖鞋。屋里无人，我说："师母战斗去啦？"现任师母是老馆长的续弦，以前是文化馆所在社区的主任，当年亲手建了个棋牌娱乐室，退休后热情的老街坊把她拖去凑人数，手把手教会麻将纸牌打发时光。

老馆长的身世我略知一二。解放那年出生，六岁跟着跑戏班的祖父，学了几件乐器，后以二胡闻名湘南一带，响当当的老师傅，走到哪里，都有跟过来学艺的徒弟。刚退休那会儿，大街上兴起的乐器培训班请他授课，去过一两次后就再也不去了，说那些学校只管赚快钱，不懂得琴艺传授背后藏着什么，学二胡不只是拉出旋律，还有艺德修养之为。他索性自个在院子里办了个周末免费辅导班。有一阵，大樟树下的二胡课堂报名甚火，来学习的中小学生居多。好景不长，时兴起西洋乐器班后，拜老馆长为师的人越来越少，最后只剩下他老人家一人，有事无事自个儿在大樟树下独奏一曲，聊以宽慰失败的教学人生。城市广场上的票友们邀过几次，他去了，一群老人，却争强好胜，时常闹得面红耳赤，几日后又嬉戏和好。他却嫌聒噪累心，后来夏天沐浴摔伤，也就借此不再凑那热闹，偶尔手痒来了兴致，就在家里的阳台上，望着被防盗网隔离的天空，像只被困的鸟，咽咽嘤嘤地拉上一曲。

进门抬眼又看见了挂在客厅墙上的长鼓。这是老馆长的心头宝贝，我如往常，双手合十，做一个揖拜。第一次见到它，长鼓是摆在电视矮柜上，半人高，身材窈窕，腰身摩挲有光，如同遮着少女。我当时懵懂，兴冲冲地抓起拍打，手刚碰触，就被喝令制止了。

"古董？"

他摇头。

"有不寻常来历？"

他不点头也不摇头，朝我瞪圆眼说："去洗手。"

这只长鼓，纯手工的，两端状如喇叭，系有彩色丝绦，鼓面以羊皮覆蒙，蒙口处各以二十四枚小铜钉固定，年深日久，铜钉磨得锃光发亮，手握持的细腰处木色早已积垢变深，有了厚厚包浆。老馆长神秘示我，以手电筒强光照射，有金色绸缎光泽。

我肯定地说："金丝楠木的。"

他甚是得意："少见吧！"

那次之后，我不时从老馆长嘴里，听他念叨长鼓的历史。永城市县同名，全县瑶汉杂居，瑶民占了一大半，长鼓舞是瑶族民间歌舞的典型代表，过去多在瑶族传统祭祀盘王仪典和一些驱鬼逐邪、治病占卜的巫术活动中表演，后衍变至传统节日、庆祝丰收、婚丧乔迁等日子表演。解放后，长鼓如家中农具一样，每家每户都有，平日就搁在仓房，不轻易抛头露面。有年元宵节，陪老馆长下乡看长鼓舞，他就给我普及这些常识。

我对这些书本民俗没什么兴趣，好奇的是鼓的来历。一去他家，就兜着圈子扯到鼓身上。

"估摸着多少年了？"

"清末民初之物。"

"这么确定？"

"看材质和做工，出自大户人家。"

"怎么到您手上的？"

"说来话长。"他又缄口不语了。

"馆长您也得给我慢慢讲呀。"我假装着急了。

他把话题岔开说:"下回分解!"

长鼓来历,他不愿启齿,我就不再追问。

这次下乡,是宣传文化系统组织的文化扶贫,下属单位各抽调一名同志去西边大岭的石喊坪。新馆长上任不到一年,姓张,是位女同志,齐耳短发,素面峨眉,喜欢涂复古玫瑰色的口红。她从区宣传部直接调过来,让很多人大吃一惊。后来听说是上面领导赏识,原因是她一手导演的社区文艺汇演活动影响大。那段日子,城里四处响彻动感旋律,飘飞柔曼舞姿,一群中老年女性乐此不疲,把广场舞跳出了专业风采。省台报道,市台滚播,人们茶余饭后就聚在电视机前把花红柳绿扒拉一遍,寻找几张熟悉的面孔。广场舞大赛成功落幕,身为总导演的她一跳成名,到了正科级的馆长位置上。

张馆长是个热情人,逢人一张大笑脸,点子多,办活动就来劲,再忙再累也不怕。说心里话,我挺佩服她,文化基层需要像她这样有激情的干事者。下乡出通知后,我还在省城,她直接电话里说了上面的要求,然后抬举我说:"这事只有请姚老师出马最合适,那里有一位长鼓王,你不正在搜集民间艺人的故事,留下影像记录,一就两便。"

她说到西边大岭的时候,我心里就没推辞了。大瑶山分东西两边大岭,山连山,岭拖岭。东边我去得多,拍过那里的一年四季二十四节气和风霜雨雪;西边太偏,交通不畅,也没多少有名气有故事的景点,这次正好借机去体验一下。照张馆长的设想,我把民间艺人影像准备得差不多了,到时由馆里举办一个展览。她说:"主题就叫《西边日出》,宣传西边大岭的变化,好不好?"我没回答,她自个儿开心得哈哈大笑起来。

老馆长抖着手,指着桌上腾腾热气的茶碗,让我自取。我用手一扇那热气，飘过鼻孔，猜出是大瑶山的梗梗茶。茶汤色深褐带黄，晒干后喝，泡上十几泡也还浓烈出味。

"知道你要去下乡了，老朽有一事相托。"

"老师的消息蛮灵通的。"

"单位院子才一樟树大，有点儿风吹草动都知道了。"

"老师的事就是我的事。"

"帮我找一只鼓！"

老馆长对民间长鼓情有独钟，有长鼓舞研究专著问世，我们每每谈到长鼓，他就显得十分忧虑。现在制鼓人少之又少，传承艺人更是青黄不接，长鼓舞面临的衰落危机如何抢救保护，是个严峻的问题。

我偶尔与他辩论，民间文化的传承人每分钟都在死去，民间文化每一分钟都在消亡。有些东西朝乐观地想，自会获得拯救衍续，从悲观的角度而言，必然淘汰消逝的花多大气力多大投入，也是要走向衰亡。后来发现探讨这个宏观问题非常复杂，文化下乡也难改变根本，活在当下，只有就事论事。

老馆长坚持己见，虽说民间艺术时刻在生老病死，但不等于见死不救，基层文化工作者能看到真实情况，要尽力呼吁拯救，不要让长鼓断在我们这代人手里。

老馆长刚把找鼓的事说出口，突然一偏，像会跌倒，又稳住了身体。我有些惊慌，一把抓住他的手臂。过去我们下乡进山，他精力充沛，精神抖擞，后来体检查出运动神经受损并产生了障碍，女儿在国外咨询专家寄回药物，总算控制没恶化，但慢慢还是能看出帕金森症的前兆。病痛在别人身上，谁都要服时间的软，每次见面，我都要叮嘱他放宽身心，享受生活。他嘴里嗯嗯应允，却脱不了心底的那个情怀作怪，操心的命。

"你刚听到什么声音没有？"

我摇头，"没有呀，很安静。"我们单位院子他不拉二胡之后，就出奇的安静。

"总感觉身体里住了另一个人，拍拍打打，鼓声在耳边响得热闹。"

我朝墙上的长鼓努努嘴，"是不是强迫症，只是物理空间上偶然的共振共鸣？"

他皱了皱眉，"不是。"

我走过去，抬头认真端详了一会儿长鼓，鼓身压着暗光，一尘不染，凑近就会发现金光四射，与我过去认识的它并无异样。

"老师让我找的，莫不是这只鼓的另一只？"我像一个求道者突然顿悟。

老馆长答道："正是！"

我掏出手机，拍了几张长鼓照片。大瑶山长鼓都是成双成对，另一只在哪里，我从没问过这个问题。

"今天不问长鼓来历哩？"

我笑，"问了您不说也是白问，不问了。"

"这事真是说来话长，你坐下喝茶，我慢慢讲给你听。"老馆长终于启口说这只长鼓的来历了：大约是十八年前，有一天院子里来了一位白发老者，头上扎了一个发髻，像是早就认识他，彬彬有礼，双手作揖问好。他那天坐在大樟树下刚拉完一曲《江河水》，突然睁开眼睛，就看到一个人白须白发额首站立眼前，心中大惊，赶紧起身回礼。老者嘴唇上弯，似笑非笑，不慌不忙侧身取下肩上的黑色布袋。布袋很长，解开捆绳，露出一只精致玲珑的长鼓，瞟一眼就知道是有年头的好物。老者说他是瑶民，鼓是老鼓，自己荒废也不打了，想找个懂的人收藏传承，好比是给闺女许个好人家吧。当时他正痴迷民间老物件，心想人家上门是想出手找人收藏，可老者开价太高，那两年他买房装房、缴完女儿出国学费，实在拿不出这笔钱，就动了个心思，先借过来研究一下，待找到藏家后再奉还也不迟。他斗胆开口借鼓，还把老者带到办公室、家里转了一圈，证明是个公家人，不会诓骗他。

"素不相识，就这样借给您了？"我讶异地问。

"借书借物，有借有还，什么好莫名其妙的？"

我忙改口，"这是缘分呀，长鼓在您手上，物尽其用。"

老馆长钟情长鼓那几年我还未调来馆里，后来耳闻，永城长鼓成功申报省非物质文化遗产，他编著的《永城说长鼓》帮了大忙，当时市县都看重，各种场合都要大张旗鼓地推出长鼓舞表演。申遗成功，时过境迁，市县主管领导一换，后继者热衷于做大做强县域经济，抓的是工业园建设项目引进企业落户的所谓大事，文化受冷落，长鼓事业的发展也中断了。

老馆长叹了口气，苦笑一声，颇为无奈地说："你不知道呀，前两年一到晚上，耳边就有人敲鼓，仔细一听又没有，这个鼓声住进我身体里，都成了我的心结了。"

"上了年纪，睡眠少，听力偶尔出些异常，还是您心思过重！"

"老朽心里这个结呀，时间久了就系得更紧了。另一只也不知流落到了哪里，我走访好多户，从没发现过一模一样的。一面之缘，老者也没再来找过我，你说借来的东西这么多年没还给它的主人，我哪能睡得着，何谈睡得安稳，怕是上天在点醒我。"

我问："没打听过老者？"

老馆长说："电话问过几个熟人，没有下文。老朽六七年没下过乡了，也不知那些山村变个啥模样，电视里说得那么好，都是做得好的，可有条件差的地方呢。上个月张馆长陪着一位管文化的副县长来见我，说小时候我到过他们村，还教他学了两天二胡，现在还后悔没坚持下来。当领导分管文化了，登门来讨些主意。我们自然要谈到长鼓，长鼓本就是大瑶山的灵魂，完全有基础做起来。他请我出点子，我说不是老讲那个文化搭台经济唱戏嘛，搞一个有影响的节会，既发展了地方经济，又扶持了民俗文化。"

我突然发现老馆长说话多了，声音抖得愈加厉害，像是水中木瓢按住这个按不住那个。

"我到西边大岭找老一辈的人，打听白发老者何许人也，还在不在大瑶山。"

"老朽正是此意，在的话，把长鼓还回去。"

"这个该不难，张馆长让我找一个叫盘修年的长鼓王。"看他一脸严肃，我想若不是因为腿脚不便，他定会亲自跑一趟。

"我与老盘打过交道，后来断了联系，找他也许是条路子。"

"你们有交情，此事就好办了。"

"长鼓王是老师傅，有号召力，振兴长鼓文化离不开他们。"

出门离开，我又安慰老馆长："长鼓人家没来要，也许不在意了，您是做文化研究，大不了将来送给博物馆保存，不再去纠结，晚上就睡得好了。"

老馆长抓着我的手说："长鼓丢了，大瑶山的世界就少了颜色。"

我似乎懂了，又并不全明白。他的话后来无数次出现在耳畔，像一声声清越的鼓音，叩落我心上。

二

上车前，四人小分队相互认识了。

带队的市文广旅局的甘副调研员，以前是文物局的副局长，八十年代考古专业的大学生，胖墩墩的，头顶秃出了一个小水泊，常年蹲坑考古，落了个腰椎间盘突出病，上车就拿出特制的靠枕垫在腰下。另两名队员是史志办的叶明生副主任和河南姑娘小湛，去年公开招考进的市电视台工会。

我和老叶过去在民主党派联谊会上打过照面。他最早是公交公司的一个司机，喜欢写几篇悲秋悯农的小散文和好人好事的报道，以工代干，到晚报做了几年记者后，进了宣传部文艺科，在史志办编年志待的时间最长。四人里面，他最活跃，一会儿嬉笑着说："甘局，早听说文化系统你工作突出，没想到你最突出的是腰椎间盘。"一会儿又皱着眉头说："老姚，你摄影水平在永城是头把交椅，去年摄协换届没搞上个主席，那个主席我可知道，拍马屁比拍照片强。"

我没接他的话茬，故意逗他："史志办的领导过去叫史官，今日之历史在未来人眼中是什么面貌，全都是叶主任说了算，可不能轻易下论断。"

"这个罪名可担不起，凡事经了时间，真伪就难细辨。"

"比如呢？"大家心知肚明，不需要我多句嘴舌了。

彼此哈哈一笑，岔到下乡的话题上，干什么，怎么干，不能一头雾水扎进山里吧。问了两次，甘副调才懒洋洋地说："先摸些文化旅游口的情况再合计吧。"

"对对，要干就干成一两件大事。"老叶把"大事"两个字咬得特别响，乍一听让人感到滑稽。

甘副调打断他："叶主任到底是在市委院子办公，接着天线站位高。依我看，乡村国是，规定动作，不节外生枝。"

他是组长，把话堵在了死胡同，车里一下沉寂下来。大家心照不宣，索性闭目养神——去乡下的路还长着呢。

打盹醒来，车下了高速，正穿过县城去西边大岭，沿线的新城建设有了很大变化，道路宽绰，路边两行太阳能电线杆，都是红色的长鼓造型。小湛从上车后就在看手机，刷淘宝购物，看网络小说，大概这就是当下年轻人的标配生活。一直没吭声的她终于抬起头，望了望窗外。"叶主任，县城建设很漂亮嘛，路灯为什么要设计成长鼓呢？"

老叶擦去眼眵，瞭了瞭后排的小湛，慢悠悠地说："这个问题落到我的饭碗里啦。瑶不离鼓，长鼓起源，与瑶族传统的盘瓠崇拜有着密切关系。你知道盘瓠吗？"

小湛摇头。

"哎呀，那我又得往前溯源，给你好好补上一堂历史课！"

小湛眼睛不离手机，诚恳地点头，"我记性差，中学历史考过就忘。"

"盘瓠就是盘王，实际上是一个虚拟的图腾神，也是氏族领袖。"

老叶背了南朝宋人范晔在《后汉书·南蛮西夷列传》中的一段："昔高辛氏有犬戎之寇，帝患其侵暴，而征伐不克。乃访募天下：有能得犬戎之将吴将军头者，购黄金千镒，邑万家，又妻以少女。时帝有畜狗，其毛五彩，名曰盘瓠。"

不等他详细解释，小湛抢着说："我知道盘王，传说中是条狗后来变成了人，对吧？"

老叶连忙纠正："是龙犬，帮商人高祖帝喾打败了犬戎部落，立功之后，娶了帝喾之女花英三公主，生了六男六女，繁衍了瑶族。"

小湛吐出舌头，"咬文嚼字，长鼓不就是一件乐器吗，又有什么来历呢？"

"再给你普及一下长鼓历史。相传，喜欢打猎的盘王追逐一只羚羊时，不幸跌落山崖，被梓木叉死。盘王子孙四处找寻，最后在崖底找到盘王与羚羊的尸体。他们将父王之死归罪于梓木与羚羊，砍下梓木，剥下羚羊皮，又将羊皮蒙在梓木两端，由此有了长鼓。盘王子孙举着长鼓沿途敲打，边打边跳，嘴里喊着，回来吧，回来吧！既是泄恨，也是招魂，瑶民也就此有了长鼓舞。后来，每隔三年五载，瑶族男女必须聚集，雕像供香，祭祀始祖盘王。"

我闭着眼睛，耳朵却在认真听老叶讲古。盘瓠的传说民间有很多版本，他说得没错，关于长鼓起源的传说在南宋绍兴二年的《十二姓瑶人进山榜文》中有线索印证了盘王捕猎叉死一说。这次下乡我还特意带了老馆长编的书，刚好看到一段"渡海神话"的野史引用，说瑶人十二姓子孙，飘湖过海，历时三月，船路不到，水路不通，飞天无路，无可奈何之际，盘王出现，给了他们再生机会。瑶人子孙不敢忘记救世祖，酬还答谢圣王神恩良愿。用什么来酬谢报恩呢，杀猪焚香，长鼓祭祀。

我借着话题，向老叶求证永城民间的几件旧事，说的是瑶民多蛮，常因垦地引水、男情女爱引发的纷争悲剧。

老叶说："瑶蛮是有根源的，历史上他们就是古代南蛮的后人。"

小湛问："永城瑶民是何时聚居的？"

"最早的记录始于明洪武初年，上伍堡李姓最早被'招抚下山，准买民田为业'，可这些人下山之前，都是'左腰长刀，右负大弩，种黍葵以为粮，猎山兽以续食'。"

小湛听得饶有兴味，老叶接着说："遇到山大王，小心被抢上山当了压寨夫人。"

听到取笑，小湛回应道："切！哄小孩的骗话吓不了我。"

我称赞道："老叶好记性！"

"我说得不对的，你可要帮我打掩护，老馆长是专家，你是他的高足。"老叶嘿嘿一笑，又把话引开，"小湛啊，我唯一的缺点就是记性好，还特别记仇。"

甘副调睁开眼，开口说话了："小湛啦，话说给你听的真要记好呀，叶主任记仇，专记女孩子的仇，你不小心成了他的仇人，网上有句话，前世的仇人，今生的爱人。"

话一沾荤，气氛活了，大家都笑起来，忘了此前的沉闷。

行至分路口，左拐上行是西边大岭，路面像一面面镶嵌相连的镜子，光亮晃眼。山野葱茏，偶有飞鸟遁入林丛，空余四面阒寂。过一坳，就可看见几间黑瓦灰墙屋，再过一坳，依旧是那几间，仿佛舞台布景在这里循环。瑶民多是小聚居，若非逢年过节，平日的装扮饮食，很难辨识哪户人家是瑶是汉。

过了午后一点才到石喊坪，县文联主席李启生和乡里分管宣传文化的副乡长赵日升已迎候在此，一番寒暄介绍，就被引进了村妇女主任葛丽英家。一栋老宅屋，砖木结构，屋梁都是大木，上了年头，墙壁上柴烟熏得黑乎乎的。我四处探看，屋里并无床榻，该是建了新房，老宅就成了村里的接待餐馆了。

堂屋中央供着神龛，牌位上写着：盘古大王之位。两边贴着一副对联："金炉不断千年火；玉盏常明万岁灯。"这是山村瑶家的典型堂屋。东厢房里圆桌上摆好了碗筷，一个裹头巾的老年瑶族女子表情木讷，端茶送菜，自顾进出。我专门拍过瑶民服装，当地人把头上裹巾叫狗头帕。男子的两端留五六寸，悬于两耳之下，其余卷至头顶；女子发髻绾至头顶，以蓝布裹住，两侧对折，向前垂落，像古戏中书生戴的帽子。孩子的头巾都会绣上八角星，象征太阳，四周的花卉草木，意为阳光普照、万物向荣。

大家坐定，腹中空鸣多时，也不顾客套礼节，操起筷子吃起来。赵乡长以茶代酒，举杯欢迎。他说自己是八五后，却肤色偏黑，几道抬头纹刻在额上，浮着几分中年沧桑感。

葛丽英吃过饭了，从头到尾没动筷子，陪在一旁端茶倒水，我问她村里还有没有人打长鼓？

"说有也有，说没也没了。"

"这话怎么讲？"

赵乡长抢着回答："会打的越来越少，剩了年老的打不便（动）了，年轻人会打的更少，都外出打工了，一年上头春节回来那几天，哪有工夫学。"

"不至于会失传吧，民族特色丢了真可惜。"我叹了口气，把老馆长的一套说辞搬出来。

老叶拿牙签剔出齿缝里的一块菜叶，往碗里一扔，语气凝重地说："长鼓是瑶族最古老的乐器，要在我们这代人手上丢了，沾文化边的基层干部，都是罪过呀。"他这么一说，大家冷场了。

　　甘副调轻咳一声，说："叶主任的话虽重，也不为过。这次带着文化扶贫的任务下来，内容很宽泛，当然不只为一个长鼓。乡村文化与时俱进，但原有的民族特色没了，说不过去嘛。"他的话有轻有重，恰到好处。

　　赵乡长心思活，马上点头说："乡镇文化基础薄弱，该批评，也接受批评。"

　　甘副调接着说："我是学考古的，大瑶山绵延百数里，大小山坳我都走过了，考古挖的就是文化，也是一个地方的生命力。长鼓我也考证过，二十世纪九十年代末东边大岭苏马凼出土的东汉墓砖就发现了长鼓的图纹，是乐器也是祭器，真正始源是瑶族先民对太阳和神树的崇拜，看造型，中间小，代表神树，两头又圆又大，象征日出日落。"

　　李启生先鼓掌，"甘局长学问精深，谈古论今，信手拈来。"尴尬一下就打破了，他起身给人分烟，说："各位领导各位老师，刚下来就琢磨基层文化建设的突破口，令人敬佩，好在这次下来时间充裕，慢慢走访，基层干部也正好跟着学习。"

　　甘副调现场安排，老叶和我留在石喊坪，他和小湛去乡上，各自走访，三天后到乡政府开会，确定一个具体实施规划。

　　村支书黄旺生刚从外面办事回来，赵乡长交代他："村里条件虽然差，但要尽力安顿好衣食住行。"黄旺生满口答应："伙食在葛丽英家解决，新村部楼上有两间客房，被褥都换洗好了。"

　　我常年在外跑得多，不在乎住宿条件好坏，倒是老叶，认定乡上条件好些，略有几分怨气，但听说村部综合楼新建成不久，黄旺生拍胸脯保证后勤服务，也就缓了脸色，没有提出异议。

　　安顿好住处，放下行李，老叶说要眯会儿，我挎着相机出了门。

　　村部一楼会议室门开着，室内整洁，墙上挂了十几块制度匾框，墙角长条桌上堆满文件夹，不用翻看，必定是上传下达的工作台账。黄旺生站在电脑前，指导一个年轻人修改一份汇报材料。

黄旺生回来之前，赵乡长在餐桌上讲过他的江湖传奇，在上海郊区当了两年汽车兵，骗了一位崇明岛的农村姑娘回来，一闹矛盾，总以上海人自居的老婆叫嚷着："侬这个阿诈里（骗子），阿拉里昏（离婚），唔要回上海。"他在城里跑过摩的，开过大排档送盒饭，户外空调安装，卖过盗版图书，花样搞得多，都没混出名堂。过了四十岁，上海老婆把他骂回来，安心当起了村干部。我心生感慨，人都不是一张白纸，为了生存，都活得不平坦。

我跨进门，黄旺生立刻放下手上工作，迎上来，指指我的相机，"这架势，姚老师是要去拍照吧。我给你推荐一个地方，风景绝佳，尚未开发，我们村下一步搞特色旅游，要把那里打造成知名景点。"

"开发旅游好呀，带动农家乐一起做火了，石喊坪老百姓富了，那就成了典型。"

"不说当典型，我是想在位就要干几件实事。"

"景点关键是要讲故事哟，书记说的那地方，有什么故事呢？"

"姚老师说到点子上，讲好故事才引得人来。"他支支吾吾，好像遮遮掩掩一件宝物，想拿出来又怕被人抢走，最后我听到一句"盘王在洞里住过一夜"。

"说来说去，就一山洞，"我忍着没笑，转了话题，"村里能打长鼓的人还多不？"

"讲句实话，真少有人打了，打鼓不能当饭吃，不能起家发财，这年头，谁看得上，谁去惦记？"

我心中一紧，村支书也如此悲观，何况普通村民。

"盘修年家住哪一片？"

"你说盘老哥呀，他最近身体不好，可能到乡上教书的儿子家去了。他们家住半坡口，老村部旁边那栋只建了一层的青砖房就是。"

我转身走了几脚，他追出来，"让锦灿带你去。"

锦灿是帮他输电脑的小伙子，前两年在广东一家专做代工耳机的电子厂打工，召回来当了村秘书。他骑着一辆半新爱玛电动车赶过来，要搭我上去，我说还是走几脚路吧。他左右为难，也不下车，双脚撑地，驾驶电动车慢慢悠悠，边陪我说话边往前走。

"会打长鼓吗？"

他摇头。

"想过学吗？"

"没时间学，小时候看老一辈的打，后来出去打工，一年上头回来待不了几天，年轻人聚一起不是打牌就是玩手机。"

"盘修年是长鼓王，你知道吗？"

"乡上人都知道，但他现在出了点儿问题。"他指了指头。

"摔伤了脑壳？"

"他老伴前不久过世了，和医院扯皮，到村部来发牢骚，抱怨困难多要扶助。您最好别去招惹他。"

乡村现实很复杂，起初有人不在意这一轮扶贫，看到上面动真格，大会说小会喊，从上往下各种补贴资助，实惠好处多起来了，都恨不得往自己名下要。有的贫困村僧多粥少，有的边缘户眼红相争，让乡上村里常常左右为难，给了，不符合政策，不给，村民有意见，闹矛盾起纠纷。

绕上半坡口，有一块空坪，建了一个小戏台，台上空无一物，墙壁上都是孩子涂鸦，村部搬了新址后，这里的老村部房子就荒废了。我问锦灿："戏台还有人打鼓唱戏吗？"

"建起后好像搞过两三次活动，后来就没怎么用过，没人打也没人看，你看照明音响这些基本设备都没有。"他朝操坪旁的一栋房子指了指说，"盘修年家到了。"

果然是大门紧锁，人不在家。大门西侧墙脚有个窟窿洞，一块木板挡住了。瑶民房子都有这个洞，当地人称"龙眼"，其实是狗的通道。

我凑近玻璃窗向里探看，堂屋西侧墙上设有神龛，神位牌上写着"冯河盘皇圣帝盘姓宗族家先"的字样，左右对联写的是"敬盘王风调雨顺，习长鼓五谷丰登"。神龛左侧是一张彩色照片，一个穿蓝格子的胖老年女性，戴着狗头帕。这该是他的亡妻。屋里摆设有点儿凌乱，桌椅板凳东倒西歪，地上还有嗑吃的瓜子壳未清扫。没有女主人的家庭总要乱一点儿。

我招呼锦灿往回走，让他帮我问到盘修年的电话，这趟下乡，一定是要见到他本人的。

沿着山路往上看，还有不少住户人家，我问："村里没有搞易地搬迁？"

"我们这里离冯河水库有些远，前年的库区移民就搬迁安置了库区东边三百六十一米往上的十几家住户，有人不愿搬，山里生活习惯了，想搬的政策又不允许。"

我叹了口气，好政策不见得村民都会响应，穷不思变，山里人的固定思维，注定了贫穷的桎梏。

锦灿以为我还想往山上走，喊住我："走两里路，还住了一户会打长鼓的，叫冯茂山，他原本在外面打工，前几天回来了。"

"那我们去看看！"

三

山里瑶民寡言，一棒子打不出三句话。冯茂山是个例外，到底是在外打工见过世面。他刚从学校回来，穿了件灰麻色西装，坐在屋前抽烟，一双手被烟熏成了十根乌色树枝。儿子读乡里的寄宿中学，最近不想读书了，逃课泡网吧给逮住了，学校把他从广西南宁叫回来了。他在一家木厂当锯木工，噪声太大，得了耳鸣症，赚点儿辛苦钱，盼着儿子读书有出息，却偏不上进。

他长了张蛮面，眉头紧锁，手指夹着吸烟，烟快抽到过滤海绵，烟雾从鼻子眉毛前袅娜上升，穿过发丛。我赶紧按下快门，额头的皱纹里，像是向外冒着白雾。他屋里的墙贴得花花绿绿，中间是领袖毛主席的宣传画，两边是过期的风景挂历照。其中有一张《梅山图》，画的是盛装打扮的瑶民聚在一起打长鼓。

我说："孩子教育是大事，到了青春叛逆期，总有些摩擦矛盾，过这一段又好了。"

"农村孩子，身在苦中不知苦，不晓得他有什么资本。"他苦笑，进里屋搬了两把竹椅出来，又把一杯"水古冲"递我手上，"尝个味，自家酿的。"

"水古冲"就是当地瑶民自酿的甜酒，糙米煮熟，拌上山上采来晒干后的酒饼草与米粉，发酵四十八小时，酒水和酒糟苦甜相混，消暑散热，味道香醇。我在东边大岭走访时喝过，夏天有人上山劳作时兑上山泉水，格外清凉爽口。

"你会打长鼓？"

"十六岁就跟父亲学会了。"

"容易学吗？"

"那时节白天田活忙，只有晚上学，我学了三十六套动作，复杂的是七十二套，现在怕是会打的没剩几个人了。"

"你父亲从哪里学的？"

"他是跟乡上中学朱校长的爷爷学的，那是一个老师公。乡里的师公都会打，他和盘修年是老搭档，还有朱校长的父亲，我们习惯叫朱老伙计，套套动作打得精妙，可惜瘫痪卧床好几年了。"

"你打的年头也不短，也是老师傅了？"

"朱老伙计，盘老哥才是真的老师傅，当年两人打的'桌上长鼓'，站在一张四方桌上围着烛火穿来转去，轰动过整座大瑶山。这几年我在外打工，很久不打了，我做娃的时候，打鼓的节庆日子，跳唱作乐，三天三夜，现在没那个氛围了。过去永城歌舞团的来请我教学生，那时候这房子还没建，是他们团长带队来学的，我猜那几个学会的现在怕也不打了。"

"能不能打一套？"我举起相机，做了个拍摄的动作。

冯茂山犹豫，抱着歉意地说："大瑶山打长鼓是有特定时间的，腊月十五后正月十五前，祭祀还愿，婚嫁喜丧，开春放炮，重大的文化活动，别的时间我们不打，再说，我屋里的长鼓都封存在阁楼上了。"

我不愿勉为其难，就和他继续聊教育儿子这件事。他说他把儿子堵在宿舍，狠狠教训了一顿，儿子最终犟不过老子，答应继续上学。

"你儿子会打长鼓吗？"

"会个尿，以前逢年过节我打长鼓，小时候还看个热闹，长大了看都不愿看，说打鼓祭祀是封建迷信。"

我们离开，冯茂山送到半坡口，为没有满足我的请求反复道歉。

刚把晚饭吃完，黄旺生跑来说，冯茂山明天上午想请我去看打长鼓，打完他就回南宁了。我心中一喜，让葛丽英帮我买条黄芙蓉王的烟。

第二天我到冯茂山家中时，他已经换好了瑶服，穿一双青色圆口布鞋。我四处搜寻，没有看见长鼓。黄旺生也陪着来了，猜到我在找什么，悄声说道："民间保管长鼓有讲究，平常放在阁楼上，过春节或还愿时就摆在神台上，打鼓前要拜神，民间说法是请鼓。有的还去庙里拜祭，请法师请鼓，打完后再送回庙里收鼓。老班子打长鼓，师公必须净身、穿瑶服，表示有诚心，这样才灵验。"

说话之时，冯茂山已从阁楼取下来一个雕花杉木长鼓，摆在堂屋神龛前。他点燃香和几张纸钱，蹲在地上念念有词，纸钱烧成灰烬后，他起身站立，双手持香放在额头前，面对神龛三拜，将一支香插到神龛上盛米的碗中，另两支香分别插到前后门的地坪上，最后走进堂屋，持起神台上的长鼓，宣告请鼓仪式结束。

"想看文打还是武打？"

老叶第一次看，请鼓仪式搞得如此庄严，也来了兴趣："何为文，何为武？"

我说："两种风格，与地域有关。"

黄旺生站在身后，低声补充："文打步伐活，人蹲得矮，动作平稳缠身，也显灵巧。武打的动作舒展幅度大，节奏感强，粗犷有力。"

老叶说："都晓得村书记是吹鼓手，没想到也是个打鼓手？"

黄旺生憨笑，连忙摆手道："没吃过猪肉，还不允许见过猪跑路啊。"

冯茂山先给我们演示几个基本动作。他左手手心朝上，握住鼓身中部，横于身前，虎口朝着一端鼓头，这是阳手横鼓。左手握鼓中端，手心向上，鼓头朝左下方，鼓前低后高，这是下阳斜鼓。他又摆一个姿势，左手虎口朝上握鼓中部，竖立身前，这是正竖鼓。

老叶急性子，听得一头雾水，催说："赶紧打一段，说多了记不住。"

冯茂山缓步退到屋坪中央，说："给你们打一段走角吧。"

黄旺生对老叶说："走角就是走路。"

"头一回听说。"

"过去出门肩挑背扛，山路窄，人不能挺直身体，都是趴着往上爬。"

冯茂山立定身，调匀呼吸，原地右脚轻跳，左脚屈膝勾脚前抬，脚落定，身体左转一圈，左手下阳斜鼓，经右手拍击后于左肩旁反竖鼓，双脚作跪蹲状。接着左手前翻腕，长鼓划出一道上弧线，落至左侧阳手横鼓，上右脚来一个大八字半蹲，右手拍鼓，鼓向左经立圆划到右边成正竖鼓。又接着左脚上勾前抬，右脚原地小跳，鼓向前立圆一周成正竖鼓，右手击鼓尾。他曲蹲吸跳，上肢手臂变换鼓花，透着股刚劲气，动作流畅得像条水中游鱼，扑溅出一朵朵水花。

我端着相机，咔嚓不停，拍完一组长鼓舞照。老叶看得津津有味，鼓掌叫好。

瑶山长鼓有讲究，打鼓拜四方，待冯茂山东南西北各打一遍，立身收鼓，额头上冒出一层细密汗珠。他气息起伏，说："这只是打了几套动作，到了正式演出，全部打完要个把多小时，打完下来一身湿淋淋的。"

我说："冯师傅打得这么好，不接着打太可惜了。"

"可惜什么，地球离了谁都照常转。"

"没想过带几个徒弟？"

"老师傅不打也不教，年轻人不学更不爱。"

"讲心里话，是不是觉得政府没引导、少扶持？"

冯茂山不吭声。老叶说："政府应该把你们当长鼓传承人养起来，大家四处讨生计，不是个办法，长鼓也难发扬光大。"

冯茂山露出怅惋之色，"凡事都有个命数，世界变化太快，前几年有一回县里文艺汇演，请了盘修年老哥带我们去表演，一个舞蹈教练排练节目，非把动作改得花里胡哨的，把盘老哥肺都气炸了，呼哧呼哧回来了。"

我还没见到盘修年，想起老人那个生气模样，也不知舞蹈教练生搬硬套，把民族舞改成了什么流行风。冯茂山进屋收拾，把烟硬塞回我手上，说吃了午饭就要赶去县城，晚上去南宁，经过县城的火车只有一趟。

下乡第三天，黄旺生带我们在村里转，他想添置几套体育健身设施，领着去看留下的几块空坪地。老叶豪爽地答应，这个包在他身上，当场给党校的同学、教体局的副局长通电话求助，就把事情办好了。

我问起黄旺生那个盘王睡过的山洞，多大多深，路途多远，周边还有无山水风景。

"洞的文章做起来费些周折，没有实力的公司压根儿开发不了。"

"书记这个认知到位，没开发，不如让它保持原生态。"

老叶当过市旅游局的顾问，听到我们聊旅游，说："如果真有价值，我让市旅建投的帮你们找开发公司。"

"一个破洞，麻烦叶主任的地方多着了，以后再说。"

我也不再追问，也许他说的那个洞，对大瑶山来说不过是状如蚁巢般的穴窝子。

张馆长的电话这时突然打过来了。这两天我没来得及与她报告，长鼓王还没碰到面，基层文化生活就是坪前屋后跳跳体操舞。

她的声音很兴奋："市委宣传部刚组织开完会，第一时间给你打电话，下半年永城县要搞一个盘王节会，邀请一些客商乡友出席。这个活动怎么办，原以为是县里主导的事，上升到全市群众文化活动，我就成了艺术总策划之一。"

好啊！我心想，节会招商，不是什么新招了。

"听说是市长想的这个妙点子，节会讲述脱贫故事和变化，过去没有过吧。"她又嘱咐我，"大瑶山的长鼓要响起来，你找到长鼓王，做好长鼓现实状况的调查工作，先把这张网断了的线接上头拉起来，活动方案一旦确定，我们下来就直奔主题。"

挂了电话，我把盘王节会的事转述给老叶，他拍了拍脑门道："大好事呀，文化落地要载体，说不定这是长鼓复兴的一次机遇。像我们的节日一样，把盘王节打造成永城瑶民的节日，把像冯师傅这些会打鼓的人集中演出，如果能做一场以瑶民迁徙为历史背景，以扶贫脱贫为时代标志的实景剧，让石喊坪的长鼓舞传承人参与演出，家门口就有了收入，也不用到外面奔波打工了，何乐而不为？"

老叶脑瓜子转得快，不得不佩服。他叽里呱啦又抖他的书袋讲古，湖南半省是瑶地，广西十口有三丁；广东二十一洲县，洲洲县县有瑶民。瑶族的《过山榜》中有明文："摇动长鼓，吹笙歌鼓乐，务使人欢鬼乐……"

老叶平时说话拿腔捏调，但说起瑶文化，张嘴就是典故，我真还不该小瞧了他。

四

撞到眼前的盘修年让我大吃一惊。他干瘦得像根树枝，又如被风吹得悬在半空的一张纸，走路踉跄，让人很想上前扶一把，生怕他摔倒在地。

我们找过他好几次，甘副调召集在乡政府开会那天，就派人去他乡镇中学当老师的大儿子家，没见着人，说去了县城的小儿子家。大家嘴里的长鼓王，有些结皮，不好打交道。待真见面，这般身体，真是廉颇老矣。

那次碰头会，初步拟了几个项目规划，主要与文体设施配备、送电影送戏下乡、农家书屋有关，最后说到长鼓舞，大家不说话了。我说了张馆长传达的信息，赵乡长说："是有这回事，县里年初的政府工作报告就说了打造节会品牌的计划，县直部门各乡镇都要鼎力支持，估计是在移民新镇举办，我们主动参与过多，会不会引起人家反感？"

甘副调说："上面讲的是举全县之力，还调动了市里的专家来支持，意思很明确，群策群力。办好节会，打响品牌，民族文化传承了，受益的是大瑶山的老百姓。"

会后，他带小湛打马回城，对接具体实施的项目。他们一走，老叶和我四处走访，打算把长鼓传承人的现状往深里挖一挖，整一份给张馆长的联系名单。

石喊坪不大，住了几天，老叶就待不住了，建议到乡上住几日，信息来源也多些。我们白天下村转，晚上就住到乡上的红太阳宾馆。

宾馆是乡里一赵姓基建老板开的，前几年与人合伙买了一台混凝土搅拌车，发了家，把隔壁的宅基地买下来，建了栋五层楼房子，每层隔出几间房，按照快捷酒店的模式布置成了乡上最好的宾馆。赵老板的父亲是个能干的老头，身兼多职，迎宾、保安、厨房采购和卫生清洁员，每天的不同时间段，他会换上不同的服装出现在宾馆一楼大堂。

　　乡下房子一楼的层高很高,说是大堂,其实就是又高又窄的一个厅。厅里有两条深褐色木座椅,赵爹说是他从广东清远淘回来的正宗红木,有年头的老木。老叶不信,搬动一角掂掂重量,俯跪地上看背面的木色。每次见面两人都要就这个问题争论一番。那天都坐在大堂闲来无事,又说到木头材质。我问赵爹长鼓的用料。他说传说中最早是梓木,后来沿袭下来,多是用杉木做的。

　　"有见过楠木的长鼓吗?"

　　他摇头,长鼓发声,两头要挖空,楠木木质密实,民间无人选这个料。

　　"乡上会制作长鼓的人多吗?"

　　"这门手艺早没人继承了,几个会打鼓的老伙计前些年还能自己做,打的人少,也就没法做这门生意了。"

　　"有人打鼓就有人做鼓,是这个理。"

　　老叶问赵爹:"听街上人说,您年轻时是山歌王子?"

　　"好汉不提当年事,见笑啦。"

　　"给我们唱一个嘛!"

　　他忸怩着站起来说:"我唱一段民间的《长鼓出世歌》。"然后清清嗓子,哼了个小调门就唱起来:

　　　梓木长在山坡上,格木长在大岭中,瑶人山中砍大树,砍树挖鼓两头蒙。梓木不裂好蒙鼓,樟木浮水好钉船,先进深山砍大树,再架木马砍鼓胚。精心再把鼓腰刮,最后挖空两头蒙。

　　他底气足,唱得有板有眼,引来隔壁几个无事的乡邻看热闹。我说:"看不出赵爹的歌子唱得这般好。"老叶接着夸赞:"所以早就有人这么说,瑶山山歌多,出门三步歌绊脚。"

　　"那当然,瑶山歌崽有几多,它比牛毛还要多;唱到北京打一转,还未唱完牛耳朵。"赵爹听了赞美,不免有些骄傲,"过去是从三岁娃童,到八十岁老妇都能唱,婚讨嫁娶、逢年过节少不了,上山砍柴、出门劳作也是歌不离嘴。乡上过世了的赵庚五老爹,名不虚传的歌王,见到什么唱什么,问什么唱什么,可惜没人接他的脚。"

乡邻撺掇他来一首带"想"的,他脑袋快摇落,说:"这个我可不唱了。"我问旁人什么是带"想"的,答说是男女相恋相思。众人坚持,奉承几句,他思忖片刻,说:"那唱一首,莫笑话我这把年纪的老倌子。"他唱道:

> 青山叠叠雾重重,山路弯弯草蒙蒙。妹和哥哥两相好,背刀去把路修通。哥唱山歌想妹深,一条肠子断九根。三天粥水没下颈,龙肉送饭也难吞。

众人听罢哈哈笑,赵爹唱完摇手,再也不肯唱了。

老叶说:"长鼓传了这么多年,瑶民家中也收有老长鼓没?"

有乡邻吹在哪里看到过有年头的长鼓王。赵爹不等说完,道:"别瞎吹了,没有肯定是假话,但要说有,现在又下落不明。"

老叶说:"下落不明那就说还是有宝贝啦?带我们去找找吧,说不定比你这红木家具值钱多了。"众人哄笑。

赵爹瘪着嘴,却不生气,"祖一辈的人讲过,千家峒迁出来的一支瑶民带过一对老长鼓到永城,是野山羊皮和空桐木做的,大概是清朝时候的事。盘修年打听过这对长鼓的下落,到东边大岭的明文村问到过一家,常年放在厨房,熏成了黑色,鼓皮开裂破损,鼓木让虫蛀坏了,竹钉也缺了好多颗,当时就断定不是要找的长鼓。后来又听说到了另一户人家,'破四旧'的时候,主人不愿祖宗留下的东西失传,冒着生命危险把它挖坑埋起来了。有一年,外地来了个美籍华人,开价两万美元找这对长鼓，民间就有人在四处搜寻，有的说卖了，有的说主人没有出手，说祖宗留下的'传家宝'不能卖。"

"事情真的假的啰？"

"还得你们当面锣对面鼓问问盘修年。"

"听说是你们找我？"盘修年一脸的懵然，语速极快，指着我的相机。我抬起机子，咔嚓就来了张特写，然后递过去。

"盘老哥很帅。"

他瞟了一眼道："年轻时更帅，老了，不中看也不中用了。"

"盘老哥谦虚，老有老的帅，我们很荣幸，终于见到著名的长鼓王。"

"长鼓怎么敲，鼓里歌本多少曲，我不说来你不晓。"

"所以盘老哥才是长鼓王。"

他懒懒地说："哪是什么鼓王，早不打了，我是卧龙岗上那散淡人。"

"为什么不打了呢？"

"过去人高兴悲伤的时候才会打，现在的我黄土埋到脖根子，混一天算一日，打不便（动）了。"看到门口经过一位乡干部，他孩子气地扭过头，两人用方言搭讪。乡干部走了，他发牢骚："水流东海有波形，人生在世有不平。"

老叶说："有什么不公平的事，老哥跟我们叨叨，一起帮你想办法。"

"说与你听，能还我公平？前不久，屋里婆娘发急症，到县城医院治病，原本她就是老药罐子，高血压、低血糖、冠心病，这次腰椎间盘疼得实在厉害，找到医生，说唯有动手术，签了字上了手术台。个把小时后，医生出来说，做不了手术，又缝合好了。瑶家人有个风俗，死在家中才算真正找到了归宿。我晓得情况不妙，早几天就听到屋外黑鸫子叫，光听到声音却不见影子，那年老支书死，也是黑鸫子在村西头叫了一个多星期。医生就劝我们把人拉回去，还热心联系安排救护车，打上氧气包。婆娘路上晕迷不醒，颠簸到家一会儿就落了气，像是掐好了时间，睁开眼睛看了看天花板，说了声回家了，就闭了眼，别的话一句都没留。最气恨的是什么？救护车还让我们出了五百块钱。我还没去找医院的事故麻烦，司机说用了他的车就要收费，医生的事他管不着，这算公平吗？"说到伤心事，他的眼睛湿了。

家长里短，是非敏感，想起锦灿说他怨言多，我不知该如何接他的话。

赵爹过来劝说："生老病死，知道你盘老哥把屋里婆娘看得重，少来夫妻老来伴，过了都过了，凡事看开点儿，哀多伤身体。"

盘修年擦了把眼角的泪水说："话是这么说，自己经历才知痛。"

老叶也开导说："家里真有困难，可以找村委，不行就找赵乡长。"

他瞪圆眼睛，满脸懵然看着老叶，停顿片刻，好像才意识到要问清我们的身份："你是谁？"

我们被他这一问，场面变得滑稽。赵爹见机，道："盘老哥，这位叶主任的级别相当于副县长，他说找谁就找谁。"

盘修年双手一拱，道："眼拙眼拙，县长找我有什么事就说吧。"

移民新镇原址是一个老瑶寨，新建上百栋民族风格的房子，安置的是水库移民和易地搬迁户，百业俱兴，如同建了一个新集镇。张馆长又打电话来了，这位艺术总策划兴奋地告诉我，又开了协调会，定了农历十月十六举行盘王节会，地点选在移民新镇。

县里考虑选这里，是有意把千年瑶寨的文化和变化结合在一起宣传。她正在劲头上，给我长篇大论谈活动设想，说是熬了几个通宵终于拿出一个方案。

"你听我讲，核心是瑶民俗文化，场面要有气势，千人长鼓、千人打糍粑、千人竹竿舞、千人长桌宴，重头戏一定是长鼓舞。"这是她的风格，喜欢大场面，"场面大了，媒体自然都要抢着报道。"

"馆长出马，活动必定成功。"

"长鼓王的思想工作做通了吗？"

"还没有，老人固执。"

"无论如何要做通思想工作，还得让他愿意与冯茂山搭档，长鼓舞的表演者都是成双。"她急起来还说，"这是政治任务，开不得玩笑。"

说到盘修年的事上，我和老叶反复上门做了几次工作，他坚持说年纪大了，身板骨快散了，哪里打得动。我们明知他是找借口，只好耐心劝他。

老叶说："您不用动真格，就象征性地上上场，摆几个动作。"

"原来让我做摆饰，那更不需要上台了。"

我说："您是省里认定的长鼓传承人，不上说不过去啊。"

"你们马上可以撤掉我的传承人，我没任何意见。当时上面说我是传承人，有传承文化的义务。我说不想干，专家认了我，可我们传承人又得了什么好，哪个把传承人看在眼里，连基本的尊重都没得到过。"

老叶说："这次我们帮您争取补贴。"

"给了也不要，我穷但有手有脚，自力更生饿不死，饿死也不做讨饭的叫花子。"话一谈到现实境遇，就卡了壳熄了火，盘修年甩出他的蛮脾气。

盘修年不松口，我和老叶也性急。馆长所交任务完不成事小，长鼓舞传承人不打鼓了，把一个好端端的民族特色丢了，让我们这些专程跑下来的文化工作者情何以堪。

我们邀上赵乡长登门，他倒好，假装不在家门不开，要不来个兔子不见面，一早就出门躲起来了。拎的礼品放在家门口，过了两天，他悄悄送回了村委会。

我向老馆长讨主意，他却笑了，说："再缓几日去，盘老哥就是这倔脾气，认死理。你们没听说过，他年轻时夫妻去姐夫家，姐夫开玩笑，把他婆娘搂抱了一下，结果是他七年再没登过姐姐家门。可他呀，刀子嘴豆腐心，你们让李启生跑一趟。"

赵乡长向李启生求助。他们有老交情，出个面也是探个底，盘修年到底出于什么原因，态度如此坚决。

那天我们刚到村口，远远看到盘修年背着一个编织袋往外走。李启生热络地打招呼："老庚，上哪儿去？"

"你怎么来了？乡上朱校长的父亲过世了，你晓得那都是多年的老伙计，今晚做道场，我去打套长鼓跟他道个别。"

李启生回头望我一眼，撇撇嘴，意思是这个情况不好谈了。

大瑶山的丧葬有些老风俗还没丢，碰上了正好去拍些照片做资料留存，这个机会难得。我一听盘修年要去赶道场，连忙说："盘老哥，我们跟您一起去凑个热闹，也看看您打长鼓，可以不？"

他说："你们去敢情好啊，朱老伙计是个爱热闹的人，知道你们这些领导去送他，过奈何桥也走得稳当些。"

我借了锦灿的电动车，黄旺生骑摩托，搭着老叶、李启生，四人前往乡上朱校长为其父亲设在老屋里的灵堂。

瑶人死后多做道场，人是早上死的，道场就从下午开始，如果是晚上死的，则从次日中午开始。这是喜丧，年近九旬的朱老伙计以前是乡上有名的老师公，要做大道场，周边一下来了十来位曾经做过师公的中老年瑶民。大家见到盘修年，都热情上前握手问候。他把我们介绍给朱校长，就去旁屋里做准备换服装去了。

几位师公带着"请水"的队伍刚回来，棺材摆在灵堂偏左，这是按乡俗中的男左女右。队伍入得屋来，一个中年师公给死者两手各放上些许饭食，死者过奈何桥时将食物撒给桥下的鱼、路边的狗吃，可以顺利过桥，又在死者的头、肩、腰、脚处各放了一块瓦片，意即在阴间有屋住，也记得生前家的模样。棺木前左右各一位挑"土地担"的纸人，举着纸做的灯盏，阳人的白天是阴人的黑夜，点了灯就能看见路。

长鼓舞将在晚餐后做道场时开始。盘修年把平时压箱底的瑶族服装都带来了。他这套服饰全是手工绣的，说简单，也复杂。一些村民堵在门口围观。我挤过去，提出全程拍摄的请求，他没拒绝，对相机十分友好，边穿边讲解服饰的特点。

他戴的头巾是一块三米长的深蓝色土布，一端镶有织锦花边。他用布包住整个头部再顺时针方向缠绕成圆形状，留有十厘米长的布头翘在头左侧，另一块大红色织锦斜角对折后，用红绳固定头帕的后部，三角形的尖部朝上。

他说，过去严格的长鼓表演，都要遵循祖传禁忌，那是对盘王先祖的敬重与崇拜，在丧礼上跳，也是对死者的尊重。他穿上无领对襟上衣，衣身宽大，袖口较窄，衣长至膝上，领口袖口都镶有浅蓝布条或织锦花边。那条中式便裤，长至踝骨上方，裤腿肥且短，裤脚边镶宽幅自织花边。

衣服上身，整个人的面貌气质大变。从换衣到穿好走出来，他花了将近半小时。临了，又系上了一条围裙，布料和衣服同色，宽约五十厘米，长约七十厘米，三边镶有花边或蓝色布条，用自织的花带系于腰间，与上衣的下摆等长。

他踩着镶有红色云纹的船形蓝色布鞋踱了几步，在一把高脚椅上坐定，向黄旺生招了招手，请他帮忙打绑腿。白色家织布制成的绑腿，布上挑有深蓝色的小花边，两头还有约三十厘米的彩穗，黄旺生从踝关节开始逆时针层叠缠绕，直到膝盖下方固定。

晚餐流水席吃得早，吊唁和看热闹的人们吃过饭就找位置坐下，等着看表演。屋坪搭起的油棚里有个临时摆好的舞台，乐手和女歌手停止了奏唱。

衣装完毕，流水席撤走，都管上台讲了几句丧事安排后，请出道场师公摆事。盘修年出场了，走到台前，向众人点头致意，衣服上的彩纹花饰衬得他脸上出现了久违的红润。他朝灵位处三鞠躬，"朱老伙计好好走咧，你腾云驾雾，到了天界过潇洒日子，莫忘我哒，迟早我也要去那个地方。"

他向四周抱抱拳，扯开嗓门："朱老伙计，你的崽请了风水先生帮你看了块宝地，左青龙右白虎，保你再无病缠身，眼睛看得见，耳朵听得到，手脚麻利精神好，你有个好崽子哦！"

他绕台转一圈，声音更响了："朱老伙计，我们是老搭档，你走了，丢下我来给你打套长鼓舞，我想了想，我就独人打四方，最后给你打个'桌上长鼓'，送你过瑶山，行走十八里，天寒不冷有福人呀！"

人们鼓掌喝彩，两个帮事的男子抬了一张四方桌到舞台前放稳。

上香烧蜡，请出长鼓。他神色一敛，对着屋里的神台打出一个"拜神朝圣"，又绕桌一圈，礼拜四方。他踩在长条凳上，一个跨步，人稳稳当当地站在了方桌上。他边打边唱："手拿三尺长腰鼓，捉来拍响敬盘王。乌云当伞遮得远，月亮做灯亮得宽。"

场内喧声渐消，观者聚精会神地看着他，他左脚上步，弯膝成"点靠步蹲"，双手作"竖莲花"状，稍一停顿，右脚向左盖步立身，左转半圈，左"阳手斜鼓"于胸前，右手击鼓右端，鼓从左下臂绕至左背后成"反竖鼓"。他右脚直立，左脚后勾抬，脚跟踢鼓左端，右手右肩上后拍鼓。

东南西北，四方动作重复，众人鼓掌不息。

待掌声歇停，盘老哥腾空落地，像片落叶，悄无声息。他的长鼓舞并未结束，走到桌前继续。他双脚直立，向左辗转半圈，左脚上步成"点靠步蹲"，双手体前来一个"莲花盖顶"，重复三次，两脚盖转接后勾抬腿跳，双臂上下后旋，动作一气呵成，最后以左"阳手横鼓"右手护鼓收身。那鼓音沉实，忽而炸裂成瓣，像把钩子，又勾起葬礼人们对逝者的悲思。朱校长站在舞台一角，直愣愣地看着，泪水打转，簌簌扑落都顾不上擦去。

真是大开眼界，没想到六十大几的盘老哥身形如此灵活。老叶格外激动，冲着台上竖起大拇指，他这几天借了老馆长写长鼓文化的书在看，记住了几个动作造型，俯到我耳边道："盘老哥的桌上长鼓打得好，上桌一个'金鸡展翅'，下桌来个'画眉跳笼'，文武兼具，不愧是长鼓王。"

五

不知何时下过一场小雨，墨黑的夜中，车灯推倒一堵堵黑墙，山野间游动着黏湿却清新的气味。耳边能听到道路两侧落叶松、水杉上雨滴落的声响，像时间的每一秒，一嘀一嗒，回声荡出很远，层层叠叠，往山上奔跑。

送盘修年到家，帮他脱下服装，他坐在堂屋歇气，之前满满的元神又一点点散掉了，烟灰掉落手掌虎口处，也不掸落，像长了一颗痣。

人活一世，草长一秋。朱老伙计屋里祖传的长鼓怕是断了，他爷老子教了我们四乡八里多少长鼓艺人，他崽伢子读书出来当了校长，传不下去了。

我说："文化兴替，跟山路起伏一个理，不要太悲观。"

"路在脚下，不管怎样都是要往前走。"

"县里定了农历十月十六举办盘王节会，盘老哥不出场那真是大瑶山的遗憾。"

"各人路，各人走，有什么好遗憾的？"他拿起毛巾，擦了一把额头和脖颈的汗。

看到我沉默了，老叶又挑起话头："在永城，怕再找不到谁比盘老哥的长鼓打得好的人了。"

盘老哥很受用，说："年岁不饶人，如果还年轻一些，上打'雪花盖顶'，下打'古树盘根'，右打'鳌鱼吃水'，左打'鹞子翻身'，前打'鲤鱼跳龙门'，后打'野羊反臂'，都还做得来。"

老叶说："应该组织年轻人来拜您为师，把长鼓传下去。"

盘老哥不吭声，望了他一眼，问："为什么盘王节要定农历十月十六这天？"

老叶知道是考他，回答道："盘王他是瑶家主，十月十六午时生。这一天是始祖盘王生日，瑶族子孙为祖先庆贺诞辰，也是还愿酬谢的绝好机会，况且这时节农作物已经收获，农闲时间宽裕。过去的盘王节还有个说法，三年一小愿，十二年一大愿，届时全村或临近村寨的瑶人都来祝贺。"说完得意地看了看盘老哥。

盘老哥若有所思，掐了几下指头，说："今年是还大愿，也是该搞一次隆重的活动了。"他举起有好几处虫蛀眼的鼓身，叹了口气，"岁暮归山，鼓残归屋。"

这几天，我就等着他聊长鼓，老馆长给我打了预防针，杀手锏到最后再使出来，不怕他不出马。

"瑶山的老鼓，盘老哥也见得多吧？"

"有历史的老鼓，手感、鼓音自然不一样。"

"听说千家峒的瑶民带出来一对长鼓，流离战乱并没毁，能独自发出鼓鸣。"

盘修年瞪圆眼睛，问："你从哪里听说的？"

"有一个白须白发道人模样的老者，曾经送过一只鼓给我的老师。"

"大瑶山只有东边大岭龙尾的庙里有道士。"

"我去过那里，不知现在庙里变化大不？"

"说说你老师是哪位，不会是永城的老馆长吧？"

我点头。

"哎呀，大水冲了龙王庙，小姚看你藏得多深，我问你老馆长还好不？当年他下来采访，就住在石喊坪老村部，吃住在我家，我婆娘做的菜他喜欢吃，那时小儿子小学毕业，好多年了，后来断了联系。"

"老馆长腿脚不方便，不然早就下来看你了，特意嘱咐我问候盘老哥好。"

"该是我去看他。"

"老馆长说长鼓是一对，可惜不知另一只下落。"

"怕是早没了，你说的那只鼓，如果真是龙尾盘王庙的鼓，就是一只长鼓王。"

"长鼓王，很值钱吧？"

"不是钱的问题，你带我去看鼓，我要知道你说的是不是真的，我要去见真身。"

老叶插嘴说："姚老师不会虚构一只假鼓来诓骗盘老哥，只要您参加这次盘王节，就可以看到鼓。"

老叶一说话，我却感觉一件真事被我俩演成了双簧骗局。盘修年哈哈一笑，说："你们两个小骗子，就诓我吧。见到长鼓王，你们不要我打，我也要抢着打。"

"盘老哥，那你就是答应了，一言为定，不准失悔！"

他又笑起来，道："说出的话，泼出的水。"

张馆长风风火火，带着组建的艺术团队到了移民新镇。她是个工作狂，来了就投入到活动的具体实施中，每个毛细孔都冒热气，浑身都攒着劲，有了疑难，一个电话来了，我和老叶就得赶紧过去。她是把我们当成了瑶山通、长鼓资深研究者。她想法多，一股脑抛出来，遇到的阻碍也多，让人头疼。她办事总照着一个又好又快的标准，我和老叶还在琢磨问题的解决法子，她却改弦易张找到了新的办法。

她下来之前，请文艺界的几位老前辈开了个诸葛亮会。老馆长灵光一闪，脱口而出，就把这场活动定名为"鼓舞瑶山"。张馆长拍案而起，大瑶山作别贫困，"鼓舞"二字，一语双关，寓意极好。

我们碰面，反复讨论了把瑶族歌舞文化、婚嫁习俗等民俗特色展示出来的问题。她说，看了很多资料，形式跟内容相结合是关键。千人长鼓，分方阵表演不同的形式，完全有可能。

我也认为这是个好主意，长鼓舞原本式样多，有盘古、芦笙、锣笙、桌上长鼓。

"现在不是流行一个新词，叫打卡，办好这次盘王节会，就是要把这里变成网红打卡地。"她越说越激动，恨不得一夜之间人马道具都准备齐整。

盘修年从手机照片中确认了，老馆长收藏的是有历史的老鼓。他不急着去看实物了，却说先帮着打听清楚白发老者的下落。他印象中见过这么个模样的人，但不知名姓。他打电话，要老馆长莫性急，找到老者，另一只鼓的下落，鼓的来历不就一清二楚了吗？

老馆长哪有不急，跟我倾诉，最近鼓声在他耳边越来越响，耳膜要炸裂，心里像无数树根缠绕一起，用力打出一个个死结，他常常在大汗淋漓中醒来，那声音凶猛地冲撞着五脏六腑，似乎是要炸一个出口，声音却又跑不出去，身体一阵阵剧烈的抽搐。

我安慰他这只是身体的幻觉。他说不是的，一定是没信守诺言，上天的惩罚。他告诉我曾经答应过送鼓的老者，一年之内完璧归赵，心里却犯了糊涂，一下就过了十多年。

老馆长如同面对牧师告解，唠唠叨叨，我的身上又有电流跑过，仿佛那莫名的震颤又传导到我身上来了。

千人长鼓的道具问题上有了争议，我坚持一个观点，借这个契机，按照老样式手工制作，一来长鼓可以长期使用，二来又过若干年，它留下来就成了文化象征。

我知道经费会是个障碍，毕竟是千人长鼓，主办方又不想在数字上做假文章。没想到一圈讨论完也没个解决办法，张馆长豪气冲天，把县乡两级担心经费而反对的意见抛开，答应亲自去找赞助。

开完会，我借了赵乡长的私家车，载着盘修年跑了一趟东边大岭的龙尾盘王庙。我们出发了，盘老哥在会议室外听到了我们的讨论，问我："真能照老手艺样式制作长鼓？"

"张馆长有能量，她想做的事差不离。"

"你们真要下决心，我也参加一个，亲自来制作。"

"盘老哥动手，求之不得，还得辛苦您帮我们再找一些老伙计。"

他兴高采烈，满口答应下来。半路上，他给我讲过去大瑶山的长鼓故事。年轻时节，到了十月盘王诞辰，各村瑶族村寨都要派出长鼓队，举行赛鼓会，看哪个村的鼓做得最好、鼓声最洪亮，大瑶山旮旯角落的各村各户都听得到。有一次，山那边的村寨来比赛，他们是平地瑶，喜欢大鼓，抬来的大鼓长二米四，六对彩绳拉住两端，四人抬着，绳子中间用竹片绞住，松紧调节开关，可以调适鼓声，他们自制的沙包就是鼓槌。他们把大鼓吊在树上打，声音传开，整座山都有回声，但缺点是基本没动作，看的人就觉得有些枯燥。我们参赛的小鼓做得精巧，半米长，口径小，耍鼓的动作式样多，声音有节奏有韵味，两个人绕身而舞，可以斟鼓、围鼓、躲鼓，也可团鼓、悠鼓、转鼓，还有审人身、十八响、起天纵地，这些动作加了些武术，打得虎虎生威，人家看得眼花缭乱，最后甘拜下风。

"听说有一年你和朱老伙计打的桌上长鼓，把人家镇住了？"

"那次不是吹牛，我和朱老伙计打的是'五湖四海'。他们在桌上摆东西，中间米筒里插着香烛，四角放了鞭炮包封，这是考验真功夫，我俩贴着身体，像水中游鱼，打完下桌，上面东西纹丝未动。"

我问他："舞蹈都与劳动生活有关，长鼓舞也一样吧？"

"是的，长鼓舞的内容有制鼓、造房、祭拜等，但它的传承还有一个原因。"他说，"瑶族是个有语言没文字的民族，长鼓传承的就是瑶族的文化，那些不能用文字记录的生活，先人就用长鼓的动作记录下来，一代传一代。你看那个造房的长鼓动作，先是选屋场地、砍毛草、量地基、挖地基、刮地、砍树、剥树皮、锯树、背树，接着是架木马、锯板子、砍方料、合方、凿榫槽、合榫头、放柱石、立柱头、串排架、升梁，最后是围篱笆、盖屋、压屋顶。"没想到他的记性这么好，说起长鼓如数家珍，滔滔不绝。

我说："您真的是长鼓文化通，每个民族都有自己的历史，长鼓不传下去，断了历史也就断了根。"

他不吭声了，望着窗外，很久才缓缓地说："小姚说得对，断了历史就断了根。"这时，导航提示，我们要去的地方到了。

六

到了龙尾盘王庙，守着的却是道士。留山羊须的中年道士告知，我们要找的人原名叫盘财发，过去是庙里的帮工，住在庙里，但并没有真正出家，日子长了也学着蓄发留须，颇有几分道人模样。我问他人呢，他说大约是十来年前离庙而去，说是去广西北海投靠女儿，就再也没回来过，听说生了肝病，不被女儿待见，早就病死他乡。我问他知道与否盘财发曾经有一个长鼓。他说不知盘财发藏在哪儿，从未见过真容。我问他知道与否长鼓来历。他摇头说，你们不妨去找镇上的郑大炮问问。

龙尾村的老支书送我们出村，说盘财发是个苦命人，爷娘多病，家里格外穷，但那时候大家都穷，谁也帮不上谁。有多穷呢，老班子有个讲法是：一把锄头一把刀，一根火柴当火烧，一把小米到处撒，满山遍野得一挑。盘财发年轻的时候还当了两年民办老师，后来转正，不知为什么没轮到他。三个崽女，大女儿送给了县里一对没有生育的夫妻，那夫妻后来搬到了广西北海，二儿子十来岁突然感冒染上肺炎没治好死了，满崽是刚出生就夭亡了，两婆佬认命，也安着心过日子，大概是十年前老婆得胃癌走了。他一个人浪荡，后来就靠庙里当帮工混口饭吃，和郑大炮走动勤密。这两个人是一条藤上结的瓜，同病相怜。

长着一张小嘴的郑大炮，因年轻时说话语速快得名。年轻时妻子难产去世，家里又穷，孤家寡人的他酒醉迷糊，混账度日。后收一养子，原本想讨个老有所养的好，养子不孝，有钱就对他好，没钱丢一边不管。坏心坏运，养子几年前出车祸撞死在南沟的一棵五指头树上，郑大炮成了贫困五保户，政府供养，住进了镇上的养老院。

"知道什么是五指头树吗？人有五指，树有五根主枝，电视台做过宣传的。"

郑大炮看完我手机中的长鼓照片，闭上眼睛作沉思状，过一会儿才肯定地说："这是盘财发的长鼓，他与我说过把鼓借人了。"

"你跟他联系多不？"

"有个啥联系，他人都死了。"

"你们没联系，怎么知道他死了呢？"

"我几次做梦，梦到盘财发说他死在外面了，梦中托我办事，我一办好了，就再没梦到他。"

盘修年凑近我耳旁说："别听他胡诌这些鬼画桃符的东西。"又转身问他："你们是好朋友，他有只长鼓，什么来历，你听盘财发说过吗？"

"老一辈的都该知道这件事。"

我催他赶紧说一说。他说："当年，省城长沙来了一个三十多岁的右派知识分子，叫胡知勤，能弹会唱，能写会画。村支书是个开明人，看他忠厚老实，干事勤快，正巧村小没老师，就冒着风险让他给孩子们上课。听说胡知勤是拿了一块上海手表和他半年的工资，从所城一户人家买回来一只老鼓。他那时在盘财发家吃搭伙饭，也教他写字算术，两人无事就在屋坪搬出长鼓比画动作。后来胡知勤感染风寒，拉了好几天疟疾，吃了不少土方子，结果没扛住，人一病死，乡上就通知家属拉回去火化了。便宜了盘财发这家伙，认得几个字会算几道题，村里就让他接胡知勤的手，当了两年村小老师。当时没有人惦记这只长鼓，后来盘财发有一天喝多酒，伤心伤意掉了几滴眼泪，说胡知勤托他保管长鼓，却不敢拿出来打，怕睹物思人。"

"确定是只有一只长鼓吗？"

"长鼓成双，但盘财发手上只有一只，胡知勤留给他的也就只可能是一只。"

"有照片吗？"

"无亲无故，过去几十年了，哪里有照片。"他不耐烦了，"都是命中注定的，吃饱肚子管活命，一只长鼓没人管哪里来的哪里去了，现在连长鼓都没人打了。"

如果真是这样，长鼓就是这个来历了，胡知勤从所城购来，临死前交给盘财发手上，盘财发生活艰难想找人卖又内心矛盾，遗物为什么没交给胡家人，答应借给老馆长怎么没回去取，投奔女儿寄人篱下却又病亡，长鼓又是所城哪户人家的？我脑子飞快转动着这些疑问。

我又问隔壁几个老人，他们捂着牙齿掉光的嘴，异口同声说："信神信鬼，莫信郑大炮这个酒迷糊。"

盘老哥无奈地笑道："去所城，我找老相识打听，宁可信其有，不可信其无。"

我在电话中向老馆长报告郑大炮的说法，他与盘修年心有灵犀，也说宁信其有不信其无，去了所城，问不问得到，也就死了这条心。

我到过一次所城，地处大瑶山东南端，搭着广东地界，过去是个商贾热闹地。历史上是明洪武二十九年建城，周有方形城墙，全长约两公里，现在仅剩东南门楼和四角炮楼，民国时设置制。所城原有两张门进出，东门叫喜门，凡婚嫁红喜事由此入，南门为延薰门，丧葬之事经此出。老一辈的回忆，城墙上能跑马射箭，还设有专人守卫射击的枪眼，城内正街是一条石板街，还有几条横平竖直的卵石砌成的小街。西南角的火神庙坍了一半，后来村里每家户凑钱重修了一个，庙前有一古戏台，庙旁有一深井和一常年水满以防火患的池塘。

所城最善经商的大户人家姓封，开了很多家商铺，占了很多田地。有个说法，封家人刚来所城，占了冯河上的坝洞，与瑶民引发官司，封家请来一位天师，玩弄法术呼风唤雨，连着周边的袁家山、父子岭都一并占了，瑶民吃了大亏。封家的霸道不讨所城人喜欢，后来年月里钱财散了不少，日子也还小富即安。前些年不知是到了封家哪一代后人娶媳妇，请了戏班和长鼓舞表演，盘老哥还很年轻，过来挣过喜钱，认得这里不少老户。

他带我去找早年认识的易姓老哥，是个琴师，当过村里学祁剧的儿科班的班头。易家祖上是从江西宜春迁来的兄弟俩，一人住在城外河口往上几里路的鸡蛋岭，岭上土地开阔，依山傍水，开塘养鱼，种植果树。一人进所城，城内的易家有后人当过民国初年的县粮食科长，有一年山洪暴发，多亏他开仓济民，众人从此念及易家的好。盘老哥说："易家人聪明，有曲艺天赋，吹拉弹唱，琴师鼓师曾经占了永城的大半个舞台。"

找到易家琴师，已近傍晚。这个长得肥胖矮趣的光头佬坐在自家门口，看着落日晚霞，中气十足地哼着小曲。老友相见，自是格外欣喜。听说要打听所城的事，易家琴师拍着圆溜溜的光头，说："所城十一个村民小组一千五百号人，除了没有发生的，没有不知道的事。"我递过手机中的长鼓照片，他却摸着下巴上几根稀疏的胡子，左看右看，摇头摆手不吭声。盘老哥着急了，说："牛皮吹破了吧！"

易家琴师从裤兜摸出一个唢呐哨子，往嘴边一吹，哨音柔细婉转，这是山中桐子树上一种昆虫壳加工制作的。吹毕，他又朝屋里天井喊："撮巴子，出来喽！"

从隔壁屋里急匆匆走出一个穿着拳师服的男子，五十开外的年纪，人瘦，走路却虎虎生风。他凸着眼，冲易家琴师说："喊什么喊，日头没落完，饭才刚入口，就着急去见老相好孙二娘。"每天晚饭后，村里一群男女老少，要聚在一起弹唱娱乐，固定的夜间文化生活。孙二娘大概是里面的一个女性，乡下男子说话不带荤不习惯。

易家琴师说："别瞎说八道，来看看，你说过我们所城有一只长鼓王的，是不是这个？"

凸眼男子撇嘴，看都不看，说："哪还有什么长鼓王，'破四旧'那个时节早就都烧没了。"我把手机给他，他定睛细看一阵，眼珠又慢慢往外凸，几乎要挤出眼眶，原本很宽的眉间距拉得更远了。

"这只长鼓没见过，但又有点儿眼熟。"

"这是个什么话，你不正经点儿说话会死呀。"易家琴师骂道。

凸眼男子笑道："我口无遮拦，想到什么说什么。"

"那你说到底见过没有？"

"没见过，但是我小时候听封家博共（曾祖父）说过一只长鼓的故事，你们听不听？"

"有屁快放，少卖关子。"易家琴师作势要上前掐打。

盘修年挡在两人中间，凸眼男子吐舌头扮了个鬼脸。"有一年闹饥荒，东边大岭的一户瑶民，找到所城封家当铺，典当了一只鼓，说是长鼓王，然后拿钱买了粮食，度了饥荒，救了一村人的命。过了赎期也不见人来，封家就派人去催问，可人家刚活过命来，哪有钱赎回鼓。后来是一个外乡人，二话不说赎走了。据说陌生的外乡人是江西贩卖药材的大商人，年轻时到这里找药材摔下山崖被瑶民救过，知恩图报，就把瑶家的东西赎回还给他们了。长鼓王到底是在哪一户家收藏，也没个准，到了'破四旧'那个时候，大瑶山很多旧物被扒出来毁坏烧光，另一个村的人起哄，到龙尾找这只长鼓没找到，把几个被怀疑的村民拉出来批斗，但最终不了了之。有人说，鼓被主人提前转移埋地下了，后来遭虫噬鼠咬毁了，早没有了。也有人说，鼓被送到山外的人藏起来，几经转手，被一海外华侨出高价钱买走了，卖的是美金哩。"

凸眼男子绘声绘色，我听得云山雾罩。

盘修年说："东扯葫芦西扯瓢，听了半天你给我们瞎编一故事。"

"怎么是瞎编？"凸眼男子嘴里不服。

我问："龙尾那边下放来的'右派'胡知勤，在所城买过一只老鼓？"

易家琴师说："有这回事，但他买的与撮巴子说的不是同一只鼓。那时所城的长鼓艺人多，家家都有祖传的长鼓，有好有坏，有年头久也有日子短的，胡知勤买的是姓袁的家户的，后来举家搬走了。他长得精精瘦瘦，戴副眼镜，斯斯文文，文化人嘛，不像我们这些跑江湖的，那时候村里的女娃都喜欢他。他当时在这里教了一阵子的课，晚上跟袁家户拜师学长鼓，也有说鼓是袁家户女娃送给他的定情物。"

盘修年扑哧一笑，抖身站起，道："还有别人更清楚这些来历不？"

易家琴师一本正经地说："在所城连我和撮巴子也说不准的事，怕是人家连风都摸不着。"

七

寻找长鼓来历的事搁浅了。我和盘老哥返回的路上，电话里详细与老馆长讲了一遍。他听完这些情况后，不再纠结鼓的来历和另一只鼓的下落。他沉默了片刻说："大瑶山出来的长鼓，大瑶山就是它的来历。"他允诺在盘王节前夕，亲自把长鼓送过来，让它陪伴盘修年一起演出。

甘副调在文化战线人脉广，回去后四处张罗，就给乡里村上发来了十套文体健身器材、一千多册图书，以及团市委配套希望学校建设的两百套新课桌椅。那几天，乡上村里车来车往，黄旺生把村里的青壮劳动力叫过来，清理搬送，安装器材。

小湛从电视台申请调拨了一套户外灯光和广播设备。河南姑娘心细，主动派车送来了安装人员。这是我和老叶商量过的，要让老村部前坪的文化舞台亮起来、村里的广播响起来，有灯光有声音，妇女们跳个广场舞，盘老哥冯茂山今后教教年轻人学习长鼓舞。安装人员固定机位，牵线调试，忙碌大半天，直到傍晚时分，灯光接通，六盏大灯分别从舞台和老村部房子四角同时亮起，石喊坪的夜晚变成了白天。有一盏追光灯，射出一道圆柱光，像孙大圣抡起顶天立地的金箍棒。过来帮忙的盘修年摇着灯，乐呵呵的，围观的一圈妇女孩子看到光从坡下的新村部、锦灿家等村户的屋顶上逡巡而过，光朝向天空，整座西边大岭像突然拉开幕布的大舞台，崇山峻岭、茂林密草处，银光闪闪，十数只飞鸟从光圈中掠过，发出一声声清越的鸣叫。

广播线路也连通了，老叶兴奋地比画，把音响话筒打开，清清嗓门喊："喂喂，下面，石喊坪斗巴子演出正式架场。"四面八方都有了声音，村民都鼓掌欢笑起来。

黄旺生高兴得不停搓手，凑到我身旁说："灯光设备太高级了，会很耗电吧。"

老叶听到了，哈哈大笑，早料到黄书记是个小气婆，说："已经帮你们跟乡上打好了商量，每年拨两万块钱，专用于村里开展文化活动的电费报销。"

盘修年取过黄旺生手中的烟盒，说："书记你看，电灯电费都安排好了，以后村里堂客们跳个广场舞后生子搞个长鼓培训，可不能小气，让人摸着漆黑跳啊。"

他去给安装师傅敬烟，黄旺生拧转身体冲他喊："老盘啊，只要你把村里的长鼓舞队组织起来，多给我们培养几个长鼓舞传承人，跳多少个通宵，电费的问题都莫操心，乡上不出我自个掏荷包。"

坪上村民又都哈哈大笑起来。我们才发现，村里在家的人听到广播里播放的歌曲，都循声而来，几个平常跳舞的中年女人领头边哼着拍子边甩手踢腿地跳起来。

长鼓制作所需要的资金有了下文。东西大岭几个乡镇摸过底后，大概新鼓缺口有六百个左右。张馆长回了一趟永城，找管文化的宣传部长、副市长分别批了十万元，去见文化局长汇报工作。局长两手一摊，无奈地说，年初扶贫资金就批下去了，另想办法。张馆长把她几个企业界朋友张罗在一起吃了顿饭，甘副调被请去陪酒，一唱一和，不知使了什么迷魂药，六十万元几个企业家当场众筹到位。那夜，把甘副调这个老酒桶喝醉了。老叶后来追问赞助始末，甘副调笑而不语，一个劲地说："邀请了他们开幕式过来，到时叶主任灌倒他们，给我报仇雪恨。"叶主任拍得胸口噗噗响，说："他们要是也能给我们编志出书赞助，红白啤一起上。"

最大的问题解决了，又传来好消息，申报国字号的非遗也通过评审等待公示。我第一时间告诉盘修年，他兴奋得像个孩子，一跃而起，大喊"哦耶"。没想到这个固执的老头也这么可爱。我后悔没带着相机抢拍下这个精彩瞬间。

张馆长早和他沟通好长鼓的制作方案，由我和老叶联系木材供应商，他出面邀请手上功夫好的木匠手艺人。那几天，没事我就往盘修年家跑，打电话、改图纸、排时间表。自从跑过一趟东边大岭后，盘修年像变了个人，精气神格外振奋，为了制作长鼓的事，没少熬夜，越熬越有精神。我劝他要吝啬着身体用，凡事自然有个过程。他当耳边风，怕得老虎喂不得猪，年纪越大睡眠越少，不抓紧时间，怕耽误大事。

没过几天，老村部就清理腾空，前坪堆满了空桐木、杉木和黄牛皮。被委任为制鼓管事的盘修年干活有章法，采用流水作业，分工序先把人员选定。村里的广播一会儿就响了，找人找物，他打开喊几声，不出一刻钟，人和物都送到了眼前。他指挥两个乡上的木匠搬来两台切割机，根据图纸设计，把木头锯成一根根直径十五厘米、长八十厘米的木料，又让人用刨子刨成长鼓模子。蒙鼓的生牛皮要用石灰、硫磺、芒硝制成的药水泡三天，如果自然晒干须经一两个月，黄旺生去借来烘干机，挂在通风的屋子里二十四小时烘吹。黄牛皮干透后，妇女主任葛丽英带着几个能干的妇女，用刀把上面的毛刮干净，裁剪成一块块四四方方、七寸大小的鼓皮。

那几天太阳好，木模子一晒，村里到处飘着一股木头的芬芳。村里的老人说，这是石喊坪这些年来最迷人的气息，像是又回到了光屁股娃的小时候。锦灿找到我，想拜盘老哥为师。我说，这是大好事呀，近水楼台先得月，盘老哥正想收几个关门弟子哩。

要蒙鼓皮了，盘修年叫人用水发泡牛皮，先剪开皮子，泡绵半日，再蒙上木模两端。以前蒙皮子用的是竹钉，他改用圆头铜钉，细铁锤把钉子敲进去，三排铜钉先钉中间再钉上下，由下向上密集成正三角形状。最后一道工序是上桐油，他撸起袖子亲自示范，油漆刷子上油，鼓身、牛皮上都要刷，上了桐油虫不咬，鼓也不容易坏。

盘修年操起一只新鼓给我们演示长鼓舞中的制鼓动作，砍树、背树、锯树、刨树、挖鼓心、扎鼓、试鼓、听鼓。

我说："这是舞蹈，也是文字。"

老叶不明白："长鼓舞怎么变成了文字？"

我和盘老哥相望一笑。

桐油干透，盘修年请来几位油漆手艺好的师傅，给鼓身绘上龙凤花纹，涂上红黄两色，再给两头扎上一圈金丝绦，各系四只小铃铛，轻轻摇拨，或清风吹过，叮当作响。

那些日子，石喊坪的四角八落都能听到悦耳的铃铛声。

从永城回来，张馆长就一心扑到了节目排练组织上，她对大型演出活动的调度经验丰富，临时设立的办公室墙上贴着进度表，醒目位置是开幕式长鼓舞祭祀表演的时间安排。

四乡八里会打长鼓的人都已登记在册，分乡训练，集中彩排。盘修年、易家琴师、冯茂山集中开过一次会后，被委任为演出的骨干成员。张馆长富有煽动性的演讲，让这些长鼓艺人摩拳擦掌。盘修年劲头十足，白天在长鼓制作现场忙碌，晚上就当起了长鼓舞培训班的教练。他们出面动员，本乡、周边和在外地的一些长鼓艺人都聚拢起来。锦灿拍了几个长鼓舞抖音视频发到网上和微信群里，点击过万，他又通过乡上县里的政务微信公众号发出邀约，不少年轻人的积极性高涨，争着报名参加训练学习。

张馆长来探班，看到盘修年跳上蹦下手把手指导示范，甚是感动。"老哥别太劳累，身体细摸着用，您是长鼓王，主角不能有任何闪失。"

这段日子，我发现盘修年只要打起鼓就变了一个人，浑身有力，身体里像住着一只长鼓。他停下动作示范道："我彻底想通了，这把老骨头，为长鼓传下去站好最后一班岗，死了也值得。"

"您还要带着冯茂山、锦灿这些小辈打下去的。"

"是嘞，当年朱老伙计大我一截，选了我搭档，瑶山长鼓就是一代代传的。"他笑眯眯地望着我，"小姚说过，我们把长鼓舞传下去，就是传承瑶人历史。"

张馆长点头说："叶主任是写史志的，他回头就要给您写上一笔。"

盘老哥摆着手，不说话，眼泪却珠子般地掉下来。我眼疾手快，职业性按下快门，没想到这张特写日后竟成了摄影展上的主打图片。

这段日子老叶趁我四处拍照，悄悄当了一回"红娘"。他果真把市旅建投的朋友请过来，朋友又带了一位搞旅游开发的老板，人家对那个盘王洞挺感兴趣，说要好好规划一下旅游线路，让外地人过来不单是看一个洞，还要把大瑶山的林海、泉浴、民宿、长鼓表演和移民新镇的特色民俗街游购娱等元素都串成一条旅游观光线。虽然刚谈了个初步意向，八字没写一撇，但黄旺生万分开心，整天向村民传播这个好消息。我怂恿他多多恭维老叶，争取说服老叶留下来当个驻村扶贫干部，真要是能留下来，凭他的活络脑子，不出两三年，石喊坪又会大变模样。

我的摄影展也提上议事日程，电脑中的片子排看一次后，连我自己都惊呆了，三个多月里我到西边大岭的瑶山人家走访拍摄，没想到拍了这么多好片子。删删选选，终于确定了影展就以盘老哥和冯茂山两位长鼓艺人的影像为主体，从长鼓的制作、打鼓训练到表演，由物及人，全景展示，背景就是大瑶山的青山绿水。老馆长看我传回去的一些样片，深夜给我打电话，说："你这小子下去有收获啊，这次影展名字就改为《美美与共》吧。"我问意蕴何在？他说："民族民俗之美、地域人心之美、扶贫脱贫的变化之美，各美其美，又美美与共。"

老馆长的肯定让我特别开心，结束通话，我给他的微信发去一张新片子：雨后放晴，大瑶山像一个发光体，里外透出翡青的光。

八

盘王节开幕前一天，赵乡长来个电话，心急火燎地把我和老叶叫去。他办公室里坐着一位西装革履的外乡人，五十开外的年纪，戴副眼镜，斯斯文文，香港的一位地产商人，叫胡常实。

胡常实说，快半个世纪前，父亲胡知勤被打成'右派'下放到大瑶山，后来染病离世，那时他才五岁，懵懂不知，有关父亲的记忆稀薄。父亲喜欢音乐舞蹈，寄回家一张打长鼓的黑白照片，母亲离世后把照片交给他保存至今。这些年，他香港内地两边跑，但没有来过湘南。这次返乡，是想了却两个心愿，如果有机会，投资一个文化旅游项目，为大瑶山做些贡献，然后就是到父亲曾经生活过的地方走访，找个有山水的地方立块墓碑。他把照片从钱包夹里小心翼翼地取出，我一眼就认出来，照片上长鼓的造型式样，和老馆长收藏的那只长鼓一模一样。

我问他："如果这鼓还在世间，又是老父亲的遗物，会不会想收回去？"

他很惊讶："经历这么长久的年代岁月，这只鼓真的还在吗？"

我把前不久与盘修年去东边大岭寻访的情况，长鼓与他父亲的故事告诉了他。我说："下午您就能见到那只长鼓了，我的老师是位长鼓文化研究者，保藏了这只长鼓，他一直想把长鼓送回来，存放在即将建起来的大瑶山博物馆里。"

他非常激动地扬着手中照片道："这个想法太好了，鼓在瑶山才有灵气，父亲也一定是这样的愿望。到时能否请姚老师帮个忙？"

"您请讲。"

"帮我和长鼓合张影，我要把这两张照片带在身边,传给我的孩子们。"

老叶插嘴说："没问题,姚老师是我们永城超级棒的摄影家,举手之劳。"

我做了一个按快门的动作，大家都开心地笑起来。

老馆长来到移民新镇的时候，盘修年着瑶装，我与胡常实等人迎候在路口。老馆长颤颤巍巍地把背包打开，取出长鼓，盘修年和胡常实双手接过，四周响起一阵经久不息的掌声。

盘修年手举长鼓，长长的百名长鼓艺人队伍，齐声喊道："长鼓出瑶山，回家祭盘王，风调雨顺，国泰民安！"

我举起相机，聚焦一张张激动兴奋的脸。镜头掠过老叶时，他像个孩子般痴痴地笑着，却不时拿手擦眼角的泪。这家伙脑筋转速快，就在中午陪胡常实吃饭的空当，凭借三寸不烂之舌，把盘王洞的旅游项目"兜售"给了这位正想来此投资的商人。胡常实满口答应，不管是单独出资还是合作开发，都愿意为大瑶山做点儿实实在在的事情。

胡常实与老馆长见面，鞠躬致谢。老馆长已经听我说了突然出现的这个小插曲。他身抖声颤，慢吞吞地说："物归原主，如果想带走长鼓，我能理解。"

胡常实恭敬地说:"不用了,鼓留在瑶山,我想这就是父亲的遗愿,谢谢您这些年用心保藏着它。"

老馆长扭过头,眼泪唰地落了下来。后来他告诉我,那天来的路上奇怪得很,长鼓嗡嗡叮叮,在身体里响个不停,特别是一进大瑶山,响动越来越大,整座山变成了传说中的那只扶摇神犬,密林收缩为皮毛,蜿蜒道路回归斑斓纹路,东西两座峰岭变成炯炯双目。它发出一声似从地底下迸涌出来的鸣啸,仿佛就要立身疾奔。隔了很久,终于周遭悄无声息,世界安静下来。他坐在副驾驶上闭目养神,一睁开眼,又似乎看见车从那个白发老者身旁擦肩而过,老头微笑着,不紧不慢地跟在车后,目送长鼓回到大瑶山。

他说:"其实,传说是我虚构的;其实,每次进山我都会觉得大瑶山要奔跑起来。"

大瑶山从来没有这般热闹过。人来车往,如同一只只归巢飞鸟,隐入青山怀抱。

开幕式那天一大早,广场东侧,有人往垒好的火塘肚子里点燃一棵大枫树,这把火要烧到全天活动结束。传说中枫树是蚩尤战败被黄帝所杀后化身,祭祀时烧枫树纪念,也是求得平安护佑。仪式开始前,是杀猪祭神,祈求五谷丰收。不知谁家中养的一头大花猪被赶出来了,一群人热闹地围观,猪嗷嗷叫,人群中也发出哈哈大笑。一旁的"大吹大打"伴奏,由两支唢呐、大团锣、大鼓、大钹和碗锣等打击乐器组成,指挥者一声令下,奏出的声响气势如虹,现场顿时变得热烈隆重起来。

祭祀盘王的仪式紧接着正式开始了。嘉宾客商,乡友乡民坐在广场的大舞台前,观瞻瑶民崇拜先祖仪式的复活。舞台设有祭坛,挂着彩绘的盘王神像,红蓝绿黄黑五色瑶人旗在风中舒展。祭坛上摆放了三牲,燃烧着香烛，十二声地雷公炮响过，祭祀的四位师公主角登台，分别是还愿师、诏禾师、赏兵师和五谷师。盘修年担纲还愿师，他穿戴整齐，满脸肃穆，眉目间神采奕奕，郑重其事地完成每一个动作。舞台两侧站着歌娘、歌师、长鼓艺人和唢呐艺人以及六位童男童女和厨官厨娘。仪式从请神、拜神开始，到乐神、送神结束，显得神秘而庄重。

备受期待的长鼓舞表演了，领舞的盘修年神情专注，看到台下数不清的身影，他愈加充满激情。伴随着一阵激越的音乐，他捧着香炉水碗，请出老馆长带回来的长鼓。四乡八里，已经传说着它的故事，它已经成为大瑶山的长鼓王。

音乐停止，四下沉寂，隐隐有细微的鼓鸣从天而降，灌注耳中。鼓身闪光发亮，瑶装上身，盘修年像是回到青壮年时代，在高台上一跃而起，长鼓跟着身体缠绕而舞，拧转自如，与他搭档的冯茂山也身形矫健，屈膝有力。易家琴师、撮巴子、锦灿等人站立方阵前列，齐声颂唱："子孙打起瑶山鼓，鼓声呼呼震山冈。鼓声不停歌不停，世代传唱盘鼓王。"

舞台和广场上的千名长鼓舞者，手持绘有龙凤花纹、配饰四只小铃铛的长鼓，跟着长鼓王的舞动而一起跳跃，他们的动作整齐，矫健粗犷，又显灵巧活泼。四面青山远远回荡着语喧声响，鸟群从空中鸣叫飞掠而过，东边日出彩云缠绕。我压抑不住澎湃的心潮，连续按下快门，这一时刻我没有理由错过。

观众席前排，老馆长热泪盈眶，却身体纹丝不动，安静地坐在轮椅上，脸上神色自若，郝然而笑。他平日抖颤的帕金森症状莫名其妙地消失了。我走过他身旁，他扯住我的衣袖，指着远处细声地说：

那段山岭像什么？像不像横卧的一只长鼓。

我身体半蹲，朝他注视的远方望去，峰岩耸立，与长鼓形貌失之千里。但我拼命点头说，真是一只长鼓卧成了大瑶山！

暗香

红日

　　该给芭蕉剃头了。当然不是给芭蕉本人剃的，是给亲戚家属剃的。自然是一种仪式，仪式通常在第四十九天举行。也叫作"脱孝"，就是说，明天剃了头以后，家属成员可以洗脸、洗澡，可以刮胡须，可以剪头发了，可以恢复包括夫妻生活在内的各种娱乐活动了，含有解脱的性质。当然不是说解脱就解脱了，就可以忘却了，思念依然还会疯长，就像那坟头上的野草。那可不是野草，那是一株株无穷无尽的思念。

　　达香一天天掰着指头数到今天。这四十八天来，达香的血管里始终爬着一群蚂蚁，她心痒难挠，心力交瘁。她的老公山薯直到今天，一点儿也没有返回广东的动机或者迹象。山薯在广东那边一个建筑工地当泥水工，芭蕉入殓那天他就回来了，和村里的壮年一起操办芭蕉的后事。芭蕉生前是村主任，活着的时候脸面跟芭蕉叶子一般大。芭蕉轰然倒下，两腿伸直了，脸面还是芭蕉叶子那般大，一点儿也没有萎缩。芭蕉生前是积了功德的，比如他为村里争到"危改"指标，把危房、木瓦房都改变成钢混结构的砖房。虽不能说村里的砖房都是芭蕉建起来的，但每个房子两万到三万元的补贴，确实是芭蕉努力争取而来。像元宵节的汤圆，吃了的人心知肚明。"危改"那些日子里，芭蕉务实的身影，全村人都看到了。下雨天，芭蕉手擎一张芭蕉叶当雨伞，从这家赶到那家，村里人都觉得他像一棵芭蕉树一样高大。比如芭蕉到广播电视局弄来几十面"锅盖"，接收卫星电视信号，把山外人的哭声和笑声引进村里，尤其是引进缺了男人的家里，让这些人家从精神层面上焕发出生机。这些年村里壮年男子都出去打工了，就剩下老人、妇女和小孩，有肥猪陷入粪井里，全村人只能干瞪眼。一个种地的农家，可以没有耕牛，不可以没有男人。没有耕牛，人可以顶替，没有男人，连山上的猴子都要欺负你。这些年要是没有电视上的咳嗽和哭笑声，恐怕山上的猴子早就搬迁移民下来，占了人类的地盘。比如……这些都是看得到听得见摸得着的干货，这些都得感谢芭蕉。开始达香以为办完芭蕉后事，山薯就回广东建筑工地去，最迟也是做完"三早"就必须回去了。眼下已迫近年关，难道山薯不想多挣几个钱回来过年？山薯去广东打工到现在只寄回三千元，而家里"危改"的房子还欠债四万多。照这样积累，不知要积累到猴年马月才能还清贷款。做完"三早"后，村里和山薯一起到广东打工的人纷纷结伴回去，山薯一点儿动静也没有。达香暗示性地为他浆洗了衣物，把那个脏得像粪篓的帆布包洗得干干净净。山薯视而不见，仿佛老婆打点的是别人的行囊。明天就是芭蕉的"剃头日"了，看样子山薯是要吃了剃头仪式的饭才返回广东。这个判断像螺帽一样固定下来，达香心绪越发变得焦躁不安，山薯你这个野仔，吃了剃头仪式的饭，你就夹卵不要回广东了，反正你也赚不到什么钱回来。

牛栏的门嘎吱一声，开启朦胧的天色。山薯赶着小母牛到后山去放牧。小母牛夹着尾巴走在前面，山薯吹着口哨跟在后面。一根细细的绳子穿过小母牛的鼻孔，越过它的脊梁牵在山薯的手上。屋檐下，达香的眼睛像一只马蜂，嗡嗡嗡地飞翔在山薯的屁股上。那把镰刀插在刀鞘里，绑在山薯的腰上。刀鞘的绑绳有些松垮，垂下的镰刀一抖一抖地擂着山薯的屁股，看那模样擂他半天也擂不出一个响屁。达香气不打一处来，山薯你这个野仔，你放牛就放牛，你带镰刀去干什么？小母牛喂饱了，就不需要再给它割草了。它一头小母牛能吃得几多草，它又不是一匹马。人无横财不富，马无夜草不肥。小母牛夜里是不需要添草料的。小母牛正值青春花季深闺待嫁要保持窈窕身材，等待屠户或者畜师的挑选，你晓得不晓得？山薯你这个野仔，你这不是故意跟我过不去吗？你晓得你去放了牛，你去割了草，我就不能再去放牛，我就不能再去割草。我不出去割草，就没有理由出门上山去，我就……山薯你这个野仔！

出了门，达香直奔达訇家去。达訇的家在村东头的坡岭上，要绕过几块甘蔗地才到达。坡岭上就达訇一家，两间三层钢混结构砖房。村里经过"危改"后的砖房，也就达訇一家是三层的，大部分农户只建了一层，达香和另外三户勉强建了两层。有人说达訇的男人在广东那边挣了好多钱，这个判断很快就被有男人在广东打工的人家否定了。达訇的男人在工地上主要是做保卫，兼顾些抄抄写写，挣的钱比他们还少，除非他既做保卫又当内贼，把仓库的建筑材料卖了钱。达香知道这三层钢混结构砖房的融资机密，除了一户一份"危改"指标，芭蕉额外多给了达訇一家三份。这事过去就过去了，要是搁到今天，就不是睁一只眼闭一只眼那么简单了事。芭蕉有时在村上检查工作到夜晚，忘了带手电筒就住达訇家二楼。村西头刘老锁以一把铜锁做交易，问达訇的儿子罐罐。罐罐，德昌主任来你家住哪块？德昌是芭蕉的大名。芭蕉是女人们封给他的绰号，就像达香叫她男人山薯一样。罐罐拿了刘老锁的铜锁告诉他，德昌主任住我家"外事办"。这个毫无边际的答案，让刘老锁丈二和尚——摸不着头脑。刘老锁没去过达訇"危改"后的家，哪晓得"外事办"是哪间房哪张床，更不晓得外事办是什么单位。达訇家"危改"后，芭蕉带来几块塑料牌牌。在一楼摆着电视机的客厅墙上，钉了一块牌：广播电视厅。堆放五谷杂粮的房间，牌牌上是"粮食局"。厨房门楣上的牌牌是"后勤服务管理局"，隔壁卫生间的牌牌是"污水处理中心"。二楼用来接待客人的房间，牌牌上是"外事办"……达訇的男人从广东回来，见到这些牌牌立马有一种君临天下的感觉。男人什么意见也没有，背着手在牌牌下面踱了几个来回，仿若莅临重要部门视察调研。为了感念芭蕉的功德，男人和村小学老师合作，在芭蕉灵前创作了一副挽联："主任辞尘从此音容难再睹，村民垂泪而今头雁何处寻。"村人读罢，无不动容。

达訇端坐在广播电视厅看新闻。她家不仅第一个分到"锅盖"，比别的家还多得了一台电视机。芭蕉不叫它电视机，叫它监视机，是安装"锅盖"的技术人员留下的。那个戴眼镜的工程师说："这台监视机讲它贵嘛你们买不起，讲它便宜嘛也就抵它五碗米酒。""眼镜"判断芭蕉绝对喝不了五碗米酒，没想到芭蕉一口气喝了八碗，"眼镜"只得乖乖地将监视机留下来。"眼镜"他们一走，芭蕉就倒在"外事办"，直到黎明鸡叫才醒来。达訇心疼地责怪芭蕉："看你拼命的样子，我宁可不要这台'太监机'。"芭蕉说："八碗算什么，比起那几十面'锅盖'轻松多了，那些'锅盖'都是一面一碗的。"达訇一早起来，第一件事是打开电视看新闻。男人到广东打工后，达訇把责任地租给承包户种甘蔗，不但免去了繁重的农活儿，还得到芭蕉的褒扬和奖励。那年县里新建一家糖厂，政府发动全县大面积种植甘蔗，将任务层层分派到村里。芭蕉下队来发动，手上那只电喇叭用完一箱电池，还是没有一户行动起来，处在一种"村看村，户看户，党员看干部"的胶着状态。达訇不是村干部，党员也不是，却第一个带头行动，把四亩责任地全部租出去种了甘蔗。年底她不但如数收回承包金，还得到芭蕉送来的一万元"以奖代补"。

达訇抓给达香一把南瓜子。达訇看电视时要嗑瓜子，嘴里一直嗑个不停。她挪过一个凳子，让达香坐了，眼睛始终没有离开电视画面。达香挨着她坐着，心思和视线却不在电视画面上。她的眼神在屋子里逡巡，定格在不远处的墙角那里。墙角那里堆放一捆红薯藤，若不细心观察，难以发现搁在红薯藤上的那把镰刀。那是一把长柄镰刀，因为长年割草割藤蔓，沾着草汁藤液，寒来暑往，天长日久，刀面和刀柄已和枯萎了的草叶藤蔓颜色融为一体。达笤瞥了达香一眼，嘴里吐出瓜子皮，她知道达香所要刺探的秘密，这是她们的秘密，也是全村女人的秘密。这个秘密其实就是村里的一个风俗或者规矩，即村里的女人如果跟死去的男人生前有过瓜葛，七七四十九天之内自觉将家里的一把镰刀扔到他的坟上。

达香盯着达笤看，良久才冒出一句："你还没扔啊？"

达笤麻利地将一颗瓜子抛进嘴里，舌头搅动一下，瓜子皮就吐出来了。她的嘴简直是个嗑瓜子的机器。达笤说："我为什么要扔！就是全村女人都扔完了，也轮不到我，我和死鬼可是白开水一般清白。"这话说得理直气壮，其实是霸道了，不负责任了，不实事求是了，说得严重一点儿，就是不守风俗不讲规矩了。你达笤和芭蕉的关系，村里人哪个不晓得呢？芭蕉这一绰号是你发起封的，然后经过比对检视，你把自家男人的名字改成芋头。你还当着几个闺密的面，用手指当尺子比画了一番，弄得闺密们面红耳赤，娇羞难耐。怎么到了关键时刻你就变卦了，就翻供了？人家芭蕉尸骨未寒，你就推翻一切不认账了。原以为村里第一个种植甘蔗的是你，那么第一个到坟头扔镰刀的也应该是你。原以为你会提供一些信息，坟头上有几把镰刀了，甚至还会敦促大伙儿早些把镰刀扔了，让他不留遗憾安心去往天堂，以后大伙儿都到了那边，遇见了也不感到为难。

达香很失望，真的很失望。当然，最大的失望是达笤过河拆桥翻脸不认人的态度。怎么能这样呢，啊！怎么能这样呢？达香在心里一遍又一遍地讯问，是反问，也是扪心自问。她站起身来，走出门去。达笤在身后说："你应该去达美家走走，第二个扔镰刀的应该是她。"这话把达香彻底地推出了门，也转移了目标和方向。达香本来没这个念头，经达訇这么一说，她突然觉得有必要走访一趟。达美是个寡妇，三年前她老公在悬崖上捉蛤蚧时摔死了。一年后媒婆给她介绍一个老光棍，各方面的条件很匹配，可是达美拒绝了，拒绝的理由是有人照顾她了。村里人都清楚，经常照顾她的人是芭蕉。不只达美一个，还有达萍、达琼、达燕、达英、达东、达柳、达娟、达慧、达丽，达香觉得也都很有必要走访。她们和达訇一样，都是芭蕉俱乐部的成员，一起在芭蕉叶下躲过雨，倾听过雨打芭蕉叶的声音。

　　第一站走访达美。达美的家和刘老锁家在村西头。刚到半路，达香就被山薯一声吆喝掉头。走访达美不行了，走访达萍、达琼、达燕、达英、达东、达柳、达娟、达慧、达丽也不行了，行动计划被迫取消。山薯赶着小母牛从山坳口下来，身后跟着一个人，达香一眼就认出是八叔。八叔是主持芭蕉法事的道公，明天剃头仪式自然还得由他来主持。总体部署的是他，回头看也是他。八叔这辈子做了多少场法事，他已记不清楚了，没有一场他做得不圆满。那些在悬崖上捉蛤蚧摔下来缺脑袋断腿脚的，那些在几千米深井下挖煤瓦斯爆炸烧成一团肉炭的，那些身家上亿却豪门无后的……没有一个不让八叔打理得服服帖帖。芭蕉开始也睁眼，摆着架子，但这架子在八叔面前不堪一击。八叔对芭蕉斤两的了解，就像了解他的酒量一样。八叔晓得当了一辈子村干部的芭蕉最得意的是什么，他一生的亮点是什么，他的短板是什么，他的叹息和遗憾又是什么，他心里牵挂的又是什么。八叔吩咐助手为芭蕉做了一百多个小纸房，又做了一百多面纸"锅盖"——这些都是芭蕉政绩的缩影或者结晶。但这些杰作都做好摆在芭蕉灵前，芭蕉还是睁着眼，还是端着架子。八叔说："算你有种，你比那些官员还倔。那些大官都给我面子，就你不给。"八叔说："别理他，让他保留意见，我们该干吗干吗。"他决然告一段落转入下一个环节。这个环节让人有些难堪，主要是让妇女同胞难堪。八叔说这番话时，男人们分头忙着杀猪、宰羊、挖坟墓，都不在现场，八叔见缝插针抢抓机遇把话说了。八叔说："有些事讲了不能做，有些事做了不能讲，门前的芭蕉没数过，吃没吃过心里明白，德昌他自己也有纪要。坟顶上的镰刀，我不去考究是哪一家的，也没有人去辨认是哪一家的。镰刀扔了就扔了，不追究既往，不记入档案，不告知家人。"达香当时和达匐挨坐在一起，八叔说完这番话时，达匐鸡爪似的手在她大腿上狠狠地掐了一下，疼得她差些喊出声来。痛感似乎传感到八叔那里，达香抬起头来就撞上他那双鹰眼。做法事时，八叔拎一个小布包，在熊熊烈火上"过"了一遍，然后放进棺材里去。芭蕉生前不做笔记，他像古人记数一样，随身携带一个小布包，每离开一个农户家就往小布包里放进一颗小石子。看上去那个小布包沉甸甸的。盖上棺材板的时候，芭蕉已一脸安详，像生前的某一次香眠。

"达香！"山薯的声音从山腰传下来，"你赶快烧水杀鸡，八叔要来我们家。"杀哪只？杀那只半夜打鸣的花公鸡。达香心里咯噔一下，八叔不是到芭蕉家筹备剃头仪式吗，干吗要到我们家来？达香转身进屋时，一股怒气又生了出来，山薯你这个野仔，八叔要来就来嘛，你大声喊叫什么，你要让全村人知道八叔来我们家，我们家死人了是不是？你这个野仔如果今天死了，"三早"后我就带阿妹嫁人，我才不等到七七四十九天，我才不熬它三年五载，我才不管你瞪眼豁嘴耍大牌。

达香递给八叔一杯水，眼神落在他手上，却感到那双鹰眼在凌空俯视她。达香头没抬，转身去烧她的火。她把一根又一根干竹子塞进火塘，火塘时不时嘭地发出一声巨响。在案台那里切菜的山薯责怪她："你就不会用刀子把竹子先劈了吗，劈了它就不会爆了。"达香没好气地应道："刀都在你那里了，一把在你手里，一把在你屁股上，你让我用手来劈吗？"说罢就朝山薯的屁股飞去一眼，恨不得在上面狠狠地蜇它一针。山薯把小母牛关进牛栏进了家门，直到现在那把镰刀竟然还没解下来，竟然还吊在他的屁股上。山薯不再吭声，任凭火塘里发出嘭嘭嘭的响声，仿佛在倾听过年的爆竹。

八叔和山薯喝了几杯酒，就提出要到芭蕉家去。剃头仪式有许多前期工作他要部署，夜里还要召集家属成员开个预备会。某些重要的议程，事前还要提交家属成员审议讨论，以便统一思想，达成共识，确保实现剃头仪式筹备组的意图。虽说已内定好了，但基本程序必须走完。芭蕉生前接受过各种各样的检查核查，挨扣过分。抽调参加过各种各样的评议组检查组，也给人家扣过分，提出过整改意见，到他这里就要认真了。这种事情，活着的人谁也没体验过，谁也讲不清楚，从来没人胆敢马虎应付，敷衍了事。达香以为山薯邀请八叔进家来，是要谈他受戒的事，甚至可能在剃头结束之后顺便举行受戒仪式，了结心事才返回广东。达香知道山薯已拜八叔为师，只是尚未正式受戒。山薯对她说过，受戒后他不一定就当道公，他还是继续回广东打工，以后老了才转换角色。然而桌上山薯只字不提受戒一事，而是谈了缠在达香心头上的那件事。山薯告诉八叔他每天放牛途经山腰芭蕉墓地都留意观察，四十八天了，坟顶上只有一把镰刀。

八叔在啃鸡头，因为过于匆忙，鸡头的毛拔得不是很干净，他从嘴里勾出的肉末夹着绒毛。

山薯端起酒来敬八叔，"你敢肯定只有达花(芭蕉的女人)一把吗？"眼睛盯着八叔，在等他确认。八叔喝了酒，给了一句不是山薯想要的答案。八叔说："还没扔的今夜第一遍鸡鸣之前要扔了，过了第二遍再扔就没有意义了。"达香盯着碗里的鸡肉。她杀了一只母鸡，而不是那只花公鸡。她埋头撩拨碗里的饭粒，一粒也没吃到嘴里去，仿佛在为逝者喂食。

搁下筷子，八叔起身向达香道谢告辞。山薯跟着站起身来道："我也过去帮忙，猪和羊下午都要宰杀了，杀猪那帮屠夫可以操刀，宰羊不是我操刀，那活血就吃不成了。吃羊不吃羊活血，等于不吃羊。"两人一前一后出门，山薯腰上绑着那把镰刀，那把垂下的镰刀，一抖一抖地搧着他的屁股。达香心里呸了一声，我根本就没听芭蕉女人讲要杀猪，更没听她讲过要宰羊。猪肉是跟屠夫德照要的，羊肉也没列在菜单上。芭蕉的女人还讲，剃头仪式限在小范围内进行，一家一户只派一个代表。听野仔你这么一讲，好像剃头仪式是你来具体操办的，好像要剃的不是芭蕉的头，而是你这个野仔的头。

山薯回到家是后半夜。昏暗的灯影下，山薯摇摇晃晃地站在床前。喝得醉醺醺的他，问了一句，睡着了吗？达香没吭声。山薯一把掀开被子摸着达香的脸，你睡着了吗？达香侧过身来嗯了一声。山薯稀里哗啦地脱去衣服。叮当一声，那把镰刀被山薯扔到墙角那里。达香暗暗呼出一口气来，这口气她憋了整整四十八天了。四十八天来，达香第一次掌握镰刀的去向或者藏身地。有几次山薯放牛归来进门后，明明见镰刀还在他屁股上，眨眼间突然就不见了，然后就下落不明，第二天早晨又绑在山薯的腰上。达香为此怀疑山薯在广东偷偷学了魔术。最让达香上火的是，家里居然只有一把镰刀。这把镰刀是山薯的父母留下来的，说不定是他的爷爷的爷爷留下来的。想想看哟，对一个基本上还处于刀耕火种状态的农户而言，家里只有一把镰刀，如何发展生产力，如何脱贫致富。达香坐起身子，主动脱去内衣。山薯光溜身子爬上床，搂着达香的脖子，嘴里喷着酒气，说一句我明天就回广东了，然后就趴到她身上，连同他的酒味、汗味、身上所有的气味一股脑儿塞进达香的身体。达香闭着眼睛，任由山薯鼓捣。达香想起达旬说过的一句话，男人和女人的事就像开锁，很多男人一辈子只晓得开那种钥匙一塞一拱的老锁头，只有芭蕉会开防盗锁，还能开密码锁。山薯吭哧着，一面拱一面反复强调：明天我就回广东了，明天我就回广东了。达香很想回他句，你早就应该回广东了。山薯强调到第七句就从达香身上滚下来，翻过一边去。心有不甘又嘟囔一遍：明天下午我回广东了。达香恼怒地擦着身子，心里狠狠地数落他，回广东，回广东，明天你这个野仔才回广东，对我还有什么意义？心里虽是这样说，身子却主动侧过去，说："明天是星期六了，阿妹周假回家，你见了她一面再回吧。"山薯"嗯"了一声，又含糊不清地说了一句什么就打起呼噜。山薯一阵接一阵的呼噜声，很像猪圈里吃了带有酒糟的泔水的年猪发出的鼾声。达香心里想，原来人和动物喝醉了所发出的声音是一样的。所不同的是，年猪的鼾声寄托着达香一种期望、一种喜悦，而山薯的呼噜声只让她心烦，彻夜难眠。要是在别的夜晚，达香绝对翻身下床睡到阿妹的床上。但是今夜达香期待山薯的呼噜声，需要这种呼噜声，像黑夜迷途的人渴望一阵雷鸣一道亮光。达香小心翼翼地摇着山薯，山薯没有反应。达香又摇了两下，山薯的呼噜声不但没有间歇下来，而且一浪高过一浪。

达香悄悄地穿上衣服，蹑手蹑脚下床来。屋里一只灯泡亮着昏黄的光，这四十八天来一直这么亮着，像守夜人困顿而警惕的眼。达香趿着鞋疾步来到墙角，一把抓起镰刀。姑奶奶！你终于让姑奶奶逮住了，这些日子你躲到哪里去了呢？啊！你躲到哪里去了？这些天来一直想抓到手的镰刀，此时此刻终于握在她的手上。达香的手心湿漉漉的，她把镰刀换到另一只手上，腾出一只手来擦她脖子上的汗水，脖子也湿漉漉的，达香浑身湿透了。

达香蹲在墙角那里，翻来覆去地揣摩那把镰刀，她必须在很短的时间内做出抉择。现在距离第一遍鸡鸣越来越近了，她甚至听到公鸡已开始扇动翅膀，冷不防就发出一声啼鸣。一旦这声啼鸣划破夜空，即宣布期限的终结。达香急忙站起身子，来到堂屋神龛前，从八仙桌下摸出一把铁锤。

达香返回墙角那里，拿起镰刀，来到床前停留了一下，观察床上的动静。山薯的呼噜声依然此伏彼起。达香回到堂屋，拿起铁锤猛地敲击镰刀，屋里顿时发出一个尖锐的声响，达香吓了一跳。她竖着耳朵再观察动静，床上没有反应。她来到大门前，小心翼翼地拉开门闩。门，通情达理、知疼知热地开启了。一股冷风趁机而入，达香打了个寒战。达香往屋外瞄去一眼，夜，黑咕隆咚的天际没有一颗星星。达香转过身来拿起镰刀和铁锤，一个人影赫然立在她的面前，她"啊"地尖叫一声。

山薯像一根柱子立在那里，纹丝不动。冷风飕飕地灌进屋里来，达香浑身筛糠似的发抖。山薯弯腰捡起地上的镰刀，牢牢地掌握在他的手里，掌握在时刻维护镰刀形象的人的手里。那把铁锤他没有捡起来，估计是铁锤与时局无关，或者说他想把铁锤让给女人，他不能让女人手无寸铁。

山薯冷笑一声："我早就估摸到死鬼的坟顶上，应该有你这把镰刀了，你早就想把它扔给死鬼了。从死鬼入土的那天晚上起，你的眼睛就一直盯着这把镰刀，你以为我看不出来？你晓得我为什么迟迟不回广东？你以为我贪死鬼家那几块肥肉？我就是要等到这一天，我就是要看你哪样把镰刀扔到死鬼的坟顶上。死鬼都走了，死鬼的肉身都开始腐烂了，你还念念不忘，你还放不下他。死鬼比我好是不是？死鬼太好了是不是？死鬼待你太好了是不是？"随着一道弧线划过，一记响亮的巴掌"啪"地落在达香的脸上。一阵撕裂般的剧痛从脸上蔓延开去，迅即覆盖全身。剧痛没有催生泪水，而是引发出一股强大的力量。

"他就是待我好！"

"他待你好那你就去陪他呀，你现在就去呀。他的坟墓就在山腰那几棵芭蕉树下。你何必去扔镰刀，你干脆日夜守在那里陪他好了。那几棵芭蕉树上正好吊着几串芭蕉，那芭蕉又粗又长又嫩又甜，你不用担心饿了肚子。"

达香嘤嘤地哭出声来。

"咦，你还真想他呢。"

"我就是想他！"达香伸出一根手指，指着屋子天面，"改造这个房子的时候你在哪里？你晓得是哪个帮我请来民工帮我算好价钱，然后组织施工？你晓得是哪个帮我联系小四轮运来水泥、钢筋、沙子碎石？你晓得是哪个帮我联系顶杆拉电架线捞沙拌浆？你晓得是哪个到信用社帮我担保签字画押要得贷款？我告诉你，这些事情如果没有他的帮忙，一件都落实不了，你晓得不？还有，还有我牙疼得几天都吃不了饭，你在哪里？我生病发羊毛痧只剩下一口气的时候，你在哪里？"

达香的手垂下来，山薯的眼神也从屋子天面落下来。接着达香嗓门儿的音量也随之降下来："事实上，我跟他没有任何违背道德的瓜葛，我和他根本就没有那种事。那天，房子封顶我发羊毛痧，他买来一只公鸡杀了给我刮痧，我们家的公鸡他都舍不得杀。他说杀了我们家的公鸡，你回来就会骂我，你是一个心疼母鸡的男人。他拿着公鸡毛在我的后背挑出一根根羊毛来。他这样一刮，第二天我就好了。当时，我……我看他那个难受的样子，我，我就握了他一下，只是握了他一下，他根本就没睡到我们家的床上。你用你猎狗的鼻子去闻闻看，床上除了你一身臭味，还有哪个陌生男人的气味。"

山薯重重地喘了一口气，忽然觉得裆部有些瘙痒，就用手去挠了一下。他自己觉得有些不好意思，小声地问道："那……那你干吗还要去扔镰刀？"

达香说："我扔的又不是刀身，我扔的是刀柄。"

"刀柄？"山薯一愣，这是一个出乎意料的答案，一个值得思考或者探讨的命题。山薯顿然觉得腰有些酸了，腿有些麻了。他蹲到地上，翻来覆去地端详手里的镰刀，和刚才达香蹲在墙角那里一模一样，他现在复制了一遍。直到此时，他才领悟一个基本常识：原来镰刀是由刀身和刀柄两个部分共同组成的。

山薯一只手握着刀柄，一只手捏着镰刀的弯角，在观摩，在思考。握刀柄的手忽地松开，一把年代久远的镰刀吊在他的手上，开始有些晃荡，后来就稳住了，看上去整把镰刀就像一个问号。再细细观察，镰刀的上半部像一钩弯月、缺陷的弯月、开始思念的弯月。弯月是铁质的，是所谓镰刀的实质性的部分，没有这一部分就不能真正地叫作镰刀。镰刀的下半部分是一截约二十厘米长的木柄，也就是所谓的刀柄或者刀把。这一部分不能说它无关紧要或者无所谓，当然没有它，镰刀还是镰刀，却不是完整的镰刀。它的随意性很大，适用性很广泛，它可以和菜刀、柴刀、砍刀甚至斧头搭配，组合成为另外一种刀具，成为另一种刀柄。总之，它虽然只能而且永远只能是刀柄，但它是镰刀或者菜刀或者柴刀或者砍刀甚至斧头的重要组成部分，这一点是不能忽略的。

山薯认为风俗上扔的镰刀，照他理解应该是一把完整的镰刀，至少也是达香所说的刀身。那么单单扔了刀柄，有没有这个必要？有没有那个意义？山薯的眼神定格在刀柄上，刀柄饱经风霜，布满一道道纹路不规则的裂痕。如果生手抓握，可能会夹伤手掌。山薯突然想起，这截刀柄其实他早就想换了，只是没有时间或者机会换掉而已，他一直都不在家，他大部分时间都在广东。这个记忆一旦复活，山薯当即毫不犹豫抄起铁锤猛地敲击刀身。只一下，刀柄就剥离出来，掉到了地上。当刀柄离开刀身，山薯也就心石落肚了。

山薯盯着地上的刀柄，意犹未尽又问一句："这样的刀柄有必要扔吗？"

达香理直气壮地回道："当然要扔。"

"扔到门外算了吧？"

"得扔到他的坟顶上去。"

"那又何必呢？"

达香的态度很坚决，她说："刀身有刀身的内容，刀柄有刀柄的性质，同样不能含糊。"

山薯拿一只手电筒出来，捡起那截刀柄递给达香，说："我陪你去吧。"达香摇了摇头，道："我自己的事情我自己处理。"山薯把手电筒递给她，达香只接过刀柄就出门去了。

达香一口气爬到芭蕉的墓地，黑暗里她感觉眼前凸起一座土丘。那土是新鲜的，像初春刚刚翻犁过的田泥。周围还弥漫着香火味、鞭炮火药味以及浓郁的酒香味。达香向前迈出一步，一条腿先弯下来，接着另一条腿弯下来——她跪到了地上。

"大哥！"达香颤着音说，"我来迟了，你走的第一天我就应该来了。第一天来不了，那么'三早'后我也应该来了，可是直到今天直到明天就要剃头了我才来。我确实遇到了一些困难，就像以前我遇到的种种困难一样。有些困难需要你帮助才能克服，比如'危改'我要贷款就需要你帮助，比如我牙疼需要你帮按着牙龈，再在门上钉一颗铁钉，比如我发羊毛痧了，就需要你帮我刮。但是有些困难只有我自己才能克服，比如扔镰刀这件事，只有我自己才能抉择。我该不该扔镰刀呢？只有我心里明白，当然你心里也明白。你更应该明白的是，克服困难是需要时间的，需要过程的。当年你在村里发动种植甘蔗也是动员了几个月才完成，我现在克服这个困难也了整整四十八天。其他的困难同样需要我今后逐个去克服，同样需要时间，同样需要过程，所以请你谅解，也请你放心。大哥！你的大恩大德，我和达旬、达美、达萍、达琼、达燕、达英、达东、达柳、达娟、达慧、达丽等姐妹都会永远铭记，就像我每天都会留意你给我治牙时钉在门板上的那颗钉。看了那颗钉，我的牙就不疼了。你在那边多珍重，能够减少应酬就尽量减少应酬，别再喝那么多的酒了。酒就是一把锋利的镰刀……"达香说罢，将手里的刀柄扔了出去，黑暗里一丝声息也没有。

身后闪了一束亮光，像天际划过的一道闪电。来到近前，山薯的手电筒突然熄灭，达香一个趔趄，整个人扑进了他的怀里。山薯搀扶着她，一步一步摸索着回家。刚才上来的时候，达香压根儿就没觉得黑暗，甚至还看得见路上一只只清晰的脚印。她的每一个脚步都踩在那些脚印上，一路上来很顺畅就找到芭蕉的墓地。现在她突然觉得四周黑压压的，她必须依靠山薯的搀扶，才能迈开步伐。还好，不远处就是他们的家，家门敞开着，透出昏黄的光，可辨识他们越来越近的归途。

剃头的时候下着雪，雪在后半夜就下了。这雪就像哀伤的人的泪水，一落就没个收场。村里已几十年没下过雪了，此时，山林、田野、屋舍覆盖着白雪，四周一片白茫茫的，仿佛整个村庄都裹上了孝布。南方的雪和北方的雪是不同的，北方的雪像棉絮，裹着暖意；南方的雪像盐巴，夹着咸味。北方的雪像经常走动的朋友，一年见几次面都很正常；南方的雪像远在天边的亲人，要十几年甚至几十年才见一面，若要想再见上一面恐怕要等到下辈子了。

达香早早就来到芭蕉家，和达訇、达美、达萍、达琼、达燕、达英、达东、达柳、达娟、达慧、达丽一起汇入芭蕉家孝男孝女行列，头上缠着孝布，跪在芭蕉灵前。芭蕉的女人抽噎着，这些天他睡在里面本来就够冷了，再下这场雪还不把他冻坏。姐妹们就陪她哭了一阵子。既然是剃头，那么就要象征性地剪一点点头发。八叔捏着剪刀，机械地在每个人的头上做一个"剪"的动作。当然，也会有一点点头发飘落下来，但无伤大雅，丝毫不影响发型。形式毕竟是形式，剃头仪式的主要内容，自然是吃肉喝酒，是要化悲痛为力量的。

八叔滔滔不绝地念着经文，依次摘下每个家属成员头上的孝布，每个成员都能清晰地听到头顶上那清脆的咔嚓声。那声音掷地有声，干脆利索。八叔手上那把剪刀，应该不是一把生锈的剪刀，生锈了的剪刀是不可能发出这种钢声来的。

作为村里唯一临时留守的男人，山薯具体负责剃头仪式的后勤工作。他在屋子里进进出出，忙前忙后。他的临时留守居然是正确的，有前瞻性的，简直就是预案，不然就得去请别村的男人来帮忙。他的腰上多余地绑着一把镰刀，镰刀吊在他那扁平的屁股上，似乎是在做某一种展示或者暗示。当然，也可能是作为一种劳动工具。那把镰刀吸引了灵前所有女人本能的目光，她们顾不得八叔是否真的剪了头发，条件反射似的抻着脖子凝视山薯的屁股，连八叔也走神张望了一眼。那把镰刀的刀柄是新的，散发着树木清新的味道。

有度文化　　　北岳好书房

山河多娇

出 品 人｜郭文礼　　选题策划｜刘文飞　　责任编辑｜刘文飞　康　瑜　张　昊

复　　审｜陈学清　　终　　审｜贾晋仁　　书籍设计｜张永文

印装监制｜郭　勇　　项目运营｜有度文化·刘文飞工作室

投稿邮箱｜liuwenfei0223@163.com

微　　博｜http://weibo.com/liuwenfei0223　　微信公众号｜YOUDU_CULTURE